Rita Hampp, Jahrgang 1954, arbeitete nach dem Jurastudium zwanzig Jahre als Redakteurin bei der Main-Post in Würzburg, davon zehn Jahre unter dem Namen Rita Spirk als Rechts- und Gerichtsberichterstatterin. Nach mehrjährigem Aufenthalt in den USA lebt sie seit 2000 in Baden-Baden. Im Emons Verlag erschienen »Die Leiche im Paradies« und »Mord im Grandhotel«.
www.rita-hampp.de

RITA HAMPP

TOD AUF DER RENNBAHN

DER BADISCHE KRIMI

Emons Verlag

Umschlagzeichnung: Heribert Stragholz
Druck und Bindung: CPI – Clausen & Bosse, Leck
Printed in Germany 2009
Erstausgabe 2006
ISBN 978-3-89705-477-6
Der Badische Krimi 8
Originalausgabe

Für Lina

EINS

Sechs Stunden vor dem Mord saß Udo Retzlaff neben der Pferdebox auf einer umgedrehten Schubkarre und schluckte trocken, voller Sehnsucht nach einem Tropfen Bier. Er stützte seine Beine auf dem vor ihm liegenden Strohballen ab und versuchte, sich auf das Messer zu konzentrieren. Andächtig strich er mit dem weichen Lappen über Griff und Klinge.

Lange hatte er darauf gespart. Bläulicher, matt glänzender, dreihundertachtzigmal gefalteter Damaszener-Stahl, der ovale Griff kunstvoll gerundet und sanft schimmernd. Ein Meisterwerk. Wie es in der Hand lag! Und scharf war es, gefährlich scharf. Dieses Stück war sein ganzer Stolz, gerade hier, in dieser schäbigen Umgebung, die ganz im Gegensatz zu den glänzenden Kulissen Baden-Badens und der berühmten Rennbahn von Iffezheim stand.

Keiner der feinen Leute am Geläuf hatte eine Vorstellung davon, wie sie hier hausten, in Vierbettzimmern, ohne Privatsphäre. Aber er musste es aushalten, noch die ganze Woche. Order vom Chef, der natürlich in der Stadt in einem Fünfsternehotel residierte, obwohl er sich das gar nicht leisten konnte.

Am liebsten würde er sich davonstehlen, nur ganz kurz, nur für einen winzigen Trostschluck. Aber das ging nicht. Erst gestern hatte es deswegen Krach gegeben. Er brummte verärgert, als er daran dachte. Mit Kündigung drohen – ihm! Ausgerechnet ihm! Nach all den Jahren. Das war nicht fair.

Prüfend hob er das Messer und streichelte die Klinge ganz vorsichtig mit seinem Daumen. So scharf! So wertvoll! Als ein Sonnenstrahl die Schneide zum Funkeln brachte, blickte er sich ängstlich um. Niemand sollte das Messer zu Gesicht bekommen. Es gab überall Langfinger, bestimmt auch hier.

*

»Einen klitzekleinen Moment noch«, bat Marie-Luise Campenhausen und deutete mit dem gebogenen Gemüsemesser auf den

Stuhl neben dem Küchentisch. »Setzen Sie sich doch, Frau Weidenbach. Das Ragout ist gleich fertig. Ich will nur noch schnell die Äpfel schneiden für das Kompott.«

Gehorsam nahm Lea in der gemütlichen Küche Platz und musste sich beherrschen, um nicht zum zehnten Mal zur Uhr zu schielen. Vielleicht war es doch keine so gute Idee gewesen, sich heute von ihrer netten alten Vermieterin zum Mittagessen einladen zu lassen. Gleich eins! Um kurz nach zwei musste sie spätestens auf der Rennbahn in Iffezheim sein, um noch eine halbwegs gute Position für das Foto zu ergattern. Um drei würden die Zuschauer so dicht gedrängt um den Führring stehen, dass kein Durchkommen mehr möglich wäre. Das hatte ihr jedenfalls der Kollege von der Sportredaktion gesagt, dem sie den Termin zu verdanken hatte.

»Ist das nicht ärgerlich«, seufzte Frau Campenhausen, während sie die Äpfel in feine Spalten schnitt. »Ein Bridgeturnier ausgerechnet während der Großen Woche.«

»Heute geht es doch nur um die Goldene Peitsche. Schlimmer wäre es nächsten Sonntag beim Großen Preis«, versuchte Lea sie zu trösten, doch die alte Dame schüttelte unwirsch ihre weißen Löckchen.

»Das wäre ja noch schöner! Davon würde mich nichts und niemand abhalten. Trotzdem ärgert es mich.« Sie schnalzte mit der Zunge, ohne aufzublicken. »Was heißt da übrigens ›nur‹ Goldene Peitsche. Neunzigtausend Euro Preisgeld, ist das etwa nichts? Und an Ihrer Seite hätte ich dem berühmten Andreas Fiebig persönlich die Hand schütteln können. So etwas Ärgerliches auch! Da hat man einmal die Chance, den Starjockey kennenzulernen ...«

»Ich weiß gar nicht, ob ich ihn überhaupt vor dem Rennen sprechen kann, Frau Campenhausen. Das Interview haben wir erst heute Abend. Jetzt schieße ich doch nur das Foto mit ihm auf Rother Wind.«

»Trotzdem, ein großes Malheur! Haben Sie das Geld für die Wette eingesteckt? Passen Sie nur gut auf! Auf der Rennbahn kann viel passieren. Lug und Betrug, überall. Das weiß ich von Dick Francis.«

Lea unterdrückte ein Lächeln. Frau Campenhausen und ihre Krimis!

»Andreas Fiebig«, schwärmte die alte Dame, »zehntausend

Starts, über tausendfünfhundert Siege. Er muss einfach gewinnen. Und meine Mieterin ist eine alte Bekannte von ihm!«

Lea verschwieg lieber, dass sie überhaupt nichts von Andis steiler Karriere mitbekommen hatte. Erst als am Freitag in der Redaktionskonferenz sein Name gefallen war, war sie hellhörig geworden und hatte ihn schließlich wegen einer Reportage angerufen. Er hatte am Telefon geklungen, als würde er sich freuen. Eigentlich war das nicht möglich; er konnte die alte Geschichte nicht vergessen haben.

»Die Schulzeit ist ewig her. Wer weiß, ob ich ihn wiedererkenne«, meinte sie lahm.

»Papperlapapp. Er sieht auf den Fotos so fesch und jugendlich aus. Bestimmt war er früher der Schwarm aller Mädchen.«

Lea lachte bitter. Wenn Frau Campenhausen wüsste! Fips, der Giftzwerg mit den O-Beinen. Er hatte Lea immer leidgetan, und sie hatte bis zuletzt versucht, ihn zu beschützen. Aber dann hatte er sich ja selbst ins Abseits gestellt. Sein Verschwinden war das einzig Richtige gewesen. Nur schlug ihr immer noch das schlechte Gewissen bis in den Hals, wenn sie daran dachte, dass er ihr wahrscheinlich bis heute die Schuld gab, dass es überhaupt so weit gekommen war. Dabei hatte sie ihn nicht verraten! Wirklich nicht!

Mienchen, Frau Campenhausens Katze, sprang ihr auf den Schoß und wollte ausnahmsweise gestreichelt werden. Aber Lea hatte nur Augen für die Uhr.

Frau Campenhausen folgte ihrem Blick.

»Herrje, das Ragout!«

*

Rother Wind steckte seinen Kopf aus dem offenen oberen Teil der zweigeteilten Boxentür und schnaubte aufgeregt.

»Ruuuuhig, Lütter!«, brummte Udo automatisch. Stuten zeigten ja öfter mal Nerven, aber es gab bestimmt keinen zweiten fünfjährigen Hengst, der vor Rennen so nervös war wie dieser hier. Rother Wind schwitzte und zitterte, seit sie gestern Nachmittag angekommen waren. Seitdem hatte er auch sein Futter verweigert.

Eigentlich hatte seine Nervosität schon gestern Morgen in Köln eingesetzt, als der Chef mit dem Transporter auf den Hof des

Rennstalls gerumpelt war. Rother Wind hatte den Kopf gehoben, die Augen gerollt und ausgeschlagen. Nur mit Mühe hatten sie ihn in den Anhänger gebracht, und er hatte sich noch immer nicht ganz beruhigt.

In zwei Stunden würde der Gaul wie umgewandelt sein, das wusste Udo aus Erfahrung. Seit über drei Jahren kümmerte er sich nun schon intensiv um den Vollblüter. Immer dasselbe Theater. Doch wenn er kurz vor dem Rennen mit den letzten Vorbereitungen begann, würde das Tier still stehen, mit den Ohren spielen und es kaum mehr erwarten können, über das Geläuf zu fliegen und seine Konkurrenten abzuhängen. Ein Teufelskerl! Kein Wunder, dass die beiden all ihre Hoffnungen auf genau dieses Pferd gesetzt hatten. Ihr erster großer Zuchterfolg. Hoffentlich gewann Rother Wind heute die Goldene Peitsche. Das wäre ein prima Test für nächsten Sonntag, wenn er im Großen Preis gegen die besten Vollblüter der Welt antreten würde. Ach, was machte er sich Gedanken! Mit Andi als Jockey gab es keinen Grund, an einem Sieg zu zweifeln.

Doch noch war es nicht so weit. Noch musste er versuchen, etwas von seiner eigenen Ruhe auf Rother Wind zu übertragen. Die anderen würden in einer Stunde kommen, um die letzte Order vor dem Rennen zu besprechen. Bis dahin musste der Hengst einigermaßen zu Verstand gekommen sein.

Ein Stück Mohrrübe vielleicht?

Rother Wind schnaubte verächtlich und zog den Kopf zurück in das Innere der Box.

Udo sah zur Uhr. Eigentlich blieb genügend Zeit, um kurz zu verschwinden. Sein Hals war schon ganz ausgedörrt. Ein Mann von der Küste musste seine Kehle nun mal regelmäßig ölen, das wusste der Chef doch. Hatte früher schließlich selbst nicht genug kriegen können, wenn er mal rennfrei hatte, und noch ganz andere Dinger geschluckt, wenn er im Sattel saß. Aber seit er mit Anna verheiratet war, spielte er sich auf wie ein hochwohlgeborener Gestütsbesitzer.

Bedächtig legte er sein Messer zur Seite, stand von der unbequemen Schubkarre auf, drehte sie um und klopfte sich die Hose ab. Die Streu musste noch verteilt werden, fiel ihm ein. Das hatte er schon am Morgen machen wollen, aber weil Rother Wind so nervös gewesen war, hatte er lieber eine Stunde länger seine Runden mit ihm gedreht. Er zerrte den Ballen an den Plastikschnüren zu sich und hievte ihn auf die Schubkarre. Dann nahm er sein geliebtes Messer und zerschnitt die Schnüre.

Hinter ihm räusperte sich jemand. Erschrocken fuhr er herum, entspannte sich aber gleich wieder. Möglichst unauffällig schob er das Messer in eine tiefe Tasche seiner Weste. Dieser Mann war der Letzte, dem er es hätte zeigen wollen.

»Ah, Sie sind's«, meinte er dann betont lässig. »Lassen Sie sich man bloß nicht erwischen. Wenn der Chef Sie sieht ...«

»Pah, der taucht nicht vor halb zwei auf. Hier! Ich hab uns was mitgebracht.«

»Das ist ja ein Ding! Genau das Richtige jetzt. Aber ich ... ich weiß nicht. Wenn der Chef früher kommt! Wenn der mich mit 'ner Buddel sieht, bin ich dran. Gestern erst –«

»Ach was, das erfährt der doch gar nicht. Wir gehen ein paar Schritte, da kann uns niemand überraschen. Komm schon, einen Toast auf alte Zeiten. Das ist doch deine Lieblingsmarke, oder?«

Udos Zunge klebte am Gaumen. Leuchtturm, Wind, Meer und Sanddünen – der ganze Werbespot schoss ihm durch den Kopf, und mit ihm kam das brennende Heimweh. Es gab nur einen Weg, es zu löschen.

»Momang. Ich schließ die Box schnell ab, dann können wir.«

»Quatsch! Hab dich nicht so. Du hast die letzte Box in der vorletzten Reihe. Der nächste Gaul steht drei Reihen weiter vorn. Hier kommt doch niemand her und klaut deinen Esel!«

»Klauen nicht, aber ...«

»Willst du jetzt, oder nicht? Ich hab nicht den ganzen Nachmittag Zeit.«

Der Arm des Besuchers schloss sich um seine Schulter wie eine Schraubzwinge. Udo kannte die Ungeduld des Mannes. Wenn er sich jetzt zierte, würde er dem schönen kühlen Bierchen hinterhersehen müssen.

Er griff zum Schlüsselbund. »Dauert doch nur eine Sekunde«, versuchte er es noch einmal.

Die Schraubzwinge wurde fester und zog ihn fort. »Wenn du abschließt und dein Chef kommt, kann er sich doch sofort zusammenreimen, wo du bist und was du machst.«

»Immer noch besser als ein Rauswurf«, wand Udo sich.

»Du hat ja einen Vogel. Aber gut, lass uns dort drüben hingehen. Da hast du die Box im Blick und kannst rechtzeitig sehen, falls dein Chef angetrabt kommt. Dann bist du wie ein Blitz zurück an Ort und Stelle und musst nicht mal aufschließen.«

Halb überzeugt gab Udo den Widerstand auf und ließ sich mitziehen. An der Weggabelung standen leere Pferdeanhänger. Man konnte alles gut überblicken, wurde aber selbst nicht sofort gesehen. Eigentlich optimal.

Mit einem leisen, vertrauten Zischen flog der erste Kronkorken vom Flaschenhals, gleich darauf der nächste von der zweiten Flasche.

»Hoppla«, rief sein Besucher. Entsetzt beobachtete Udo, wie sich sein schönes Bier über dessen elegante Anzughose ergoss. Ärger! Schadenersatz! Der Chef würde alles erfahren! Wie hatte das nur passieren können? Es war alles so schnell gegangen.

Hektisch begann er, mit der bloßen Hand den Fleck zu verreiben, aber er machte es nur noch schlimmer.

»Idiot! Bring mir einen nassen Lappen, aber dalli!«, rief sein Besucher.

»Die Waschräume sind gleich dort!«

»Dann los! Worauf wartest du! Weißt du, wie teuer der Anzug war? Da musst du ein Jahr drauf sparen! Beweg dich!«

Udo sah verzweifelt zu Rother Wind, der aufgeregt den Kopf hob und senkte. Sein Besucher folgte seinem Blick.

»Ja, ja, schon gut! Ich bleib hier sitzen und lass deinen blöden Gaul nicht aus den Augen. Dauert doch nur eine Sekunde!«

Mit der schäumenden Bierflasche in der Hand rannte Udo los, so schnell er konnte. Im Waschraum gab es keine Frotteesachen, nur einen Stapel Papiertücher. Jeder Pferdepfleger, der hier draußen nächtigen musste, brachte sein eigenes Handtuch mit zum Duschen. Hektisch suchte er die Kabinen nach irgendetwas ab, mit dem er seinem Besucher aushelfen konnte.

Die Tür verdunkelte sich. »Wo bleibst du, verdammt. Das Zeug trocknet doch ein! Das wird ja immer schlimmer! Riech mal, ich stinke wie nach einem Kneipenbesuch. Jetzt beeil dich. Ich mach dich sonst haftbar, Sackzement!«

*

Kriminalhauptkommissar Maximilian Gottlieb kam sich vor wie ein Tiger. Ein eingesperrter Tiger. Freie Wochenenden waren die Pest! Was hatte er nicht schon alles getrieben. Gestern war er drei Stunden gewandert, hatte einen alten Mankell auf- und lustlos wieder zugeschlagen und sich geärgert, dass es keine neuen Abenteuer seines schwedischen Kollegen mehr geben sollte. Er hatte sich durch alle verfügbaren Sportsendungen gezappt, einen neuen Jahrgang badischen Spätburgunder aufgemacht, das Saxophon malträtiert und war auf der Couch eingeschlafen. Jetzt war auch die Sonntagszeitung ausgelesen, und es war gerade erst Mittag. Ein endloser Sonntagnachmittag lag noch vor ihm.

Ob er im Dezernat anrufen sollte? Er konnte den Dienst von jemandem übernehmen. Aber das hatte er erst letztes Wochenende getan. Das sah ja so aus, als würde er sich nicht allein beschäftigen können. Oder als würde er sich einsam fühlen. Bei Gott, nein! Langweilen, ja, vielleicht, aber einsam fühlen? Nie! Das hier war keine Einsamkeit. Das war Freiheit! Niemand war da, der ihm Vorschriften machte, niemand, der herumnörgelte oder dem er Rechenschaft ablegen musste. Seit seiner Scheidung vor fünf Jahren war er sein eigener Herr, und das war gut so!

Nur diese dienstfreien Wochenenden waren eindeutig zu lang.

Er ging zum Fenster und blickte über die Streuobstwiesen hinunter auf die Stadt und die Rheinebene bis hinüber nach Frankreich. Ein schöner Blick, fürwahr. Aber heute war er viel zu unruhig, um ihn zu genießen. Dieses dumpfe Gefühl in der Magengegend machte ihn noch verrückt. Es bohrte in ihm wie eine Vorahnung. Ein Polizist hatte keine Vorahnungen zu haben! Das kam nur von dieser verdammten Ruhe!

Mit einem Ruck riss er sich von der prächtigen Aussicht los und schlüpfte in seine bequemen Treter. Er musste hier raus. Und er wusste auch schon, wohin. Auch wenn Pferdewetten nicht sein Ding waren, brachte ihn die Atmosphäre auf der Rennbahn bestimmt auf andere Gedanken. Außerdem konnte er gleich kontrollieren, ob alle Mann auf ihren Posten waren.

*

Alles war unverändert. Auch die Experten waren offenbar in der unfreiwillig verlängerten Bierpause nicht da gewesen. Da hatte er Glück gehabt.

Mit geschickten Händen begann Udo Retzlaff das Fell von Rother Wind zu striegeln. Er summte leise. Das Bier hatte gutgetan. Und auch Rother Wind spürte das. Man konnte meinen, das Tier würde gleich vor Behagen schnurren.

Nach einer Weile legte er die Striegel zur Seite. Wenigstens trank Rother Wind jetzt ausreichend. Schon erstaunlich, wie entspannt das Tier unter seinen ruhigen Bewegungen geworden war. Fast hatte er den Eindruck, als würde das Pferd am liebsten ein kleines Nickerchen halten. Aber das ging ja nun gar nicht. Es sollte schließlich in einer Stunde gewinnen und Geld in Annas leere Kasse bringen.

Stirnrunzelnd sah er sich ein letztes Mal um. Rother Wind schnupperte an einem Apfel, der auf dem Strohballen lag. Er zog ihn fort. »Jetzt nicht, du. Alltiet, jederzeit, aber jetzt nicht! Jetzt sollst du nur laufen. Und gewinnen. Hörst du?«

Rother Wind hob den Kopf und wieherte. Ein gutes Zeichen.

ZWEI

Lea kam sich vor wie in einem Alptraum. Es hatte für ihr Gefühl eine halbe Ewigkeit gedauert, bis sie losfahren konnte. Dann hatte sie weit hinten auf der Wiese parken müssen, weil sie in der Eile den Sonderparkausweis des Badischen Morgens vergessen hatte.

Fast war sie zu spät gekommen. Nur zehn Minuten noch. Und jetzt das, genau wie sie es befürchtet hatte!

»Lassen Sie mich bitte durch, ich bin von der Presse!«

Es half nicht viel. Die Zuschauer standen wie Beton um den Führring.

Sie streckte sich. Die Pferde waren noch nicht da, Gott sei Dank. Aber ihre Besitzer und Trainer sammelten sich schon auf dem gepflegten Rasen. Ein illustres Publikum. Der Herr dort im exotischen Ornat, das war offenbar der angekündigte Prinz von Burma, und dort, im weißen Trägerkleidchen und mit einem riesengroßen roten Hut: Michelle Hunziker. Der Mann neben ihr mit dem Hut und dem aufgeklebten Schnurrbart, das musste der Spaßvogel Hape Kerkeling sein, als Journalist Horst Schlämmer verkleidet. Dieter Thomas Hecks Stimme ratterte aus den Lautsprechern, sie verstand ihn kaum, sondern konzentrierte sich stattdessen auf das Treiben dort vorn unter den Bäumen.

Männer in braunen Jacketts balancierten mit wichtigen Mienen winzige, alberne englische Hüte wie Kronen auf dem Kopf; statt einem Taschentuch steckten Block und Stift in ihren Brusttaschen. Die Hüte der eleganten Damen, die mit hohen Absätzen über den weichen Rasen trippelten, ohne zu straucheln, waren dagegen in Umfang und Auffälligkeit kaum zu überbieten: wagenradgroß, mit rosa Tüll, bunten Stoffblumen und pinkfarbenen Schleifen verziert, behängt mit Perlenbordüren wie eine Jugendstillampe. Oder dort, die Dame im sonnengelben Etuikleid, die mit vollem Ernst eine bunte Kreation trug, auf der zwei ausgestopfte Papageien thronten. Ihre Begleiterin hatte ein breites Stirnband aufs Haar gesetzt, an dem zwei dicke Bündel mit langen Fasanenfedern befestigt waren, die bei jeder Bewegung sanft auf und nieder wippten. Weiter hinten eine Frau, die eine Art Mühlstein auf dem Kopf schleppte, der mit einer bunten Perlengirlande behängt war, welche ihr ständig ins Gesicht fiel. Der pinkfarbene Schwan mit den rosa Fransen und der schwarze Strohhut nach Art chinesischer Reisbauern wunderten Lea dann schon gar nicht mehr. Dieser Hut dort, knallrot und so zusammengefaltet, dass aus dem Runden etwas Eckiges geworden war, war ja schon fast als schlicht zu bezeichnen. Da fiel der türkisfarbene schiefe Turm von Pisa auf den blonden Locken direkt vor ihr schon mehr auf.

Lea verkniff sich ein Kichern. Nein, das hier war nicht ganz ihre Welt. Keine zehn Vollblüter konnten sie in die Runde dort hineinbringen.

Regelrecht königlich kamen Lea die Frauen im besten Alter vor, mit ihrem schlichten, aber unbezahlbar wirkenden Schmuck an Hals und Ohren. Auch sie trugen Hüte, aber irgendwie passten sie zu ihnen, leicht, unauffällig und unübersehbar von erlesen teurem Geschmack.

Was machten all die Damen der Gesellschaft nur nach dem Rennen mit ihren Kopfbedeckungen? Diese Hüte waren doch so auffallend, dass man sie in ihren Kreisen kein zweites Mal tragen konnte. Oder konnte man sie mieten? Wurden sie versteigert? Im Schrank aufbewahrt? Einfach ausrangiert ohne Rücksicht darauf, was sie gekostet hatten? Lea hatte sich das schon öfter gefragt, wenn sie in der Fußgängerzone an den Auslagen der Modelegende Olivier Maugé vorbeikam, aus dessen Hand ganz offensichtlich einige dieser Gebilde stammten.

Wie ein Kieselstein in einer Schmuckauslage sprang ihr in diesem Augenblick ein Paar ins Auge, das im Führring etwas abseits stand. Sie hob die Kamera und zoomte sich die beiden durch das Objektiv näher heran. Die Frau war füllig und ungeschminkt. Sie hatte ihre lange dunkle Lockenpracht lässig zusammengebunden und trug Jeans, ein weites Hemd und einen bunten Schal um den Hals. Sie wirkte nicht schlampig, sondern hatte etwas Robustes, Verlässliches, Mütterliches an sich.

Der zierliche Mann an ihrer Seite war einen halben Kopf kleiner, hatte weiche Gesichtszüge, welliges schwarzes Haar und trug einen fließenden, cognacfarbenen Wildlederanzug. Er war braun gebrannt, hatte das weiße Hemd einen Knopf zu weit offen, und seine Füße steckten in hellbraunen Cowboystiefeln aus Wildleder, die schon bessere Tage gesehen hatten. Sein Lächeln war das eines geborenen Charmeurs. Es gab kaum eine Frau, die nicht Blickkontakt mit ihm aufzunehmen versuchte. Aber seine Frau und er hielten sich fest an der Hand wie eine auf ewig zusammengeschweißte Einheit.

Eine Klingel ertönte irgendwo in der Nähe, und die Jockeys eilten durch eine abgesperrte Gasse in den Führring. Mit ihren bunten Blousons und Helmen in den jeweiligen Rennstallfarben erinnerten sie Lea an Blumen auf einer Wiese.

»He, Lea, hier!«

Sie nahm die Kamera herunter.

Andi stand am Rand der Absperrung. In seinem goldenen Dress sah er souverän aus und genauso jung, wie Frau Campenhausen ihn sich ausgemalt hatte. Er hielt ihr die Hand hin. »Komm rüber, ich will dich vorstellen.«

Wie durch Zauberhand bildete sich eine Gasse in der Zuschauermenge. Andi war noch hagerer und o-beiniger als damals in der Schule. Seine Wangen waren eingefallen, die Lippen vor Trockenheit aufgeplatzt, und die Furchen neben seiner schmalen Nase waren so scharf wie Messerschnitte. Er packte Lea am Arm, zog sie an sich und küsste sie auf die Wangen. Er roch nach einem teuren Aftershave und trug dezentes Make-up.

»Du siehst toll aus, Lea. Einfach klasse. Hast dich überhaupt nicht verändert. Komm mit. Du musst Christian Sonnefeld und seine Frau Anna Fröhlich kennenlernen. Keine Ahnung, warum Ehepaare heutzutage verschiedene Namen tragen, aber du wirst die beiden mögen.«

Er zog sie in den Führring hinein, zu dem unkonventionellen Paar, das Lea gerade aufgefallen war. Die mütterliche Frau lächelte ihr warm entgegen. Ihr Händedruck war fest und angenehm.

»Das ist Lea Weidenbach, meine Jugendliebe«, stellte Andi sie den beiden vor. »Lea schreibt eine Reportage über mich für die Zeitung hier am Ort, den Badischen Morgen. Eigentlich ist sie Polizeireporterin.«

»Deine Jugendliebe? Na so etwas!« Sonnefeld boxte Andi verschwörerisch in die Rippen, während er gleichzeitig zu einer sehr schlanken, sehr jungen, sehr blonden Frau schielte und ihr zuzwinkerte.

Lea stand daneben und kochte vor Wut. Jugendliebe! Was fiel Fips ein! Er war doch nicht recht bei Trost, sie nach allem so zu bezeichnen. Sie wollte schon heftig protestieren, da schoss der kahlköpfige, korpulente Begleiter der blonden Frau auf Sonnefeld zu.

»Wenn du meiner Frau noch einmal schöne Augen machst, dreh ich dir den Hals um«, giftete er. »Merk dir das, ich meine das ernst! Lass die Hände von Patricia.«

Sonnefeld strich sich mit gespreizten Fingern über die Haare. »Lass das, Ferry. Ich hab nur Guten Tag gesagt, du Sauertopf.«

»Hast du nicht. Ich hab es genau gesehen. Noch einmal, und ich mach dich fertig!« Damit drehte sich der Mann abrupt um, ging zu seiner Frau und schob sie am Ellbogen in eine andere Richtung.

Verlegene Stille breitete sich aus. Dann zauberte Sonnefeld das gewinnende Lächeln in sein Gesicht zurück. »Verstehen Sie das, Lea? Sauerbrey! Wenn einer schon Sauerbrey heißt! Wollen Sie nicht ein Foto von uns schießen? Ach, und sagen Sie Sonny zu mir.« Dazu schenkte er Lea ein hinreißendes Lächeln und einen tiefen Blick aus seinen kornblumenblauen Augen. Gegen ihren Willen wurden ihr tatsächlich die Knie weich.

Wenig später deutete Andi in Richtung Sattelboxen. Die Pferde wurden in den Ring geführt.

»Das ist Rother Wind. Die Nummer vier. Was hältst du von ihm? Sieht er nicht prachtvoll aus?«

Lea konnte nur nicken. Golden schimmerndes Fell, große, kluge Augen, wie ein feines Geflecht hervortretende Adern, aufmerksam spielende Ohren, vorsichtiger, raumgreifender Gang, schmale Fesseln. Es fehlten ihr zwar die richtigen Worte, aber das Herz klopfte ihr bis zum Hals, als das Tier nah an ihr vorbeigeführt wurde.

Etwas irritierte sie allerdings an dem Pferd. Es kam ihr im Gegensatz zu den anderen nervös tänzelnden Vollblütern merkwürdig ruhig vor, außerdem schüttelte es ständig den Kopf. Doch das störte offenbar niemanden außer ihr.

Mit einem Schwung hob Sonnefeld Andi auf das Pferd. Augenblicklich verschmolzen Mensch und Tier zu einer goldenen Einheit. Alles schien perfekt.

Da riss das Tier plötzlich unruhig witternd seinen Kopf hoch. Es streckte den Hals, legte die Ohren an. Lea stockte der Atem. Mit energischen Bewegungen dirigierte Andi das Pferd in Richtung Ausgang. Der rundliche weißblonde Pferdepfleger, der das Tier am Zügel hielt, stemmte sich dem seitlichen Ausbrechen entgegen. Doch es half nichts. Rother Wind stieg auf die Hinterbeine. Er schrie regelrecht, die Augen angstvoll verdreht. Andi hieb mit der Gerte auf das Pferd.

Lea riss die Kamera hoch und ließ den Finger nicht vom Auslöser. Um Himmels willen, stand da etwa ein Rollstuhl? Oder ein Kinderwagen? Würde das Pferd mit seinen Hufen jemanden treffen? Würde es durchgehen?

Andi zwang das auskeilende Pferd mit harter Hand weiter und gewann die Kontrolle zurück. Bravo! Lea verstand zwar nichts von Pferden, aber das war doch eine Meisterleistung gewesen!

»Das war knapp«, hörte sie Sonnefeld neben sich erleichtert seufzen.

Seine Frau hingegen war außer sich: »Was hatte er? Das gibt es doch gar nicht! Erst viel zu ruhig, wie besoffen, und jetzt das! Was ist mit dem Pferd passiert?«

»Nichts, Liebes. Hat sich nur erschrocken, das kommt schon mal vor, mein Engel«, beruhigte Sonnefeld sie und zog sie an sich. Eine vertraute, zärtliche Geste, die gar nicht zu seinen suchenden Augen passte.

Lea beschloss, die beiden allein zu lassen und dem Publikum in Richtung Rennstrecke zu folgen.

»Warten Sie, Frau Weidenbach, Moment noch!«, hielt Sonnefeld sie zurück. Er zog sie ein Stück beiseite und ließ dabei seine Hand für ihren Geschmack einen Augenblick zu lange auf ihrer Schulter liegen. Wie unbeabsichtigt machte sie einen kleinen Schritt zur Seite.

Sonnefeld quittierte es mit einem schiefen Lächeln. »Ist das wahr? Eine Reportage? Über Andi?«

Sie nickte.

»Aber über ihn ist doch schon so viel geschrieben worden. Ross und Reiter – das wäre doch viel besser. Rother Wind hat einen fantastischen Stammbaum. Ich kann Ihnen tausend spannende Geschichten über ihn erzählen. Kommen Sie doch nach dem Rennen zur Box Nummer 361, vorletzte Reihe im Boxendorf. Wie wäre es Viertel nach sechs?«

Das passte Lea überhaupt nicht in den Zeitplan, denn sie hatte eigentlich gehofft, gleich nach dem Rennen einen kurzen Zwischenbericht absetzen zu können, bevor sie mit Andi das Interview führte. Aber seit sie letztes Jahr einer Story nicht energisch genug nachgegangen war und dies verhängnisvoll geendet hatte, konnte sie einfach nicht mehr nein sagen. Ergeben willigte sie ein. Dann machte sie sich auf den Weg zum Wettschalter, wie sie es Frau Campenhausen versprochen hatte. Aus dem Augenwinkel beobachtete sie noch, wie Sonnefeld zu seiner Frau zurückkehrte, ihr über die Haare strich und sich anschließend aufgeregt durch die Menge drängte, als suche er jemanden.

Sollte sie selbst auch wetten? Ihre Vermieterin hatte ihr zweihundert Euro Einsatz mitgegeben, das war viel Geld, wenn man es verlor. Fünfzig Euro vielleicht? Wenn sie gewönne, dann könnte sie sich vielleicht diesen urgemütlichen, altmodischen Ohrensessel leisten, den sie vor drei Wochen gesehen hatte.

In der Menge nahe des Wettschalters erspähte sie den Rücken eines alten Bekannten, und ihr Herz machte einen winzig kleinen Sprung. Kriminalhauptkommissar Maximilian Gottlieb, hier? Und ausgerechnet am Bratwurststand!

Grinsend stellte sie sich hinter ihn. »Testen Sie die neue Würstchendiät?«

Erst letzte Woche hatte er ihr gegenüber am Rande einer Pressekonferenz erwähnt, dass er kürzer treten wolle, was sie bei seiner Größe von über einem Meter neunzig eigentlich überflüssig fand. Er hatte doch im vergangenen Jahr ordentlich abgespeckt, überhaupt sah er viel manierlicher aus, nichts war mehr übrig von dem zerzausten Rübezahl von einst. Seine Haare waren jugendlich kurz, der graue Vollbart gepflegt, sogar eine neue runde Hornbrille hatte er sich zugelegt. Sie ließ seine braunen Augen wie Samt wirken.

Gottlieb verschluckte sich fast. »Ich wusste es! Einmal will man privat sein …«

»Ein Polizist ist doch immer im Dienst!«

»Gnade. Lassen Sie mich aufessen. Ich hab so einen Hunger!«

»Ich wollte ohnehin zum Wettschalter.«

»Auf wen setzen Sie?«

Lea sagte es ihm, und er zog die Nase kraus. »Sehen Sie mal auf die Bildschirme: Die Quoten für ›Main-Favorit‹ aus der Zucht Mainaue/Sauerbrey schießen gerade nach oben. Ganz gewaltig sogar. Und so plötzlich. Komisch. Ist im Führring etwas vorgefallen?«

»Mein Pferd war ein bisschen nervös. Aber mein Jockey hat das wieder hinbekommen.«

»Na dann ... Ich wette zwar nicht, ich tippe aber auf Main-Favorit.«

Er wartete, bis Lea ihre Wetten platziert hatte, und gemeinsam suchten sie sich auf Höhe des Zieleinlaufs einen Stehplatz möglichst nah an der Absperrung. Nebenbei hörten sie den Rennbahnsprecher aufgeregt schildern, was sich am Start abspielte, den sie nicht einsehen konnten.

»Nummer vier kommt nicht in die Startbox. Alle Starter sind bereit, da muss Rother Wind noch einmal geholfen werden. Was ist mit Rother Wind?«

»Sie verlieren!«, trumpfte Gottlieb auf.

»Niemals.«

»Was, wenn?«

»Dann ... dann koche ich für Sie«, rutschte es ihr heraus.

»Wie wäre es Donnerstag?«, erwiderte er spontan und sah mindestens ebenso überrascht aus, wie sie sich fühlte. Himmel! Sie konnte doch nicht für ihn kochen! Gut, er hatte ihr vor einem Jahr das Leben gerettet. Aber beruflich standen sie in so unterschiedlichen Lagern, da war privater Kontakt eine Unmöglichkeit!

»Äh, ich meine ...«, begann sie den Rückzug.

»Ha, jetzt wollen Sie kneifen. Sie sind sich eben gar nicht sicher, dass Ihr Pferd und Ihr Jockey gewinnen.«

»Doch, doch. Abgemacht! Die Wette gilt! Donnerstag. Aber es gibt etwas Gesundes.«

Gottlieb verzog sein Gesicht. »Vielleicht sollten wir doch lieber –«

»Zu spät.«

Das Rennen hatte begonnen.

*

Zwei Stunden später hatte Lea sich immer noch nicht beruhigt.

»Sechster Platz. Wie eine lahme Ente hinter dem Feld. Das gibt es doch gar nicht! Mein schönes Geld!«, jammerte sie.

Zu gern hätte sie jetzt mit Andi gesprochen. Wohl zum zehnten Mal tippte sie seine Nummer ins Handy, erreichte aber nur die Mailbox. Auch auf dem Gelände keine Spur von ihm. Er war weg, wie vom Erdboden verschluckt. Typisch Fips. Genau wie früher.

Nun, gleich würde sie wenigstens Sonnefeld treffen. Der würde ihr bestimmt alles erklären können, und wahrscheinlich würde er Andi ohnehin mitbringen.

Gottlieb fummelte eine Zigarettenschachtel aus der Brusttasche seines reichlich verknautschten Sporthemds und klopfte die Taschen seiner weiten Cordhose nach Feuer ab. Wider Willen musste Lea innerlich lachen. Wenigstens in der Kleiderfrage stimmten sie überein. Sie hatte sich in ihren Jeans, dem T-Shirt und den Sandalen inmitten des My-Fair-Lady-Publikums schon den ganzen Nachmittag über unwohl gefühlt. Eigentlich taugten sie beide eher zur Stallarbeit als zum Sehen-und-gesehen-Werden.

»Immer noch nicht?« Gottlieb hielt ihr lockend das Päckchen unter die Nase.

»Nie mehr, das wissen Sie doch!« Sie wich einen Schritt zurück, erstaunt, wie ungebremst sie selbst nach zwei Jahren noch die Gier nach einer Zigarette überfallen konnte.

»Anerkennung«, murmelte Gottlieb und atmete den Rauch tief ein. »Ich käme keinen einzigen Tag ohne aus, egal wie teuer das Zeug noch wird. Da ist es doch erheblich gesünder, sein Geld bei Pferdewetten zu verlieren, nicht wahr? Wie viel war es?«

Das wollte Lea ihm nicht gerade auf die Nase binden. Sie schämte sich plötzlich, so viel Geld zum Fenster hinausgeworfen zu haben.

Musste sie nicht längst los? Es war schon nach sechs Uhr.

Gottlieb interpretierte ihr Schweigen falsch.

»Kommen Sie, so viel kann das doch nicht gewesen sein, oder? Ich lade Sie zu einem Glas Sekt ein als Trost. Okay?«

Das Nein lag ihr wirklich auf der Zunge. Sie musste sich sputen, um pünktlich zu sein. Andererseits – konnte sie Gottlieb dieses nette Angebot abschlagen? Weder das Pferd noch der Jockey waren heute eine Zeile wert. Aber nein. Nie wieder würde sie eine berufliche Verabredung verpassen. Schon gar nicht ohne triftigen Grund!

»Oder eine Apfelschorle?« Seine Augen schimmerten wie dunkelbrauner Tannenhonig.

Sie war ja verrückt! Sie war im Dienst. Sie wollte eine Reportage schreiben. Sie hatte die einzigartige Möglichkeit, einen Besitzer und einen Starjockey über ihre Gefühle nach einem verlorenen Rennen zu befragen. Wer konnte das schon? Die meisten Menschen wollten doch nur mit der Presse reden, wenn sie gewannen! Dies hier würde sicherlich eine tolle Geschichte!

Und wenn Sonnefeld und Andi gar nicht dort waren? Wenn sie es sich nach dem schlechtem Abschneiden anders überlegt hatten? Noch einmal tippte sie Andis Nummer ein, aber noch immer konnte sie ihn nicht erreichen.

»Oder einen Orangensaft?«

Lachend gab sie sich geschlagen. »Okay. Aber nur einen kleinen. Ich habe eigentlich eine Verabredung. Nun, die kann hoffentlich einen Augenblick warten.«

Als sie das nächste Mal auf die Uhr sah, erschrak sie. Gleich halb sieben! Ihr Termin! Sie würde viel zu spät kommen, wie unangenehm! Eilig nahm sie ihren Rucksack auf und wollte sich gerade verabschieden, als Gottliebs Handy klingelte. Also hob sie nur die Hand, aber er sah es nicht, sondern stand wie zur Salzsäule erstarrt und lauschte angestrengt. Jede Faser seines Körpers signalisierte ihr, dass er gerade etwas Wichtiges erfuhr. Wenn es für den Chef des Morddezernats wichtig war, dann war es das auch für die Polizeireporterin des Badischen Morgens.

Sie blieb stehen. Keine Sekunde würde sie ihn jetzt noch aus den Augen lassen. Sie würde sich an seine Fersen heften, wo immer er hingehen würde. Er drehte sich von ihr weg, schirmte das Handy so gut es ging ab. Lea spitzte die Ohren und war wieder einmal froh, dass sie ein so gutes Gehör hatte.

»Wo?«, hörte sie. »Box 361? Ja, habe verstanden. Alle Mann, natürlich. Beordern Sie sie her. Ich weiß, dass Sonntag ist, verdammt.«

Lea traute ihren Ohren kaum. Box 361? Da war sie doch verabredet. Was war da los? Sie startete, ohne auch nur eine Sekunde zu zögern.

»Bleiben Sie stehen, Frau Weidenbach«, rief Gottlieb hinter ihr her. »Da haben Sie nichts zu suchen.«

Lea wechselte in Galopp und spurtete ihm davon. Sie musste vor ihm am Tatort sein. Was auch immer sie in Box 361 finden würde – er würde ihr mit Sicherheit das Fotografieren verbieten und sie wegschicken und auf Pressekonferenzen vertrösten. Das war sein gutes Recht, aber es war ihr Job, jetzt schneller zu sein als er. Ihr jahrelanges Sporttraining machte sich nun bezahlt: Gottlieb mit seiner behäbigen Bierruhe kam nicht hinterher.

Lange vor dem Hauptkommissar erreichte sie den Menschenpulk, der sich vor der Box gebildet hatte. In der Ferne jagte ein Streifenwagen den staubigen Weg entlang.

Sie zückte Kamera und Presseausweis, und die Neugierigen ließen sie anstandslos durch. Sie wusste, sie hatte nicht viel Zeit. Also hielt sie, ohne genau hinzusehen, die Kamera hoch und drückte ab, fotografierte das Umfeld, die Umstehenden, das scheuende goldbraune Pferd in der dämmrigen Box, den wohlgenährten Burschen, der versuchte, das Tier zu beruhigen und wegzuführen. Dann trat sie – vorsichtig, um keine Spuren zu vernichten – näher an die zweiteilige Boxentür und ließ die Kamera weiter klicken. Ihr Blitzlicht flammte auf und beleuchtete den Toten.

Er lag auf dem Rücken, Arme und Beine weit ausgestreckt. In seiner Brust steckte ein Messer, der Griff glatt und hell wie Perlmutt. Die Klinge war vollständig in dem Körper verschwunden. Lea sah ihm direkt in das blutleere Gesicht. Zwei Fliegen krabbelten dem Mann über die Wange, die Nase, in die weit geöffneten, milchigen Augen.

Sie kannte ihn.

Selbst jetzt, als Leiche, war Christian Sonnefeld ein schöner Mann.

DREI

Völlig außer Atem erreichte Maximilian Gottlieb die Box. Sein Hemd klebte am Rücken, Schweiß perlte ihm in die Augen. Bis dieser Fall abgeschlossen war, würde es keinen Rotwein und keinen BigMac mehr geben, das schwor er sich, und danach würde er mit den Kollegen zum Polizeisport gehen, jeden Mittwochnachmittag. Es war doch eine Blamage, wie Lea Weidenbach ihm davongelaufen war.

Er mochte die Frau. Eigentlich war sie genau sein Geschmack. Sie war natürlich, intelligent, schlagfertig, fröhlich. Sie hatte nur leider den falschen Beruf.

»Weg«, japste er, als er sich durch die Gaffer drängte. »Polizei. So machen Sie schon Platz.«

Noch bevor er die Pferdebox erreicht hatte, sah er Blitzlicht aufflammen.

»Frau Weidenbach«, schrie er, »sofort aufhören!«

Widerwillig teilte sich der Kreis der Neugierigen und gab den Blick frei auf die quirlige Reporterin, die sich ins Halbdunkel der Box beugte und der Gestalt gefährlich nahe kam, die im Stroh lag und sich nicht mehr rührte.

»Weg mit Ihnen, verdammt. Sie wissen doch selbst, dass Sie da nichts verloren haben! Das wird ein Nachspiel haben!«

Die Journalistin reagierte sofort und hob die Hand. Sie war Profi genug, um zu wissen, dass sie nichts zertreten durfte. So balancierte sie auf Zehenspitzen vorsichtig rückwärts. Na super! Wie sollte er das der Spurensicherung erklären. Er konnte sich schon vorstellen, was Oberstaatsanwalt Pahlke morgen früh ins Telefon brüllen würde, wenn er die frischesten Tatortfotos in der Zeitung statt im Polizeibericht sah.

Wieder einmal schwamm Gottlieb im Wechselbad der Gefühle. Manchmal brachte die Weidenbach ihn zum Schmelzen, wie vorhin mit ihrer verrückten Essenseinladung, die ihr sofort peinlich gewesen war. Aber dann wieder standen sie in getrennten Lagern. Sie hatte an einem Tatort eindeutig nichts zu suchen. Aber gar nichts!

»Zurück«, donnerte er noch einmal und meinte damit eigentlich eher die Weidenbach als die Schaulustigen, die um ihn herum standen und nun nach hinten wichen. Die waren viel leichter zu handhaben. »Herrschaften, Sie sind Zeugen in einem Mordfall. Ich muss Ihre Personalien feststellen lassen.«

Das wirkte, wie immer. Schon wurden sie unruhig und überlegten, wie sie sich davonstehlen konnten. Kein Problem, denn die ersten Streifenwagen und die Kripo-Kollegen rückten gerade an. Die würden die Leute schon abfangen.

Gottlieb winkte einen der Schutzpolizisten zu sich. »Absperren«, befahl er. »Weiträumig und schnell, wenn's geht.«

Dann drehte er sich um. »Und jetzt zu Ihnen, Frau Weidenbach. Die Fotos kann ich Ihnen ja nun nicht mehr verbieten.«

Die Reporterin lächelte ihn an wie eine Katze, die gerade einen Milchtopf ausgeschleckt hat, doch im gleichen Augenblick wurde sie wieder ernst. Ungewöhnlich und unpassend ernst. Etwas bedrückte sie, und ihre Augen wurden fast schwarz, als habe sie Angst. Das Herz sprang ihm in den Hals.

»Was ist los?«

Sie sah zum Toten, zur Uhr, überflog die Zuschauer, blickte dann wieder ihm ins Gesicht. Abschätzend. Voller Zweifel und Fragen. Seine Antennen fuhren aus, ein Kribbeln kroch ihm den Rücken herunter.

»Na?«, versuchte er es noch einmal. »Kennen Sie den Toten?«

»Kennen?«, wiederholte sie mechanisch.

So hatte er sie noch nie erlebt.

»Haben Sie der Polizei etwas mitzuteilen?«

Wieder dieser undefinierbare Rundblick. Verdammt, sie verheimlichte ihm doch etwas! Aber was? Sie hatte mit dem Mord definitiv nichts zu tun, sie war den ganzen Nachmittag mit ihm zusammen gewesen. Konnte es sein, dass sie etwas wusste?

»Frau Weidenbach, reden Sie mit mir, bitte!«

Zu spät, zu spät. Sie hatte sich wieder gefangen und sah aus wie immer, neugierig, intelligent, humorvoll und tatendurstig. Sie schüttelte den Kopf, wenn auch ein bisschen zu energisch, als wollte sie etwas loswerden.

»Nichts. Gar nichts. Bin schon weg, Herr Gottlieb. Ich rufe Sie später an.«

Damit lief sie los, in einem Höllentempo, als würde sie von einem Dämon verfolgt.

Gottlieb sah ihr verwirrt nach. Sie würde ihm immer ein Rätsel bleiben. Zu dumm, dass sich im letzten Jahr, als er sie bei einem Einsatz für ein paar Atemzüge in seinen Armen gehalten hatte, für ihn etwas geändert hatte. Seitdem hatte er Schwierigkeiten, sie ausschließlich als respektable Gegnerin zu sehen. Ach was, Schluss jetzt! Für Gefühle war hier kein Platz. Die behinderten nur seine Arbeit!

Trotzdem. Während sie davonlief, glänzten ihre halblangen braunen Haare in der Sonne wie flüssiges Gold.

Golden war auch das Fell dieses Vollblüters, der sich allerdings gerade unromantisch wiehernd und mit angelegten Ohren und Schaum vor dem Maul vor ihm aufbäumte. Das Tier sah vollkommen entsetzt aus, und der rotgesichtige Mann, der es zu bändigen versuchte, ebenso.

»Jetzt bringen Sie schon das Pferd weg«, knurrte Gottlieb. »So kann man doch nicht arbeiten.«

Der pummelige Kerl riss sich die Baseballkappe von den weißblonden Stoppelhaaren. »Der will das nicht. Ich soll mich nicht wegbewegen.« Er deutete auf Kriminalkommissar Hanno Appelt, der während des Disputs mit der Weidenbach eingetroffen war und nun mit einem Notizblock in der Hand die Umstehenden abklapperte. Wenn Appelt das Bleiben angeordnet hatte, dann hatte er einen Grund. Appelt war die Gewissenhaftigkeit in Person. Der geborene Polizeibeamte.

»Aber das Pferd, Hanno. Kann nicht jemand diesen Gaul entfernen?«, rief Gottlieb ihm zu.

»Bloß nicht«, rief Hanno zurück. »Der Pfleger sagt, er sei der Einzige, der mit dem Tier zurechtkommt.«

Endlich konnte Gottlieb einen Blick auf den Toten werfen. Ein schöner Mann, schoss es ihm durch den Kopf. Ebenmäßige Gesichtszüge, schwarze, gewellte Haare, völlig entspannt, mit einem versteckten Lächeln in den Mundwinkeln, als würde er schlafen oder mit diesem weich fließenden Wildlederanzug für ein Modemagazin posieren. Wenn da nicht das hässliche Messer wäre.

Mit einem Ruck drehte er sich zu dem Pferdepfleger um. »Kennen Sie den Toten?«

Der Mann nickte verängstigt. Seine wässrigen Augen irrten zwischen der Leiche und Gottliebs Knien hin und her. »Aber ich habe nichts damit zu tun«, näselte er.

»Das klären wir gleich. Kommen Sie mit.«

Energisch bahnte Gottlieb eine Gasse für das tänzelnde Pferd und den Pfleger. Hinter dem Boxendorf schlossen sich die endlosen Wiesen, Pferdekoppeln und die Maisfelder der Rheinebene an, die sich bis an die romantischen Erhebungen des Schwarzwalds erstreckten. Hoch über ihnen knatterte ein Hubschrauber. Dann war kein störender Laut mehr zu hören, nur das leise Schnauben und Kauen des Pferdes, das Summen von Bienen und Fliegen. Die Luft flirrte in der warmen Sonne, und ein Geruch nach warmem Heu und süßem Mais lag auf dieser ländlichen, friedlichen Stille. Zum ersten Mal fragte sich Gottlieb, warum er vor fünf Jahren in Baden-Baden oben auf der Höhe des Annabergs eine Wohnung gemietet hatte. Hier in der Rheinebene war das Panorama mit Sicht auf die malerische Bergkette zwischen Merkur und Fremersberg doch viel dramatischer als sein Blick aus dem Dachfenster.

Das Pferd entspannte sich zunehmend, vielleicht auch deswegen, weil der Pfleger ihm beruhigende Worte ins Ohr summte.

Genug der Idylle.

»Sie kennen also das Opfer? Und wem gehört das Pferd?«

»Rother Wind. Ich meine, Sonny. Ich meine – oh Gott, ja. Nein.«

Der Bursche war ja vollkommen durcheinander. Und eine Bierfahne hatte er auch.

»Wer ist Sonny?«

»Na, der Tote.«

Gottlieb sah in den Himmel und holte tief Luft. »Geht das genauer?«

»Christian Sonnefeld.«

»Und weiter? Alter? Beruf? Anschrift?«

»Aber ich war's nicht. Ich schwöre! Ich kann es beweisen.«

»Später. Woher kennen Sie den Toten?«

»Vom Job.«

»Herrschaften, es reicht. Dies ist eine ernsthafte, offizielle Zeugenbefragung. Ich hätte gern ausführliche Antworten. Ihre Personalien, bitte.«

Es wirkte. Der kleine Pummel schluckte und riss sich sichtlich zusammen. »Udo Retzlaff, siebenundvierzig, Reisefuttermeister vom Gestüt Rothhof. Das gehört zum Reiterhotel Fröhlich in Staufen. Aber ich wohne seit drei Jahren in Köln, im Rennstall Hausmann, wo ich mich um Rother Wind kümmere.«

»Gut. Jetzt die Personalien des Toten.«

»Christian Sonnefeld, so alt wie ich. Gestütsleiter. Ehemann von Anna Fröhlich. Oh Gott, was mach ich nur? Wer sagt es Anna?«

Retzlaffs Augen liefen über. Er wischte sich mit dem Handrücken über das Gesicht, eine Bewegung, die eigentlich rührend kindlich war, wäre die Situation eine andere gewesen. Gottlieb musterte ihn streng. Rosiger Teint, weißblonde Haare und Wimpern, rundliche Wangen, Bierbauch, saubere Jeans, ärmellose graue Weste mit vielen Taschen, abgetragene Turnschuhe.

»Was ist passiert? Was haben Sie beobachtet?«

Retzlaff sah zu Boden. »Nichts. Ich war gar nicht da.«

»Wann haben Sie den Toten zum letzten Mal lebend gesehen?«

»Nach dem Hauptrennen.«

»Geht das präziser?«

»Vielleicht gegen vier? Hab nicht auf die Uhr gesehen. Wir haben verloren.«

»Was haben Sie zwischen dem Ende des Rennens und der Entdeckung der Leiche getan?«

»Wieso? Ich hab nichts damit zu tun.«

Gottlieb versuchte, seinen Ärger herunterzuschlucken. »Dann sagen Sie mir einfach, was Sie getan haben und wo Sie waren. Wir können das Gespräch auch auf der Dienststelle weiterführen.«

»Aber ich muss das Pferd versorgen.«

»Dann bitte!«

»Ich habe Rother Wind zum Abspritzen geführt und dann langsam abkühlen lassen. Nach einer Stunde war ich mit ihm an der Box. Und denn? Hab ich ihn abgerieben, Wasser aufgefüllt, aber noch kein Futter gegeben. Futter verträgt er nicht so kurz nach dem Rennen.«

Er tätschelte dem Pferd die Nüstern und betrachtete eingehend das Ohr des Tieres.

Gottlieb merkte, wie sein Hals zuschwoll. Musste er diesem Mann alles einzeln aus der Nase ziehen? »Und dann?«, brachte er in mühsam beherrschtem Ton heraus.

»Nichts. Ich habe mich ausgeruht. Ich durfte ja nicht weg. Wollte ich auch nicht. Ehrlich! Aber denn kamen die Jungs von Mainaue. Die hatte ich seit Ewigkeiten nicht mehr gesehen.« Retzlaff sah zu Boden und scharrte mit dem Fuß.

Gottliebs Schläfen begannen zu klopfen. Was hatte der Bursche zu verbergen, dass er ihm nicht offen in die Augen sehen konnte?

»Ihr Alibi! Oder ich muss Sie festnehmen.«

»Ja, ja, schon gut. Die Jungs haben mich auf ein Bier mitgenommen. Wirklich, nur ein Bier, ich schwör's.«

»Ich denke, Sie durften nicht weg?«

»Nach dem Rennen kommt kein Schwein zu den Boxen. Vor allem nicht zu den Verliererpferden.«

»Und dann?«

»Ein Bierchen, dachte ich. Warum nicht. Ist ja nicht weit.«

»Wo?«

»In der Kantine, da vorn. Höchstens zwanzig Minuten. Na ja, vielleicht auch eine halbe Stunde oder so.«

»Von wann bis wann?«

»Also, so genau …? Warten Sie. Fällt mir noch ein.«

Gottlieb holte entnervt Luft, und Retzlaff beeilte sich weiterzureden.

»Auf dem Rückweg kam uns Carlo entgegengerannt, Carlo Hausmann, der Renntrainer. Er war völlig fertig. Hatte Sonny gerade gefunden.«

»Und wie spät war es da?«

»Etwa Viertel nach sechs.«

»Sie sind dann zum Tatort gegangen?«

»Klar. Wir alle. Und da lag Sonny. Mit dem Messer in der Brust.« Retzlaffs Kopf sank noch ein Stück tiefer Richtung Boden.

»Ist Ihnen jemand aufgefallen?«

»N-nein.«

»Irgendetwas, das anders war als sonst?«

Retzlaff scharrte mit dem Fuß. »Ich, ich war viel zu aufgeregt. Musste ja rein und Rother Wind herausbringen. Schrecklich. Ich hab nichts verändert. Wollte nur das Pferd holen. Rother Wind konnte da nicht bleiben. Ist immerzu hochgestiegen, genau wo Sonny lag!«

Das klang eigentlich plausibel. »Zeugen für Ihr Alibi?«

»Na, die Jungs von der Mainaue.«

»Das werden wir überprüfen. Bleiben Sie bitte in Reichweite.«

»Wo soll ich denn auch hin. Aber was ist mit Anna?«

»Ich rede mit ihr. Wo finde ich sie?«

»Dorint-Hotel. Eigentlich war ein Tisch reserviert. Im Europäischen Hof. Aber zu feiern gibt es ja nun nichts ...« Retzlaff sah auf Gottliebs Knie, dann zu Rother Wind, der mit sichtlichem Vergnügen an einer Distel knabberte.

Gottlieb beschloss, die Befragung zunächst zu beenden. Mit diesem Kerl würde er morgen früh weitermachen. Irgendetwas stimmte nicht mit dem, das spürte er ganz deutlich.

»Ich will Sie morgen auf der Dienststelle sehen. Zehn Uhr. Pünktlich, haben Sie mich verstanden? Und nüchtern, wenn es geht.«

Retzlaff nickte und strich Rother Wind erneut über die Nüstern. Selbst jetzt sah er an Gottlieb vorbei.

Gottlieb kehrte zum Tatort zurück. Der Mann, der die Leiche gefunden hatte, war nicht mehr da. Schock, hatte der Arzt festgestellt, nicht vernehmungsfähig, ein Fall fürs Krankenhaus. Nun gut, sollte Appelt hier weitermachen. Er würde als Nächstes die Witwe aufsuchen. Normalerweise gingen sie bei solchen Anlässen zu zweit, aber Gottlieb beschloss, eine Ausnahme zu machen, denn hier wurde jeder Mann gebraucht.

*

Lea war nicht zufrieden mit sich und ihrer Arbeit. Exklusive Geschichte, exklusive Fotos, sogar den Namen des Toten hatte sie, den würde die Polizei zum jetzigen Zeitpunkt niemals an die Öffentlichkeit geben.

»Klasse Aufmacher«, hatte Chefredakteur Götz Reinthaler sie eben im Vorbeigehen gelobt. »Diese Bilder sprechen für sich.«

Trotzdem. Ihr war es nicht genug. Sie brauchte Hintergrundinformationen. Andi ging immer noch nicht ans Telefon. Sie versuchte es, seitdem sie in der Redaktion war, jede Viertelstunde.

Verflixt. Wusste er überhaupt schon vom Mord? Oder bummelte er am Ende ahnungslos durch das Kurparkmeeting und amüsierte sich? Nein, das konnte sie sich nicht vorstellen. Die Nachricht von Sonnefelds Ermordung würde unter den Insidern dort wie ein Lauffeuer die Runde machen.

Außerdem sah es Andi nicht ähnlich, nach einer Niederlage fröhlich das Glas zu heben. Halb neun. Sie beschloss, wieder zur Rennbahn zu fahren. Vielleicht fand sie Andi dort oder sonst jemanden, der sie mit Informationen für ihren nächsten Artikel versorgen konnte. Sie hatte ein ungutes Gefühl wegen Andi. Was war mit ihm? Warum meldete er sich nicht? War ihm auch etwas passiert oder war er mal wieder auf Tauchstation? Mit leisem Magengrimmen stieg sie in ihren rotweißen Mini und brauste los, zurück nach Iffezheim.

VIER

Die Schuhe an seinen Füßen kamen Kriminalhauptkommissar Gottlieb vor wie aus Blei. Er schleppte sich von der Rezeption zum Aufzug, der ihn zum Zimmer von Anna Fröhlich und Christian Sonnefeld bringen sollte, und war enttäuscht, dass der Weg nicht länger war. An die für ein Luxushotel erstaunlich enge und niedrige Eingangshalle mit ihren dunklen Holzvertäfelungen und der kurzen, geschwungenen Treppe hinauf ins Zwischengeschoss mit den Sitzgruppen verschwendete er keinen Blick.

Er musste einer Witwe eine Todesnachricht überbringen, nur daran konnte er im Moment denken. Es war seine Pflicht, aber sie zerriss ihm wie jedes Mal fast das Herz. Bei der Verkehrspolizei in Stuttgart war es besonders schlimm gewesen. Zwei, drei Eingaben hatte er damals ans Ministerium geschickt, dass man ihnen endlich einen Seelsorger mit auf diesen Weg geben möge. Seelsorger konnten viel besser mit Trauer, Hilflosigkeit und dem eigenen Mitleid für die Angehörigen fertig werden. Aber mit den Erinnerungen, die ihn manchmal sogar ans Aufhören hatten denken lassen, würde er trotzdem allein bleiben: Bilder von zerrissenen Leichen, Schreie von Eingeklemmten oder, noch schlimmer, ihr plötzliches endgültiges Verstummen.

Im Morddezernat hatte er dann noch jahrelang weitergemacht, bis er gedacht hatte, es würde ihn erdrücken. Mit achtundvierzig, vor fünf Jahren, hatte er sich versetzen lassen und gehofft, in Baden-Baden einen ruhigeren Posten zu bekommen, einen mit weniger Toten und weniger Qual.

Lautlos glitt die Aufzugtür auf. Aus dem Innern drang gedämpfte Barmusik. Er ging hinein, drückte den Knopf zur fünften Etage und starrte geistesabwesend in den getönten Spiegel. Er bemühte sich, seine Gedanken nicht abschweifen zu lassen, aber unwillkürlich tauchte, wie so oft in Situationen dieser Art, wieder das Bild seiner toten Mutter vor seinem geistigen Auge auf. Er blinzelte ein paar Mal, um die Erinnerung zu vertreiben, und war in gewisser Weise erleichtert, als der Fahrstuhl mit einem leisen Gong stehen blieb. Dann wiederum wünschte er sich, dieser Aufzug wäre einfach immer weiter gefahren, und er müsste niemals aussteigen.

Es war ein Fehler gewesen, allein herzukommen, das wusste er jetzt. Seine Kollegin Sonja Schöller wäre für diese Mission die richtige Begleitung gewesen, sie war einfühlsam und konnte gut trösten. Frauen konnten das einfach besser.

Nur noch ein paar Schritte, und er wusste immer noch nicht, was er sagen sollte oder wie.

Vor dem Zimmer blieb er stehen. Schultern zurück! Tief einatmen! So hatte es ihm vor vielen Jahren sein Therapeut geraten, mit dem er versucht hatte, das Trauma vom Tod seiner Mutter zu verarbeiten. Sie war von einem unbekannten Einbrecher die Kellertreppe hinuntergestoßen worden. Er hatte sie gefunden, als er aus der Schule kam. Zehn war er damals gewesen. Wieder sah er ihren zerschmetterten Kopf, die verwinkelten Arme und Beine vor sich.

Was hätte er in diesem Augenblick hören wollen? Kein Mitleid. Das hätte ihn nur noch mehr weinen lassen. Kühle Fakten hatte er vermisst, mit denen er etwas hätte anfangen können. Aber es gab damals keine. Genauso wenig wie heute. Sonnefeld war ermordet worden, und vorerst hatten sie keine Spur, weder vom Täter noch von einem Motiv.

Sein Klopfen klang dumpf. Einen winzigen Augenblick hoffte er, sie würde es nicht gehört haben oder sie würde gar nicht da sein, würde ihm einen Aufschub geben. Aber da öffnete sich die Tür.

Anna Fröhlich sah anders aus, als er sie sich vorgestellt hatte. Aus irgendeinem unerklärlichen Grund hatte er eine hilflose, zarte Person erwartet, klein und elegant. Die Frau, die vor ihm stand, wirkte wie eine starke, liebevolle, italienische Mamma, die Trost spenden konnte, statt selbst Trost zu brauchen. Sie war füllig, die dunklen lockigen Haare quollen ihr offen über den Rücken. Sie trug einen bequemen Hausanzug und hatte ein Glas mit einem Rest hellbrauner Flüssigkeit in der Hand. Whisky, das roch er.

Fragend sah sie ihn an, eine Hand in der Hüfte abgestützt. Ein letzter Atemzug, dann würde ihre gewohnte Welt zerbrechen.

»Mein Name ist Gottlieb, ich bin von der Kriminalpolizei«, presste er heraus.

Das Glas rutschte ihr aus der Hand und fiel auf den Boden.

Tonlos formten ihre Lippen ein Wort: »Sonny?«

Er nickte. »Es tut mir leid, sehr leid.« Mehr brauchte er nicht zu sagen. Sie hatte verstanden, dass ihr Ehemann tot war, das sah er ihr an.

Sie stand wie versteinert, nur ihre Augen wurden dunkel. Dann drehte sie sich um, ging steifbeinig ins Zimmer und setzte sich in einen der beiden Sessel, die unter der Fensterfront standen. Sie legte ihr Gesicht in die Hände und stieß einen kleinen Laut aus, ganz leise, als wolle sie niemanden stören. Dann wiegte sie sich langsam vor und zurück.

Gottlieb hob das Glas auf und folgte ihr ins Zimmer. Leise schloss er die Tür und trat ans Fenster. Unten, vor dem Kurhaus, wogte das Kurparkmeeting, Essensdüfte und Rauchschwaden des großen Auerhahn-Fleischgrills lagen in der Luft. Gerade wurde Tony Marshall lautstark als Ehrengast angekündigt. Beifall brandete auf, Pfiffe, Bravorufe.

Bitte keine Schunkellieder, betete er unwillkürlich, nicht jetzt.

Er konnte im Augenblick nichts tun, sondern musste warten. Schweigend. Was sollte er auch sagen.

»Schöne Maid, hast du heut für mich Zeit«, schwappte es ins Zimmer. Hastig schob Gottlieb die Gardine zur Seite und fand den Fenstergriff. Sofort war die Musik wie abgeschnitten.

Jetzt lastete Stille in dem Raum, schwer, immer schwerer werdend. Leise räusperte er sich.

»Wie denn? Wie denn nur?«, wimmerte Anna Fröhlich.

Er zwängte sich in den zweiten Sessel und legte seine Hand auf ihre Schulter. »Es tut mir so leid«, wiederholte er. »Er wurde gefunden. In der Box von Rother Wind.«

Anna Fröhlich hob den Kopf. Ihre Augen waren tränenlos und weit aufgerissen. »Hat das Pferd ihn …?«

»Nein. Das nicht. Ein Messer – äh, also, er wurde ermordet.«

»Ermordet!«, echote die Frau und schlug sich erneut die Hände vors Gesicht.

»Deshalb habe ich Fragen, die nicht bis morgen warten können.« Nun war es heraus. Die schlimmsten Sätze waren gesagt.

Gottlieb wusste aus Erfahrung, dass er der trauernden Anna Fröhlich etwas Zeit lassen musste. Er schielte zur Uhr und befahl sich, an etwas anderes zu denken. Gleich neun. Ob die Kollegen alles im Griff hatten? Hatten sie schon Zeugen gefunden?

Anna Fröhlich saß wie versteinert im Sessel, die Hände immer noch vor dem Gesicht. Gottlieb sah sich um. Nicht schlecht. Geräumig. Kurparkzimmer, mittlere Preiskategorie. Dreihundert Euro die Nacht. Es gab teurere Räume in diesem Haus, sogar eine Suite mit vier Zimmern, zwei Bädern und einem Flügel. Das wusste er von einer Dienstbegehung anlässlich der Eröffnung vor vier Jahren.

Die Farben waren gediegen, Braun und Beige, die Decke etwas niedrig für seinen Geschmack. Aber der Schallschutz war perfekt. Es war nichts zu hören außer diesem leisen, undefinierbaren Ton, den Anna Fröhlich hin und wieder ausstieß. Wenn sie doch nur damit aufhören würde. Er wusste nicht, wie lange er sich noch ablenken und sich des Mitleids erwehren konnte. Ein heulender Kommissar – das wäre ja noch schöner. Himmel, nur nicht daran denken.

Plötzlich stand Anna Fröhlich mit einer energischen Bewegung auf und ging ins Badezimmer. Er hörte Wasser laufen, aber immer noch kein Weinen, kein Schnäuzen.

Als die Tür wieder aufging, wirkte sie gefasst. Sie versuchte sogar ein Lächeln, wenn es auch reichlich kläglich ausfiel.

»Ich will alles wissen«, sagte sie und setzte sich aufrecht auf die Sesselkante, die Hände auf den Knien.

Gottlieb berichtete das Wenige, das er wusste.

Anna Fröhlich presste eine Hand vor den Mund und hörte regungslos zu. Ihre aufgerissenen Augen zeigten das Entsetzen, das sie durchlitt. Aber es half nichts. Sie musste alles wissen, denn nur so konnte sie vielleicht helfen.

»Aber wer?«, fragte sie schließlich. »Wer konnte das tun? Sonny hat niemandem etwas getan. Er war so, so …« Sie fuhr sich durch die langen Haare, dann hatte sie sich wieder in der Gewalt. »Ich will Ihnen helfen. Was kann ich tun?«, fragte sie heiser.

Eine bemerkenswerte, starke Person, dachte Gottlieb bewundernd.

»Mit wem hat er sich nach dem Rennen getroffen? Hatte er in letzter Zeit mit jemandem Streit? Konnte jemand ein Motiv gehabt haben? Gibt es jemanden, der ein Interesse an seinem Tod haben könnte? Wann haben Sie beide sich heute getrennt?« Die seit Stunden aufgestauten Fragen sprudelten aus ihm heraus.

»Er ist gestern in aller Herrgottsfrühe nach Köln gefahren, in den Rennstall, und hat mit Udo Retzlaff zusammen das Pferd nach Iffezheim begleitet. Rother Wind ist beim Transport und vor Rennen schrecklich nervös, da war es besser, dass Sonny selbst mitfuhr. Manchmal nimmt Rother Wind bis zu acht Kilo ab, so regt er sich auf.«

»Und wo waren Sie?«

»Ich – wir hatten gestern noch eine Hochzeit im Hotel. Da musste ich alles Mögliche erledigen. Ich bin heute nach der Abrechnung direkt zur Rennbahn gefahren, und wir haben dort zusammen zu Mittag gegessen, mit unserem Trainer, Carlo Hausmann, und dessen Frau Eva. Dann sind wir gemeinsam zum Führring gegangen. Nach dem verkorksten Rennen wollte Sonny noch bleiben, aber ich hatte die Nase voll und wollte nur noch ins Hotel, duschen, relaxen. Sechster Platz! Was für eine Riesenenttäuschung. Wir hatten sehr auf einen Sieg gehofft. Rother Wind ist unser erster Zuchterfolg. Ein wundervolles Tier mit einer großen Zukunft.«

Anna Fröhlich verstummte atemlos. Dann lachte sie bitter. »Aber das wollen Sie gar nicht wissen, nicht wahr? Sie wollen einen Hinweis auf den Mörder. Glauben Sie mir, wenn ich es wüsste, ich würde ihn eigenhändig … Ja, ich würde ihn umbringen, auf der Stelle! Büßen muss er!«

Gottlieb starrte auf seinen Notizblock, um ihr Gelegenheit zu geben, sich wieder zu fangen. »Wann haben Sie Ihren Mann also zuletzt gesehen?«, fragte er schließlich vorsichtig und versuchte, mit seiner Stimme die Balance zwischen Mitleid und leichtem Ärger über ihre Drohung zu halten.

»Lassen Sie mich überlegen. Das Rennen fand um fünfzehn Uhr zwanzig statt. Den Zieleinlauf haben wir uns im Technischen Gebäude auf dem Monitor angesehen, danach sind wir nach draußen gegangen, um Fiebig und Rother Wind in Empfang zu nehmen. Da war es vielleicht halb vier, Viertel vor vier. Genau weiß ich es nicht. Es gab natürlich ziemlichen Ärger.«

»Mit wem?«

»Mit dem Jockey natürlich. Rother Wind war tadellos in Schuss gewesen. Gut, im Führring gab es einen kleinen Vorfall, aber dann hat er einen exzellenten Start gehabt. Es gab keinen Grund, warum er danach so extrem abfiel. Das sollte uns Fiebig erst mal erklären.«

»Und weiter?«

Anna Fröhlich stand auf und stellte sich mit verschränkten Armen ans Fenster. Schwer atmend starrte sie hinaus in die einsetzende Dunkelheit. Gottlieb hätte am liebsten das Licht angeschaltet. Ihn störte es, wenn er jemandem, von dem er Antworten erwartete, nicht ins Gesicht sehen konnte. Aber er wollte sie auf keinen Fall ablenken. Er versuchte, sich auf den Klang der Stimme zu konzentrieren, als es aus Anna Fröhlich hervorbrach:

»Das riecht doch alles nach Foul Play. Es gibt keinen anderen Grund für so ein schlechtes Abschneiden. Rother Wind war der Top-Favorit! Zu Recht! Er war in Bestform. Warum also ist er aus heiterem Himmel der Konkurrenz hinterhergelaufen? Manipulation von außen scheidet aus, denn wir hatten Udo Retzlaff noch einmal besonders eingeschärft, das Tier nicht aus den Augen zu lassen. Er hat sich garantiert daran gehalten. Er wusste, er würde sonst seinen Job verlieren. Also kann doch nur der Jockey dahinterstecken, oder? Sie wissen, dass Fiebig im Januar 2002 in Fernost disqualifiziert wurde? Wegen Drogen?«

»Das ist ein ernst zu nehmender Vorwurf.«

»Genau. Genau das denke ich auch. Fragen Sie doch Fiebig, wo er zur Tatzeit war.«

»Das werden wir.« Jetzt drückte Gottlieb doch auf den Lichtschalter der Tischlampe.

Wie in Zeitlupe drehte sich Anna Fröhlich um. Täuschte es, oder sah sie zufrieden aus? Nein, er irrte sich. Sie faltete ihre Hände so fest, dass ihre Fingerknöchel weiß wurden, dann sah sie zu Boden und flüsterte:

»Um Gottes willen, was habe ich da gesagt! So war das nicht gemeint. Ich will Fiebig nicht beschuldigen. Er war der beste und älteste Freund meines Mannes.«

Sie dachte einen Augenblick nach, dann warf sie den Kopf zurück. »Nach der Drogensache hatte er ein halbes Jahr Sperre, seine Stelle war futsch, niemand wollte ihn mehr haben. Sonny und ich haben ihm mit einem Exklusivvertrag einen ersten Neuanfang ermöglicht. Ich kann mir nicht vorstellen, dass man jemanden umbringt, dem man so dankbar sein sollte. Das kann doch gar nicht sein. Vergessen Sie, was ich gesagt habe. Bitte!«

Doch Gottlieb war schon aufgestanden. »Wir brauchen jeden noch so kleinen Hinweis. Dafür bin ich Ihnen sehr dankbar. Machen Sie sich keine Sorgen, Frau Fröhlich. Wir werden behutsam vorgehen. Wenn Fiebig ein Alibi hat, ist ja alles in Ordnung. Kann ich Sie jetzt allein lassen? Brauchen Sie ein Beruhigungsmittel? Einen Arzt? Oder haben Sie Angehörige, die ich benachrichtigen soll? Geschwister vielleicht?«

Anna Fröhlich hob ruckartig den Kopf. »Meine Schwester? Nein, ich komme schon zurecht.«

»Wir haben einen Notfallkrisendienst. Es könnte jemand kommen, damit Sie nicht allein sein müssen.«

»Danke. Ist alles gut so. Ich will allein sein.«

»Ein Arzt könnte Ihnen ein Beruhigungsmittel geben.«

»Ich will nicht schlafen.« Wieder presste sie ihre Hände an den Mund, wie um ihre Fassung nicht zu verlieren.

Gottlieb ging zu Tür. »Ich brauche Sie morgen früh«, sagte er leise und packte den rettenden Türgriff. »Es tut mir sehr leid. Aber ich muss Sie bitten, um neun Uhr bei uns zu sein. Hier ist meine Karte, und hier die Karte vom Notfallkrisendienst. Für alle Fälle.«

Gottlieb legte die Karten auf den Tisch und reichte Anna Fröhlich zum Abschied die Hand. Er erwartete, dass ihre Finger eiskalt sein mussten. Aber sie waren es nicht. Erstaunlich, wie unterschiedlich Menschen auf enormen Stress reagierten, fand er.

»Die – äh«, begann Anna Fröhlich. »Ich meine – wann kann ich meinen Mann sehen?«

»Morgen. Wir fahren zusammen nach Freiburg in die Rechtsmedizin. Nach dem Protokoll.«

Und noch im Lift nach unten in die Eingangshalle bewunderte Gottlieb, wie gefasst die Frau gewesen war. Wahrscheinlich war sie gleich hinter ihm, noch an der Tür, zusammengebrochen. Aber in seiner Gegenwart hatte sie Haltung bewahrt.

»Fragen Sie bitte in zehn Minuten auf Zimmer 510 nach, ob Frau Fröhlich etwas braucht. Ich habe eine schlimme Nachricht überbringen müssen«, bat er die freundliche Dame an der Rezeption. Dann trat er hinaus in das unpassend fröhliche Treiben des Kurparkmeetings, für das er weder Auge noch Ohr hatte. Es kümmerte ihn noch nicht einmal, dass jemand auf der Bühne ganz begnadet auf dem Saxophon »My Way« intonierte, sein Lieblingslied.

*

Während Lea über die Schlaglöcher in der Sophien- und Rotenbachtalstraße rumpelte und dann weiter über den Schlossberg und den Autobahnzubringer stadtauswärts fuhr, sah sie vor sich im Westen die Sonne langsam rotgold versinken. Ihr fiel wieder ein, wie glücklich und hoffnungsvoll sie vor mehr als zwei Jahren gewesen war, als sie an ihrem vierzigsten Geburtstag beschlossen hatte, von Würzburg nach Baden-Baden zu ziehen. Es war ein guter Entschluss gewesen. Sie hatte ihn nie bereut. Der richtige Zeitpunkt, das Leben neu zu ordnen und Abstand vom lieben, aber erdrückenden Justus zu bekommen.

An Weihnachten hatten sie sich endgültig voneinander verabschiedet, als Justus sie zum tausendsten Mal gedrängt hatte, den Job aufzugeben, zurück nach Würzburg zu ziehen und eine untätige, brave Ehefrau an seiner Seite, in seiner Wohnung, in seinem Leben zu werden. Es ging einfach nicht. Sie brauchte ihre Privatsphäre wie die Luft zum Atmen. Sie brauchte Zeit für sich selbst. Viel Zeit. Und das war an seiner Seite ausgeschlossen. Manchmal telefonierten sie noch, aber es waren eher Pflichtgespräche, wie man sie mit entfernten Verwandten dann und wann führt.

Während Lea das Ortsschild von Iffezheim passierte und wenig später langsam in die stille schmale Rennbahnstraße einbog, versuchte sie, diese Gedanken abzuschütteln. Ganz bewusst merkte sie sich Einzelheiten für ihren nächsten Artikel: Menschen standen in Grüppchen zusammen, mit gesenkten Köpfen und hilflosen Gesten. Manche umarmten sich. Aus den Fenstern der Gasthäuser drang nur gedämpftes Stimmengewirr, wesentlich leiser als an anderen Tagen. Ihr Auto wurde misstrauisch beobachtet. Später am Schreibtisch würde sie die richtigen Worte finden.

Im Schritttempo fuhr sie über die schmalen Wege nach hinten zum Boxendorf. Hier und da standen Tische und Stühle vor den Boxen, hatten sich Menschen versammelt.

Niemand nahm Notiz von ihr.

Sie stellte das Auto ab und fragte nach Andi. Aber niemand hatte ihn gesehen. Ihre Anrufversuche liefen ebenfalls weiterhin ins Leere.

An dem abgesperrten Boxenabschnitt 361 arbeiteten die Ermittler noch. Wahrscheinlich drehten sie jeden Strohhalm um auf der Suche nach einem abgerissenen Knopf des Mörders, einem Haar oder einem Hautpartikelchen. Hier war sie im Moment nicht willkommen. Wenn herauskam, dass sie vor ihnen im Stall gewesen war und fotografiert hatte, würde die Hölle los sein.

Auf der anderen Seite des Weges entdeckte sie den Pferdepfleger, der Rother Wind geführt hatte. Er saß mit einer Bierflasche in der Hand auf einer umgedrehten Schubkarre und sah den Ermittlern bei der Arbeit zu. Lea gesellte sich zu ihm. Er sah nicht auf, rührte sich nicht, machte ihr keinen Platz. Also blieb sie vor ihm stehen.

»Schlimme Sache«, begann sie vorsichtig.

»Jau.«

»Wie lange kannten Sie ihn?«

»Halbes Leben.«

Der Mann schaukelte die Bierflasche zwischen den Fingern und sah nicht hoch. Ganz offensichtlich wollte er seine Ruhe haben. Das sollte sie eigentlich akzeptieren. Aber sie musste mehr herausfinden.

»Wann ist es passiert?«

»Weiß nicht. Als ich weg war.« Der Mann nahm einen langen Schluck aus der Flasche.

»Wo ist denn das Pferd?«, versuchte sie es wieder.

Er machte eine unbestimmte Kopfbewegung. »Da hinten.«

»Wissen Sie sonst noch was über den Mord?«

»Nein.«

»Ich meine, was redet man? Hatte Sonnefeld Feinde?«

»Nee.«

Was für ein Sturkopf! So kam sie nicht weiter. Morgen vielleicht. Sie sah zu den Ermittlern in ihren weißen Schutzanzügen hinüber, die inzwischen Lampen aufgebaut hatten und sich leise beratschlagten. Sie zu fragen würde ähnlich zwecklos sein. Die Beamten durften keine Presseauskunft geben, das wusste sie. Sie musste also doch auf eine offizielle Information warten. Aber ob Gottlieb heute noch etwas Neues herausgab? Eher nicht.

Ein letzter Versuch. »Haben Sie Andi Fiebig gesehen?«

»Da hinten, in der letzten Reihe. Beim Gaul. Das ist man gut so. Denn kann ich mal in Ruhe ...« Der Mann sprach nicht weiter, sondern nahm erneut einen kräftigen Schluck.

Erleichtert lief Lea los. Andi war hier! Gott sei Dank! Jetzt würde sie die Antworten bekommen, die sie brauchte: Was für ein Mensch war Sonnefeld gewesen? Wer konnte ein Motiv für den Mord gehabt haben? Aber auch: War er ermordet worden, während er auf sie wartete? Oder gerade weil er auf sie gewartet hatte? Und wo hatte Andi eigentlich während der ganzen Zeit gesteckt?

FÜNF

Andi war kaum wiederzuerkennen. Er bewegte sich wie eine Marionette, Sprache und Reaktionen waren verlangsamt, als habe er ein starkes Beruhigungsmittel genommen. Schock, ganz eindeutig, diagnostizierte Lea. Seine Hände waren eiskalt, als sie sie berührte.

Sie überredete ihn, das Pferd einzuschließen und sie zur schmucklosen Kantine für das Pferdepersonal zu begleiten, die sich am Beginn des Boxendorfes befand. Auf dem asphaltierten Platz setzten sie sich an einen kahlen Tisch auf kalte, jedoch überraschend bequeme Plastikstühle.

Andi schüttelte immer wieder wortlos den Kopf, als wolle er nicht glauben, dass sein Freund gerade gestorben war. Seine Wimperntusche war verlaufen, das Make-up fleckig. Er sah aus wie ein müder Clown nach der letzten Vorstellung, ausgebrannt, verzweifelt und traurig. Unendlich traurig.

»Es tut mir leid, Fips. Sehr, sehr leid. Er war dein bester Freund, nicht wahr?«, sagte Lea leise, ohne eine Antwort zu erwarten.

Verlegen entzog Andi ihr seine Hände. Er fuhr sich mit der Zunge über die aufgesprungenen Lippen. »Nicht, was du denkst. Er war ein wirklicher Freund. Einer, auf den man sich verlassen konnte. Hundert Prozent. Wir hatten viel Spaß miteinander und so große Pläne!« Er starrte angestrengt in den mittlerweile sternenklaren Nachthimmel.

»Wie war er?«

Andi lachte freudlos auf, es klang wie trockener Husten. »Wie Sonny war? Hinreißend. Immer gut drauf. Das Leben war ein großer Spaß für ihn. Er hatte, wie sagt man so schön, Champagner im Blut. Es gab keine Probleme für ihn. Wenn er lachte – das war so ansteckend! Er konnte über sich selbst lachen wie kein Zweiter. Und er war entwaffnend charmant.«

Lea fiel die Szene im Führring ein, aber sie traute sich nicht, mit der Tür ins Haus zu fallen. Sie fand es ja schon pietätlos, in dieser Situation den Notizblock zu zücken und Andi über mögliche

Feinde seines Freundes zu befragen. Andererseits brauchte sie diese Informationen früher oder später. Das war nun mal ihr Beruf.

»Hat er sich mit seinem Charme nicht auch Feinde gemacht?«

Andi sah verblüfft aus. Dann lächelte er gequält. »Du musst nicht so drum herumschleichen, Lea. Das ist doch gar nicht deine Art. Ich verstehe ja, dass du Stoff für deinen Artikel brauchst und dass das nicht bis morgen Zeit hat. Ich versuche dir zu helfen, so gut ich kann. Es ist nur schwer für mich. Ich würde viel lieber über die Felder laufen und Abschied nehmen von Sonny. Du willst auf die Szene im Führring hinaus, als Sauerbrey auf ihn losging, nicht wahr?«

Lea nickte. Sie war überrascht, wie Fips sich verändert hatte. Früher wäre er schon wortlos aufgestanden und weggegangen, wenn sie ihm eine wesentlich harmlosere Frage gestellt hätte. Jetzt aber beugte er sich vor und konzentrierte sich. Seine Gesichtsfalten vertieften sich.

»Sauerbrey und er – das ist zehn Jahre her. Sonny, Udo Retzlaff und ich haben damals alle drei für das Gestüt Mainaue gearbeitet. Sonny – nun ja, Sonny war eben Sonny. Er fand Frauen aufregend, konnte einfach nicht die Finger von ihnen lassen. Auch nicht von Sauerbreys damaliger Frau, Fee. Fee allerdings verstand nicht, dass Sonny einfach gern unverbindliche Spiele spielte. Für sie wurde es ernst. So ernst, dass sie die Scheidung einreichte und Sauerbrey den Grund dafür beichtete. Ein Desaster, kann ich dir sagen. Sauerbrey tobte. Ich hatte den Eindruck, es ging ihm gar nicht so sehr um Liebe, sondern darum, dass Sonny ihm sein wertvollstes Sammlerstück gestohlen hatte. Gestohlen, ja, so drückte er sich aus. Sonny bekam eine Stunde, um das Gestüt zu verlassen.«

»Sammlerstück? Das hört sich merkwürdig an.«

»Wenn du Sauerbrey kennen würdest, würdest du es verstehen. Der ist regelrecht davon besessen, Dinge zu besitzen, außergewöhnliche Dinge. Je wertvoller, umso besser. Das gilt für alles um ihn herum, inklusive Ehefrau.«

Andi holte Luft und schüttelte wieder den Kopf. »Fee tat uns allen leid. Sie lebte im sprichwörtlichen goldenen Käfig. Keinen Schritt durfte sie außerhalb des Gestüts ohne Sauerbrey machen, hatte ihren Beruf aufgeben müssen, um immer zu Hause zu sein. Nicht mal zur Kosmetikerin oder ins Fitnessstudio durfte sie. Gesichtsbehandlung? Die Kosmetikerin kam ins Haus. Laufbandtraining? Im Gestüt wurde das beste Fitnessstudio weit und breit eingerichtet, damit Fee das Grundstück nicht verlassen musste. Kein Wunder, dass sie den Kopf verlor, als Sonny in ihr Leben trat. Ach, du hättest Sonny kennen müssen, um das zu verstehen!«

Er verzog das Gesicht und verfiel in Schweigen.

Lea ließ ihm Zeit und sah sich um. Neugierige Augenpaare wandten sich ab, die Gespräche an den umliegenden Tischen schwollen an. Bedrückte Stimmung. Ihr fiel ihre Begegnung mit Sonnefelds Ehefrau Anna ein. Die robuste Person wirkte nicht gerade wie eine Traumfrau für einen Charmeur, der von Blüte zu Blüte flatterte.

»Wieso hat er dann geheiratet?«

»Anna war anders. Zum ersten Mal konnte er mit einer Frau über Pferde fachsimpeln. Sie ist so was von verrückt nach Pferden! Er hat sie als gleichwertigen Partner angesehen. Anna hatte ihrem Nachbarn, dem Rothhof, damals eine kleine, bescheidene Zucht abgekauft und wollte aus ihrem Hotel einen Reiterhof machen. Eigentlich ein Wahnsinn. Sie und ihr Vater hatten schon genug um die Ohren mit dem Hotel. Aber sie hatte sich dieses Projekt in den Kopf gesetzt. Ein Jugendtraum, hat sie mir mal verraten. Es war ein Glücksfall für sie, dass Sonny just in dem Moment bei Sauerbrey rausgeflogen war, als sie Hilfe brauchte. Sie hat ihn vom Fleck weg engagiert.«

Der Anflug eines warmen Lächelns überzog sein trockenes Gesicht wie ein feines Gitternetz. Dann wurde er wieder ernst und fuhr leise fort: »Sonny und sie saßen oft auf dem Zaun der Koppel und diskutierten, wie sie eine rentable Zucht aufbauen könnten. So kam die Idee mit den Vollblütern und den Pferderennen. Viel Geld war nicht da, es steckte alles in den Gebäuden und Grundstücken. Es kam also auf großes Geschick an, ganz anders als vorher bei Sauerbrey. Eine Herausforderung, nicht nur für Sonny. Anna blühte in dieser Zeit regelrecht auf. Man konnte ihr ansehen, dass sie mit jeder Faser verliebt war, und auch Sonny schien sich in ihrer Gegenwart wohl zu fühlen. Irgendwann war allen klar, dass sie heiraten würden. Sie hatten ein gemeinsames Ziel. Wer hat das schon. Als Rother Wind im Februar 2000 geboren wurde, war das ein großer Triumph für sie. Er war ihr Baby, verstehst du?«

Andis Hände zitterten, während er sich übers Gesicht fuhr. Er sah so schlecht aus, dass Lea Angst bekam.

»Möchtest du etwas essen?«, fragte sie und ärgerte sich, dass sie nicht früher daran gedacht hatte. Sie hatte ihn doch genau deshalb hierher gelotst.

Andi schüttelte den Kopf voller Widerwillen. »Essen? Um Gottes willen.«

»Etwas zu trinken? Wein? Bier? Cola?«

Wieder wildes Kopfschütteln. »Lass mich einfach.«

»Fips, sei vernünftig. Wenn du dich sehen könntest. Du siehst ja aus wie der Tod. Ausgemergelt und halb verdurstet.«

»Ich muss bis Sonntag noch ein Kilo runterhaben.«

»Ein Kilo? Du bist doch nur Haut und Knochen. Wie soll das gehen?«

»Wie immer: Joggen, Gewichte stemmen, Sauna. Vor allem nichts essen und nichts trinken, gerade nur das Allernotwendigste. Erst Sonntagabend wieder.«

»Das ist ungesund. Es ist viel zu warm. Ich hole dir jetzt wenigstens ein Glas Wasser.«

Lea stapfte energisch in das Kantinengebäude und gab ihre Bestellung auf. Das Wasser nahm sie gleich mit.

Andi ergriff das Glas mit beiden Händen und drehte es bedächtig. Dann trank er vorsichtig einen winzigen Schluck und spülte ihn wie bei einer Weinprobe im Mund hin und her, ehe er ihn endlich mit aller Aufmerksamkeit hinunterschluckte. Langsam schob er das Glas weg. »Köstlich, Lea, danke.«

Sie schob es ihm wieder zu. »Das war viel zu wenig!«

»Hör auf! Du bist ja schon wie Anna. Die bemuttert mich auch ständig. Ich bin oft bei ihnen, und dann tischt sie immer auf, als wäre ich Ringer oder Kugelstoßer.« Wieder hob er den Kopf und starrte, merklich nach Fassung ringend, in den Himmel.

Lea ließ ihm Zeit. Ihr alkoholfreies Bier kam, eiskalt, wie es sein sollte. Durstig stürzte sie ein halbes Glas hinunter. Erst jetzt fiel ihr ein, dass sie seit Stunden nichts mehr getrunken hatte. Seit der Einladung von Gottlieb, vor einer halben Ewigkeit.

»Wie hältst du das nur aus ohne zu trinken?«, fragte sie.

»Unser Gewicht zu halten ist unser Job – oder vielmehr seine Kehrseite. Aber dafür kriegen wir gutes Geld, das kann man nicht anders sagen. Fünf Prozent des Preisgeldes, plus Spesen. Das gleicht vieles aus. Ich habe mir schon ein Polster angespart.« Wieder schluckte er trocken und hob den Kopf. »Aber was nützt mir das. Sonny ist tot.«

»Was hattest du mit dem Geld vor?«

Er wich ihrem Blick aus. »Am liebsten in eine Zucht einsteigen. Ich bin zweiundvierzig, höchste Zeit umzusatteln. Sonny hat das mit dem Hungern schon viel früher nicht mehr gepackt, der hat mit neunundzwanzig seine Jockey-Karriere hingeschmissen, den Meister gemacht und wurde Gestütsleiter. Aber dazu muss man fleißig sein und gern lernen. Nicht so mein Fall. Sport ist schon eher mein Ding, das weißt du ja noch, oder? Kannst du dich erinnern? An damals?«

Lea konnte es kaum glauben. Wollte er tatsächlich über die Vergangenheit reden? Gab er ihr die Chance, endlich alles richtig zu stellen? Die Bilder in ihrem Kopf überschlugen sich. Fips, der Hänfling mit den O-Beinen, die Sportskanone. Schulbester des Armin-Knab-Gymnasiums in Kitzingen im Fünftausendmeterlauf, gefragter Fußballstürmer in der B-Jugend Kreisklasse.

1978 waren sie beide fünfzehn gewesen und gingen in dieselbe Klasse. Ein paar Mitschülerinnen flüsterten bereits von ihren ersten Freunden, die Jungen in der Klasse begannen, kichernde Bemerkungen über Miniröcke und Büstenhalter fallen zu lassen. Nur Fips nicht. Fips rannte und machte Klimmzüge und übte Weitwurf wie ein Besessener. Ein komischer Kauz, ein Einzelgänger, der selbst bei seinen Sportkameraden auf Distanz blieb. Man begann, Witze über ihn zu reißen. »Würstchen«, »Klammeraffe«, »Rennschwein«. Er reagierte biestig und zog sich noch mehr aus der Klassengemeinschaft zurück. »Giftzwerg« folgte.

Lea war die Einzige, die ihn weiterhin mit »Fips« anredete und sich normal mit ihm unterhielt. Sie war auch die Einzige, die er noch an sich heranließ, vielleicht weil sie den gleichen Schulweg hatten, vielleicht weil sie schon damals lieber zuhörte als über sich zu reden. Da waren sie sich ähnlich.

In der Schule wurde er immer verschlossener und geheimnisvoller, anders eben. Und damit zur Zielscheibe immer größerer Gemeinheiten vonseiten seiner pubertierenden Mitschüler. Sie versteckten seine Hefte, piesackten ihn mit Reißzwecken auf dem

Stuhl, quittierten seine Referate mit eisigem Schweigen. Er tat Lea leid. Aber sie wunderte sich auch, was ihn dazu bewog, alles klaglos hinzunehmen und damit den Zorn seiner Peiniger erst recht anzufachen.

Nur durch Zufall kam Lea schließlich hinter sein Geheimnis. Sie hatte nicht spionieren wollen, ganz bestimmt nicht. Sie hatte wirklich ihre Turnschuhe nach dem Sportunterricht vergessen gehabt. Schnell, ehe abgeschlossen wurde, war sie zurück in die Umkleide gerannt. Und da hatte sie es gehört. Sie hatte immer schon ein extrem gutes Gehör gehabt. Diese Geräusche verursachten ihr eine Gänsehaut. Da war jemand, der versuchte, kein Geräusch zu machen! Hinter der Tür der Knabenumkleidekabine. Ein Dieb! Mehr dachte sie nicht, als sie mit Herzklopfen gegen die Tür hämmerte und lauthals befahl: »Komm da raus. Ich habe alles gehört.«

Ein unterdrücktes Murmeln, ein Rascheln, dann waren Fips und der gut aussehende Horst Blank aus der Abiturklasse mit hochroten Köpfen in der Tür erschienen. »Lea, bitte, sag nichts«, hatte Fips sie angefleht und sein Handtuch um die Hüfte straff gezogen. Lea war mit einem Schlag klar geworden, was sie gerade entdeckt hatte. Nein, sie hatte es niemandem verraten. Niemals. Sie hätte sich viel zu sehr geschämt. Was sie da gesehen hatte, durfte es doch gar nicht geben! Homosexuelle Liebe war damals nicht nur bei Strafe verboten, sondern ein Tabu. Fips würde seines Lebens nicht mehr froh werden an der Schule! Sie würde ihren Mund halten. Niemals würde ihr auch nur eine Andeutung entschlüpfen!

Aber schon am nächsten Tag hatte es die Runde gemacht. Bis heute hatte sie keine Ahnung, wer außer ihr die Szene noch beobachtet haben könnte. Schon vor der ersten Schulstunde waren die Klassenkameraden über Fips hergefallen, hatten ihn bespuckt, ihn lachend hin und her geschubst, auf den Boden geworfen, mit Füßen traktiert. »Schwule Sau«, »Schwuchtel«.

Fips ließ alles mit sich geschehen. Unverwandt und schweigend starrte er Lea an, und diesen Blick würde sie nie mehr im Leben vergessen. Sie war wie gelähmt. Fips dachte, sie hätte alles ausgeplaudert! Vor Entsetzen brachte sie keinen Ton heraus und stand wortlos dabei, bis ein Lehrer dazwischenfuhr. In der ersten Stunde wurde Fips zum Direktor gerufen und kehrte nicht mehr ins Klassenzimmer zurück. Auch Horst Blank verschwand am selben Tag. Ihn hatte sie Jahre später, während ihres Studiums in Würzburg, als Aushilfsbedienung auf dem Kilianifest gesehen. Von Weitem nur. Sie hatte sich umgedreht und war schnell weggegangen, denn eine Begegnung wäre ihr selbst damals noch peinlich gewesen. Auch von Fips hatte sie nie mehr gehört, bis letzten Freitag in der Redaktionskonferenz.

»Die Sache damals«, begann sie nun. »Ich war es nicht. Ich habe niemandem etwas gesagt. Es muss euch noch jemand beobachtet haben.« Sie begann zu schwitzen. Es war ihr unangenehm, die Sache aufzuwärmen, aber es musste sein. Um ihres Seelenfriedens willen. Es war nicht gerecht, dass Fips glaubte, sie hätte ihn verraten. Er musste – ja, was musste er? Ihr Absolution erteilen? Was tat sie hier eigentlich? Was verlangte sie von ihm? Sein bester Freund war gerade ermordet worden und sie –

»Ach Lea«, unterbrach Andi ihre Gedanken, »ich habe so viele Gemeinheiten und Verrat erlebt, es ist egal. Wirklich vollkommen egal.«

»Aber mir nicht!«

Er zuckte mit den Schultern und trank einen weiteren Schluck von dem Wasser. »Die Polizei hier, ist die gut? Meinst du, die finden Sonnys Mörder?«, fragte er mit belegter Stimme.

Lea griff den Themenwechsel dankbar auf. »Bestimmt. Kriminalhauptkommissar Gottlieb ist ein fähiger Kopf. Der wird nicht eher ruhen, bis der Täter gefasst ist.«

»Gottlieb? So? Mich hat vorhin ein junger Polizist befragt. Decker oder so ähnlich. Sehr unangenehm. Als wenn ich etwas mit dem Mord zu tun haben könnte. Was für eine absurde Idee. Aber so sind sie, die Polizisten. Schwarz und Weiß. Du weißt, dass ich vor ein paar Jahren für Rennen gesperrt war?«

»Drogen. Ich habe im Archiv davon gelesen.«

»Drogen, Mann, wie sich das anhört. Disqualifiziert. Gesperrt. Dabei habe ich mit der Prise Koks nur versucht, diesen verdammten Hunger noch einen Nachmittag lang auszuhalten. Einen Nachmittag! Verrat begleitet mein Leben. Irgendjemand von den lieben Kollegen hat mich verpfiffen. Jemand, der wahrscheinlich von sich selbst ablenken wollte. Was meinst du, was hinter den Kulissen los ist? Jeder ist blöde, der nichts nimmt. Aber noch blöder ist der, der sich erwischen lässt. Ich glaube, nur das haben sie mir angekreidet.«

Andi tauchte den Zeigefinger in das Glas und strich sich damit über die Lippen. »Sonny hat mir damals geholfen. Er hat mir ein halbes Jahr nach der Sperre angeboten, seine Pferde vom Rothhof exklusiv zu reiten. Damit hat er mir geholfen, mich selbständig zu machen. Im September 2002 saß ich nach neun Monaten Pause endlich wieder auf einem Pferd, auf Rother Wind. Es war sein erstes Rennen, und ich habe geschworen, dass ich alles geben werde, um aus diesem Prachtkerl das Beste herauszuholen. Weißt du, dass ich bei seiner Geburt dabei war? Normalerweise ist man in diesem Geschäft nicht sehr emotional. Die Pferde werden in der Regel nur als Maschinen angesehen, die ihren Zweck erfüllen und Geld bringen sollen. Aber bei Rother Wind war das anders. Er hat uns allen sehr viel bedeutet. Dabei sah man es dem Gaul zuerst gar nicht an! Aber dann, Mannomann, dann hat er losgelegt.«

»Heute hat er verloren.«

»Das verstehe ich nicht. Ich verstehe gar nichts mehr. Gut, er war im Führring ein bisschen behäbig. Dann diese Aufregung am Ausgang des Rings. Ich weiß immer noch nicht, was ihn da so erschreckt hat. Ich habe ihn kaum beruhigen können. Aber als er endlich in der Startmaschine war, da dachte ich, alles wird gut. Er lief so gut los wie noch nie. Vielleicht war das noch der Stress von der Aufregung vorher. Und dann – puff. Als hätte jemand den Stecker gezogen. Ich hatte Angst, er bricht unter mir zusammen.« Andi schwieg einen Moment und starrte ins Glas. Dann hob er den Kopf und sah Lea an. Diesen Blick kannte sie. Er hatte sie all die Jahre verfolgt. »Sie haben vorhin einen Drogentest mit mir gemacht. Einmal Drogen, immer Drogen. Dabei bin ich nicht mal vorbestraft. Damals ist das Doping nur von der Rennkommission geahndet worden. Seitdem bin ich clean! Nicht mal ein Bier in der Freizeit. Nichts.«

»Dann hast du doch nichts zu befürchten.«

Wieder dieser Blick. Lea wurde es mulmig.

Doch dann sackte Andi zusammen. »Richtig«, murmelte er. »Gar nichts.«

»Wann hast du Sonny zuletzt gesehen?«

Er sah zur Seite. »Weiß nicht. Keine Ahnung.«

Das Herz begann ihr bis in den Hals zu klopfen. »Habt ihr euch nicht für Viertel nach sechs an der Box verabredet? Für mein Interview?«

»Interview? Mit Sonny? Spinnst du jetzt? Wolltest du jetzt eine Story über mich schreiben oder über Sonny?«

Jetzt war er eingeschnappt. Sofort bekam Lea ein schlechtes Gewissen. Wie schaffte Fips das nur immer? War das alles kompliziert! »Nicht ich, er hat das Treffen vorgeschlagen. Er wollte mir Rother Wind zeigen. Für eine Geschichte über Ross und Reiter, wie er sagte.«

»Ja, das glaube ich sofort. Sieht ihm ähnlich!«

Das war keine Antwort, die ihr weiterhalf. Also hatte Sonnefeld allein auf sie gewartet und war wegen ihrer Verspätung seinem Mörder begegnet. Das durfte doch nicht wahr sein! Dann wieder rief sie sich zur Ordnung. Sie war nicht schuld an dem Geschehen! Entweder war es eine Tat im Affekt gewesen, Zufall also, oder aber geplanter Mord. Der jedoch hätte so oder so stattgefunden, auch ohne sie, vielleicht nur zu einem anderen Zeitpunkt. Trotzdem, beruhigt war sie nicht. Es wäre ihr viel lieber gewesen, Andi hätte etwas gesagt, das ihr komisches schlechtes Gewissen entlastet hätte. Doch er sah so aus, als sei das Gespräch für ihn für heute beendet.

»Das war's dann wohl, oder? Deine Reportage wirst du wahrscheinlich nicht mehr machen wollen, oder? Mit einem Verlierer auf der ganzen Linie?«

Im Prinzip hatte er recht. Andererseits – sollte er, nur weil er verloren hatte, wirklich keine Zeile mehr wert sein? Sie kam sich bei dieser Vorstellung schlecht vor. Sie könnte doch eine ganz andere Geschichte daraus machen, eine mit Tiefgang, über jemanden, der alles gegeben und nun nicht nur ein wichtiges Rennen, sondern auch seinen besten Freund verloren hatte. Warum schlug sie ihm das nicht vor?

Er legte seine kalte Hand auf ihren Arm. »Ich wäre heute sowieso nicht in Stimmung, Lea. Lass mich jetzt in Ruhe, ja? Ich muss über so viele Dinge nachdenken.«

Er stand auf und ging davon. Lea sah ihm nach und wusste selbst nicht, warum sie sich so unwohl fühlte.

SECHS

Sie war sehr müde, als sie endlich nach Hause kam. Vom Parkplatz aus sah sie, dass im Wohnzimmer ihrer Vermieterin noch Licht brannte.

Sie tippte die Klingel nur ganz kurz an, da wurde die Tür schon von innen geöffnet. Frau Campenhausen war trotz der späten Stunde tadellos gekleidet und sah Lea hellwach und gespannt an.

»Ich habe es im Radio gehört! Ein Mord! Kommen Sie herein, erzählen Sie, wenn Sie nicht zu müde sind, Kind!«

Nachdem sie ein Glas Grauburgunder kredenzt hatte, lauschte die alte Dame mit roten Flecken auf den Wangen Leas Schilderungen. Sie vergaß sogar, Mienchen zu streicheln, die sich nach einer Weile auf das Sofa verzog.

»Was habe ich Ihnen gesagt? Dick Francis!«, platzte sie heraus, als Lea mit ihrem dürftigen Bericht geendet hatte. »Aber dass ein Besitzer in seiner eigenen Pferdebox umgebracht wird – ich glaube, das gab es selbst bei ihm nicht. Wie aufregend!«

Sie ließ es sich nicht nehmen und stellte Lea einen Teller badische Kartoffelsuppe und ein Stück Zwetschgenkuchen hin. Dann flatterte sie aufgeregt zum Bücherregal.

Begeistert kostete Lea die samtige Suppe und den frischen, nach Zimt schmeckenden Kuchen. Mienchen schlich heran, strich um ihre Beine, schnurrte und ließ sich sogar kurz streicheln. Doch gleich darauf stolzierte sie beleidigt zurück zum Sofa, weil Lea ihr nicht einen Krümel abgeben wollte. Das hatte Frau Campenhausen ihr schon lange streng verboten. Lea schleckte sich ungeniert und genüsslich die Finger ab und fragte sich, ob sie Frau Campenhausen zwei Stück Kuchen für Donnerstag abschwatzen konnte. Sie könnte ihn solange einfrieren.

Ehe sie fragen konnte, drehte Marie-Luise sich mit einem dünnen Band in der Hand um. »Hier! ›Doping‹! Das passt! Das müssen Sie lesen! Hier steht vielleicht, warum das Pferd im Führring so verrückt gespielt hat!«

Lea versuchte, ihr Lächeln zu verbergen. Hobbydetektivin Campenhausen war in ihrem Element!

Doch die alte Dame verstand ihr Lächeln offenbar falsch. »Entschuldigen Sie, ich überfalle Sie einfach so. Wo bleibt nur mein Benehmen! Außerdem – so ganz trifft der Sachverhalt im Buch nicht zu. Dort werden bei eher mittelmäßigen Pferden Angsterinnerungen ausgelöst, damit sie Adrenalin ausschütten, in Panik losgaloppieren und deshalb gegen alle Erwartungen gewinnen. Das Gegenteil war ja heute der Fall. Meine Güte! Rother Wind wurde sechster! Dafür muss es einen Grund gegeben haben.«

Kopfschüttelnd trug sie die Teller in die Küche, machte aber gleich wieder mit erhobenem Zeigefinger kehrt:

»Ich hab's! Negativdoping! Da gibt man dem Top-Favoriten Valium und wettet auf den Konkurrenten. Das kann eine richtig hohe Quote bringen. Da sollten Sie einhaken.«

Lea lachte herzhaft. »Frau Campenhausen! Das ist Sache der Polizei! Ich kann und will mich da nicht einmischen. Die werden den Täter schon finden!«

»Kind, ich kenne Sie doch! Morgen früh können Sie nicht mehr schlafen, weil es Sie in den Fingern juckt, der Polizei einen Schritt voraus zu sein. Die Frage ist nur: Wer konnte an das Pferd herankommen und ihm das Mittel verabreichen?«

»Frau Campenhausen! Niemand hat bisher etwas von Doping oder Negativdoping gesagt! Außerdem – was hat das mit dem Mord zu tun?«

»Oh, vielleicht sehr viel! Vielleicht hat der Tote den Täter überrascht? Was ist zum Beispiel mit dem Futtermeister? Diese Leute werden meist schlecht bezahlt und sind anfällig für ein paar Euro nebenbei. Oder war es vielleicht der Besitzer des Pferdes, das gewonnen hat?«

So spekulierten sie bis kurz vor Mitternacht, und Frau Campenhausen erreichte, dass Lea tatsächlich ganz kribbelig wurde.

*

Kriminalhauptkommissar Maximilian Gottlieb rieb sich die Augen vor Müdigkeit. Sie hatten bis morgens um zwei Uhr fieberhaft gearbeitet und sich dann gerade mal vier Stunden Schlaf gegönnt.

Jetzt war es sieben, und die Runde um den zerschrammten Besprechungstisch war wieder vollzählig. Munter sah keiner von ihnen aus. Es frustrierte, noch keine Spur zu haben.

»Ich fasse zusammen«, sagte er und machte einen energischen Strich unter seine Notizen. »Der Mann ist erstochen worden. Später erfahren wir hoffentlich genauer, wie viele Stiche es waren und wie das Messer geführt wurde. Todeszeitpunkt: nach ersten Schätzungen zwischen siebzehn Uhr und achtzehn Uhr fünfzehn. Er wurde in der Pferdebox gegen Viertel nach sechs vom Renntrainer des Pferdes, Carlo Hausmann, gefunden. Hanno, wann wirst du mit ihm reden können?«

Hanno Appelt saß aufmerksam wie ein Einserschüler am Tisch. Außer den dunklen Ringen unter den Augen und dem scharfen Zug um seine Nase zeigte er keine Ermüdungserscheinung. Wie ertappt zog er seine Hand von Sonja Schöllers Arm weg. Was für ein ungleiches Paar, hier der pedantische Vollblutbeamte Appelt, der Erbsenzähler, der allen Überredungsversuchen seiner Partnerin zur modischen Veränderung trotzte und wie eh und je seine breiten Krawatten und glänzenden Hosen auftrug und sich die Haare nach vorn kämmte. Dort Sonja, die vor Glück und Zufriedenheit regelrecht strahlte, seitdem sie zusammen waren, und dienstlich zur Hochform auflief.

Hanno reckte sich, ehe er loslegte: »Ich habe eben im Krankenhaus angerufen. Hausmann wird noch heute Vormittag entlassen. Ich will ihn gleich vernehmen. Wir brauchen seine Fingerabdrücke, auch wenn er sagt, er habe nichts angefasst. Sonnefeld hat wohl direkt nach dem Rennen jede Menge Ärger gemacht, unter anderem auch Streit mit Hausmann gehabt. Er hat ihm Manipulation unterstellt, immerhin stand nicht nur Rother Wind in Hausmanns Trainingsstall, sondern ausgerechnet auch das Siegerpferd Main-Favorit. Und dann findet gerade Hausmann wenig später die Leiche? Wenn das nicht merkwürdig ist. Vielleicht hat er nur so getan, als würde er Hilfe holen wollen, als er auf die anderen Zeugen traf. Vielleicht konnte er nicht anders, weil er ihnen in die Arme gelaufen war. Für mich ist das alles verdächtig.«

»Dann geh dem nach, Hanno«, sagte Gottlieb, wenn auch nicht sehr überzeugt. Hausmann hätte andere Gelegenheiten gehabt, sich unsichtbar aus dem Staub zu machen, als ausgerechnet den

Hauptweg entlangzustürmen. Auch Sonja verzog ihr Gesicht, sagte aber vorerst nichts. Gottlieb tippte auf seine Notizen. »Dann haben wir Udo Retzlaff, den Reisefuttermeister. Sein Alibi scheint hieb- und stichfest zu sein, wenn man den Vernehmungen seiner Freunde glaubt, mit denen er ein Bier trinken war. Auch die Thekenkraft in der Kantine hat die vier gesehen, allerdings nicht auf die Uhr geschaut. Retzlaff hat Order bekommen, heute Morgen auf dem Revier zu erscheinen. Hanno, den nimmst du dir bitte vor. Die Witwe kommt um neun, ich werde mich um sie kümmern. Sie muss anschließend in die Rechtsmedizin nach Freiburg gebracht werden. Sonja, übernimmst du das? Lukas, was ist mit dem Jockey?«

Lukas Decker, das Küken der Dienststelle, rappelte sich hoch. »Andreas Fiebig, zweiundvierzig, wohnhaft in Köln, freiberuflicher Rennjockey. Es gab mal was, bei einem Rennen in Fernost. Doping mit Drogen. Wir haben nichts in unseren Akten, es gab offenbar für ihn nur eine halbjährige Sperre als Jockey, aber keine strafrechtlichen Konsequenzen. Ich habe unseren Drogentest mit ihm durchgeführt, ohne Ergebnis, und vorsichtshalber eine Blutprobe nehmen lassen. Er behauptet, er sei zwischen siebzehn und neunzehn Uhr spazieren gegangen. Zeugen dafür habe ich noch nicht gefunden. Er ist um acht Uhr vorgeladen.«

»Sonnefelds Frau hat ihn spontan beschuldigt. Sie hat eine Manipulation angedeutet, in die der Mann verwickelt sein könnte. Sonnefeld soll auch ihn nach dem Rennen heftig zur Rede gestellt haben. Wer hat darüber etwas?«

Sonja Schöller meldete sich, wie in der Schule. »Dafür haben wir übereinstimmende Zeugenaussagen. Sonnefeld hat Fiebig gegenüber die Worte Foul Play, Drogen und Betrug gebraucht.«

»Schwere Geschütze. Das ging an Fiebigs Existenz. Wäre ein Motiv. Das braucht Lukas gleich genauer für die Vernehmung des Jockeys. Hanno, was ist mit der Tatwaffe?«

»Niemand will sie je vorher gesehen haben. Wir haben auf dem Steg zwischen Klinge und Griff Fingerabdrücke gesichert. Der Griff selbst war merkwürdigerweise sauber. Bloß dauert es ja wieder Tage, bis wir ein Ergebnis bekommen.«

Gottlieb nickte angesäuert. Ein ewiger interner Streitpunkt. Kein Mensch konnte verstehen, dass es in der heutigen Zeit so lange dauerte, bis die LPD ein paar simple Spuren ausgewertet hatte.

Hanno hatte noch etwas auf Lager. »In die Klinge ist etwas eingeritzt, eine Art Abzeichen. Vielleicht führt uns das zum Mörder.«

»Was für ein Zeichen?«

»Sieht aus wie eine Rune, haben die Kollegen gesagt. Sie machen eine Aufnahme und schicken sie uns.«

»Vielleicht bringt uns das tatsächlich weiter. Gut, Hanno. Sonstige Erkenntnisse der Spurensicherer?«

»Nichts. Nicht mal einen Pferdeappel haben sie gefunden.«

»Lukas, wenn der Jockey kommt, sagst du mir Bescheid. Hast du ihn gestern nach dem Messer befragt?«

Lukas wand sich vor Verlegenheit. »Nicht direkt.«

Gottlieb unterdrückte eine bissige Bemerkung. »Das müssen wir als Erstes nachholen«, sagte er knapp. »Er hätte ein Motiv, aber kein Alibi. Ich will bei der Vernehmung dabei sein.«

Lukas nickte erleichtert. Gottlieb sah die Notizen durch. »Noch etwas: Was ist mit Sauerbrey, dem Besitzer des Siegerpferds? Hat der ein Alibi?«

Hanno schob die Unterlippe vor. »Den haben die Kollegen gestern nicht mehr erwischt. Der ist laut Flugprotokoll um achtzehn Uhr fünfundzwanzig mit dem Helikopter zur Bühler Höhe geflogen.«

»Wenn es tatsächlich um Manipulation geht, dann ist er der Nutznießer. Sonja, ruf da an, der soll so schnell wie möglich herkommen, mir egal, ob zu Land oder durch die Luft. Ach, und vorerst kein Wort an die Presse. Das hätte noch gefehlt, dass die Weidenbach uns wieder ins Handwerk pfuscht! Und jetzt brauche ich mein Frühstück.«

*

Morgens um halb sieben war die Atmosphäre auf der Rennbahn unbeschreiblich. Man merkte, dass der August zu Ende ging und die Tage wieder kürzer wurden, denn erst jetzt lichtete sich allmählich die Morgendämmerung. Frühnebel lag auf der ovalen Rasenfläche im Innern des Geläufs. Eine Gruppe Jockeys galoppierte auf ihren Vollblütern vorbei und schreckte ein Storchenpaar auf. Gerade begann die Sonne, orangerot über die Hügelkette des Schwarzwalds zu klettern. Keine Wolke am Himmel. Friedliche Stille, nur durchbrochen vom Schnauben des nächsten Pferdetrupps auf dem Weg zur Morgenarbeit.

Lea fand diese Stimmung herrlich. Sie war überrascht, welch ein Treiben um diese frühe Morgenstunde herrschte. Bei den Tribünen wurden Tische, Stühle und das Büfett für das Rennbahnfrühstück hergerichtet, das in einer halben Stunde beginnen sollte. Ein Wettlauf mit der Zeit, denn mit Lea waren bereits die Autos der ersten Gäste angerollt.

Hier hinten bei den Gastboxen waren auch die Reisefuttermeister und Pferdepfleger längst bei der Arbeit. Sie fuhren Schubkarren mit Pferdeäpfeln und schmutzigem Stroh zu einem dafür vorgesehenen Platz abseits der Ställe, wuchteten auf dem Rückweg frische Strohballen auf und luden sie bei den Boxen ab, andere führten ihre Tiere, um sie in Bewegung zu halten. Doch die Stimmung war gedrückt, die Stille so dick wie Watte. Lea hatte Scherze und Grußworte erwartet, aber nicht dieses Schweigen, das sich zäh wie Kaugummi dahinzog.

Es zog sie zurück zum Fundort der Leiche in der Hoffnung, mehr zu erfahren über den Toten und sein Umfeld. Sie hatte Andi Fiebig so früh nicht anrufen wollen, aber jetzt sah sie, dass sie vermutlich schon zu spät war. Wahrscheinlich war er mit Rother Wind längst auf der Bahn.

Das gesamte Areal um Box 361 war mit rot-weißen Bändern abgesperrt. Im Geviert gegenüber traf sie auf den Pfleger von Rother Wind, der gerade mit einer Mistgabel im Stroh stocherte. Er brummte beruhigend, während der goldbraune Hengst, der vor der Box angebunden war, nervös den Kopf hob und versuchte, nach hinten zu drängen. Seufzend ließ der Mann die Mistgabel sinken, zog seine Arbeitshandschuhe aus und nahm den Kopf des Pferdes in beide Hände. Dann begann er, ihm eine leise Melodie ins Ohr zu summen. Das Stampfen und Schnauben ließ immer mehr nach, bis der Mann mit seiner Arbeit fortfahren konnte.

Lea traute sich kaum, sich bemerkbar zu machen, doch der Mann hatte sie schon wahrgenommen.

»Andi ist nicht da«, beschied er ihr knapp.

»Dachte ich mir. Er ist bestimmt draußen, oder?« Aber mit welchem Pferd? Rother Wind war hier.

»Keine Ahnung.«

Sie zeigte dem Mann ihren Presseausweis, doch er sah gar nicht hin. Er zog die Handschuhe wieder an, lud das Stroh auf eine Schubkarre und bemühte sich, die Plastikbänder eines Strohballens mit den Händen zu zerreißen. Es gelang ihm nicht, und er fluchte leise.

Lea blieb stehen und sah ihm zu. Ganz offensichtlich wollte er nicht mit ihr reden. Da hieß es, Geduld zu haben.

Irgendwann nahm er die Mistgabel wieder auf und sah sie erwartungsvoll und gleichzeitig misstrauisch an.

»Also, was jetzt?«

»Sie sind aus Norddeutschland, nicht wahr?«

»Fehmarn.«

Die Erwähnung der Insel versetzte Lea mit einem Schlag in ihre Kindheit. Dort, an der Ostsee, hatte sie ihre glücklichsten Momente verlebt. »So ein Zufall«, sagte sie, »da war ich als Kind in Urlaub. In Presen. Auf dem Ferienhof Prange.«

»Mann, so was aber auch. Bei unserer Kreisbäuerin! Karen kennt ja nun jeder!«

Er wischte sich die Hand an der Hose ab und hielt sie ihr hin. Sie war klein wie eine Frauenhand, aber hart und schwielig. »Udo Retzlaff.« Er sah sie dabei nicht an, sondern senkte den Kopf und scharrte mit dem Schuh in der Streu am Boden. »Aber ich kann Ihnen nichts sagen. Denn kommt ja alles in die Zeitung, was ich sage, oder?«

»Aber nein. Eigentlich suche ich nur Andi.«

»Hätte längst hier sein müssen. Wo der bloß steckt? Hoffentlich kriegt Anna das nicht mit.«

Retzlaff tätschelte Rother Wind den Hals. Das Pferd war wieder unruhig geworden. »Das Tier braucht Bewegung, Mensch. Wird Zeit, dass Andi zum Morgentraining kommt.«

»Rother Wind war gestern eine böse Überraschung.«

»Kann man sagen. Die Rennkommission hat Dopingproben genommen. Doping! So was. Als wenn jemand einfach so herspazieren und dem Gaul was ins Futter geben könnte!«

Lea horchte auf. »Ist das ausgeschlossen?«

»Ist meine Pflicht, dafür zu sorgen, dass kein Dritter an die Pferde herankommt.« Retzlaff biss sich auf die Lippen und betrachtete interessiert den Boden.

Lea nahm dies als Zeichen, dass er über das Thema nicht weiter sprechen wollte. Etwas anderes bedrückte sie noch. Sie hatte deswegen in der Nacht kaum schlafen können: Ihre nicht eingehaltene Verabredung. Zu gern würde sie hören, dass es keinen Unterschied gemacht hätte, ob sie nun rechtzeitig gekommen wäre oder nicht.

»Haben Sie einen Verdacht?«

Retzlaffs Kopf schoss hoch. Er wurde puterrot. »Wegen dem Doping?«

»Nein. Wegen des Mordes. Man macht sich doch bestimmt Gedanken.«

»Ich war's nicht. Ich war Bier trinken. Mit Zeugen.«

»Was ist mit dem, der die Leiche gefunden hat?«

»Carlo? Nee. Carlo war ja selbst so was von geschockt. Musste sogar ins Krankenhaus deswegen.«

»Wer dann? Andi hat mir erzählt, der Tote sei ein netter Kerl gewesen.«

»Stimmt.« Retzlaff strich dem Pferd über die Nüstern und flüsterte etwas. Dann ging er in die Lagerbox und zerrte am Falz des noch verschlossenen, großen Futtersacks. »Wenn ich wüsste, wer es gewesen ist, eigenhändig massakrieren würde ich den. Gut, Sonny war gestern ein bisschen nervös. Aber das ist kein Grund für Mord. Gibt überhaupt niemals einen Grund für so etwas.«

»Was ist mit diesem Sauerbrey? Die beiden Männer waren sich doch nicht grün.«

»Der hatte andere Möglichkeiten, Sonny zu schaden. Er wollte ihm Rother Wind abjagen, ja, das wohl. Mit allen Mitteln. Aber Mord? Auf keinen Fall. Nee, nee. Der machte nur bei Carlo Stress. Wollte nicht, dass Carlo auch Sonnys Pferde trainiert. So was wie gestern, wo Main-Favorit und Rother Wind in einem Rennen liefen, das geht eigentlich nicht. Aber deshalb bringt man niemanden um.« Retzlaff holte ein Schlüsselbund aus der Hosentasche und riss mit einem der Schlüssel ein Loch in den Futtersack, das er dann mit beiden Händen gewaltsam vergrößerte. »Noch was? Ich hab zu tun. Anna kommt bestimmt gleich. Da muss hier alles blitzen. Da ist sie eigen.«

»Die arme Frau. Was muss das für ein Schock für sie sein …«

»Jau. Hoffentlich lässt sie den Gaul Sonntag trotzdem laufen. Mann, vierhundertfünfzigtausend! Das wäre die Erlösung!«

»Geht es denn wirtschaftlich nicht gut?«

»Dazu sag ich nichts.«

Lea machte sich Notizen. Finanzen? Sauerbrey? Der wollte Rother Wind kaufen, und dann verlor das Pferd plötzlich? Das stank doch zum Himmel! Sie brauchte ein Foto von dem Mann, für alle Fälle. Wenn die Polizei ihn verhaftete, hätte sie die Nase vorn.

»Wissen Sie, wo ich Sauerbrey finde?«

»Pah, bestimmt längst zu Hause. Der reist garantiert erst Samstag wieder an. Geld spielt ja keine Rolle bei dem Angeber.«

»Sie kennen ihn aber gut!«

»War mal auf Mainaue beschäftigt. Zusammen mit Sonny und Andi. Ist aber lange her, fast zehn Jahre. Seitdem habe ich nicht mehr viel mit ihm zu tun.« Mit energischen Bewegungen füllte Retzlaff Futter aus dem Sack in einen Eimer. Er konzentrierte sich so sehr auf seine Arbeit, dass er ganz offensichtlich Lea vergessen hatte, denn er fuhr zusammen, als sie ihm noch eine letzte Frage stellte.

»Wissen Sie, wo Anna Fröhlich ist?«

»Ich ruf sie gleich an. Wenn Andi nicht kommt, muss sie mich ablösen. Ich muss um zehn bei der Polizei sein.«

»Wo kann ich sie erreichen?«

Kopfschütteln. Offenbar hatte Retzlaff beschlossen, dass er genug gesagt hatte. Lea blieb noch eine Weile stehen und sah ihm bei der Arbeit zu. Dann versuchte sie, Gottlieb für eine erste telefonische Stellungnahme zu erreichen, wählte dann die Nummer der Staatsanwaltschaft, überall Fehlanzeige. Es war einfach noch zu früh.

Sie ging in die Kantine für das Pferdepersonal, bestellte sich Kaffee und versuchte, ein paar Gespräche aufzuschnappen. Doch dann fiel ihr der gestrige Abend wieder ein. Hatte ihre Vermieterin mit ihrem Verdacht auf Manipulation doch die richtige Spürnase gehabt? Immerhin war tatsächlich eine Dopingprobe von Rother Wind gezogen worden, das konnte ein Indiz sein. Sauerbrey, Retzlaff, alle Spekulationen der Nacht konnten zutreffen. Vor allem der Futtermeister war Lea nicht geheuer. Er hatte ihr nicht in die Augen sehen können.

Kaum hatte sie den Gedanken zu Ende geführt, fiel ihr siedend heiß ein, dass sich auch Andi gestern Abend merkwürdig verhalten hatte, als sie ihn nach seinem letzten Treffen mit Sonnefeld gefragt hatte. Er hatte mit den Schultern gezuckt und zur Seite geblickt. Ihre Frage hatte er nur ausweichend, nein, eigentlich gar nicht richtig beantwortet.

SIEBEN

Konnte das möglich sein? Konnte Andi etwas mit dem Mord zu tun haben? Ausgeschlossen. Das traute Lea ihm nicht zu. Aber warum hatte er sich dann so eigenartig verhalten? Das musste er ihr erklären. Sie wollte Gewissheit haben, und das sofort. Sie wählte seine Handynummer, aber das Klingeln am anderen Ende ging ins Leere, auch seine Mailbox sprang nicht an. Wo konnte er sein? Zur Arbeit war er nicht erschienen, obwohl er doch so gewissenhaft war. Sie konnte sich nicht vorstellen, dass er blaumachte.

Hatte sie ihn vielleicht mit ihren Fragen in die Flucht getrieben? Wenn er gestern gleich losgefahren war, konnte er heute nahezu überall sein, Frankreich, Italien, Polen, Dänemark ... Das sah ihm ja wieder ähnlich!

Aber Fips ein Mörder? Unmöglich. Vielleicht war er nur vorübergehend auf Tauchstation gegangen. Ein großer Fehler! Flucht war in einem Mordfall das Gleiche wie ein Geständnis. Sie musste versuchen, ihn zu finden.

So schnell sie konnte, lief sie zurück zu Retzlaff.

»Wo kann Andi sein?«, überfiel sie ihn.

Der Mann kratzte sich am Kopf. »Weiß nicht.«

»Wo hat er übernachtet?«

»Irgendwo im Dorf.«

»Geht das genauer?«

»Nee. Fragen Sie doch Carlo. Der hat die Quartiere besorgt. Ach, der ist ja noch im Krankenhaus. Hier!« Er nestelte eine Visitenkarte aus seiner Arbeitsweste. »Die Telefonnummer vom Rennstall in Köln. Frau Blättner kann Ihnen helfen.«

»Kennen Sie sein Auto?«

»Klar.«

»Herr Retzlaff, bitte!«

»Ein Audi mit Speziallackierung. Goldmetallic. Kölner Kennzeichen, dann seine Anfangsbuchstaben. Die Zahlenfolge weiß ich nicht. Ach ja, er hat Aufkleber vom Rothhof auf der Heckscheibe, die fallen auf, gleich mehrere nebeneinander.«

»Hat er in letzter Zeit erwähnt, wo er gern wäre? Italien? Spanien?«

»Rothhof.«

Lea musste lachen. »Na gut, dort wird er jetzt nicht sein.«

Retzlaff musterte sie neugierig. »Glauben Sie, er kommt heute noch?«

»Keine Ahnung. Ich weiß nur, dass er sich am Telefon nicht meldet und hier überfällig ist.«

»Vielleicht ist er bei der Polizei? Da müsste ich auch bald sein.«

»Dann hätte er doch Bescheid gesagt.«

»Stimmt.«

Lea wurde immer nervöser. Dieser Mann konnte ihr nicht weiterhelfen. Sie ging ein paar Schritte und rief das Büro in Köln an. Tatsächlich bekam sie die Adresse von Andis Unterkunft.

Fünf Minuten später stand sie vor der Tür eines biederen Einfamilienhauses. Andis Auto war nirgends zu sehen. Ein schlechtes Zeichen.

Die Vermieterin, ein hagere Mittvierzigerin, machte ein skeptisches Gesicht, als Lea sie bat, nach dem Jockey zu sehen.

»Er hat die Einliegerwohnung gemietet. Ich kann da doch nicht einfach rein.«

»Wir waren fest verabredet, und er ist immer pünktlich. Es muss etwas passiert sein«, log Lea. »Wollen Sie schuld sein, wenn es zu spät ist?«

Die Frau holte den Schlüssel, klingelte, klopfte, dann schloss sie auf. Die Wohnung war leer, aufgeräumt, auf einem Tisch lag Bargeld.

Ein junger Mann kam die Treppe heruntergepoltert. Er sah übermüdet aus. »Sucht ihr unseren Star?«, gähnte er. »Der ist vor einer halben Stunde weg.«

»Wohin?«

»Woher soll ich das wissen? Ich bin gerade von der Nachtschicht heimgekommen. Und jetzt bin ich müde. Mama, kriege ich mein Bett zurück?« Ein sehnsüchtiger Blick auf die Schlafstelle im Eck begleitete die Frage.

Die Mutter blätterte die Geldscheine durch. »Ich glaube, ja«, meinte sie schließlich, und ein Lächeln stahl sich auf das Gesicht ihres Sohnes. Plötzlich schlug er sich mit der Hand an die Stirn. »Halt. Er hat nach der Abkürzung zur Autobahnraststätte gefragt.«

Wie elektrisiert rannte Lea zum Auto. Eine Chance. Eine winzige Chance! Vielleicht hatte sie Glück! Ihre Reifen drehten quietschend durch, als sie davonfuhr.

*

Maximilian Gottlieb trommelte ungeduldig mit den Fingern auf der Tischplatte. Warten war für ihn das Allerletzte. Der Kaffee vor ihm war kalt und bitter, er hatte Hunger und keine Zigaretten mehr.

In ein paar Minuten würde die Witwe kommen, die er auf jeden Fall selbst befragen wollte, ehe sie mit Sonja nach Freiburg fuhr. Zeitlich passte ihm das gar nicht, denn er wollte auch bei der Vernehmung des Jockeys dabei sein. Der hatte angerufen und mitgeteilt, dass er sich verspäten würde, und alle Zeitpläne waren aus den Fugen geraten. Auch die Sauerbreys waren noch nicht erreicht worden.

Außerdem sollte bald der Reisefuttermeister Retzlaff hier sein. Dessen Alibi schien Gottlieb gar nicht mehr so lückenlos wie gestern Abend noch: Kein einziger der Kollegen vom Gestüt Mainaue hatte nämlich in die Box von Rother Wind gesehen, bevor sie mit Retzlaff losgezogen waren. Theoretisch hätte Sonnefeld zu dieser Zeit bereits ermordet im Stroh liegen können.

Es klopfte. Ein Königreich für eine Zigarette! Aber alle Schachteln im Schreibtisch waren leer. Das hatte er gerade noch einmal überprüft.

Anna Fröhlich trat ein und überraschte ihn aufs Neue. Er hatte eine von Tränen verquollene Witwe in schwarzer Kleidung erwartet, aber vor ihm stand eine resolute Frau in Jeans und Arbeitshemd. Sie bemerkte seinen erstaunten Blick, und ihre Lippen verzogen sich zu einem winzigen, automatischen Lächeln, das vielen Menschen auch in unpassenden Situationen entwischt.

»Sobald wir aus Freiburg zurück sind, muss ich zur Rennbahn«, sagte sie. »Ich muss nach dem Pferd sehen. Wir werden das Rennen am Sonntag laufen, egal, was geschehen ist. Es wäre Sonnys Wunsch gewesen. Da kann ich nicht im Hotel sitzen und heulen. Ich darf überhaupt nicht nachdenken, und am besten lenke ich mich mit Arbeit ab.«

Sie zeigte noch einmal ihr Millisekundenlächeln und fuhr sich mit beiden Händen durch die Locken. »Aber ich wollte nicht über mich reden. Ich bin hier, weil Sie noch Fragen haben. Wie kann ich Ihnen helfen? Ich tue alles, damit Sie den Mörder meines Mannes finden.«

Gottlieb war einen Moment sprachlos. Donnerwetter, die Frau imponierte ihm! Dann begann er mit möglichst neutraler Stimme, die gestrige Aussage noch einmal durchzugehen. Sie blieb bei allem, was sie angegeben hatte. Viel Brauchbares war es nicht gewesen.

»Ist Ihnen gestern etwas an Ihrem Mann aufgefallen? Oder in den Tagen zuvor? War er nervös? Hatte er Angst?«, bohrte er nach.

»Er hat sich in letzter Zeit schnell aufgeregt«, gestand sie. »Aber ich weiß nicht, warum. Ich habe ihn gefragt, aber er wich mir aus. Fiebig könnte mehr wissen. Haben Sie mit ihm schon gesprochen?«

Gottlieb schüttelte den Kopf. »Der kommt später.«

»Wirklich? Ich dachte, er wäre schon hier. Draußen in Iffezheim ist er nämlich auch nicht. Udo hat mich gerade angerufen, er kann deswegen erst später zu Ihnen kommen. Wir müssen uns bei dem Pferd abwechseln, wenn Fiebig nicht auftaucht. Komisch. Was ist nur mit ihm?«

»Aufgehalten worden«, erklärte Gottlieb, doch das kam ihm plötzlich selbst spanisch vor. Er rief Lukas an.

»Keine Sorge«, beruhigte ihn der Kollege. »Er hat sich gerade noch einmal gemeldet. Er steht immer noch im Stau, ist aber in einer halben Stunde hier, so hofft er wenigstens.«

»Stau«, sagte Gottlieb zu Anna Fröhlich.

Die sah erstaunt auf. »Stau? Aber wo ist er denn? Sind Sie sicher?«

Gottlieb winkte ab. »Bei Mordfällen habe ich es mir abgewöhnt, mich zu wundern. Solange er kommt und wir ihn befragen können, ist alles in Ordnung.«

Anna Fröhlich sah ratlos aus.

Gottlieb ging seine Notizen durch. »Wir waren beim Tagesablauf. Was hat Ihr Mann gestern genau gemacht?«

Anna Fröhlich lehnte sich halb zurück und zog einen Zettel aus der Hosentasche. »Ich habe mich auf Ihre Fragen vorbereitet. Um halb neun habe ich mit ihm telefoniert, um ihm zu sagen, dass ich nicht fertig werde und direkt zur Rennbahn komme. Dort haben wir uns um kurz nach eins getroffen. Er kam nur ein, zwei Minuten nach mir an und wirkte aufgeregt, aber er wollte mir nicht sagen, warum. Die Hausmanns saßen schon bei uns, und wir haben zusammen einen Imbiss genommen. Um halb drei waren wir am Jockeyclub im Technischen Büro, und Sonny hat gewartet, bis Fiebig gewogen war. Dann sind wir zum Sattelplatz gegangen und haben Rother Wind gesattelt. Das war eigentlich Carlos Aufgabe, aber nun ja, er hat sich um Main-Favorit kümmern müssen. War ja kein Problem für uns. Sonny macht so etwas gern. Dann warteten wir im Führring. Ich muss sagen, Sonny wirkte auch da immer noch gereizt. Auf meine Nachfrage sagte er, er habe mittags etwas erfahren, über das er mit mir reden müsste, später, nicht hier. Er war wirklich seltsam.«

Sie spielte unschlüssig mit dem Zettel, dann sah sie hoch. »Mehr kann ich dazu nicht sagen. Als Fiebig dann in den Führring kam, brachte er diese Journalistin mit, Lea Weidenbach vom Badischen Morgen. Seine Jugendliebe hat er sie genannt.«

Ein Nadelstich durchfuhr Gottlieb. Die Weidenbach und der Jockey? Er ließ sich nichts anmerken, sondern machte sich eine sinnlose Notiz.

Anna Fröhlich brachte ein trockenes Lachen heraus. »Nun, ich denke aber mal, das mit der Jugendliebe ist ein weiter Begriff bei ihm.«

»Was meinen Sie damit?«

»Na ja, Sie wissen schon.«

»Nein.«

»Der ist doch so was von anders herum.«

Unwillkürlich atmete Gottlieb wieder aus. Er hatte doch tatsächlich die Luft angehalten. »Homosexualität ist nichts Ungesetzliches mehr, Frau Fröhlich.«

»Das habe ich auch nicht gesagt.« Plötzlich war die Stimmung gekippt. Gottlieb spürte förmlich die Aversion, die die Frau gegen den Jockey hegte. Doch dann fing sie sich wieder. »Fiebig ist Deutschlands Top-Jockey. Ich kann nichts gegen seine Arbeit sagen. Außerdem war er der beste Freund meines Mannes, und das meine ich, wie ich es sage. Er war unser Trauzeuge und bei der Geburt von Rother Wind dabei.«

Gottlieb musste gegen ein unpassendes Lächeln ankämpfen. Es hörte sich so an, als sei das Pferd das Kind des Ehepaars.

»Nach dem Rennen ging alles sehr schnell. Sonny hat sich aufgeregt, zu Recht. Ich verstehe immer noch nicht, was mit Rother Wind los war. Ob da jemand manipuliert hat?«

»Wir ermitteln in alle Richtungen. Die Dopingproben sind unterwegs.«

»Haben Sie auch bei Fiebig …?«

»Natürlich. Bis jetzt negativ.«

Anna Fröhlich sackte ein bisschen zusammen. »Hoffentlich habe ich ihm nicht Unrecht getan mit meinem Verdacht. Aber ich gebe nur wieder, was auch Sonny gedacht hat.«

»Ihr Mann hatte gestern mit einigen Leuten Streit.«

»Nach so einem Rennverlauf liegen die Nerven blank. Aber meistens beruhigt man sich auch wieder, wenn man das Rennvideo ein paar Mal vor- und zurückgespult und mit dem Jockey und dem Trainer gesprochen hat.«

»War das gestern der Fall?«

Anna Fröhlich rutschte auf dem Stuhl nach vorn. »Weiß ich nicht. Ich habe Sonny allein gelassen. Ich war müde und enttäuscht und sehnte mich nach einer Dusche. Es war heiß, und wir hatten mittags ein Glas Sekt getrunken. Das hätte ich nicht tun sollen … Ich wollte nur noch ins Hotel.« Langsam hob sie die Hände vors Gesicht. »Wäre ich doch nur geblieben!«, murmelte sie unterdrückt. »Dann würde er noch leben!«

*

Das Auto stand neben einer Telefonzelle, nicht weit vom Eingang zum Rasthof entfernt. Goldmetallic, Kölner Kennzeichen, Aufkleber des Gestüts Rothhof – eindeutig, das war sein Wagen. Erleichtert betrat Lea das Lokal. Er saß ganz hinten in der Ecke, die große Fensterfront im Rücken, das gesamte Lokal im Blickfeld.

Andi erschrak, als er sie bemerkte. Er sah schlecht aus. Seine Augen lagen übernatürlich groß über den spitzen Wangenknochen, er war ungeschminkt, seine Haut grau, porös und, ja, alt. Die Falten neben der Nase wirkten noch tiefer und schärfer als gestern.

Als sie ihn erreichte, duckte er sich und drehte sich zum Fenster um, als wolle er durch die geschlossene Scheibe fliehen.

Das reine Nervenbündel, kurz vorm Durchdrehen. Der Tisch vor ihm war leer, nur eine Straßenkarte lag darauf.

»Hast du schon gefrühstückt?«, erkundigte sie sich der Form halber.

Er schüttelte den Kopf, wie sie es nicht anders erwartet hatte. Grenzenloser Zorn stieg in ihr auf, vielleicht eine Gegenreaktion auf die Erleichterung, ihn gefunden zu haben.

»Rühr dich nicht von der Stelle, du Idiot«, zischte sie, und er nickte folgsam, wie in Trance.

»Wie hast du mich gefunden?«, wollte er wissen, als sie mit Kaffee, Wasser und einem Brötchen für ihn zurückkam. Immer wieder hetzte sein Blick durch den Raum. »Wenn es so einfach war, dann finden die mich auch.«

»Wer? Die Polizei?«

Er nickte. »Die suchen mich bestimmt schon«, begann er. »Ich habe versucht, sie hinzuhalten, aber ich glaube, sie kapieren langsam, dass ich nicht komme.«

»Fips!« Lieber Himmel! War das hier ein Geständnis? Hatte sie sich in ihm getäuscht? Sie musste Gottlieb informieren!

Andi nahm ihre Hände und sah sie flehentlich an. »Ich war es nicht, Lea. Niemals im Leben könnte ich jemandem etwas zuleide tun, auch nicht im größten Streit. Ich mache mich lieber klein und verdrücke mich, wenn es Stress gibt. Das weißt du doch. Glaub mir, ich habe mit dem Mord nichts zu tun.«

»Aber warum läufst du dann weg?«

»Ich habe nichts Unrechtes getan. Aber man wird mir nicht glauben. Wieder nicht. Niemand.«

»Können wir bitte ganz von vorn anfangen, Fips?«

Erneut musterten seine Augen prüfend den großen Saal. »Alles ist schief gelaufen«, klagte er.

Ungeduldig schob sie die leere Kaffeetasse weg und zog ihren Notizblock aus dem Rucksack, ohne Andi aus den Augen zu lassen.

»Jetzt hör mit dem Gejammer auf«, fuhr sie ihn an. »Verkauf mich nicht für dumm. Du hast etwas zu verbergen, ich spüre das ganz deutlich. Du hast mir gestern nicht die Wahrheit gesagt.«

Er wand sich. »Wie kommst du darauf?«

»Du weichst mir schon wieder aus. Wann hast du Sonnefeld das letzte Mal getroffen?«

»Wie meinst du das?« Dann fuhr er hoch. »Wieso bist du überhaupt hier? Sollst du mich aushorchen und der Polizei helfen, mich zu verhaften?«

»Hätte sie Grund dazu?«, konterte sie.

Er sackte zusammen und versank in dumpfes Brüten.

Sie stupste ihn an. »He, Fips. Niemand schickt mich. Ganz im Gegenteil. Ich bin hier, weil ich dir helfen will.«

»Du glaubst mir bestimmt nicht.«

»Kommt auf einen Versuch an.«

Wieder blickte er sich um. »Du bist allein?«

»Ehrenwort.«

»Pah. Darauf gebe ich nichts.«

Seine Aufmerksamkeit richtete sich auf zwei Männer in schwarzen Jeans und schwarzen T-Shirts, die sich zwei Tische entfernt niederließen, seinen Blick kurz erwiderten und dann ihre Köpfe zusammensteckten. Er hielt die Luft an. Sein Körper spannte sich. Erst als sich zwei Frauen und ein kleines Kind mit Tabletts voller Pommes frites, Cola und Eiscreme dazugesellten, beruhigte er sich mit einem hörbaren Seufzer.

»Warum sollte die Polizei hinter dir her sein, Fips?«

Er sah sie lange an, als wolle er prüfen, ob er ihr trauen konnte. Der Schatten eines nervösen Lächelns huschte über seine Mundwinkel. Unentschlossen klappte er sein Brötchen auf und biss vorsichtig in die obere, unbelegte Hälfte. Er kaute gründlich, schob den Bissen im Mund hin und her, bis er ihn endlich mit geschlossenen Augen herunterschluckte.

Lea platzte gleich vor Ungeduld. Am liebsten hätte sie ihn geschüttelt. »Jetzt red schon!«, drängte sie ihn. »Was ist geschehen? Was hast du mit der Sache zu tun?«

»Gar nichts, Lea. Glaub mir! Ich gäbe etwas drum, wenn ich wüsste, wer Sonnys Mörder ist. Sonny und ich waren so gute Freunde …«

»Das hast du mir gestern schon erzählt. Aber als ich dich fragte, wann du zuletzt mit ihm zusammen gewesen bist, bist du mir ausgewichen. Warum? Ich gehe hier nicht eher weg, bis ich das weiß.«

»Ach, Lea. Wenn das Leben so einfach wäre.« Er zerpflückte das Brötchen in kleine Stücke und spielte mit ihnen auf dem Teller, als sei dies das Wichtigste auf der Welt. Fips, wie er leibte und lebte.

Jetzt riss ihr endgültig der Geduldsfaden. »Hör mal zu, mein Freund. Du weichst aus, du bist auf der Flucht, du benimmst dich merkwürdig. Was soll ich deiner Meinung nach davon halten?«

»Energisch wie eh und je.«

»Du warst es, oder?«

»Nein, verdammt! Versuch noch nicht mal, so was zu denken. Ich habe mit gar nichts etwas zu tun. Ich weiß nicht, warum Rother Wind urplötzlich unter mir absoff, ich weiß nicht, wer Sonny ermordet hat. Gar nichts.«

Sein Gesicht war noch eine Spur grauer geworden, ein müdes Greisengesicht. Lea unterdrückte ihr aufkeimendes Mitleid.

»Kann jemand das Pferd manipuliert haben? In Sauerbreys Auftrag zum Beispiel? Der profitierte doch von Rother Winds schlechtem Abschneiden.«

»Negativdoping? Niemals. Nicht mit Udo. Für Udo lege ich meine Hand ins Feuer.«

»Und später, nach dem Rennen? Hat Sauerbrey Sonny da treffen können?«

»Umbringen, meinst du doch. Sag doch, was du denkst! Nein, das kann ich voll und ganz ausschließen.«

»Warum?«

»Weil ich selbst ...« Andi biss sich auf die Lippen und wurde blass. »Ich muss gehen«, presste er dann heraus.

Lea hielt ihn am Arm fest. »Bleib sitzen! Du hast selbst was?«

»Nichts, Lea. Hör auf!«

»Fips!« Lea traf die Erkenntnis wie ein Schlag, obwohl sie es die ganze Zeit vermutet hatte. »Du warst bei ihm. Du hast ihn ...«, flüsterte sie erschrocken.

»Nein! So war das nicht. Ganz und gar nicht. Glaub mir, Lea. Bitte! Ich habe ihm nichts zuleide getan.«

»Du hast es doch gerade selbst gesagt.« Entsetzen kroch in ihr hoch. Was sollte sie jetzt tun? Die Polizei rufen? Was, wenn Andi aufspringen und weglaufen würde? Sollte sie hinterher? Die Raststätte hatte sich mittlerweile gut gefüllt. Vorn am Eingang standen ein paar Brocken von Brummifahrern, an denen käme er nur schwer vorbei.

Andi ließ sich gegen die Stuhllehne fallen. »Ich gebe auf. Ich sage dir alles. Aber ich warne dich. Du wirst mir nicht glauben.«

»Lass es drauf ankommen.«

»Versprich, dass du mir glaubst, dass ich es nicht gewesen bin.«

»Erzähl erst! Wann hast du Sonny das letzte Mal gesehen?«

»Auf wann hat die Polizei den Todeszeitpunkt festgelegt?«

Das hatte Lea vorhin in der Kantine aufgeschnappt, als sich zwei Pfleger über ihre Vernehmung unterhalten hatten. »Zwischen siebzehn und achtzehn Uhr fünfzehn.«

Andi zog einen Mundwinkel nach oben. Eine bittere Geste. »Genau. Siehst du, du wirst mir nicht glauben. Niemals«, stellte er fest.

»Wann!«, wiederholte Lea.

»Zehn vor sechs. In der Box von Rother Wind.«

»Was?« Lea hielt die Luft an. »Und ihr habt euch wegen des schlechten Abschneidens gestritten.«

»Nicht ganz. Wir haben uns zwar in der Wolle gehabt, ja, aber nicht wegen Rother Wind. Sonny konnte doch selbst sehen, dass der Gaul immer noch keinen Schuss Pulver wert war.«

»Streit! Weshalb?«

»Es war privat. Ich will schon seit Längerem aufhören. Ich bin zweiundvierzig. Ich habe ein nicht gut ausgeheiltes gebrochenes Schlüsselbein, kaputte Knie und der Rücken tut mir weh, ich bin müde, aber das hier ist Hochleistungssport!«

»Ja, ja. Was dann? Du bist ausgerastet und hast das Messer …«

»Genau das ist es ja! Ich Oberdepp! Ich muss vollkommen benebelt gewesen sein! Ein Messer lag auf dem Boden. Ich habe es aufgehoben und auf das Fenstersims gelegt. Hab mir noch gedacht, jemand könnte sich sonst verletzen. Ich Idiot!«

»Um Himmels willen! Fingerabdrücke!«

»Verstehst du jetzt? Wie soll ich jemandem klar machen, dass ich Sonny nichts getan habe? Dass er putzmunter war, als ich wegging? Noch dazu, wo er mich gleich nach dem Rennen fürchterlich beschimpft hatte? Meinst du, mir glaubt jemand? Nein. Die geben mir niemals eine Chance. Niemals. Ich muss abhauen.«

»Das darfst du nicht! Damit machst du alles noch schlimmer. Das ist doch wie ein Schuldeingeständnis.«

»Was bleibt mir anderes übrig? Wenn die mich kriegen und alles erfahren, dann ist der Fall für die doch gelöst. Niemals suchen die weiter nach dem wahren Täter. Warum auch!«

Er beugte sich vor. Sein Gesicht berührte fast das ihre. Er flüsterte eindringlich: »Ich war es nicht! Ich schwöre es! Du musst mir glauben! Bitte! Hilf mir!«

Selten im Leben hatte Lea sich so ohnmächtig gefühlt wie in diesem Augenblick. Helfen? Wie? Sollte sie ihn zu sich nehmen? Im Keller verstecken? Bei Frau Campenhausen? Die würde am Ende sogar begeistert mitmachen! Nein, so ging das nicht. Er musste sich stellen.

Er unterbrach ihre Gedanken, als wären sie ihr auf die Stirn geschrieben. »Keine Sorge, Lea, ich zieh dich da nicht rein. Aber du kannst etwas gutmachen. Hilf mir!«

»Wie denn?«

»Finde den Mörder!«

»Ich soll was?« Jetzt war er total übergeschnappt. »Ich bin Journalistin, keine Polizistin!«

»Eben. Du glaubst mir doch, oder?«

Lea nickte eher halbherzig.

»Dann kannst du die Polizei dazu bringen, den wahren Mörder zu suchen. Ach, was sage ich: Du kannst selbst recherchieren. Dir gibt doch jeder Auskunft.«

»Ich bin nicht von der Mordkommission.«

»Aber du kannst den Mörder finden. Du hast doch immer schon gut kombiniert. Pass auf: Der Mörder muss im Umfeld von Sonny zu finden sein. Es war nicht viel Zeit zwischen dem Moment, in dem ich von Sonny wegging, und dem Moment, als Carlo ihn fand. Fünfzehn oder zwanzig Minuten. Wer hat sich bei den Boxen herumgetrieben? Wer hätte ein Motiv gehabt? War er mit noch jemandem verabredet außer mit dir? Das kannst du herausfinden. Du bist klug, du kannst gut Fragen stellen, und du kannst Zusammenhänge erkennen. Frag, frag, frag! Du musst mir helfen, Lea. Ich habe nur dich! Und nur du weißt jetzt alles.«

»Fips, wie stellst du dir das vor? Ich kann nicht einfach auf Mördersuche gehen. Die Polizei ist ja nicht dumm. Die werden mir auf die Schliche kommen und mich offiziell befragen, was ich über dich weiß. In welch eine Situation bringst du mich eigentlich?

Wenn ich dich schützen wollte, müsste ich eine Falschaussage machen. Nein, Fips, es gibt nur einen Weg: Du musst dich stellen und alles erklären.«

»Dann sperren sie mich ein, die können doch gar nicht anders. Wach auf, Lea.«

Tief im Innern musste sie ihm recht geben. Es sah wirklich nicht gut für ihn aus, egal, für welchen Weg er sich entschied.

»Ich will dir ja helfen, Fips. Aber so geht das nicht«, sagte sie schließlich leise. »Geh zu Gottlieb, Fips. Ich beschwöre dich.«

»Lea, bitte, sag ja! Ich muss weg. Es nutzt niemandem, wenn die mich einsperren. Das hilft nur dem Mörder, denn der käme am Ende vielleicht ungeschoren davon, weil niemand nach ihm sucht. Das darf nicht sein. Bitte!«

Ihr Widerstand schmolz dahin, und im gleichen Maße erwachte ihr Jagdinstinkt. Sonnefeld war mit ihr verabredet gewesen. Hatte noch jemand davon gewusst? Gab es doch einen Zusammenhang? Letzten Endes hatte sie ein persönliches Interesse, den Mörder zu finden. Außerdem war sie Andi immer noch etwas schuldig, wenn auch nicht objektiv, so doch tief in ihrem Innern, vollkommen irrational. Und sie glaubte ihm. Ihm schien wirklich daran gelegen zu sein, dass Sonnefelds Mörder gefunden wurde.

»Ich weiß gar nicht, wie«, begann sie.

»Du schaffst das. Ganz sicher. Aber beeil dich. Ich will Sonntag unbedingt für Anna reiten. Vierhundertfünfzigtausend Euro Siegprämie, plus Gratifikationen! Damit wäre Anna alle Sorgen los. Das muss einfach klappen. Heute ist Montag! Nun sag doch was! Versprich mir, dass du es versuchst!« Damit hielt er ihr die Hand hin.

Lea zögerte einen letzten Moment. Leute zum Reden zu bringen, das lag ihr, das war ihr Beruf. Manche Zeugen würden ihr inoffiziell vielleicht mehr verraten als der Polizei. Andererseits wollte sie Hauptkommissar Gottlieb nicht ins Handwerk pfuschen. Sie hatte ihm hoch und heilig versprochen, sich nie mehr in einen Mordfall einzumischen und sich womöglich selbst in Gefahr zu bringen.

Aber das hier war etwas anderes. Andi würde sowieso untertauchen, egal, wie sehr sie sich bemühte, ihm das auszureden. Er hatte ja recht: Würde man ihn finden, würde man weitere Ermittlungen für einen langen Zeitraum zumindest auf Sparflamme halten, wenn nicht ganz einstellen. Die Indizien, die gegen ihn sprachen, waren zu erdrückend.

Ja, sie wollte den Mörder finden! Aber dafür brauchte sie mehr Einzelheiten, Spuren, Verdächtige, Indizien, denen sie nachgehen konnte. Was zögerte sie also noch!

Energisch schlug sie ein und zog den Notizblock zu sich.

»Sag mir alles, was du weißt, Fips! Ich brauche jedes kleine Fitzelchen Information. Fangen wir mit Sonnefeld an: Familiengeschichte, Vorlieben, mögliche Feinde, Streitigkeiten, die er in letzter Zeit hatte, Probleme. Seine charmante Art zum Beispiel – die kam doch bestimmt nicht bei jedem an, oder? Gab es eifersüchtige Ehemänner?«

»Keine Ahnung. Seit er verheiratet war, habe ich von Weibergeschichten nichts mehr mitbekommen. Kann aber auch sein, dass er vorsichtiger geworden ist.«

»Na gut. Was ist mit Geld? Habsucht und Neid sind Mordmotive.«

»Unmöglich. Anna und Sonny stecken in finanziellen Schwierigkeiten, die haben keinen Cent, auf den es jemand abgesehen haben könnte.«

»Geht das genauer?«

»Eine Erbschaftssache, ein Streit mit Annas Schwester. Anna hat Hypotheken aufnehmen müssen. Tut mir leid, Lea, Genaueres weiß ich nicht. Aber das reicht doch, um Mord aus Habgier auszuschließen, oder?« Er wich plötzlich ihrem Blick aus, starrte verlegen auf den Teller. Leas Alarmglocken fingen ganz leise an zu summen. Sie schaute ihn scharf an, aber schon machte er wieder ein vollkommen unbefangenes Gesicht. Vielleicht sah sie Gespenster.

»Was ist mit Rache? Hatte Sonny schmutzige Rechnungen offen?«

»Mann, wie du redest! Als würdest du jeden Tag Mordfälle aufklären. Ich weiß von keinen solchen Rechnungen. Ich denke, Sonny hätte mir davon erzählt. Nein, Rache würde ich ausschließen.«

»Was dann? Niemand begeht einen Mord zufällig im Vorübergehen. Es muss jemand einen Grund gehabt haben, ihm das Messer in die Brust zu rammen. Wenn wir den Grund haben, haben wir den Mörder. Denk nach! Wenn ihr wirklich so eng befreundet wart, dann müsstest du es wissen.«

Andi spielte mit der zweiten Hälfte des Brötchens und ließ seinen Blick wieder durch das Lokal schweifen. Dann hob er ratlos seine Schultern. »Wenn ich es wüsste, Lea, würde ich ja zur Polizei gehen.«

Wie aufs Stichwort rollte draußen, hinter seinem Rücken, ein Streifenwagen vorbei, sehr langsam. Am liebsten hätte Lea sich gebückt und Andi mit sich unter den Tisch gezogen. Seit ihrer Sommerloch-Reportage über die Autobahnpolizei kannte jeder dort ihren auffälligen Wagen. Bildete sie es sich nur ein, oder versuchten die beiden Beamten tatsächlich, einen Blick durch das Fenster ins Innere des Restaurants zu werfen? Gleich würden sie sie entdecken! Doch dann bemerkte sie, wie die Polizisten miteinander sprachen, lachten und dabei einem jungen Mädchen in hautengen Jeans und bauchfreiem Top nachsahen. Eine normale Streifenfahrt, nicht der Rede wert.

Sie überflog ihre Notizen. Viel hatte sie nicht. »Udo Retzlaff hat berichtet, dass Sonny gestern sehr nervös war. Hat er mit dir darüber gesprochen?«

Andi schlug die Augen nieder. »N-nein. Keine Ahnung. Vielleicht wegen der Geldsorgen. Was weiß ich.«

Lea ließ den Kugelschreiber sinken. Fips log, das spürte sie. Aber warum? Misstrauen stieg in ihr hoch, schneller, als sie es sich ausreden konnte. Was, wenn er es doch gewesen war, wenn er sie auf ganz miese Art benutzte? Konnte das sein? Rein objektiv ja, vielleicht. Was sollte sie also tun? Ihn festhalten und verhaften lassen? Oder ihm trotz ihrer Vorbehalte erst einmal glauben? Vielleicht sollte sie doch Gottlieb verständigen. Er würde den Fall akribisch prüfen, da war sie sich sicher. Er würde Andi nicht einfach verhaften, oder? Herrje, was sollte sie nur tun? Sie wusste nicht, ob sie Andi trauen konnte. Sie kannte ihn ja gar nicht mehr. Die alte Geschichte lag schon so lange zurück!

»Warum soll ich dir eigentlich glauben, Fips?«, fragte sie schließlich leise, frustriert.

Sein Kopf schnellte hoch. Er wurde rot, aber sie konnte auf den ersten Blick nicht beurteilen, ob es Verlegenheit oder Wut war. Er öffnete den Mund, und fast erwartete sie ein Geständnis. Aber dann sagte er nur: »Sonny war mein Freund.«

»Sonny war mein Freund«, äffte sie ihn nach. »Mensch, Fips, als würde das alles erklären! Eines kann ich dir sagen: Selbst bei Gottlieb kämst du damit nicht durch. Sogar der würde dich allmählich dem Haftrichter vorstellen. Jetzt sag mir endlich, was du weißt. Alles, hörst du?«

Der Streifenwagen kreuzte schon wieder vor dem Fenster.

Andi sah sie plötzlich wachsam an, wie ein Tier, das Gefahr wittert. Dann drehte er sich mit einem Ruck um. Er sah das Polizeiauto, erstarrte für eine Sekunde, dann sprang er hoch. »So ist das also. Das hast du ja fein hingekriegt, Lea. Du hältst mich hin, bis die Polizei da ist. Und dir habe ich vertraut. Oder gedacht, ich könnte dir vertrauen, wenigstens diesmal. Gott, ist das erbärmlich!«

Voller Abscheu betrachtete er sie, und Lea fühlte sich wieder zurückversetzt in die Vergangenheit. Es war genau dieselbe Situation! Das war doch nicht möglich. Ein Alptraum.

»Ich habe nichts damit zu tun«, rief sie, aber Andi hatte sich schon in Bewegung gesetzt und flüchtete aus der Raststätte.

Lea wollte ihm nachsetzen, doch da klingelte ihr Handy. Sie erschrak, als sie die Anzeige auf dem Display sah: Es war Gottlieb, ausgerechnet.

ACHT

Gespannt presste Gottlieb den Telefonhörer ans Ohr. Es war nur eine Idee gewesen, aber er hoffte inständig, dass er Glück hatte. Es war gleich Mittag, und dieser Jockey, Andreas Fiebig, war bis jetzt nicht auf der Dienststelle erschienen. Auch seine Hinhaltetelefonate hatte er eingestellt. Der Mann hatte sein Handy ausgeschaltet, und das ließ nichts Gutes ahnen. Es sah ganz so aus, als wäre er untergetaucht.

Gottlieb ärgerte sich. Wahrscheinlich hatte er viel zu spät die Hebel in Bewegung gesetzt, um ihn zu finden. Nun war ihm Anna Fröhlichs kleine Bemerkung über Fiebigs Jugendliebe eingefallen, und er hatte Lea Weidenbachs Nummer gewählt.

Ihre Stimme klang vorsichtig, als sie sich meldete. Sie schien, den Hintergrundgeräuschen nach zu urteilen, in einem Restaurant zu sitzen. Prompt meldete sich sein Magen, wie bei einem pawlowschen Hund, und das hob seine Laune keineswegs.

»Frau Weidenbach, wir suchen dringend einen wichtigen Zeugen im Mordfall Sonnefeld, Andreas Fiebig. Ich habe gehört, Sie seien seine alte Jugendliebe. Wissen Sie, wo er sich aufhält?«

Er hatte eigentlich erwartet, dass sie wegen der Jugendliebe ihre Krallen ausfahren würde, aber entgegen ihrer sonstigen Art schwieg die Journalistin eine ganze Weile, ehe sie endlich antwortete. »Ich kann mir wirklich nicht vorstellen, wo Ihr Verdächtiger stecken könnte.«

»Zeuge, Frau Weidenbach, im Moment noch Zeuge. Kennen Sie jemanden, bei dem er Unterschlupf gefunden haben könnte?«

Wieder dieses unerklärliche Zögern. Sie wusste etwas, darauf würde er einen Hamburger verwetten. Ihre Antwort beruhigte ihn keineswegs.

»Sorry. Keine Ahnung. Aber ich wollte Sie auch schon erreichen. Was gibt es Neues in dem Fall? Haben Sie Spuren gefunden? Fingerabdrücke auf der Tatwaffe vielleicht?«

Unwillkürlich musste Gottlieb lächeln. Diese Frau ließ keine Chance aus, um an Informationen zu kommen. Die Fingerspuren auf dem Messer waren noch unter Verschluss. Wie hatte sie davon nur wieder Wind bekommen? Plauderte etwa jemand aus seiner engsten Umgebung?

»Die Ermittlungen laufen auf Hochtouren.«

»Kann ich ein Foto von der Tatwaffe machen?«

»Darüber können wir reden. Kommen Sie morgen auf die Dienststelle.«

»Nicht schon heute?«

»Ich bin auf dem Sprung.«

»In einer halben Stunde?«

»Morgen.« Damit legte er auf. Wer war denn hier der Ermittler, er oder sie? Manchmal war sie ihm eine Spur zu eifrig. Oder ging sie ihm nur heute auf die Nerven, weil er nicht weiterkam?

Seufzend stand er auf und ging hinüber ins Besprechungszimmer, wo sich die Kollegen der Soko bis auf Sonja bereits versammelt hatten. Sie sahen ihn erwartungsvoll an, verzogen aber keine Miene, als er wortlos den Kopf schüttelte.

Lukas Decker hielt es fast nicht mehr auf seinem Sitz. »Er klang so überzeugend. Wie konnte mir das nur passieren. Er hat Stunden Vorsprung. Alles meine Schuld! Sollen wir die Kollegen aus Köln zu seiner Wohnung schicken?«

Gottlieb betrachtete seinen jungen Mitarbeiter nachsichtig. »Kann nicht schaden«, sagte er. »Aber ich glaube kaum, dass sie ihn finden. Die sollen trotzdem eine Vorladung bei ihm hinterlassen und außerdem im dortigen Rennstall und in Fiebigs Umfeld ermitteln. Freunde, Gerüchte in der Szene …«

Decker ergänzte: »… Fitnessstudios, Saunen, Lauftreffs – Jockeys sind Hochleistungssportler. Die sind ständig im Training, hat mir Fiebig gestern Abend erzählt. Mann! Eigentlich fand ich ihn …« Er verstummte. Gottlieb konnte ihm ansehen, was jetzt in seinem Kopf vorging: Polizisten durften niemanden nett finden, vor allem keinen Zeugen in einem Mordfall. Das lernte man schon bei der Bereitschaftspolizei.

Er konnte Deckers Sympathie für Fiebig gut nachvollziehen. Lukas war Sportler durch und durch, ganz im Gegensatz zu den anderen hier. Alle hatten deshalb ein schlechtes Gewissen, wenn er an Marathons teilnahm oder lässig nebenbei erwähnte, dass er an seinen freien Tagen mal eben nachmittags von der Stadtmitte über

Lichtental und Geroldsau zur Yburg und über Sinzheim wieder zurück nach Hause joggte und dafür knapp eineinhalb Stunden brauchte. Als er letzte Woche direkt im Anschluss an einen dreißig Kilometer langen Nachtlauf frisch geduscht und putzmunter auf der Dienststelle erschienen war, hatte zumindest Gottlieb für sich beschlossen, die nächsten fünf Kilo in Angriff zu nehmen. Vielleicht war Sport doch nicht so schlecht. Er musste nur vorher etwas abnehmen.

Aber noch war Decker mit seinen sportlichen Leistungen allein im Dezernat. Kein Wunder, dass er Fiebig und dessen Hochleistungen sympathisch gefunden hatte. Die beiden hatten wahrscheinlich mehr über Laufzeiten und Trainingstricks als über den Mord geredet. Aber Decker würde seinen Fehler ausbügeln, da war Gottlieb sich ganz sicher.

»Lukas, du wirst in und um Baden-Baden alle Sportstätten nach Fiebig abklappern. Hanno, du fährst am besten noch einmal auf die Rennbahn und fragst alle, die mit Pferden und Pferderennen und Sport zu tun haben, wo er sich aufhalten könnte. Und unsere Streifenwagen sollen nach seinem Auto Ausschau halten. Wir finden ihn, Lukas, keine Sorge.«

Gottlieb zog den Aschenbecher zu sich heran, bis ihm einfiel, dass er ja immer noch ohne Zigaretten war, seit drei Stunden schon. Hoffentlich merkte man es ihm nicht an. Er reagierte ja schon wie ein Süchtiger! Möglichst cool schob er den Aschenbecher wieder zurück, zumal Hanno und Lukas ihn schräg ansahen. Am liebsten hätte er die Besprechung beendet und wäre zum nächsten Zigarettenautomaten gelaufen. »Wir sollten uns nicht auf Fiebig als alleinigen Verdächtigen versteifen. Sein Ausbleiben kann harmlos sein, und dann haben wir wertvolle Zeit verloren. Ich selbst mache bei Sonnefeld weiter. Wir haben zwar einen groben Überblick über seinen Nachmittag, aber irgendwie ist mir das zu wenig, zu glatt. Ich will wissen, was er am Vormittag getan und wen er getroffen hat. Wenn das nicht reicht, nehme ich mir den Tag davor oder die ganze vorige Woche vor. Irgendwo muss der Auslöser zu finden sein, warum er gestern so aufgeregt war. Da muss noch etwas anderes dahinterstecken als nur das schlechte Abschneiden seines Pferdes.«

Damit stand er auf, ein Zeichen, dass die Besprechung beendet war. Er brauchte wirklich dringend eine Zigarette, dringender noch als den Hamburger, nach dem sein Magen seit dem Telefonat mit Lea Weidenbach verlangte. Und es war ihm herzlich egal, dass er das Gefühl hatte, etwas Wichtiges vergessen zu haben. Das war reiner Nikotinmangel, sonst nichts.

Er atmete durch, als er aus dem Gebäude des Polizeipostens Stadtmitte heraustrat, wieder einmal froh, sich wegen des Standorts gegen die Bürokratie in Rastatt durchgesetzt zu haben. Es war doch mehr als vernünftig, mitten im Geschehen zu sitzen. Er liebte natürlich auch die direkte Nähe der Dienststelle zu McDonald's und zur Fußgängerzone, zum Kurpark und zur Lichtentaler Allee, wo er oft seine kurzen Mittagspausen auf einer Bank verbrachte und seinen Imbiss verzehrte.

Lea Weidenbachs Essenseinladung fiel ihm ein. Wie es im Moment aussah, würde er sie nicht einhalten können, denn sie würden den Fall bis Donnerstag wohl nicht aufgeklärt haben. Schade.

Mit langen Schritten machte er sich auf den Weg, erst zum Kiosk auf dem Leopoldsplatz, um seinen Zigarettenvorrat aufzufüllen, dann am sprudelnden weißen Brunnen vorbei über die Oos und durch die Kurhauskolonnaden zum Dorint-Hotel.

Er merkte, wie ihm der Schweiß ausbrach. Es war für seinen Geschmack viel zu heiß. Aber so war es immer während der Großen Rennwoche. Kaiserwetter. Ihm schlug die Schwüle auf die Nerven. »Raindrops keep falling on my head« fiel ihm ein, und er summte vor sich hin. Er war nun mal kein sizilianischer Commissario Montalbano, der Hitze gewohnt war. Sein Körper hatte sich in den vergangenen verregneten Wochen bereits auf Herbst eingestellt gehabt. Wehmütig dachte er an die alten Wallander-Krimis, in denen es meistens kühl war und regnete. Aber wenn er sich umsah, musste er feststellen, dass alle außer ihm die Sonne genossen und ihre Gesichter wohlig ins Licht streckten. Und hübsche, lächelnde Menschen hoben seine Laune auf jeden Fall mehr als griesgrämige mit Regenschirm und Gummistiefeln.

Unwillkürlich änderte er die Melodie in seinem Kopf in »Summer Wind« und pfiff sie leise, bis er die klimatisierte Empfangshalle des Hotels betrat. Hier fühlte er sich endlich wie ein Fisch im Wasser. Für einen Moment verspürte er den Wunsch, sich die Hände zu reiben. Jeden, wirklich jeden würde er hier befragen, Zimmermädchen, Frühstückskellner, Barkeeper, bis hin zum Hotelmanager. Er würde etwas finden, das ihn im Mordfall Rennbahn weiterbrachte.

*

Lea bog mit ihrem Mini nach Iffezheim ein. Es konnte ihr gar nicht schnell genug gehen, wieder auf dem Rennplatz zu sein. Andi sollte sich wundern. Wenn er glaubte, auf sie sei kein Verlass, dann täuschte er sich. Sie würde ihm helfen, das hatte sie ihm versprochen, und das würde sie halten. Bislang war sie bei ihrer Suche nach dem Mörder zwar noch nicht weit vorangekommen, doch hatte sie einiges erfahren: Anna Fröhlich war finanziell angeschlagen. Sauerbrey wollte Rother Wind kaufen. Dann ging diesem urplötzlich die Luft aus und Sauerbreys Pferd gewann haushoch. Noch dazu hatte Rother Wind mit seinem sechsten Platz an Wert verloren. Das war verdächtig. Andi hatte Sauerbrey zwar als Täter ausgeschlossen, doch das wollte sie nicht so ohne Weiteres tun.

Ihr erster Weg führte sie zur Box von Rother Wind. Retzlaff war bei dem Pferd und wusch es mit einem großen Badeschwamm ab. Er war vollkommen vertieft in seine Aufgabe, als gebe es nichts Wichtigeres auf der Welt. Sein Gesicht wurde ausgesprochen griesgrämig, als er Lea sah. Die Polizei sei gerade hier gewesen und habe ihn auf die Wache mitnehmen wollen zur Vernehmung, erklärte er ihr, aber er könne ja nicht weg, ehe Anna ihn ablöste. In einer Stunde würde sie frühestens hier sein, und so lange müsse er nun noch auf dem Trockenen sitzen.

»Ich hole Ihnen ein Bier«, erbot sich Lea, in der Hoffnung, seine Stimmung zu heben und seine Zunge zu lösen.

Doch Retzlaff winkte ab. »Lassen Sie man. Anna würde das riechen. Ich soll tagsüber nicht trinken, sagt sie. Verdammter Schietkram. Wenn wenigstens Andi auftauchen würde.«

Die Hoffnung musste Lea ihm nehmen: »Der kommt aber nicht.«

Retzlaff schien ehrlich verblüfft. »Wie jetzt? Wieso denn nicht?«

Lea seufzte resigniert. Er schien also nicht zu wissen, wo Andi sich versteckte. Schade. Sie hätte noch so viele Fragen an ihn gehabt. Die Sache mit den Finanzen ging ihr nicht mehr aus dem

Kopf. Da hatte sie vorhin nicht richtig nachgehakt, und das ärgerte sie. Ob Retzlaff darüber etwas wusste? Sie fragte ihn.

Retzlaff zögerte, als wüsste er nicht, wo Loyalität aufhört und Geschwätzigkeit anfängt. »Wir haben unser Juligehalt erst vor einer Woche bekommen. Fast vier Wochen zu spät. Mehr weiß ich nicht.«

Dann wandte er sich um, als hätte er schon genug ausgeplaudert.

Lea sah ihm noch eine Weile auf den Rücken, dann ging sie weiter. Etwas entfernt hörte sie Eisen auf Eisen schlagen. Sie folgte dem Geräusch und stieß auf eine kleine Gruppe Männer in Arbeitskleidung mit einem einheitlichen Abzeichen auf der Brusttasche. Sie standen im Halbkreis um ein Pferd, an dessen Hufen sich gerade ein Schmied zu schaffen machte. Lea blieb fasziniert stehen und sah dem Mann mit seinen geschickten Fingern zu, wie er fachmännisch etwas unter dem Eisen wegkratzte. Neben ihm fuchtelte ein korpulenter, kahlköpfiger Mann im dunklen Anzug mit den Armen und deutete ungeduldig auf die Uhr. Sauerbrey. Gerade sagte er etwas, und die Umstehenden, offenbar sein Personal, murmelten zustimmend.

Er hob seine Stimme und deutete auf den am Boden knienden Schmied. »Ich fahre nicht weg, bis Sie das in Ordnung gebracht haben. Ich mache Sie verantwortlich, wenn ich meinen Termin nicht einhalten kann«, hörte Lea ihn schimpfen. Noch hatte Sauerbrey sie nicht entdeckt.

Der Schmied kümmerte sich nicht um ihn. Seelenruhig untersuchte er den Huf des Tieres und suchte aus seiner Werkzeugtasche Hammer und Nagel heraus.

»Nutzt Ihnen auch nichts, wenn das Eisen weg ist«, brummte er, ohne aufzublicken.

Sauerbrey sah genervt in den Himmel. Dann entdeckte er Lea. »Ah, ich habe Sie gestern im Führring gesehen«, sagte er freundlich und streckte ihr die Hand hin. »Ist Ihnen meine Frau begegnet? Sie wollte etwas aus dem Wagen holen. Das ist bestimmt schon fünf Minuten her.«

Lea ergriff seine Hand. Sie war für ihren Geschmack zu weich und zu warm. Sauerbrey lächelte nervös an ihr vorbei. Er roch für die Mittagszeit unpassend nach einem aufdringlichen Herrenduft.

Alles an ihm sah teuer aus. Er machte den Eindruck, als ob er gern zeigte, dass er Geld besaß, viel Geld. Seine auffallende Armbanduhr, bestimmt eine Rolex, glitzerte in der Sonne, der blaue Siegelring am kleinen Finger war mit Brillanten besetzt und passte zu seiner Krawattennadel. Die Goldknöpfe seines hellen Sakkos glänzten mit den sicherlich handgearbeiteten Lederschuhen um die Wette.

»Ihre Frau habe ich nicht gesehen. Aber gestern, im Führring, da stand ich neben Sonnefeld, als Sie dazukamen«, begann sie vorsichtig.

Sauerbrey holte ein weißes Taschentuch aus der Anzugjacke und tupfte sich über die Stirn. »Armes Schwein. Das hat er nicht verdient.«

»So ganz sympathisch schien er Ihnen aber nicht gewesen zu sein«, rutschte es ihr heraus. Sie hielt den Atem an. Das hätte sie nicht sagen sollen. Wie konnte sie nur so ungeschickt sein.

Sauerbrey reagierte verschnupft. Er kreuzte seine kurzen Arme über der Brust und legte den Kopf schief. »Warum sagen Sie das? Wer sind Sie überhaupt?«

Lea stellte sich vor, was sein Misstrauen vertiefte.

»Presse? Und was wollen Sie von mir? Mich als Mörder hinstellen, oder was?«

Lea biss sich auf die Lippen und wünschte sich, sie hätte ihre Zunge besser im Zaum gehalten. Bei dem Mann hatte sie erst einmal jede Chance verspielt.

Sauerbrey wandte sich unfreundlich an den Schmied. »Sind Sie bald fertig? Ich will los. Das Tier soll zurück nach Köln, und ich muss um drei beim Züchter sein. Wenn ich zu spät komme und der seinen Hengst jemand anderem verkauft hat, ist das Ihre Schuld! Und ihr könnt den Transporter fertig machen.«

Seine Angestellten gehorchten sofort und koppelten einen Pferdeanhänger an einen Kleinbus. In dem Augenblick federte ein großer, blitzend neuer Mercedes über den staubigen Weg auf sie zu und parkte neben ihnen. Sauerbreys Ausdruck veränderte sich, er entspannte sich, wirkte zufrieden, fast heiter. Lea folgte seinem Blick.

Ein livrierter Chauffeur stieg aus dem Mercedes, nahm seine Mütze ab und öffnete die hintere Tür der Limousine. Sauerbreys

Frau stieg aus und kam auf sie zu. Ihr Gang war anmutig, als habe sie seit früher Kindheit Ballettstunden genommen. Fachkundig beugte sie sich zusammen mit dem Schmied über den Huf des Pferdes. Mit ihren langen, schmalen Fingern strich sie prüfend über die Fesseln des Tieres und lächelte.

»Wunderbar, ich glaube, wir werden die Salbe gar nicht brauchen«, murmelte sie zufrieden.

»Patricia ist Tierärztin, müssen Sie wissen«, plusterte Sauerbrey sich auf. Seine Frau hob eine Augenbraue, sagte aber nichts, sondern reichte Lea nur lächelnd die Hand. »Hallo, wir sind uns doch gestern beim Rennen begegnet.« Ihre Stimme war so leise, dass man sie kaum verstehen konnte.

Lea ergriff die Situation beim Schopfe. »Ich stand im Führring neben Herrn Sonnefeld. Kannten Sie ihn?«

»Überhaupt nicht«, übernahm Sauerbrey. »Nur vom Sehen. Und das hat schon gereicht.«

»Ich habe gehört, dass er früher bei Ihnen angestellt war«, bohrte Lea störrisch nach. Sie wollte ihn aus der Reserve locken. Er stand immerhin ganz oben auf der Liste ihrer Verdächtigen.

Sauerbrey sah sie erbost an. »Was soll ich jetzt antworten«, meinte er schließlich. »Ich will nicht über ihn reden. Ende der Durchsage. He, Schmied, Schluss jetzt! Ich will unseren Favoriten endlich in den Transporter bringen und dann nichts wie los, Patricia. Die Zeit drängt.«

Er machte seinen Angestellten ein Zeichen, und sie führten das Pferd weg. Ohne sich von Lea zu verabschieden, folgten die Sauerbreys den Männern.

Lea beobachtete, wie das Tier eingeladen wurde. Nach einer Weile gesellte sich der Schmied zu ihr, ein gutmütig aussehender, runder, kleiner Mann. Als sich der Wagen der Sauerbreys und kurz darauf auch der Van mit dem Anhänger in Bewegung setzte, hob er kurz die Hand, dann suchte er die Taschen seiner langen, speckigen Lederschürze ab. »Auch?«, fragte er, und schob sich einen kurzen Zigarillo in den Mund.

»Nichtraucherin.«

»So ‘n Pech.«

»Wie lange kennen Sie Sauerbrey?«

»Nein, nein! Ich sage gar nichts, junge Frau. Ich halte mich aus allem raus. Ein Schmied ist wie die drei Affen: Nichts sehen, nichts hören, nichts reden. Ich käme sonst in Teufels Küche. Muss ja ständig zu allen Konkurrenten. Wenn Sie was wissen wollen, in der Kantine vorn, da werden die Leute garantiert noch Station machen, jetzt wo der Big Boss weg ist. Bestimmt haben Sie dort mehr Glück.«

Aber als Lea die Kantine erreichte, musste sie feststellen, dass die Jungs von der Mainaue ohne Stopp weitergefahren waren.

NEUN

Große Besprechung. Vierzehn Kollegen inklusive der Kriminaltechniker und Spurensicherer, die meisten von ihnen waren eigens aus Rastatt hergekommen, hatten schlecht Parkplätze gefunden und waren entsprechend muffig. Sie verstanden nicht, dass Gottlieb so vehement an dem Sitz in der Stadtmitte von Baden-Baden festhielt, und er konnte ihre Sichtweise sogar nachvollziehen. Morgen würden sie sich wohl als Kompromiss in Rastatt treffen müssen.

Sonja war gerade erst aus Freiburg zurückgekehrt und sah bedrückt aus. Tote durch ihre Angehörigen identifizieren zu lassen, ging immer an die Nieren. Er nickte ihr aufmunternd zu, doch sie bemerkte es nicht, sondern lehnte sich unauffällig an Appelt, als könnte sie etwas von dessen Kraft tanken. Appelt allerdings wirkte unzufrieden. Von Lukas Decker ganz zu schweigen. Der hatte seine Scham über das Verschwinden des Jockeys abgelegt und war ganz eindeutig nur noch wütend.

Deshalb war er auch der Erste, den Gottlieb reden ließ. Deckers Stimme bebte vor Zorn. »Nichts. Absolut nichts. Und was das Ärgerlichste ist: Kurz nachdem wir die Streifen gebeten hatten, ihre Augen offen zu halten, meldeten sich die Kollegen der Autobahnpolizei. Sie hatten vielleicht zwanzig Minuten zuvor ein Auto mit Kölner Kennzeichen und Emblemen vom Gestüt Rothhof auf der Rastanlage Baden-Baden gesehen, übrigens nur ein paar Wagen entfernt von dem allseits bekannten Mini der Frau Weidenbach.«

Gottlieb versuchte, sich nicht anmerken zu lassen, wie ihn diese Information traf. Er rechnete kurz nach. Dann hatte die Journalistin sich in dem Moment mit Fiebig getroffen, als er sie angerufen hatte. Sie hatte ihn angelogen und bewusst das Thema gewechselt, um ihn abzulenken. Dann machte sie also gemeinsame Sache mit dem Hauptverdächtigen! Eigentlich hätte er es sich denken können. Jugendliebe gepaart mit ihrem Ehrgeiz!

Er verkniff sich jeden Einwand zu ihren Gunsten und hörte wieder aufmerksam zu, was die zusätzlich herbeigeorderten Kollegen über ihre Ermittlungen zu sagen hatten – nämlich nichts! Keine Spur von dem Kerl.

»Bundesweite Großfahndung«, ordnete er an. »Den kriegen wir, Lukas. Niemand taucht spurlos unter. Versucht es auch bei den Kollegen in Unterfranken. Dort ist Fiebig aufgewachsen und hat ein paar Jahre gearbeitet. Vielleicht hat er noch Kontakte am Main.«

Dann ließ er Sonja von ihrer Fahrt in die Rechtsmedizin berichten.

Die Kollegin listete auf, was sie erfahren hatte: »Todesursache war ein einziger Stich ins Herz, regelrecht chirurgisch. Er hatte Alkohol im Blut gehabt, aber nicht genug, als dass er nicht mehr wusste, was er redete.«

»Das deckt sich mit der Aussage von Carlo Hausmann«, sagte Hanno Appelt. »Der besaß übrigens kein solches Messer, wie es zur Tat benutzt wurde, ich habe mich umgehört.«

»Das Messer!« Lukas Decker fuhr hoch. »Es gibt Neuigkeiten. Das Labor hat mir das Foto geschickt. Das scheint etwas ganz Besonderes zu sein. Dieses Zeichen auf der Klinge, diese Rune, könnte ein Hinweis auf den Mann sein, der das Messer hergestellt hat. Vielleicht kann der uns bei unserer Suche nach dem Besitzer weiterhelfen.«

Hanno Appelt schnaubte. »Messermacher. Sag doch gleich Solingen, WMF oder Wüsthoff. Wo sollen Messer anders herkommen als aus der Fabrik?«

»Falsch. Ich habe im Internet recherchiert. Es gibt sogar eine Gilde der Messermacher, auch heute noch. Die bauen ihre Stücke noch ganz traditionell per Hand. Sammlerstücke sind das. Je Stück zwei- oder dreitausend Euro.«

»Für ein Messer? Verrückt!« Hanno Appelt schüttelte den Kopf.

»Das schränkt den Täterkreis ein, wenn es sich wirklich um ein so seltenes und teures Messer handelt«, folgerte Gottlieb erleichtert. »Vielleicht war Fiebig solch ein Sammler? Leisten konnte er es sich bestimmt. Top-Jockeys verdienen gut, habe ich mir sagen lassen.«

Decker war noch nicht fertig. »Angeblich können Messermacher auch nach Jahren sagen, welchem Kunden sie welches Stück verkauft haben. Ich bleibe dran.«

»Gut gemacht!«, lobte Gottlieb und freute sich, weil Lukas vor Stolz ein Stück größer wurde. »Ich habe auch etwas: Sonnefeld hat gestern um neun Uhr ein Champagnerfrühstück aufs Hotelzimmer geordert. Champagner für zwei! Während sich seine Frau weit weg in Staufen aufhielt.«

»Eine Geliebte!«, mutmaßte Sonja.

»Sieht so aus. Er hat dem Zimmerservice im Bademantel geöffnet. Allerdings hat niemand gesehen, wer noch dort war. Das Zimmermädchen konnte sich nur an einen hellrosa Lippenstift am Glas erinnern.«

»Also eine Blondine.« Typisch Sonja.

»Wie kommst du darauf?«

»Hellrosa – das passt nur zu blond, glaub mir.«

Gottlieb zögerte einen Augenblick. Auf Sonjas Gespür war immer Verlass. Aber war es nicht gewagt, als Polizist vom Lippenstift auf die Haarfarbe zu schließen? »Wir können diese Möglichkeit im Auge behalten«, meinte er schließlich diplomatisch, um Sonja nicht zu demotivieren, und malte sich ein großes Fragezeichen hinter seine Lippenstift-Notiz.

Appelt hatte währenddessen aufgeregt in seinen Aufzeichnungen geblättert. »Eva Hausmann ist blond und hatte vorhin ein rosa T-Shirt an«, rief er.

»Alles ist möglich«, sagte Gottlieb. »An der Rezeption hat sich kein Besucher für Sonnefeld angemeldet. Niemand hat etwas gesehen. Wir tappen im Dunkeln.«

»Die Hausmanns wohnen auch im Dorint«, beharrte Hanno. »Carlo Hausmann war ab sieben Uhr beim Rennbahnfrühstück und kam um zwölf Uhr kurz zurück, um sich umzuziehen und seine Frau abzuholen für den Nachmittag auf der Rennbahn. Eva Hausmann gibt an, sie sei von neun bis elf im Spa-Bereich gewesen. Überprüft habe ich das noch nicht. Vielleicht erleben wir eine Überraschung. Mensch, dann passt plötzlich alles zusammen!« Er hob den Kopf und lächelte glücklich. »Stellt euch vor, ihre Angaben stimmen nicht! Wenn Eva Hausmann und Sonnefeld ein Verhältnis hatten und Hausmann dahinterkam – na, wenn das kein Motiv ist! Und ausgerechnet er ›findet‹ die Leiche!«

Gottlieb hob die Hand. »Gemach, gemach! Keine Spekulationen. Überprüft die Angaben der Frau, dann sehen wir weiter.

Beide Hausmanns sollen sofort herkommen! Welche Haarfarbe hat übrigens Frau Sauerbrey? Sonja, wo bleiben die Sauerbreys überhaupt?«

»Laut Bühler Höhe bereits abgereist.«

»Mist. Das passt mir gar nicht. Stell ihren Wohnsitz fest, Sonja. Ach, da ist noch etwas: Jemand an der Rezeption hat ausgesagt, dass Sonnefeld gestern um halb zwölf einen Termin hatte. Mich würde brennend interessieren, mit wem.«

*

Lea strich durch die Boxengassen, ohne Ziel. Da sie Andi telefonisch nicht erreichen konnte, wartete sie auf die Rückkehr von Anna Fröhlich. Wenn jemand über mögliche Probleme und Feinde Sonnefelds Bescheid wusste, dann sie. Lea hatte die Frau im Führring sehr sympathisch gefunden. Zupackend und fürsorglich. Allerdings war sie unsicher, wie sie Anna Fröhlich ihr Beileid ausdrücken sollte. Der Mord war vor nicht einmal vierundzwanzig Stunden begangen worden. Was sagte man jemandem, dessen geliebter Partner gerade getötet worden war?

Doch als Anna Fröhlich ihr mit einer Schubkarre voll schmutzigem Stroh entgegenkam, schwanden ihre Sorgen. Keine Frage, diese Frau lenkte sich von ihrem Schmerz mit harter Arbeit ab. Erleichtert streckte Lea ihr die Hand hin, doch die Frau zog die Arbeitshandschuhe nicht aus, sondern funkelte sie böse an.

»Diese Fotos in der Zeitung hätten Sie sich sparen können«, stieß sie hervor. »Wie konnten Sie nur Sonnys Leiche ablichten. Schwarzer Balken hin oder her, das war geschmacklos. Denkt ihr Journalisten denn nicht einen Augenblick an die Angehörigen? Was meinen Sie, wie es mir heute Morgen ergangen ist, als ich das Bild in der Zeitung sah? Gehen Sie weg! Ich habe zu tun.«

Lea schämte sich plötzlich. Sie hatte tatsächlich keine Sekunde überlegt, wie sich die Witwe fühlen musste, wenn sie die Fotos sah. Aber das tat sie auch nicht, wenn sie Fotos von Verkehrsunfällen schoss. In solchen Situationen versuchte sie einfach nur, ihre Arbeit zu machen und dabei jeden Gedanken auszuschalten, denn sonst würde der Tod viel zu nah an sie herankommen, so wie jetzt. Plötzlich war er da, hier, direkt vor ihr.

Anna Fröhlich kehrte mit der leeren Schubkarre zurück. Es sah aus, als habe sie geweint.

»Was wollen Sie noch?«, brach es aus ihr heraus, und sie stellte die Schubkarre ab. »Bilder von der trauernden Witwe?«

Lea kam sich schlecht und gefühllos vor. Sie schüttelte stumm den Kopf. Was hätte sie auch sagen sollen. Die Frau tat ihr leid. In ihrem Zorn und ihrer Trauer wirkte sie verloren und stark zugleich.

»Andi schickt mich«, sagte sie schließlich verlegen, um die Frau irgendwie zu trösten.

»Verdammt, wo ist er? Wir warten schon ewig auf ihn. Warum schickt er Sie? Was fällt ihm ein. Lässt mich im Stich. Sonnys Freund, dass ich nicht lache. Wo ist er denn? Weiß er nicht, dass ich ihn brauche? Zieht er sich irgendwo einen Joint rein, während ich mich hier abrackere?«

Ihr Zorn war erschreckend. Aber dann sagte sich Lea, dass jeder Mensch seine eigene Art hatte, mit Trauer und Enttäuschungen umzugehen. Anna Fröhlich reagierte sich ganz offensichtlich mit Wut ab.

»Er wird alles versuchen, um am Sonntag Rother Wind zum Sieg zu reiten«, versuchte sie zu vermitteln.

Anna Fröhlich ließ die Schultern sinken und lehnte sich gegen die Wand zwischen den Boxen. »Ich brauche ihn jetzt! Ich will endlich nach Hause. Wo ist er denn?«

»Das weiß ich nicht.«

»Was soll das heißen?«

Lea biss sich auf die Lippen. Sie wollte auf keinen Fall zu viel verraten. Ganz vorsichtig suchte sie nach einer geeigneten Formulierung. »Nun, es gibt gewisse Umstände, die gegen ihn sprechen, und da ist er …«

»… untergetaucht?«

Lea nickte.

Anna Fröhlich glitt in Zeitlupe an der Wand hinunter in die Hocke, zog langsam die Arbeitshandschuhe aus und fuhr sich mit den Händen übers Gesicht. Sie zitterten. »Er hat Sonny umgebracht, nicht wahr?«, flüsterte sie nach einer halben Ewigkeit.

Lea blieb fast das Herz stehen. »Eben nicht! Er ist unschuldig! Ich kenne ihn. Er bringt niemanden um. Er tut niemandem etwas zuleide.«

Anna Fröhlich reagierte nicht. »Er ist schuld an Sonnys Tod! Sein bester Freund ist der Mörder! Wissen Sie eigentlich, was wir alles für ihn getan haben? Was meinen Sie, wer zu ihm gehalten hat, als er mit dem Koks erwischt wurde? Wer hat ihm wieder Arbeit gegeben? Wer hat ihm eine neue Existenz ermöglicht? Wer hat ihn bis dahin durchgefüttert? Ist das der Dank? Oh, mein Gott!«

Lea ging ebenfalls in die Hocke und packte die Frau an den Armen. »Frau Fröhlich. Er hat nichts getan. Hören Sie mich? Gar nichts! Er ist unschuldig. Ich werde das beweisen. Und Sie können mir dabei helfen.«

Langsam begann die Frau, sie wahrzunehmen. »Helfen? Wobei? Den Mörder meines Mannes zu decken?«

»Nein, ihn zu finden. Andi war es nicht. So glauben Sie mir doch!«

»Wieso sind Sie sich so sicher? Haben Sie Beweise? Gibt es Zeugen?«

»Das will ich herausfinden.«

»Warum Sie und nicht die Polizei?«

»Weil die Polizei die falschen Schlüsse ziehen könnte.«

»Warum?«

Lea hielt die Luft an. Fast wäre ihr alles herausgerutscht. Sie durfte Anna Fröhlich nichts sagen. Noch nicht. »Weil vieles gegen ihn sprechen könnte.«

Die Frau sah sie an. Nüchtern. Kalt. »Sie wissen doch etwas. Sagen Sie es mir.«

Lea schüttelte den Kopf und presste die Lippen zusammen.

»Wo war er, als Sonny starb?«, fragte Anna Fröhlich eindringlich.

Himmel, wie kam sie nur aus dieser Situation heraus? Diese Frau war imstande, auf der Stelle die Polizei zu rufen, wenn sie die Wahrheit erfuhr. Lea erhob sich.

Anna Fröhlich verbarg ihr Gesicht wieder in ihren Händen. »Er war dort«, murmelte sie dumpf. Dann sah sie auf. »Nicht wahr? Er war dort! Geben Sie es zu!«

»Ich – ich kann nicht!«

»Also doch. Ich habe es geahnt. Und Sie sagen, dass er es nicht war? Scheren Sie sich weg.«

»Frau Fröhlich, es ist alles ganz anders. Ganz bestimmt. Andi hat doch gar kein Motiv. Er war der beste Freund Ihres Mannes.«

»Aber es gab diesen Streit nach dem Rennen. Ich habe selbst gehört, wie Sonny ihm vor Zeugen Foul Play und die alte Drogengeschichte vorgeworfen hat. Fiebig war erledigt, verstehen Sie? Wenn das kein Motiv ist! Wenn ich könnte, würde ich mir sofort einen anderen Jockey für Sonntag suchen, aber Rother Wind braucht ihn nun einmal.«

»Es muss andere geben, die ebenso ein Motiv gehabt haben. Ihr Mann ist gestern aggressiv gewesen, habe ich gehört.«

»Ach, jetzt ist er selbst schuld, dass er ermordet wurde?«

Diese Frau war so außer sich, dass sie offenbar nicht mehr klar denken konnte. Sie tat Lea zwar leid, aber so kam sie nicht weiter.

»Ich glaube, ich komme morgen wieder, und dann reden wir noch einmal vernünftig miteinander«, begann sie so ruhig, wie sie nur konnte. Trotzdem bebte ihre Stimme genauso wie ihre Nerven.

Anna Fröhlich hob den Kopf und sah zu ihr hoch, sehr lange, sehr intensiv. Dieser unergründliche Blick war fast nicht auszuhalten, doch Lea hielt ihm stand. Eine lange Zeit. Dann stand Anna Fröhlich langsam auf und klopfte sich sorgfältig die Hose ab, bedächtig, als brauche sie Zeit, um sich zu sammeln.

Tatsächlich war ihr Gesichtsausdruck verändert, als sie ihre Hände sinken ließ. »Mir sind die Nerven durchgegangen«, sagte sie mit rauer Stimme. »Ist ja kein Wunder. Vor zwei Stunden habe ich meinen Mann in der Rechtsmedizin identifizieren müssen. Und jetzt das. Das ist ein bisschen viel für mich. Kommen Sie, lassen Sie uns reden. Sagen Sie mir, was Sie wissen.« Damit packte sie die Schubkarre und schob sie ein Stück weiter.

Lea folgte ihr, voller Bewunderung darüber, wie sich jemand so schnell fangen konnte. Was für eine willensstarke Frau. Man konnte regelrecht zusehen, wie sie sich verwandelte. Auch ihr Schritt wurde fester, zielstrebiger.

»Ich muss meine Arbeit tun. Udo ist gerade zur Zeugenaussage bei der Polizei. Also, was sagt Fiebig? Und wo ist er denn nun?«

»Das weiß ich wirklich nicht. Er ist für ein paar Tage untergetaucht. Es gibt Indizien, die gegen ihn zu sprechen scheinen. Mehr will ich dazu nicht sagen. Nur so viel: Wenn die Polizei alles wüsste, würde sie ihn verhaften und gar nicht mehr nach dem wahren Schuldigen suchen.«

Anna Fröhlich stellte die Schubkarre ab und öffnete die Versorgungsbox, kramte in einer weiß und orange gestreiften Einkaufstüte und holte eine Schere aus einer Verpackung. Mit ihr schnitt sie das Loch im Futtersack weiter auf und fragte mit erbostem Unterton: »Und wie lange gedenkt er, Versteck zu spielen?«

»Bis Sonntag. Er wird kommen, das hat er versprochen. Sie brauchen die Siegprämie doch? Sie stecken in finanziellen Schwierigkeiten, hat er gesagt.«

Anna Fröhlich nickte. »Das Geld würde uns ... mir helfen.« Sie füllte den Futtereimer und schüttelte den Kopf. »Ich glaub das alles nicht.«

»Vielleicht finde ich den Mörder.«

»Wie denn? Wollen Sie besser sein als die Polizei?«

»Nicht besser, aber anders. Weil ich eine Spur gar nicht erst verfolgen werde, nämlich die, die zu Andi führt. Ich suche etwas anderes. Helfen Sie mir dabei! Bitte!«

Anna Fröhlich führte Rother Wind aus der Box. Er schnaubte leise, und Lea war wieder einmal beeindruckt, wie sensibel und trotzdem kraftvoll das Tier von Nahem aussah. Sie traute sich nicht, die Hand auszustrecken und es zu berühren, dabei hätte sie gern über das glatte, glänzende Fell und das feine Netz von Venen und Äderchen gestrichen, die im Halsbereich hervortraten. Der Hengst sah sie mit seinen klugen, großen Augen aufmerksam an und nickte mit dem Kopf, als sei er einverstanden mit dem, was sie vorhatte.

»Bemühen Sie sich nicht. Für mich ist Fiebig der Mörder, nach Ihren Worten eindeutiger denn je. Es gibt Indizien? Ja, zur Hölle, dann gehen Sie zur Polizei damit. Das ist Ihre Pflicht! Wenn Sie es nicht tun, mache ich es, das schwöre ich Ihnen! Ich kann Sonnys Mörder doch nicht decken! Was verlangen Sie von mir!«

»Ich weiß, es muss sehr schwer für Sie sein, das Offensichtliche außer Acht zu lassen. Aber Sie sagten ja selbst, dass Andi der Freund Ihres Mannes war. Dass er doch dankbar sein müsste.«

»Ganz genau!«

»Er will doch nur, dass der Mörder gefasst wird. Dazu brauchen wir Ihre Unterstützung. Bitte.«

Zweifel, Trotz und Wut, aber auch ein Funke Zuversicht huschten über Anna Fröhlichs Gesicht. Sie ließ Lea nicht aus den Augen, musterte sie noch einmal eingehend. Dann nickte sie kurz, fast unmerklich, bevor sie erneut ihre Augenbrauen voller Zweifel zusammenzog. Der Anflug eines traurigen Lächelns zuckte um ihre Mundwinkel.

»Jetzt appellieren Sie an mein berüchtigtes Helfersyndrom. Also schön. Fragen Sie.«

Lea überlegte nicht lange. »Andi deutete etwas von Ihrer Schwester und der Erbschaft an …«, begann sie, merkte aber sofort, dass sie wieder einmal das Falsche gesagt hatte.

Annas Gesichtsausdruck wechselte von freundlicher Neugier über Fassungslosigkeit zurück zu Verärgerung. Dann machte sich Resignation breit.

»Ich habe es geahnt. Hören Sie, über Lilly rede ich nicht.«

Lea wusste nicht, was sie antworten sollte. »Aber gerade jetzt kann es doch tröstlich sein, wenn die Familie …«, stotterte sie.

»Familie? Dass ich nicht lache. Lilly hat doch nur ein Interesse: Geld. Erst letzte Woche hat sie mir wieder eine E-Mail geschickt, weil ich eine Rate … Aber lassen wir das. Sonny wollte gestern eigentlich mit meinem Schwager reden, aber ich war dagegen. Das hätte ja doch nichts gebracht. Ich kenn Lilly.«

»Hat sie sich überhaupt nicht mit Ihnen in Verbindung gesetzt? Weiß sie denn nicht …« Der Mord stand heute in allen Zeitungen und kam auf allen Radiokanälen, wenn auch nicht so detailliert wie im Badischen Morgen. »Wo wohnt sie denn?«

»Drüben in der Stadt, in der Villa Vera. Auch so etwas …«

Mit kräftigen Bewegungen begann sie das Pferd zu striegeln. Es schnaubte wieder leise.

»Jooo«, machte Anna Fröhlich. »Dir ist langweilig, nicht? Den ganzen Tag im Stall. Du Armer! Aber bald wirst du bewegt, mein Guter! Ich verspreche es dir.«

Sie drehte sich zu Lea um. »Da sehen Sie, was Fiebig anrichtet. Das Tier muss trainiert werden. Es ist auf ihn fixiert. Und wenn es die Woche über im Stall steht, brauche ich es gar nicht antreten zu lassen. Dann ist das Startgeld auch noch futsch. Dann kann ich es gleich verkaufen.«

Sie ließ ihren Arm sinken, presste ihr Gesicht an den Hals des Pferdes und murmelte müde: »Lassen Sie mich bitte in Ruhe. Ich möchte allein sein.«

ZEHN

Den Nachmittag verbrachte Lea in der Redaktion am Computer, am Telefon und im Archiv, obwohl sie sich viel lieber zwischendurch eine Stunde davongestohlen hätte, um den Kopf frei zu bekommen. Zunächst hatte sie versucht, über die Pressestelle des Internationalen Clubs, der die Galopprennen ausrichtete, Informationen über Dopingfälle einzuholen. Vergebens. Das Thema schien entweder nicht zu existieren, oder man wollte ihr nicht weiterhelfen, schon gar nicht am Tag nach einem Mord auf der Rennbahn! Auch im Internet gab es zu diesem Thema nur spärliche Informationen.

Dann hatte sie die Fotos aus dem Führring hochgeladen und war sie sorgfältig durchgegangen. Was hatte das Pferd gestern so erschrecken können, dass es in Panik geraten war? Sie hoffte, etwas zu entdecken, eine Winzigkeit, aber da waren nur Zuschauer, die die Pferde bewundernd ansahen. Lediglich auf einem Foto hatte sie am äußeren Bildrand etwas Glänzendes entdeckt, das sie aber nicht identifizieren konnte. Möglicherweise war die Sonne unglücklich auf einen Gegenstand gefallen und reflektiert worden und das ausgerechnet, als Rother Wind in der Nähe war. War das Pferd deswegen erschrocken und fast durchgedreht?

Vielleicht konnte die Erbschaftsgeschichte sie weiterbringen? Immerhin war hier der Auslöser für die Finanzmisere des Gestüts zu vermuten. Sie wusste über Anna Fröhlichs Schwester nicht mehr als den Vornamen und den Wohnort. Zu wenig für eine Suche im Archiv, das hatte sie versucht. Gottlieb brauchte sie im Moment gar nicht zu fragen.

Schweren Herzens akzeptierte sie irgendwann am späten Nachmittag, dass sie keinen brauchbaren Stoff für die nächste Ausgabe hatte. Aber morgen, morgen würde ihr etwas einfallen.

Allmählich begann sie abzuschalten und sich auf den Abend zu freuen, für den Frau Campenhausen sie zu einem ihrer kleinen privaten Kochkurse in Sachen badischer Küche eingeladen hatte. Zwei Stunden später stand sie mit einem Glas in der Hand in der Küche ihrer Vermieterin und sah der alten Dame über die Schulter.

»Wie finden Sie den Wein?«, fragte Frau Campenhausen und glühte vor Stolz. »Ein 2004er Neuweierer Schlossberg, Riesling Spätlese. Der hätte meinem Willi auch geschmeckt.«

Lea schnupperte. »Riecht wie ein Strauß frischer Kräuter«, meinte sie und nahm einen kleinen Schluck.

Marie-Luise Campenhausen nickte begeistert und trank ebenfalls noch ein Schlückchen. »Im Weinführer steht: Der Geschmack erinnert an Anis und Zitrusfrüchte und weiße Lilien«, meinte sie, während sie Eier, Mehl, Milch und Mineralwasser in einer Schüssel verrührte. »Würden Sie bitte so freundlich sein und die Kräuter schneiden? Dann kann ich mich um den Rest kümmern.«

Sie öffnete eine braune Papiertüte. Der Duft von Steinpilzen und herbstlichem Waldboden durchzog den Raum. Lea ließ das Messer sinken und beobachtete, wie Frau Campenhausen sich in ihre Aufgabe vertiefte, die Pilze zu putzen und klein zu schneiden. Diese Frau war ein Phänomen. Immer gut gelaunt, höflich, elegant und voller Tatendrang.

Dagegen kam sie sich selbst manchmal vor, als würde sie es nicht schaffen, richtig zu leben. Sie hatte den Beruf und den Sport, aber an Abenden wie diesem hier merkte sie, dass ihr manchmal doch etwas Entscheidendes fehlte: Mit jemandem zusammen in der Küche zu stehen, bei einem Glas Wein den Tag Revue passieren zu lassen, sich Sorgen vom Herzen zu reden und Lösungen zu beratschlagen. Kurz: nicht allein, sondern für einen anderen Menschen wichtig zu sein. Warum bekam sie es nicht hin? Warum hatte sie Angst vor so viel Nähe? Genau daran war ihre Beziehung zu Justus zerbrochen.

Es kam ihr besser und sicherer vor, unabhängig zu sein, als von Fürsorge und Kontrolle erstickt zu werden. Sicher lag das auch an ihren liebevollen Eltern, die es nur gut gemeint, für ihren wohl angeborenen Drang nach Rückzug aber kein Verständnis gezeigt hatten. Aber heute war sie erwachsen, zweiundvierzig Jahre alt und konnte selbst bestimmen, wie sie eine Beziehung zu einem anderen Menschen gestalten wollte. Wochenendehe, getrennte Wohnungen in derselben Stadt – es gab viele Möglichkeiten.

Sie schüttelte ihre Gedanken ab und konzentrierte sich auf

Schnittlauch und Petersilie. Zwischendurch nahm sie noch einen Schluck. Minchen miaute leise und machte sich über ihr Futterschälchen her. Lea merkte, wie sie in dieser entspannten Atmosphäre zur Ruhe kam und sich die Gedanken in ihrem Kopf allmählich ordneten.

Frau Campenhausen schien das auch zu spüren. »Was gibt es Neues in unserem Mordfall?«, erkundigte sie sich. »Was ist mit dem Doping?«

Lea sah ihrer Gastgeberin noch eine Minute zu, wie sie den Teig für die Kräuterflädle mit Salz, Pfeffer und Muskat würzte, die gehackten Kräuter einrührte und dann formvollendet nicht den Finger, sondern einen Teelöffel nahm, um zu prüfen, ob der Teig genügend gewürzt war. Dann begann sie mit ihrem Bericht, und sie ließ nichts aus.

Der Abwasch war erledigt und der letzte Rest aus der Flasche ausgeschenkt. Marie-Luise Campenhausen hatte aufmerksam zugehört und blickte nun nachdenklich in das helle Gold des letzten Glases, während sie Minchen streichelte, die auf ihrem Schoß lag.

»Mir scheint, die Geldsorgen der Sonnefelds waren das dringendste Problem«, meinte sie schließlich. »Aber Doping und Wettbetrug würde ich an Ihrer Stelle weiter im Auge behalten.«

»Ich habe es versucht, aber ich komme nicht weiter. Ich fürchte, das Kapitel muss ich der Polizei überlassen.«

Frau Campenhausen lächelte leicht. Die Haut ihres kleinen Gesichts legte sich dabei in abertausende winzige Fältchen. »Ist vielleicht wieder der gleiche nette Kommissar im Spiel wie letztes Jahr beim Mord im Paradies? Ein sympathischer Mann. Klug und verlässlich. Hat er immer noch diese Leidenschaft für Fast Food? Ich muss gestehen, dieser Hamburger, zu dem er mich letztes Jahr überredet hatte, schmeckte köstlich.«

»Eigentlich hatten wir ausgemacht, dass ich Donnerstag für ihn koche. Aber daraus wird nichts, solange dieser Mord nicht aufgeklärt ist.«

»Ach, Kind, das haben Sie mir gar nicht gesagt. Was werden Sie ihm servieren? Rouladen? Die isst jeder Mann gern. Soll ich Ihnen helfen? Welch nette Entwicklung.«

Lea musste lachen. Frau Campenhausens größter Wunsch war

es offenbar, sie unter die Haube zu bringen. Aber da würde sie ihre Vermieterin enttäuschen müssen.

»Geben Sie es auf, Frau Campenhausen. Es war nur eine alberne Wette. Wir leben beruflich auf zwei verschiedenen Planeten, das wird nichts. Außerdem bin ich glücklich, genau so, wie ich lebe.«

»Wirklich?«

Lea schwenkte den letzten Schluck im Glas. Da war er wieder, dieser kleine Stich. Sie musste das Thema wechseln.

»Sie leben doch auch allein und sind glücklich.«

»Nun ja, wie man's nimmt, Kindchen. Manchmal bin ich schon ein bisschen einsam, das gebe ich zu. Aber dann male ich mir aus, Willi ist gar nicht tot, sondern wird gleich kommen. Außerdem habe ich doch so viele liebe Freundinnen hier in der Stadt und so viele Zerstreuungen.«

Beim Stichwort Freundinnen fiel Lea wieder ein, um was sie ihre Vermieterin bitten wollte: »Mit Ihren Kontakten können Sie bestimmt etwas über Anna Fröhlichs Schwester herausfinden, was meinen Sie?«

Frau Campenhausen war sofort Feuer und Flamme. »Ja, ja. Gute Idee! Überhaupt kein Problem. Villa Vera, nicht wahr? Villennamen sind in Baden-Baden genauso aussagekräftig wie Straße, Hausnummer und Bankverbindung. Warten Sie ab, morgen Mittag weiß ich mehr über diese Lilly.«

*

Kriminalhauptkommissar Gottlieb rieb sich müde die Augen. Es war gleich Mitternacht, die letzte Besprechung für heute. Er fühlte sich ausgelaugt und frustriert. Kein Durchbruch bis jetzt. Die Kollegen sahen ähnlich erschlagen aus.

»Machen wir es kurz«, begann er daher ohne Einleitung. »Was gibt es über den Jockey?«

Lukas Decker wurde noch ein Stückchen grauer im Gesicht. »Wie vom Erdboden verschluckt. Wohnort, regulärer Arbeitsplatz, andere Rennställe, Sportstätten – nichts, weder in Köln noch in Unterfranken noch hier. Es gibt diese Woche auch keine Galopprennen, bei denen er gemeldet ist. Wir haben allerdings von der Thekenkraft in der Rastanlage Baden-Baden einen Hinweis bekommen, der auf ihn zutreffen könnte. Er saß heute Morgen im hintersten Teil des Lokals, zusammen mit einer Frau, deren Beschreibung auf Lea Weidenbach passt. Hattest du nicht mit ihr telefonieren wollen?«

Gottlieb merkte, wie ihm heiß wurde. Verdammt. Sie hatte ihn also wirklich angelogen.

»Behindert Frau Weidenbach unsere Ermittlungen?«, erkundigte sich Hanno Appelt. Manchmal konnte einem seine akkurate Art auf die Nerven gehen. Was sollte er antworten? Dass er bei dieser Frau schwach wurde? Dass er ihr Dinge durchgehen ließ, für die er den Kollegen kräftig den Marsch blasen würde?

»Sie wird ihn schon nicht in ihrer Wäschetruhe verstecken, dazu ist sie zu sehr Profi«, versuchte er zu witzeln. Aber es kam nicht gut an.

»Ich glaube nicht, dass er sich im Raum Baden-Baden aufhält«, kam ihm Decker zu Hilfe. »Ich versuche gerade herauszubekommen, ob es irgendwo einen Freund gibt.«

»Und?«

»Offiziell weiß niemand etwas. Fiebig war offenbar sehr dezent und zurückhaltend. Aber dieser Reisefuttermeister, Udo Retzlaff, hat mich zu seinen Kollegen von der Mainaue geschickt. Die wollten gerade Iffezheim verlassen, ich habe ihren Transporter in letzter Minute noch anhalten können. Einer von ihnen erwähnte etwas von einem Skandal, in den Fiebig in seiner Schulzeit in Kitzingen verwickelt gewesen war.«

Appelt unterbrach ihn ungeduldig. »Schulzeit! Wie lange soll das denn her sein? Fiebig ist zweiundvierzig!«

»Ich habe keinen anderen Anhaltspunkt, verdammt. Mach du es doch besser!«

»Ruhe, Leute. Wir sind alle müde«, sagte Gottlieb. »Stellen wir das zurück, Lukas. Die Dopingprobe. Wer hat sich darum gekümmert?«

Schweigen. Hanno rollte mit den Augen. »Max, bei Dopingproben im Pferdesport müssen wir noch geduldiger sein als bei unseren Fingerabdrücken.«

»Was heißt das?«

»Dass das Ergebnis erst in einigen Wochen vorliegt.«

»Wie bitte? Wochen?«

»Die Proben werden vom Verband in verschiedene Länder geschickt. Probe und Gegenprobe.«

»Ich hör wohl nicht recht. Und die Polizei sieht dabei zu? Wir müssen Wochen mit unseren Ermittlungen in einem Mordfall warten? Das glaube ich nicht.«

»Das ist aber so. Seit ich das erfahren habe, wundere ich mich, dass nicht viel mehr manipuliert wird. Selbst wenn man nach Wochen ein Doping nachweist, ändert das nichts. Die Wettgelder sind ja längst ausgegeben.« Hanno schüttelte den Kopf. »Nicht mal Entschädigungen gibt es für die betrogenen Besitzer. Es heißt, es sei ja nicht nachzuweisen, ob die Pferde ohne das Doping anders abgeschnitten hätten. Natürlich werden die Schuldigen strafrechtlich verfolgt, falls man sie findet. Aber das soll in dem Milieu ausgesprochen schwierig sein.«

»Unglaublich!«

»Mit anderen Worten: Doping kommt vor, und deshalb gibt es die Regel, dass die Tiere vor Rennen nie unbewacht bleiben dürfen. Wenn der Pfleger oder Futtermeister mal weggeht, muss er den Gaul einschließen.«

»Das war in unserem Fall aber nicht so.«

»Der Mord geschah nach dem Rennen. Vor dem Rennen wäre Retzlaff fristlos entlassen worden, wenn das Pferd auch nur eine Minute unbeaufsichtigt in einer offenen Box gestanden wäre.«

»Aha. Haben wir überprüft, was Retzlaff den Tag über getrieben hat und ob er sich an diese Regel gehalten hat?«

»Er behauptet, er habe sich nicht weggerührt.«

»Hm. Zeugen?«

»Keine.«

»Nicht gut. Dann kommen wir hier wohl vorerst nicht weiter. Wir sollten uns den Punkt merken. Das Nächste also: der rosa Lippenstift. Wer hat etwas dazu?«

Sonja meldete sich. »Kollegen, ich habe die blonde Frau gefunden, und sie hat gestanden, dass sie ein Verhältnis mit Sonnefeld hatte.« Sie machte eine genüssliche Pause, um die Sensation wirken zu lassen. Alle waren wie elektrisiert. »Ich habe im Spa-Bereich nicht nur den Eintrag im Terminbuch der Beauty-Abteilung kontrolliert, sondern auch die Kosmetikerin befragt, bei der sie angeblich von neun bis elf eine Behandlung gehabt hat. Es dauerte eine

Weile, aber dann gab die Frau zu, dass jemand ihr die Zeit zwar bezahlt hatte, aber nicht erschienen war. Sie würde den Job verlieren, wenn herauskäme, dass sie für eine ausgefallene Stunde Geld genommen hat. Wenn ihr das also bitte diskret behandeln würdet!«

Gottlieb unterdrückte seine Ungeduld mit Mühe. »Sonja, bitte!«

»Hanno hatte mit seiner Vermutung recht: Es war Eva Hausmann. Sie hat bereits zugegeben, dass sie Sonntagmorgen bei Sonnefeld war. Sie behauptet allerdings, da hätten sie miteinander Schluss gemacht.«

Gottlieb pfiff anerkennend. »Interessant. Und dann findet der gehörnte Ehemann seinen Nebenbuhler mit einem Messer in der Brust.« Er wandte sich an den Leiter der Kriminaltechnik. »Achim, wann bekommen wir endlich die Ergebnisse der Fingerabdrücke?«

Freiberg rollte mit den Augen. »Mann, heute ist Montag. Die Kollegen in Karlsruhe wissen, wie dringend es ist. Aber vor Mittwoch ist nichts zu machen.«

»Lukas, was ist mit dem Zeichen auf dem Messer?«

»Morgen, Max.«

»Morgen, morgen. Ich kann das Wort nicht mehr hören.«

»Ich kann den Messermacher nicht erreichen. Er lebt auf einem Einödhof und geht nicht ans Telefon. Ich habe eine Streife hingeschickt, aber er war nicht da. Vielleicht auf der Jagd, hat der Wirt im nächstgelegenen Weiler vermutet. Bei dem kehrt der Mann ab und zu ein.«

Gottlieb war halbwegs besänftigt. Wenigstens hatte Lukas alles versucht, um den Mann zu erreichen. »Also weiter. Was ist mit den Alibis?«

»Ich habe mich um alle gekümmert«, sagte Hanno Appelt. »Hier sind die Zeitdiagramme, die ich nach den jeweiligen Aussagen erstellt habe.« Er hob einen Packen Zettel hoch.

Gottlieb sah zur Decke. »Hanno, es ist halb eins.«

»Die Kurzfassung lautet: Bei jedem Alibi gibt es Lücken. Sonnefeld wurde das letzte Mal lebend kurz vor siebzehn Uhr gesehen. Udo Retzlaff wurde von seinen Freunden um siebzehn Uhr fünfzehn abgeholt. Theoretisch könnte Sonnefeld zu dem Zeitpunkt bereits tot in der Box gelegen haben. Andreas Fiebig hat gestern

Abend ausgesagt, er sei nach dem Abwiegen zum Duschen gegangen und ab zirka siebzehn Uhr zwanzig auf den Feldern spazieren gegangen. Keine Zeugen. Carlo Hausmann, unser gehörnter Ehemann, behauptet, er habe zusammen mit seiner Frau das nächste Rennen verfolgt und sich erst kurz nach achtzehn Uhr von seiner Frau getrennt, um nach Rother Wind zu sehen. Seine Frau bestätigt das. Aber sie hat uns auch den Bären mit der Kosmetikerin aufgebunden. Der glaube ich nicht. Von den Sauerbreys habe ich überhaupt keine Angaben. Dabei ist Sauerbrey derjenige, der am meisten von Sonnefelds Tod profitiert hat.«

Gottlieb unterbrach ihn. »Moment. Sonja, das war deine Aufgabe.«

Sonja hob einen dünnen Aktendeckel hoch. »Ihr Gestüt liegt in Unterfranken. Die Kollegen vor Ort kümmern sich morgen drum.«

»Wo genau?«

»Schwarzach am Main.«

Gottlieb klopfte mit dem Stift auf seinen Notizblock und überlegte. »Das ist zu wichtig, das will ich nicht den Kollegen überlassen. Lukas, wir beide fahren hin. Morgen früh um halb sieben. Vielleicht finden wir auch mehr über Fiebig heraus. Sein ehemaliger Schulort Kitzingen liegt ganz in der Nähe. Schaut mich nicht so an. Ich habe in der Gegend mal Urlaub gemacht. Dort am Main gibt es schöne Weinorte.«

Er machte eine Pause und sah seine Aufzeichnungen durch. »Wir werden Fiebig formell eine schriftliche Vorladung zustellen, und wenn er die ignoriert, dann können wir vielleicht einen Haftbefehl beantragen. Vielleicht! Hanno, rede du morgen noch einmal mit Oberstaatsanwalt Pahlke. Achim, mach du bitte den Kollegen in der LPD wegen der Fingerabdrücke Dampf. Das muss doch schneller gehen, verdammt.«

ELF

Baustellen, Staus, zäh fließender Verkehr. Seit weit über drei Stunden quälten sie sich schon über die Autobahnen. Besonders die Verbindung zwischen Mannheim und Heilbronn hatte Zeit und Nerven gekostet. Immer wieder fragte sich Maximilian Gottlieb, ob es wirklich eine gute Idee gewesen war, das Ehepaar Sauerbrey persönlich vernehmen zu wollen. Lukas hatte wenigstens während des größten Teils des Weges geschlafen. Er aber fühlte sich nach der kurzen Nacht und der anstrengenden Fahrt wie gerädert.

Um sich im hoffentlich letzten Stau zwischen Würzburg und Biebelried die Zeit zu vertreiben, ging er noch einmal durch, was er aus den Akten über das Ehepaar erfahren hatte. Ferdinand Sauerbrey, Jahrgang 1944, war Vermögensberater von Beruf. Anfang der neunziger Jahre hatte es eine Anzeige wegen Verdachts auf Anlagebetrug gegen ihn gegeben. Dann jedoch hatte der Belastungszeuge seine Aussage plötzlich zurückgezogen. Die Kollegen für Wirtschaftskriminalität hatten vermutet, dass es um Schwarzgeld gegangen war und der Zeuge kalte Füße bekommen hatte, als Polizei und Staatsanwaltschaft genauere Angaben darüber verlangten.

Sauerbrey hatte also weiterhin ungerührt sein Geld vermehrt und war einer der wenigen Gewinner der Aktienblase Ende der neunziger Jahre gewesen. 1993 bereits hatte er das Gestüt Mainaue in Schwarzach gekauft und gleichzeitig Christian Sonnefeld als Gestütsleiter eingestellt. Den hatte er drei Jahre später entlassen, weil er laut Zeugenaussagen angeblich eine Affäre mit Sauerbreys Ehefrau gehabt hatte. Ein Mordmotiv?

Endlich ging es die letzten Kilometer flüssig weiter. Gleich waren sie da. Gottlieb blinkte und fuhr von der Autobahn. Als er an einer Ampel hielt, wachte Lukas Decker auf.

»Sieh dir das an«, sagte Gottlieb leise und deutete mit dem Kopf nach vorn. »Das Münster von Schwarzach.«

»Wow«, machte Lukas, und diesmal fand Gottlieb die Bemerkung passend, denn der Anblick der mächtigen vier Türme, die sich aus der Ebene erhoben, war wirklich spektakulär.

Schweigend überquerten sie die Bundesstraße und fuhren durch Schwarzach. Als sie am Main entlang durch Wiesen und abgeerntete Felder Richtung Sommerach fuhren und Gottlieb an den Hängen der sanften Hügel erste Weinbergsarbeiter ausmachte, merkte er, wie er allmählich entspannte. Sie fuhren über einen ausgebauten Feldweg, der sie zu einem riesigen Gutshof außerhalb der Gemarkung führte.

Sauerbrey hatte sie offenbar kommen sehen. Er wartete auf dem weitläufigen Vorplatz und empfing sie wie ein Pfau.

»Die Herren von der Polizei? Darf ich vorangehen?« Seine vollen Lippen teilten sich, aber sein Lächeln erreichte die kleinen Augen nicht, die Gottlieb misstrauisch und hellwach taxierten. Mit einer eitlen Bewegung fuhr er sich über den kahlen, rosigen Kopf. Der blaue Siegelring an seiner Hand sah genauso protzig aus wie seine Uhr.

Mit übertriebener Wichtigkeit deutete er zu einer großen Bronzefigur auf dem Vorplatz. Ein verschmitzter Junge, der eine Gans unter dem Arm hielt. »Hans im Glück, ein echter Theophil Steinbrenner. Der Künstler wohnt im Ort. Ich kenne ihn persönlich.«

Er ging ein paar Schritte und öffnete mit einer Fernbedienung drei Garagentore im langgestreckten Seitentrakt vor dem Haupthaus. »Das waren früher die Stallungen«, erklärte er stolz. »Heute habe ich aufgerüstet, von einem PS auf dreihundert sozusagen.«

Er ging voraus, vorbei an einem Ferrari, einem Porsche Cayenne und einem Mercedes S-Klasse. Vor einem herrlichen alten Bugatti-Rennwagen blieb er stehen und strich liebevoll über die Kühlerhaube.

»Ich fange erst an zu sammeln«, meinte er, »drüben, hinter den neuen Ställen, baue ich gerade ein angemessenes Gebäude für meine neuen Schätzchen. Oldtimer sind etwas Wunderbares, finden Sie nicht auch?«

»Können wir uns irgendwo setzen? Wir haben Fragen«, unterbrach ihn Gottlieb bewusst barsch. Die Polizei ließ sich nicht blenden, auch wenn Lukas mit offenem Mund um den Ferrari schlich.

Sauerbrey zeigte sich unbeeindruckt.

»Das sagten Sie schon am Telefon. Ich möchte Ihnen nur etwas zeigen.« Damit bogen sie um das Gebäude und betraten das weitläufige Stallareal. Es ließ sich mit einem Blick nicht genau erfassen, wie viele Pferdeköpfe ihnen aus den zweigeteilten Boxentüren entgegensahen. Einige Gebäude hatten innen liegende Boxen, aus denen Stampfen und leises Schnauben drang.

»Infrarotlampen, Wasserbecken – meinen Augensternen fehlt es an nichts. Meine Frau hat mir wertvolle Tipps gegeben, wie man Vollblüter optimal hält. Dank ihr ist alles hier auf dem neuesten Stand der Technik«, fuhr Sauerbrey fort und drehte sich mit ausgebreiteten Armen einmal um sich selbst. Dann blieb er grinsend stehen. »Und jetzt finden Sie mich ziemlich eingebildet und protzig, nicht wahr? Ich gebe es zu: Ja, ich habe Geld, und ja, ich genieße es. Aber das ist kein Verbrechen. Ich tue nichts Unrechtes. Sie haben sich sicherlich über mich erkundigt. Keine Vorstrafen, nicht mal Jugendsünden. Nichts. Eine reine Weste. Was also wollen Sie von mir?«

»Fangen wir ganz einfach mit Ihrem Alibi am Sonntag an.« Gottlieb versuchte, so kühl und unbeteiligt wie möglich zu bleiben. Einerseits regte ihn dieser Mann mit seinem selbstherrlichen Gehabe auf, andererseits hatte er fast so etwas wie Respekt vor ihm. Warum sollte jemand nicht stolz auf seinen Besitz sein? Aber Sauerbrey wirkte nicht natürlich. Gottlieb hatte das deutliche Gefühl, dass der Mann etwas verbergen wollte.

Er blieb stehen, als Sauerbrey auf einen der Ställe zusteuerte, holte eine Zigarette aus der Hemdtasche und zündete sie an. Lukas stoppte auf halbem Weg und stellte sich neben ihn.

Angestrengt lächelnd kam Sauerbrey zurück und warf Gottlieb einen ironischen Seitenblick zu.

»Also gut. Patricia wird inzwischen Kaffee vorbereitet haben. Das übernimmt sie gern selbst, obwohl wir natürlich genügend Personal dafür hätten. Das ist übrigens ein Nichtraucherhaus.«

Gottlieb trat seine Zigarette aus.

Sie gingen über den Hof zum Hauptgebäude zurück, und Sauerbrey hielt ihnen eine Seitentür auf, durch die sie in eine überdimensionierte Halle traten, die bestimmt sechs Meter hoch bis zum Gebälk hinaufragte. Glas, Marmor, Messing, Kristall. Alles glänzte grell in der Sonne, die durch riesige Fensterscheiben fiel. Gottlieb kniff die Augen zusammen, so weh tat das helle Licht. Sie folgten Sauerbrey in ein ebenso überdimensioniertes Wohnzimmer. Weißes Leder, überladene Möbelbezüge im Versace-Design, mehrere alte, dicke Teppiche, die sich überlappten, Glastische, ein übergroßer, rustikaler, offener Kamin, davor ein Windhund, der sich nur müde streckte, als sie hereinkamen, an den Bruchsteinwänden große Ölgemälde. Eines der Bilder kam Gottlieb bekannt vor, aber er verkniff sich seine Frage nach dem Maler und dem Museum, in dem es vielleicht einmal gehangen hatte.

Mit einem kleinen Ächzen ließ er sich auf einem Sessel mit goldenen Löwenfüßen nieder und holte seinen Notizblock aus der Tasche, während Lukas Laptop und Drucker aufstellte, um das Gesagte ordnungsgemäß zu Protokoll zu nehmen.

Die Dame des Hauses glitt herbei, mit einem messingfarbenen Tablett, auf dem sie hauchdünnes Porzellangeschirr transportierte.

»Tee, Kaffee?« Sie hatte eine fast unhöflich leise Stimme, sodass man genau hinhören musste, um sie zu verstehen. Die blonden Haare trug sie hochgesteckt, was ihren Hals sehr lang, schmal und gerade erscheinen ließ. Sie trug keinen Schmuck außer goldenen Ohrsteckern und ihrem Ehering. Schlichte, aber teure Jeans und ein perfekt sitzendes, buntes T-Shirt. Sauerbrey war aufgesprungen und legte seine Hand auf ihre Schulter.

»Das ist der allergrößte Schatz, den ich besitze. Patricia, das sind die Herren von der Kriminalpolizei in Baden-Baden.«

»Rastatt/Baden-Baden«, verbesserte Gottlieb. »Wir haben ein paar Fragen wegen des Mordfalls Sonnefeld. Fragen an Ihren Mann und auch an Sie.«

»Aber ich kannte ihn doch gar nicht«, flüsterte die Frau nach einem kurzen, hilfesuchenden Seitenblick auf ihren Mann. Augenblicklich fuhren Gottliebs Antennen aus.

Sauerbrey nickte zufrieden und verschränkte seine kurzen Arme vor seinem Bauch. Die englische Tweedjacke mit den Lederflecken an den Ellbogen schlug dabei kaum Falten.

»Da hören Sie es. Sie kannte ihn nicht. Wie ist es? Ich habe für zwölf Uhr einen Tisch drüben im Gasthaus Schwab reserviert. Mögen Sie die fränkische Küche? Schatz, ich glaube, du kannst jetzt in den Fitnessraum gehen. Die Herren brauchen dich nicht.«

»Überlassen Sie das bitte uns, Herr Sauerbrey. Und ich würde gern mit Ihrer Frau anfangen. Allein!«

Sauerbrey schnappte nach Luft. »Wir haben nichts damit zu

tun. Gell, Schatz, wir waren den ganzen Tag zusammen. Den ganzen Tag.«

»Herr Sauerbrey, verlassen Sie jetzt bitte den Raum. Wir rufen Sie später.«

Einen Augenblick lang sah der Mann ärgerlich von Gottlieb zu Decker und wieder zu Gottlieb, dann wurde sein Mund spitz. »Bitte.« Er schob eine schwere Glastür auf, die zu einer großen Terrasse führte. Ein Stück entfernt standen Liegen um einen Außenpool. Sauerbrey setzte sich auf eine von ihnen. Er ließ sie dabei nicht aus den Augen.

Lukas stand auf und schob die Tür zu. Bravo. Lektion gelernt, dachte Gottlieb. Dann wandte er sich an Patricia Sauerbrey. Sie war sichtlich angespannt und biss sich nervös auf ihre rosa Lippen.

»Was haben Sie am Tattag morgens zwischen neun und elf gemacht?«, begann Gottlieb.

Die Frau hob eine Augenbraue. »Ich war im Hotel. Die Bühler Höhe bietet einige Annehmlichkeiten.«

»Gibt es Zeugen?«

»Meinen Mann.«

»Und sonst?«

»Wir haben zusammen gefrühstückt. Daran wird sich sicherlich jemand vom Personal erinnern. Ich bin immer in seiner Nähe, nie woanders. Das könnte ich ihm nicht antun. Er würde es außerdem auch nicht zulassen«, fügte sie flüsternd hinzu.

»Sie behaupten also, sie seien immer zusammen gewesen? Den ganzen Tag?« Das klang ziemlich unwahrscheinlich.

Aber sie nickte.

»Frau Sauerbrey, ich möchte Sie ermahnen, die Wahrheit zu sagen. Haben Sie sich alles gut überlegt?«

Sie nickte, leicht zögernd.

»Wollen Sie bitte schildern, was auf dem Rennplatz geschah? Wie sind Sie nach Iffezheim gekommen und wann?«

»Mit dem Hubschrauber. Wir wurden um halb zwölf auf der Bühler Höhe abgeholt. So gegen zwölf waren wir in Iffezheim, beim Sektempfang auf der Bénazet-Tribüne. Es herrschte zwar dichtes Gedränge, aber bestimmt können sich einige Leute an uns erinnern. Ferry machte mit einem Züchter aus der Pfalz einen Termin für Montag aus, er wollte sich auf dem Heimweg einen Hengst ansehen. Leider kamen wir gestern zu spät. Ärgerlich. Das Tier hätte perfekt in unsere Zucht gepasst. Allerbester Stammbaum.«

»Sektempfang. Von wann bis wann?«

»Bis – tja, also es ging fließend ins Mittagessen über, in der Brenner's-VIP-Lounge dort. Wir hatten einen Tisch reserviert, das wird man Ihnen bestätigen können.«

»Und bis dahin waren Sie und Ihr Mann ständig zusammen? Bei einem Sektempfang trifft man doch mal hier, mal da Leute und verliert sich für eine Weile aus den Augen ...«

Lukas Decker hatte aufgehört zu schreiben und sah Gottlieb fragend an. Ja, verdammt, das gehörte nicht zum Alibi, die Tat war schließlich erst nach siebzehn Uhr begangen worden. Aber irgendetwas an der Frau provozierte ihn. Wieso war sie so unsicher? Er sah ihr an, dass genau diese Zeitspanne sie nervös machte.

»Ich ...« Sie schluckte, sah nach draußen in Richtung Pool und dann zu Boden. Sauerbrey klopfte von außen an die Fensterscheibe und deutete auf die Uhr. Patricia Sauerbrey setzte sich auf. »Ich weiß nicht, was Sie wollen. Zu dem Zeitpunkt lebte Herr Sonnefeld doch noch.«

Selten war Gottlieb so wütend gewesen. Nur mit Mühe beherrschte er sich. »Lukas, richte Herrn Sauerbrey aus, dass er sich fernhalten möchte«, fauchte er. »Frau Sauerbrey, ich habe sehr wohl bemerkt, dass Sie mir etwas verheimlichen. Ich werde herausfinden, was es ist. Sie waren beim Essen. Bis wann?«

»Bis vierzehn Uhr. Dann hatten wir eine Verabredung mit Carlo Hausmann, unserem Trainer.«

»Sie beide?«

Sie nickte, wieder unsicher.

»Wir werden ihn fragen!«

»Nun, ich war nicht die gesamte Zeit dabei. Ich habe zwischendurch meine Wetten für die ersten Rennen abgegeben. Es war viel los, und ich musste warten. Dafür gibt es leider keinen Zeugen. Aber mein Mann, der war die ganze Zeit mit Hausmann zusammen, das kann der bestimmt bestätigen.«

Oberfaul, meldeten Gottliebs Antennen. Ober-oberfaul!

»Und danach?«

»Waren wir gemeinsam im Führring. Vor Tausenden! Zusammen mit Sonnefeld, der übrigens immer noch lebte.«

Aha, hier fühlte sie sich wieder sicher. Aber davor, was war davor geschehen? Er machte sich eine Notiz auf seinen Block. Lukas verrenkte sich den Hals, um seine Worte zu entziffern. Gut so. Der junge Kollege entwickelte eine Spürnase.

»Was geschah nach dem Rennen?«

»Sonnefeld hatte Streit mit Hausmann und dem Jockey, das habe ich mitbekommen. Jeder von denen hätte ein Motiv gehabt. Aber wir doch nicht. Wir haben gewonnen!«

»Schlussfolgerungen überlassen Sie bitte uns. Sie waren danach sicherlich bei der Siegerehrung?«

»Ja. Zusammen!«

»Und danach?«

Wieder wich sie seinem Blick aus und drehte an ihrem Ehering. »Wir haben Sekt getrunken und uns die nächsten Rennen angesehen.«

»Immer zusammen?«

Wieder dieses unbestimmte Nicken.

»Frau Sauerbrey, *sind Sie sich ganz sicher*?«

Sie wurde rot und nickte erneut, diesmal heftiger.

»Ich glaube Ihnen nicht. Unter Umständen machen Sie sich strafbar. Auf uneidliche Falschaussage stehen drei Monate bis fünf Jahre.«

Sie hob den Kopf und starrte ihn wortlos an, ihr Gesicht ohne Regung.

Plötzlich tat sie ihm leid. Bestimmt hatte ihr Mann sie zu dieser Aussage überredet. »Ich werde die Vernehmung hier abbrechen, Frau Sauerbrey. Überlegen Sie sich eine Antwort, bis ich mit der Befragung Ihres Mannes fertig bin. Wo kann ich Sie dann finden?«

»Beim Fitness«, flüsterte die Frau, stand auf und glitt geräuschlos aus dem Raum.

Lukas ging zum Fenster und machte Sauerbrey ein Zeichen.

»Wo ist meine Frau?«, fragte der, sobald er hereingekommen war.

»Sie überlegt sich, ob es nicht besser wäre, die Wahrheit zu sagen, Herr Sauerbrey. Und ich bin mir ziemlich sicher, zu welchem Ergebnis sie kommen wird. Ansonsten werde ich sie wieder vernehmen und wieder und wieder, und vielleicht werde ich den

Staatsanwalt informieren und den Ermittlungsrichter. Ich möchte Sie schon jetzt darauf hinweisen, dass es in ihrer Vernehmung erhebliche Widersprüche gibt. Sie sind gesehen worden! Sie täten besser daran, die Wahrheit zu sagen und nicht einfach nur zu wiederholen, was Sie und Ihre Frau sich zurechtgelegt haben.«

Das mit dem Gesehen-worden-Sein war natürlich ein Bluff. Aber selbst Lukas Decker schien es geschluckt zu haben.

Sauerbrey legte den Kopf schief, als prüfe er, wie er Gottlieb einschätzen sollte. Der wich keinen Millimeter zurück. Niemals würde er das tun. Decker kam ihm zu Hilfe.

»Bitte Ihren vollständigen Namen, Alter, Wohnsitz, Beruf«, leierte er streng herunter, ohne mit der Wimper zu zucken, obwohl er keine Ahnung hatte, was Gottlieb gerade spielte.

Sauerbrey stand immer noch unschlüssig im Raum, dann ging er langsam an einer gläsernen Vitrine vorbei zu einem halbhohen, auf Hochglanz polierten goldfarbenen Standtresor, auf dem sich ein Humidor befand. Er nahm eine Zigarre heraus und hob sie hoch.

»Patrick Martins Patoro Platino. Habe ich bei Ihnen in Baden-Baden im Zunfthaus gefunden. Allerfeinste Ware, sehr exklusiv«, sagte er. Dann drehte er die Zigarre in seinen dicken Händen, köpfte sie und zündete sie mit einem großen, goldenen Feuerzeug an.

Gottlieb hätte am liebsten weggesehen, so barbarisch war das. Zigarren und Feuerzeug – das ging gar nicht! Dieser Angeber hatte doch keine Ahnung! Schade um den schönen Tabak. Nichtraucherhaus? Reine Schikane.

Ungeduldig wartete er darauf, dass Sauerbrey sich endlich auf das weiße Ledersofa setzte und seine Fragen beantwortete. Doch der Mann blieb an den Tresor gelehnt stehen und paffte ein paar Züge. Ihre Blicke kreuzten sich, bohrten sich ineinander. Sauerbrey wirkte nachdenklich, als würde er abwägen, welche Taktik er anwenden sollte, um ein Schlupfloch zu finden und dem Verhör zu entkommen.

Genau das wollte Gottlieb nicht. Er musste die Situation wieder beherrschen. Er hatte Fragen und wollte Antworten! Also stand er auf und ging auf Sauerbrey zu. Am liebsten hätte er ihn geschüttelt, und Sauerbrey schien es zu ahnen, denn seine Lippen teilten sich spöttisch. Da fiel Gottliebs Blick auf die Glasvitrine neben dem

Tresor, und er traute seinen Augen nicht. Ungläubig ging er einen Schritt näher und beugte sich vor.

In der Vitrine lag, auf roten Samt gebettet, eine Ansammlung von Messern. Griffe und Klingen unterschieden sich, aber eines hatten sie gemeinsam: Sie waren mit einer ganz speziellen Rune gekennzeichnet.

ZWÖLF

Marie-Luise Campenhausen summte fröhlich. Endlich wieder ein Kriminalfall! Das hatte ihr schon im vergangenen Jahr Spaß gemacht. Wenn sie daran dachte, wie sie mitgeholfen hatte, diesen windigen Steuerberater zu überführen! Vier Jahre hatte er bekommen, und seine Zulassung war er auch los. Als sie das Urteil in der Zeitung gelesen hatte, hätte sie den Artikel am liebsten ausgeschnitten, so stolz war sie gewesen. Aber dann hatte sie die Ausgabe zum Altpapier gegeben. Sie würde auf ihre alten Tage doch nicht noch eitel werden!

Nun also der Mord auf der Pferderennbahn, und dank ihrer Mieterin war sie seit gestern Abend an der Aufklärung beteiligt. Wenn sie ehrlich war, konnte sie es gar nicht mehr erwarten, die Journalistin bei ihren Nachforschungen zu unterstützen. Gleich nach dem Frühstück, schon kurz nach acht, hatte sie die ersten Telefonate geführt. Das war zwar eine höchst ungehörige Zeit gewesen, aber bei einem Mordfall konnte man nicht bis elf Uhr warten, bis es schicklich war, jemanden anzurufen. Und so, wie die Herrschaften reagiert hatten, schienen sie allesamt froh gewesen zu sein, aus ihrem Alltagsallerlei geholt zu werden. Sie hätten wahrscheinlich selbst gegen einen Anruf morgens um sechs nichts einzuwenden gehabt, wenn er sie nur aus ihrer ewigen Langeweile gerissen hätte.

Marie-Luise schnalzte mit der Zunge. Langeweile! Dieses Wort kannte sie überhaupt nicht. Bei ihr war jeder Tag verplant. Allein für ihre heutige Detektivarbeit hatte sie ihren Französisch-Kreis und den neuen Entspannungskurs ausfallen lassen müssen. Wie konnten gesunde, rüstige Senioren nur über Langeweile klagen! Aber es gab diese Menschen, viel zu häufig. Leider. Mit einer solchen deprimierenden Person würde sie es gleich zu tun haben, und es grauste ihr schon jetzt davor.

Ihrer Freundin Anni war vorhin natürlich sofort eingefallen, dass die Villa Vera in der Hermann-Sielcken-Straße stand, also fast um die Ecke. Marie-Luise war früher oft dort spazieren gegangen, weil es einen schönen Rundweg über den SWR und wieder zurück in die Quettigstraße gab, in der sie wohnte. Aber in letzter Zeit hatte sie sich weniger steile Spaziergänge gegönnt. Das hatte sie jetzt von ihrer Bequemlichkeit! Sie hätte ihrer netten Mieterin schon gestern Abend helfen können, wenn sie nicht so nachlässig geworden wäre.

Anni hatte ihr die Telefonnummer einer Frau Berger genannt, die im Nachbarhaus der Villa lebte. Als Marie-Luise mit der Frau einen Termin ausmachen wollte, war sie fast verzweifelt, weil deren Wortschatz offenbar nur aus den Begriffen »Aber« und »Nein« bestand.

Nun, sie würde sich durch niemanden, auch nicht durch eine Frau Berger, die Laune verderben lassen. Vor sich hin summend drückte sie sich den Hut mit der schwarzen Schleife auf die weißen Locken, strich über ihr Pepitakostüm, nahm die passende schwarze Krokohandtasche und machte sich auf den kurzen, wenn auch beschwerlichen Weg die steile Straße hinauf.

Die Villa Vera war riesig, fast so groß wie ihr Mietshaus in der Quettigstraße, in dem Marie-Luise fünfzehn Wohnungen vermietet hatte. Dieses Haus hier hätte vier großen Familien bequem Platz geboten.

Anni hatte sich nur vage an Vera Fröhlich, die Vorbesitzerin, erinnern können. Die beiden hatten ein paar Jahre lang gemeinsam langweilige Teekränzchen besucht, vor denen sich Marie-Luise schon immer gern gedrückt hatte. Aber Anni war noch im Gedächtnis geblieben, dass das Gebäude 1922 als Sommersitz einer Familie aus dem Breisgau errichtet worden war. Die Erbauer hatten es nach ihrer Tochter benannt, und Vera hatte es später geerbt, während ihr Bruder den elterlichen Betrieb übernommen hatte.

Der Name »Villa Vera« prangte in protzigen Goldbuchstaben über der massiven Eichentür. Das Haus, das auf einer kleinen Anhöhe lag, sah düster und abweisend, ja eigentlich unbewohnt aus. Keine Blumen in den Fenstern, Unkraut auf den Kieswegen und zwischen den Treppenstufen, das Wochenblatt vom Sonntag steckte noch halb im Briefkasten. Ein stattlicher, wenn auch angerosteter Eisenzaun hielt ungebetene Gäste fern, an der Klingel stand kein Name. Marie-Luise probierte es trotzdem. Wie zu erwarten: Keine Reaktion.

Bis zu ihrer Verabredung mit Frau Berger hatte sie noch ein paar Minuten. Schräg unterhalb der Villa werkelte ein älterer Herr in seinem Vorgarten. Sie beobachtete ihn aus den Augenwinkeln. Er sah sympathisch aus, obwohl er über dem weißen Hemd Hosenträger, aber keine Jacke trug. Dafür war seine Fliege korrekt gebunden. Als sie sich näherte und sich diskret räusperte, schob er seinen Strohhut in den Nacken. Mit einem herzerwärmenden Lächeln kam er an den Zaun.

Mit einer kleinen Verbeugung schnitt er eine gelbe Rose ab und reichte sie ihr. »Für Sie, Madame.«

Marie-Luise nahm die Blume erfreut entgegen und schnupperte an ihr. Sie duftete schwach nach Honig. Ein Gentleman!

»Das Haus nebenan sieht so unbewohnt aus«, begann sie gewollt direkt, denn sie wollte keine Zeit verlieren.

Der Mann ließ die Schere sinken. »Heute Morgen interessieren sich aber viele Menschen dafür. Vorhin war schon eine Dame hier. Und jetzt Sie. Wird es verkauft?«

»Aber nein. Das muss Zufall gewesen sein. Ich sehe mir einfach gern alte Häuser an. Ihr Anwesen zum Beispiel, das wirkt behaglich und elegant zugleich. Als würden seine Bewohner es sehr lieben.«

Der Mann strahlte. »Ursprünglich war dies unser kleiner Feriensitz, aber nun würde mich nichts mehr von hier wegbringen. Gestatten, von Termühlen, Dr. von Termühlen.« Er lüpfte seinen Strohhut.

Gute Manieren, vermerkte Marie-Luise begeistert und stellte sich ebenfalls vor.

»Sie müssen ein glücklicher Mensch sein mit diesem Haus«, begann sie wieder. Und in der Tat, es sah entzückend aus. Es war nicht so groß wie die Nachbaranwesen und lag etwas unterhalb der steilen Straße, aber das Rosé der Wände und das Weiß der Läden an den Sprossenfenstern gaben ihm eine heitere Note. Dazu war das Haus üppig mit dunkelroten und weißen Kletterrosen berankt. In den Beeten des ungewöhnlich großen und sonnigen Vorgartens wuchsen weitere Rosen, umsäumt von Lavendel.

»Und ein großartiger Gärtner«, fügte sie hinzu. Dann kam sie zum eigentlichen Grund ihres Gesprächs zurück. »So ganz anders als die Besitzer der Villa dort.«

»Ja, die Familie Ritter ist wenig zu Hause. Ich glaube, die Frau habe ich seit Monaten nicht mehr zu Gesicht bekommen. Wenn ich es recht bedenke, den Mann auch nicht.«

»Wie schade. Häuser haben doch eine Seele. Sie verkümmern, wenn sie unbewohnt sind. Ich finde, es ist eine Unsitte in Baden-Baden geworden, so schöne Bauwerke nur noch wochenweise zu bewohnen.«

»Da muss ich Ihnen recht geben, Frau Campenhausen. Bei den Ritters ist es allerdings etwas anderes. Dr. Ritter könnte leicht hier leben. Er führt die Beautyklinik Vogesenblick, oben am Schlossberg, und ich vermute, da wohnt er im Moment auch. Kennen Sie die Klinik? Ästhetische Chirurgie! Womit man heutzutage alles Geld machen kann. Natürliche Schönheit kommt doch von innen, die kann man doch niemals mit dem Messer modellieren, nicht wahr? Ah, ich schweife ab, entschuldigen Sie bitte.«

Marie-Luise spürte, wie ihr unter seinem vorsichtig prüfenden Blick warm wurde. Was für ein reizender Herr. »Ihre Frau muss sich glücklich schätzen, einen so charmanten Gatten zu haben.«

Er wurde ernst. »Ich bin allein. Seit zwölf Jahren schon. Ich habe mich immer noch nicht ganz daran gewöhnt, muss ich zugeben. Deshalb pflege ich ihre Rosen, als würde sie gleich aus der Tür kommen und mich ablösen.«

»Das kenne ich. Das geht mir auch oft so. Manchmal ertappe ich mich, wie ich mich laut mit meinem Willi unterhalte, und das nach mehr als zwanzig Jahren noch.«

Von Termühlens Blick wurde mitfühlend und warm. Am liebsten hätte Marie-Luise die Unterhaltung bis zum nächsten Tag fortgesetzt. Aber es wurde Zeit für ihre eigentliche Verabredung. So ganz abbrechen wollte sie das Gespräch allerdings auch nicht. Sie entschied sich, etwas nachzuhelfen.

»Zum Glück bietet die Stadt allerhand Zerstreuung, nicht wahr? Nächste Woche zum Beispiel beginnt die neue Theatersaison …«

Von Termühlen ergriff die Gelegenheit mit sichtbarer Freude: »Ah, genau. Die ›Wildente‹. Die wollte ich mir auch ansehen. Hätten Sie etwas dagegen, wenn ich Sie einladen würde?«

»Aber ganz und gar nicht. Rufen Sie mich doch an, ich stehe im Telefonbuch. Ich würde mich sehr freuen.«

Damit wandte sich Marie-Luise zum Gehen, und zu ihrer eigenen Belustigung merkte sie, wie ihr die Knie wackelig wurden. Sie lief zurück, an der Villa Vera vorbei und klingelte an einer weiteren abweisenden Eisenpforte. Wieder stand kein Name an der Tür, aber diesmal wurde sie erwartet.

Mit lautem Gebell stürzte ein Dobermann aus der Eingangstür. Unwillkürlich riss Marie-Luise ihre Handtasche hoch, um sich zu schützen.

»Der tut nichts«, hörte sie die Stimme der Besitzerin.

Solche Sprüche konnte Marie-Luise gar nicht leiden. Sie hatte Angst vor großen Hunden und fühlte sich in solchen Situationen auch noch gezwungen, sich zu rechtfertigen. Dabei wäre es doch wirklich ein Akt der Höflichkeit, den Hund an die Leine zu nehmen, wenn Besuch angemeldet war.

»Tolstoi! Komm sofort her. Bei Fuß, sag ich! Nun mach schon.«

Doch der Hund dachte nicht daran zu gehorchen, sondern blieb hechelnd am Zaun stehen.

Der Summer des Gartentores wurde betätigt. Na, das konnte ja heiter werden!

Vorsichtig öffnete Marie-Luise das Tor und schlüpfte hindurch. Dann blieb sie stehen, die Handtasche vor der Brust, während der Hund sie beschnupperte.

»Frau Berger?« Ihre Stimme klang so zittrig, wie sie sich fühlte.

»Tolstoi!!!«

Endlich wandte sich das Tier ab.

Marie-Luise atmete langsam aus. Dann sah sie sich um. Der Vorgarten war über und über bepflanzt, mit allem, was die Besitzerin offenbar schön fand. Cosmeen blühten neben Astern und Dahlien, die letzten Rosenblüten hingen an unbeschnittenen, langen Trieben, die Blüten der Hortensien waren vertrocknet. Wilder Wein rankte sich am Haus empor und verfärbte sich an einigen Stellen schon in leuchtendes Rot. Überall waren Dekorationsstücke verteilt, hier ein kleiner Stuhl mit einem leeren Vogelkäfig, dort ein Tischchen mit einem Krug und einem Blumentopf voll frühblühender, üppiger Chrysanthemen. In den Beeten kleine und große Tonobjekte, glänzende Gartenkugeln an Stäben, Rankgitter mit den letzten Clematisblüten. Ein Durchkommen war kaum möglich, weil es so viel anzusehen gab.

Die Frau in der Tür sah genauso kunterbunt aus wie ihr Vorgarten: graue Stoppelhaare, eine Halskette aus dicken, bunten Holzperlen, ein langer, bunter Rock und eine leicht zerknitterte Leinenbluse. Sie roch nach Veilchen und einem Hauch Mottenkugeln. Mit einer Hand hielt sie den Dobermann am Halsband fest. Der Hund knurrte Marie-Luise an, sodass sie sich kaum traute, die Hand zur Begrüßung auszustrecken.

Innen war das Haus vollgestopft wie ein Heimatmuseum. Es gab kaum einen freien Platz, weder an den holzvertäfelten Wänden noch in den Durchgängen. Marie-Luise bewunderte den Hund, der sich geschickt durch das Chaos schlängelte, ohne etwas von den Borden und Tischen zu fegen, und sich schließlich in der Küche unter einen alten Holztisch legte.

»Ich mache uns einen Tee, wäre das recht?«, schlug ihre Gastgeberin vor.

Marie-Luise nickte ergeben. Sie sah es schon kommen, dass sie in dieser schmuddeligen, verkramten Küche würde sitzen müssen. Sie selbst erlaubte nur ihrer Mieterin Lea Weidenbach, in die Küche zu kommen, und auch nur dann, wenn sie ihr die Zubereitung badischer Gerichte demonstrieren wollte. Ansonsten war die Küche für Besucher tabu. Hier in diesem Haus allerdings schien sie der Hauptwohnraum zu sein.

Während sich Frau Berger um den Tee kümmerte, sah Marie-Luise sich beklommen um. An den Wänden hingen gleich mehrere Wanduhren, die unterschiedliche Zeiten anzeigten, außerdem Wandleuchter, Backformen und Zierteller. Auf dem Tisch standen üppige Töpfe mit Küchenkräutern, eine Schale mit Tomaten, Salz- und Pfefferstreuer in Form von Enten und eine Schale mit Äpfeln, auf der Fensterbank Milchtopf, Kupferkanne und getrocknete Kräutersträuße. Hinter dem Herd war ein gelochtes Bord angebracht, in dem wohl ein Dutzend Holzlöffel steckten, darüber ein Nudelholz, an dessen Griffen gehäkelte Topflappen hingen. Auf der Dunstabzugshaube, die mit einer rot-weißen Häkelborte verziert war, standen große Gewürztöpfe aus Steingut, Kupfertöpfe und -schüsseln. Auf dem Herd brodelte etwas, das nach Hühnereintopf roch. Am Fenster hingen gehäkelte Gardinen und Kränze aus Trockenblumen.

Marie-Luise merkte, wie sie immer mehr in sich zusammensank, weil ihr diese Flohmarktatmosphäre die Luft zum Atmen nahm. Sie klemmte ihre Handtasche unter den Arm und wartete ergeben, bis Frau Berger mit ihren Vorbereitungen fertig war. Allen Erwartungen zum Trotz fand die Frau auf dem Küchentisch noch ein Plätzchen für zwei Teetassen, indem sie einen Stapel alter Zeitungen beiseite schob, dann aber hielt sie inne.

»Oder wollen wir lieber auf die Terrasse gehen?«

Marie-Luise nickte begeistert und nahm ihre Tasse.

Sie schlängelte sich hinter ihrer Gastgeberin durch einen Flur, der einem Trödelladen das Auskommen für ein ganzes Jahr beschert hätte, dann durch ein Wohnzimmer, in dem es kein einziges freies Eckchen gab, und hinaus auf die Terrasse. Auch hier ein ähnliches Bild. Sie beschloss, nicht mehr nach links oder rechts zu sehen, sondern ganz stur den einzigen freien Stuhl anzustreben und sich vorsichtig darauf niederzulassen.

Das Grundstück war, wie der Garten vor dem Haus, ungeordnete, kunterbunte Vielfalt. Traumhaft, wenn jemand Chaos und Unkraut liebte. Marie-Luise hatte allerdings einen anderen Geschmack. Ihr gefiel der Garten der Villa Vera nebenan erheblich besser: wohltuend kühl und geradlinig, mit ordentlichen, geometrisch angelegten Kieswegen und Treppen, von strengen Buchshecken gesäumt, akkurat geschnittene Eibenhecken, freie, kurz geschorene Rasenflächen, ein großer, mit hohen Betonstützmauern befestigter Pool, weiter hinten eine hohe Thujahecke, die offenbar eine weitläufige Terrasse von neugierigen Blicken abschirmte.

»Entsetzlich, wie aufgeräumt das da drüben aussieht, nicht wahr?«, meinte Frau Berger.

Marie-Luise widersprach nicht, obwohl sie anderer Auffassung war. Im Stillen rügte sie ihre Bridgefreundin Anni. Sie hätte sie wirklich vorwarnen können. Dann hätte sie ihre leichten, gehäkelten Sommerhandschuhe mitgenommen. Die hätte sie jetzt dringend nötig gehabt, denn der Dobermann kam wieder näher. Er stellte seine Vorderpfoten auf ihren neuen Kostümrock und versuchte, ihr Gesicht abzulecken. Entsetzt stieß sie sich mit dem Stuhl ein wenig ab und wäre fast nach hinten gefallen, aber da stand ein weiterer Tisch, beladen mit Blumentöpfen, Tonfiguren und einem großen Korb voller Äpfel. Eine Gruppe von Tonengeln geriet gefährlich klirrend ins Wanken.

»Tolstoi!!!«

Der Hund sah nur kurz zu seinem Frauchen, dann legte er seine nasse Schnauze auf Marie-Luises Schoß.

»Tolstoi ist gerade sehr anhänglich, entschuldigen Sie bitte.«

»Schon in Ordnung«, quälte Marie-Luise heraus. Manchmal war es eben kein Zuckerschlecken, Hilfsdetektivin zu sein. »Wie Sie wissen, würde ich gern mehr über Ihre Nachbarn, speziell über die Hausherrin, wissen.« Es widerstrebte Marie-Luise, der Frau die ganze Wahrheit zu sagen. Sie wollte keine Diskussion über den Mord, sondern Informationen über Lilly. »Ich habe bereits erfahren, dass es sich um die Familie Ritter handelt und dass sie selten zu Hause sind«, fügte sie hinzu.

»Wie man's nimmt. Bis vor ein paar Monaten ging es drüben hoch her. Eine Party jagte die andere. Lilly, Veras jüngere Nichte, hatte das Haus 2001 geerbt und zog noch im selben Frühjahr mit ihrem Mann ein. Seitdem haben sie mich gequält mit ihren Feiern. Als gäbe es nichts Wichtigeres auf der Welt als Partys. Als wäre das ganze Leben ein rauschendes Fest. Unmöglich, sage ich Ihnen. Rücksicht? Ein Fremdwort. Stattdessen Musik, Geschrei, lautes Lachen! Jedes Wochenende! Nicht selten auch unter der Woche. Schrecklich, einfach schrecklich. Wie oft ich die Polizei geholt habe, weil sie die Ruhezeiten nicht einhielten! Und glauben Sie, die hätten mich gegrüßt? Nicht einmal die primitivsten Anstandsregeln. Aber mit dem Geld um sich werfen! Allein er, er hatte vier Autos! Porsche, Jaguar, Geländewagen, das Teuerste, was es gab. Aber grüßen, nein, das konnten sie nicht.«

Marie-Luise rutschte unruhig auf ihrem Stuhl hin und her. War das peinlich! Wie kam sie hier nur wieder weg, ohne unhöflich zu sein! Sie wollte doch nur ein paar Informationen sammeln, und nicht in abstoßende Tratschgeschichten verwickelt werden. Aber ihr fiel auf die Schnelle nichts ein, und so hielt sie ergeben still, als die Frau unaufgefordert Tee nachschenkte.

Ihre Gastgeberin war in Fahrt: »Nicht nur das! Sie gingen auch aufeinander los, das war nicht mehr feierlich. Fast jeden Tag. Regelrechte Kämpfe fanden dort statt. Und sie haben sich noch nicht einmal die Mühe gemacht, leise zu sein oder die Fenster und Türen zu schließen.«

Tolstoi erhob sich und streckte sich, als wäre ihm ebenfalls alles zu viel. Dann versuchte er, auf Marie-Luises Schoß zu klettern. Sie stieß einen spitzen Schrei aus, sie konnte einfach nicht anders. Dieses Tier benahm sich wie ein Schoßhündchen. Das war doch nicht normal. Sie hob ihre Hände und machte sich ganz steif, bis Frau Berger sich erbarmte.

»Tolstoi tut wirklich nichts. Er will nur schmusen. Aber ich sehe schon, Sie mögen keine Hunde. Tolstoi, komm, komm mit Mutti, komm ins Körbchen.«

Mit hängendem Kopf trottete der Hund hinter Frau Berger ins Haus. Erleichtert stand Marie-Luise auf und sah zum Nachbargrundstück. Wenn auch Terrasse und ein Teil des Gebäudes durch die Thujen versteckt waren, konnte man ganz sicher jedes Wort verstehen, wenn es drüben laut wurde.

»Meine Güte, konnte Lilly wütend werden«, unterbrach Frau Berger kurz darauf ihre Gedankengänge. »Ich kenne sie ja, seitdem sie ganz klein war. Ein Sonnenschein, aber sehr verwöhnt. Jeder Wunsch wurde ihr erfüllt, sonst bekam sie einen ihrer Anfälle. Vera hatte es nicht leicht mit ihr, wenn sie in den Ferien zu Besuch kam. Anna, die große Schwester, war da ganz anders. Ruhig, hilfsbreit, freundlich. Leider kam sie nicht mehr, nachdem Lilly geboren war. Aber das wollte ich gar nicht erzählen, das ist ja schon Jahrzehnte her. Sie interessieren sich für Lillys Verschwinden, nicht wahr? Das ist bestimmt der Grund für Ihre Nachforschungen. Wer schickt Sie? Anna?«

Frau Campenhausen spitzte die Ohren. Lilly war verschwunden? Jetzt wurde es interessant. Sie deutete eine Kopfbewegung an, die ihr Gegenüber als Zustimmung auslegen konnte, ohne dass sie lügen musste.

»Ich habe mich immer gewundert, dass niemand nachfragt. Eine Frau kann doch nicht unbemerkt verschwinden, und das nach dieser Vorgeschichte!«

Marie-Luise wurde ganz zappelig. Niemals im Leben würde sie Neugier zeigen, aber diese Frau forderte es mit ihren bedeutungsvollen Pausen ja geradezu heraus. Sie legte den Kopf schief, um ihre Gesprächspartnerin zum Weiterreden zu ermuntern.

Tatsächlich hielt Frau Berger es nicht lange aus. »Ich fange von vorn an, wenn Sie nichts dagegen haben, ja? Diese Streitigkeiten. Es ging immer nur um eines: Eifersucht. Lilly bekam regelrecht hysterische Anfälle, in denen sie ihrem Mann Untreue vorwarf. Ich muss zugeben, sehr überzeugend klangen seine Beschwichtigungen nicht. Wie gesagt, ich konnte jedes Wort hören, ohne mich anzustrengen. Ich lausche nicht bewusst, nein, das tue ich nicht.«

Marie-Luise verbot sich jede Gesichtsregung, aber sie nahm der Frau nicht ab, nicht neugierig zu sein. Doch das war jetzt zweitrangig.

»Ich bekam natürlich mit, dass er nicht jeden Abend nach Hause kam. Auch so ein Streitpunkt. Er sagte, er habe ein Zimmer in der Klinik, für die Nächte, in denen er Bereitschaft hatte. Aber Lilly glaubte ihm nicht. Natürlich nicht. Bereitschaft! Der Mann verdient sein Geld mit Schönheitsoperationen, da liegt doch niemand todkrank im Bett und braucht stündliche Visiten! Am zwölften Mai ist es dann passiert, Frau Campenhausen. Zwölfter Mai, merken Sie sich das. Ich weiß das Datum deshalb, weil es unsere Goldene Hochzeit gewesen wäre. Es war sehr warm an dem Abend, und ich saß mit Tolstoi auf der Terrasse, genau hier, alles war endlich einmal ruhig und friedlich, drüben war es dunkel. Dann gingen die Lichter an, und das Theater begann. Es ging um eine Schwester Karina, daran kann ich mich ganz deutlich erinnern. Meine Mutter hieß Carolina, deshalb habe ich den Namen behalten. Dr. Ritter rief, jetzt würde es ihm reichen mit der Eifersucht, jetzt würde sie den Bogen überspannen, so würde sie ihn ja aus dem Haus jagen.«

Frau Berger lehnte sich mit glitzernden Augen zurück. Sie genoss ganz offensichtlich die Aufmerksamkeit, mit der Marie-Luise ihr zuhörte. Dann beugte sie sich verschwörerisch vor und fuhr im Flüsterton fort: »Sie schrie, und im nächsten Moment ist es passiert! Ein Schlag. Ein richtig lauter Schlag! Und dann, dann war es still. Totenstill. Plötzlich rief Dr. Ritter: ›Lilly, Lilly!‹, und wieder war alles still. Ich habe eine Gänsehaut bekommen.«

Marie-Luise konnte es ihr nachfühlen. Auch sie hatte vergessen, zu atmen. »Und?«, hauchte sie.

»Es dauerte eine Weile, dann gingen alle Lichter aus, und er fuhr davon. Mit dem großen Geländewagen, ganz schnell, mit quietschenden Reifen. Und vorher hat er etwas Großes ins Auto geschleppt, das habe ich ganz deutlich gesehen. Wenn man oben aus dem Dachfenster schaut und sich weit genug herausbeugt, kann man alles überblicken.«

»Warum haben Sie nicht die Polizei verständigt?«

»Die kamen schon lange nicht mehr, wenn ich anrief. Sie sagten, ich solle mich mit den Nachbarn vertragen. Was hätte ich denn schon tun können? Nachher hätte es doch wieder geheißen, ich sei neugierig.«

»Aber vielleicht sind Sie Zeugin einer Straftat geworden!«, rief Marie-Luise. Hatte nicht auch Herr von Termühlen gesagt, er habe Lilly Ritter seit Monaten nicht mehr zu Gesicht bekommen? Da lag doch der Schluss nahe, dass der Ehemann seine unbequeme Frau beseitigt hatte.

»Dr. Ritter ist Arzt. Niemand hätte mir geglaubt.«

Was für eine Logik! Marie-Luise drehte die Augen zum Himmel, obwohl sich das eigentlich nicht gehörte. »Haben Sie die Frau danach noch jemals gesehen?«

»Nein.«

»Und haben Sie Dr. Ritter darauf angesprochen?«

»Natürlich. Er ist sehr charmant, wenn er allein ist. Am nächsten Tag schon hat er ein paar Koffer aus dem Haus getragen, ganz offen, mitten am Tag. Eigentlich fand ich das verdächtig, aber er hat mir gesagt, seine Frau besuche eine Freundin, die Probleme habe, und sie habe ihn gebeten, ein paar zusätzliche Kleidungsstücke zu bringen, weil es etwas länger dauern könnte. Außerdem habe ich mir gedacht, wenn da etwas nicht stimmen würde, dann würde bestimmt jemand Alarm schlagen, Anna vielleicht, oder eine von Lillys vielen Freundinnen. Was ging das eigentlich mich an. Aber niemand tauchte auf, auch die Polizei nicht. Bis Sie jetzt kommen, Monate später. Wird der Fall jetzt doch untersucht? Werde ich als Zeugin gebraucht?«

Frau Berger drehte aufgeregt an ihren Holzperlen. »Mehr kann ich dazu nicht sagen. Die Zugehfrau von drüben, eine nette, zuverlässige Person, kam ein paar Wochen später und hat sich von mir verabschiedet. Sie sagte, Frau Ritter sei ausgezogen, und deshalb würde sie nicht mehr gebraucht. Wahrscheinlich hat sie gehofft, ich würde ihr eine Stelle anbieten. Aber das mache ich nicht. Eine Fremde würde mir hier ja alles verkramen.«

»Das Haus ist jetzt unbewohnt, habe ich gehört?«

»Stimmt. Wer hat Ihnen das gesagt? Nichts Ungewöhnliches in Baden-Baden. Nur der Gärtner kommt alle paar Wochen und mäht den Rasen und schneidet die Büsche.«

»Mehr wissen Sie nicht?«

Frau Berger schüttelte den Kopf. »Sie meinen also auch, Lilly ist tot? Ja? Soll ich es vielleicht doch der Polizei melden? Auf der anderen Seite habe ich Angst, mich zu blamieren. Wenn das nun nicht stimmt! Dr. Ritter habe ich ja auch seit damals nicht mehr gesehen, aber deshalb ist er doch nicht tot. Er wurde erst vor ein paar Wochen in der Zeitung erwähnt, als er diesen Vortrag hielt.« Sie sprang auf. »Warten Sie, ich habe den Artikel ausgeschnitten, weil ich etwas nachschlagen wollte. Wo ist er denn nur …« Sie ging ins Wohnzimmer.

Frau Campenhausen hörte, wie Schubladen aufgezogen wurden.

»Ich finde ihn nicht mehr!«, hörte sie Frau Berger von innen rufen und hielt das nicht für verwunderlich. Hier konnte niemand etwas finden.

Frau Berger kam zurück, mit ratlosem Gesicht. »Merkwürdig. Ich habe den Artikel extra aufgehoben. Noch Tee? ›Ethische Probleme bei apathischem Syndrom‹ oder so ähnlich.«

Marie-Luise interessierte das eigentlich nicht. Sie wollte nur noch nach Hause, weg von dieser chaotischen Frau. Sie hatte keinen Zweifel mehr. Für sie stand fest, dass Lilly nicht mehr lebte. Beseitigt vom eigenen Ehemann! Warum sonst war Dr. Ritter im Geländewagen mit überhöhter Geschwindigkeit davongefahren? Er hatte etwas Großes transportiert. Warum hatte er keinen Krankenwagen gerufen? Warum nicht die Polizei informiert, falls es nur ein Unfall gewesen war? Außerdem – ein unglücklicher Unfall mitten in einem heftigen Streit? Und das Opfer kehrt nie mehr zurück? Wenig glaubhaft.

Schon auf dem Heimweg begann sie zu kombinieren. Ein Mord auf der Rennbahn – eine Tote in der Villa. Sonnefeld und Lilly Ritter waren verschwägert gewesen. Das konnte doch kein Zufall sein.

DREIZEHN

»Herr Sauerbrey, was sind das für Messer?«

Sauerbrey zuckte zusammen, so laut war Gottlieb geworden.

»Meine Sammlung. Alles Unikate. Wieso?«

»Ich stelle die Fragen. Woher stammen diese Messer? Wie viele sind es? Fehlt eines?«

Sauerbreys Augenlider begannen zu zucken. »Was soll das? Da fehlt keines. Sehen Sie doch selbst: Da ist keine Lücke. Acht Stück. Ich hatte immer nur acht. Fragen Sie Jockl Greiß, den Messermacher. Er kann das bestätigen. Hier: eins, zwei, drei, vier, fünf, sechs, sieben, acht. Moment, ich kann das beweisen. Ich habe Fotos.«

Sauerbrey nahm seine Zigarre in die andere Hand und fummelte an dem goldglänzenden Tresor herum. »Ein echter Stockinger«, konnte er sich nicht verkneifen. »Ein Schmuckstück, nicht wahr? Hier, sehen Sie diese Schubladen. Massiv!«

Lade für Lade zog er auf. Kfz-Papiere, Besitzurkunden, Stammbäume der Pferde, teuerste Armbanduhren, Krawattennadeln. Eine kleinere Schublade ganz unten präsentierte Sauerbrey wie eine Trophäe: »Für Automatikuhren. Ein Mechanismus rüttelt sie alle fünf Minuten. Ah, hier sind die Fotos.« Er nahm einen Stapel Abzüge aus dem Safe, blätterte sie durch und hielt Gottlieb schließlich eine Aufnahme von der Vitrine hin.

Gottlieb interessierte sich allerdings wesentlich mehr für die flachen Bündel Fünfhundert-Euroscheine, die neben den Fotos lagen. Sie trugen Originalbanderolen. Normalerweise befanden sich hundert Scheine in einem Bündel, das waren also in diesem Fall fünfzigtausend Euro. Zehn, nein zwölf Päckchen konnte er ausmachen. Angesichts so viel Bargelds schossen ihm die Begriffe Schwarzgeld und Geldwäsche durch den Kopf, dazu die Aktennotiz von der zurückgezogenen Anzeige wegen Anlagebetrugs.

»Was ist das für Geld? Sagen Sie jetzt nicht, Sie hätten es gewonnen.«

»Nein, nein. Alles legal. Fragen Sie meine Bank. Ich wollte gestern einen Hengst kaufen, in der Pfalz. Aber es hat sich zerschlagen.«

Sauerbrey paffte heftig, und Gottlieb merkte, wie seine eigene Halsschlagader heftig zu pochen begann: Stress und Nikotinentzug. Gleich würde er wieder Kopfschmerzen bekommen. Er musste dem Mann die Geschichte mit dem Pferd zwar vorerst abnehmen. Aber er würde den Kollegen in Würzburg einen Tipp geben. So viel Bargeld hatten ehrliche Menschen nicht im Safe.

»Jetzt noch einmal. Was ist am Sonntag geschehen? Wo waren Sie zwischen siebzehn und achtzehn Uhr fünfzehn?«

»Ich weiß nicht, was Sie haben. Ich habe ein Alibi. Um kurz nach halb sieben waren wir schon auf der Bühler Höhe. Und vorher bei einer Siegerehrung. Davon gibt es Fotos und Zeugen. Also, was wollen Sie von mir? Und was soll das mit den Messern?«

»Genau das wollen wir herausfinden. Es kann doch kein Zufall sein, dass Ihr Konkurrent ausgerechnet mit so einem Messer ermordet wurde.«

Sauerbrey klappte wortlos den Mund auf und zu. »Mit einem Jockl-Greiß-Messer?«, echote er. Dann fing er sich. »Tut mir leid. Trotzdem habe ich mit dem Mord nichts zu tun.«

Gottlieb dachte an die nervöse Reaktion von Sauerbreys Frau. Selbst wenn das mit dem Messer und dem Alibi stimmte, hatten die beiden etwas zu verbergen. Das spürte er so deutlich wie nie. »Ich will alles wissen, Herr Sauerbrey. Sie belügen mich doch! Sie haben mir nicht alles gesagt.« Noch einmal griff zu seinem Bluff. »Ich wiederhole, Sie sind gesehen worden!«

Sauerbrey wurde blass und sah zu seinem Hund, der die Szene vom Kamin aus fast unbeweglich, aber aufmerksam beobachtete. »Was meinen Sie?«, fragte er lahm.

Gottlieb platzte der Kragen. »Wenn Sie mir nicht sofort die ganze Wahrheit sagen, nehmen wir Ihre Frau mit nach Baden-Baden auf die Dienststelle.«

Nun, das war starker Tobak, niemals ließen die Vorschriften so etwas zu. Frau Sauerbrey war Zeugin, keine Beschuldigte. Und wenn sie lügen wollte – bitte, dann gab es eben zur Not ein Verfahren wegen Falschaussage gegen sie. Aber sie konnten sie niemals mitnehmen. Lukas sah schon ganz blass aus, und eigentlich wollte

Gottlieb seine Worte schon abschwächen, da kam Sauerbrey ihm zuvor und provozierte ihn mit einem falschen Lächeln.

»Das meinen Sie nicht ernst, oder? Das können Sie nicht. Ich beschwere mich.«

»Tun Sie das. Aber Ihre Frau nehme ich trotzdem mit.«

Sauerbreys Augenlider begannen erneut zu zucken. »Und was werfen Sie ihr vor?«

»Das werden Sie schon sehen.«

Sauerbrey griff sich an den Hals und öffnete den obersten Hemdknopf. Seine Finger zitterten. »Sie bluffen doch nur«, meinte er heiser. Ein Schweißtropfen lief ihm an der Schläfe hinunter und versickerte im Hemd. Er war nervöser als bei den Fragen, die seine Messersammlung aufwarf!

Noch ein Griff in die Trickkiste, und der Mann würde reden. »Wie Sie meinen«, setzte Gottlieb bewusst scharf nach, klappte den Notizblock zu und erhob sich langsam. »Lukas, hol Frau Sauerbrey.«

Lukas schnappte nach Luft, beherrschte sich aber. Sein Blick wanderte zwischen Gottlieb und Sauerbrey hin und her.

Sauerbrey stieß einen kleinen Laut aus. »Aber wir waren bis jetzt immer zusammen, immer. Das geht nicht.«

»Und ob!«

Der Mann machte ein paar Schritte auf das weiße Ledersofa zu und ließ sich mit einem leisen Stöhnen hineinplumpsen.

»Nein, nein, nein! Das können Sie nicht tun! Patricia und ich waren noch nie voneinander getrennt, höchstens mal eine halbe Stunde. Was soll ich denn ohne sie tun? Das ist unvorstellbar!«, jammerte er.

Gottlieb stöhnte innerlich vor so viel Theatralik. Sauerbrey wurde blass, wirkte aber gefasster, als würde er sich zu etwas durchringen.

»Und wenn ich alles sage? Lassen Sie Patricia dann bei mir? Versprechen Sie mir das?«

»Kommt drauf an«, erwiderte Gottlieb. Schwarz und Weiß, mehr gab es nicht auf der Welt. Das wusste er, seit er Polizist war. Dieser Mann hier gehörte eindeutig nicht zur Kategorie Weiß. Dem würde er gar nichts versprechen.

»Ich, ich wollte Rother Wind, unbedingt«, begann Sauerbrey.

»Ich gebe zu, es sollte meine Revanche sein. Sonny bedeutete dieses Pferd wahrscheinlich fast so viel wie mir meine Fee. Er hatte sie mir weggenommen, und ich schwor mir damals, dass er das büßen sollte. Als er zum Rothhof ging, wusste ich, dass er irgendwann Geld benötigen würde. Ich brauchte nur abzuwarten.«

Sauerbrey drückte seine Zigarre aus. Er tat es gründlich, bis sie zerkrümelte, als würde er nicht allein die Zigarre zermalmen wollen. »Ich weiß, wie das ist, wenn man nichts hat«, fuhr er fort. »Ich bin in Armut aufgewachsen. Ich bekam zu Weihnachten die getragenen Schuhe und das abgelegte Spielzeug der Nachbarskinder. Meinen Sie, es hat Spaß gemacht, dass sie mich auslachten, wenn ich ihnen stolz meine Geschenke zeigte? Meinen Sie, ich hätte all das hier nur aus Langeweile und Überdruss geschaffen? Da täuschen Sie sich. Ich bin kein neureicher Stinkstiefel, der sich über nichts mehr freuen kann. Ich liebe jedes Luxusteil in meiner Umgebung, auch wenn ich von manchem nicht viel verstehe. Aber es beruhigt mich, dass ich es mir leisten kann, verstehen Sie? Es tut mir gut.«

»Also, was ist am Sonntag geschehen?«, versuchte Gottlieb, ihn wieder auf den Boden zurückzuholen.

Sauerbrey sah einen Moment irritiert aus, dann verzogen sich seine Lippen. »Sie sind gut, nicht wahr? Ein richtig guter Polizist.«

»Sonntag«, wiederholte Gottlieb.

»Wir sind mit dem Heli von der Bühler Höhe zum Rennplatz geflogen, haben dort am Sektempfang teilgenommen. Sonny war auch da. Anfangs allein. Mit seinen Stielaugen hat er Patricia regelrecht aufgefressen, der Dreckskerl. Ich weiß seit Längerem, dass es bei ihm finanziell nicht gut läuft. Man kann aus einem Gestüt nicht immer nur Geld herausnehmen. Das war meine Stunde, dachte ich. Ich wiederholte ein Angebot, das ich ihm im Frühjahr schon einmal gemacht hatte. Rother Wind war zwar der Top-Favorit des Tages, aber noch war nichts entschieden. Ich bot einen fairen Preis, wenn er den Gaul sofort verkaufte, noch vor dem Rennen. Zehntausend über dem ausgelobten Preisgeld, also hunderttausend Euro in bar, auf die Hand. Aber Sonny sagte klipp und klar, dass er nicht verkaufen würde, an niemanden, schon gar nicht an mich. So schlecht könne es ihm niemals gehen, sagte er, und das sei sein letztes Wort.«

Sauerbrey versank in Schweigen, und Gottlieb merkte, wie sich seine Geduld erschöpfte. Er genehmigte sich eine Zigarette und zog hastig an ihr, bevor Sauerbrey etwas sagen konnte. Doch der schien es nicht zu bemerken.

»Was wollen Sie mir denn nun sagen? Ich wette, Ihre Frau weiß mehr dazu.«

»Nein, nein. Hören Sie auf. Ich sag es ja. Wir, nun, tja, da haben wir es getan.«

Am Rande sah Gottlieb, wie Lukas langsam zum Handy griff, ohne den Zeugen aus den Augen zu lassen. Wollte er Verstärkung holen? Nur das nicht. Nur keine Unterbrechung! Weiterreden lassen!

»Sie müssen sich nicht selbst belasten«, quakte Decker in dem Moment los. »Sie haben das Recht, die Aussage zu verweigern ...«

Gottlieb rollte mit den Augen. Mist! Der Augenblick war vorbei. An ein Geständnis war nicht mehr zu denken. Er hätte Decker erwürgen können. Doch dann schaltete sich sein Kopf wieder ein. Lukas hatte ja recht. Um ein Haar hätte er einen kapitalen Fehler gemacht. Jede noch so brisante Aussage wäre ohne Belehrung doch unbrauchbar gewesen. Und er wollte ein guter Polizist sein? Der Beste? Was war nur in ihn gefahren?

Sauerbrey strich sich zitternd über den Kopf. »Ich weiß, Herr Decker. Schreiben Sie, Sie hätten mich ordnungsgemäß belehrt. Ich brauche keinen Anwalt, nicht jetzt. Später vielleicht. Ich sage alles. Ohne Patricia würde ich es nicht aushalten, verstehen Sie?«

»Sie haben Sonnefeld ein Angebot gemacht, welches er ablehnte«, erwiderte Gottlieb. »Und dann?«

Sauerbrey knetete seine Hände. »Plan B«, sagte er schließlich, mehr nicht.

Gottlieb inhalierte noch einmal, dann drückte er die Zigarette aus und wartete, aber von Sauerbrey kam keine Reaktion. Die Sekunden tropften dahin. Stille. Im Ort begann das Mittagsläuten. Der Windhund vor dem Kamin streckte sich und leckte seine Pfoten. Ansonsten tat sich nichts. Da riss ihm der Geduldsfaden endgültig. »Plan B. Herrgott noch mal! Was soll das sein? Lukas, pack zusammen. Wir lassen jetzt Frau Sauerbrey holen ...«

Sauerbrey rappelte sich hoch. »Plan B bedeutete, dass Patricia helfen musste. Sie wollte nicht. Ich – ich habe sie gezwungen. Sie hat keine Schuld. Ich nehme alles auf mich. Sie hat sich geweigert, bis zum Schluss. Bitte, protokollieren Sie das!«

»Weiter.«

»Sonnefeld und Hausmann standen beim Sektempfang zusammen, und Patricia und ich haben uns schnell weggestohlen, nur kurz, eine halbe Stunde vielleicht. Ich habe Retzlaff abgelenkt. Ich kenne ihn noch von früher und ich weiß, ein Bierchen geht immer. Und Patricia, nun, sie hat, na ja ... Gott! Wenn das herauskommt!«

Er keuchte und öffnete noch einen Hemdknopf. »Müssen Sie das anzeigen? Ich meine, es hat ja nichts mit dem Mord zu tun. Es war ja nur eine Kleinigkeit. Das Pferd ist ja nicht zu Schaden gekommen.«

Gottlieb sah ihn ungläubig an. »Sie waren das? Sie haben Rother Wind etwas gegeben, damit er verlor? Um den Preis zu drücken?«

»Nein, nein, ich hätte weiterhin den vollen Preis bezahlt. Es ging nicht um Geld.«

Das stimmte wohl. Es hatte am Sonntag keine extremen Wettumsätze kurz vor dem Start gegeben. Großangelegter Betrug schien also nicht vorzuliegen. Doch Gottlieb blieb misstrauisch, während Decker Sauerbreys weitere Aussage zu Protokoll nahm. Demnach hatte Patricia Sauerbrey dem Pferd erst einen präparierten Apfel hingehalten, das Tier hatte aber nicht fressen wollen. Also hatte sie den Apfel weggelegt und eine vorbereitete Depotspritze gesetzt. Anschließend war sie davongeschlichen. Nach dem Rennen hatte sie sich plötzlich an den Apfel erinnert, der immer noch auf dem Strohballen an der Box liegen musste. Die beiden wussten, dass es bei diesem ungewöhnlichen Rennverlauf Dopingkontrollen geben würde und dass sie deshalb den Apfel beseitigen mussten.

Diesmal sorgte Patricia Sauerbrey dafür, dass sie von vielen Leuten gesehen wurde, während ihr Mann noch vor siebzehn Uhr zurückschlich und den Apfel an sich nahm, nicht nur, um ihn verschwinden zu lassen, sondern auch aus Sorge, Rother Wind könnte ihn doch noch fressen und dann ernsthafte Probleme bekommen. Gottlieb glaubte ihm sogar, dass zu diesem Zeitpunkt noch niemand in der Nähe gewesen war, kein Pferd, kein Futtermeister, keine Leiche. Das deckte sich alles mit Appelts Zeitdiagrammen.

Aber der Aufklärung des Mordes waren sie damit noch immer

keinen Schritt näher gekommen. Im Gegenteil. Sie hatten eine tränenüberströmte Patricia Sauerbrey getröstet und auf einen Anwalt gewartet, ohne den die Sauerbreys das Protokoll nicht unterzeichnen wollten.

Jetzt, am frühen Nachmittag, fehlte ihnen diese Zeit. Trotzdem gab Gottlieb dem Drängen seines jungen Kollegen nach, einen Abstecher zu Fiebigs ehemaliger Schule zu machen.

»Eine Stunde, mehr nicht«, brummte er. Darauf kam es jetzt auch nicht mehr an. Und, ganz im Ernst, der Eifer des jungen Kollegen war ansteckend. Decker würde entweder eine Lektion fürs Leben lernen oder sich als erfolgreicher Jagdhund erweisen.

*

Lea hatte überhaupt keinen Sinn für die schöne Landschaft, durch die sie fuhr. Die Autofahrer vor ihr jedoch ergötzten sich an jeder Baumlücke, durch die sie in die Rheinebene sehen konnten. Sie schlichen ja noch langsamer als die erlaubten siebzig Stundenkilometer über die Schwarzwaldhochstraße! Und überholen war hier unmöglich.

Dabei konnte sie es kaum erwarten, diesen Messermacher zu treffen. Was für ein Glück, dass Gottlieb sich gerade auf einer Dienstfahrt befand und sie diesen Umstand vorhin ausnutzen konnte. Eigentlich hatte sie ihn per Telefon an das versprochene Foto von der Tatwaffe erinnern wollen und sich innerlich auf einen Kampf mit ihm eingestellt. Als es dann aber hieß, er sei nicht in Baden-Baden, hatte sie sich spontan mit seinem Vertreter Hanno Appelt verbinden lassen. Mit dem hatte sie leichtes Spiel, der war längst nicht so gewieft als Nachrichtenverhinderer.

Die Zauberworte »verantwortlich«, »vereinbart« und »umgehend« hatten geholfen. Auf der Dienststelle war es extrem stickig gewesen. Alle Türen hatten aufgestanden, und so hatte sie mitbekommen, dass man Retzlaff erneut verhörte. Im Vorbeigehen hatte sie ihn in dem großen Besprechungszimmer wie ein Häufchen Elend sitzen sehen, umringt von drei Beamten. Sie hatte sich gewundert, warum er so schuldig aussah. Er hatte doch ein bombenfestes Alibi!

Appelt hatte sie schnell in ein kleines Büro mit zwei Bildschirmen, einem Stapel Computerzeitschriften, einer halb vollen Colaflasche und einer aufgerissenen Tüte Gummibärchen bugsiert, offenkundig Lukas Deckers Büro. Er hatte den Eingangskasten mit Faxen und Ausdrucken durchwühlt und ihr schließlich eine Ablichtung des Messers überlassen.

»Meinen Sie denn, es hat dem Mörder gehört? Es könnte doch rein zufällig am Tatort gelegen haben«, hatte sie beiläufig fallen lassen, um weitere Informationen zum Ermittlungsstand zu bekommen und gleichzeitig einen ersten Stachel zu setzen, um die Beamten anzuregen, wirklich alle Möglichkeiten zu durchdenken.

Appelt hatte nur ungeduldig geschnaubt: »Als wenn überall teure, handgefertigte Gildemesser herumliegen würden und man nur zuzugreifen braucht. Veröffentlichen Sie einfach nur das Foto und schreiben Sie, dass wir den Besitzer suchen.«

So hatte sie also doch etwas erfahren. Dass das Messer keine Fabrikware war, sondern echte Handwerkskunst, gefertigt von einem Mitglied der Messergilde. Auf ihrem Weg hinaus hatte sie gehört, wie der arme Retzlaff im Besprechungszimmer verzweifelt ausstieß: »Ja, ja, ja, das gebe ich zu. Aber das war doch mittags! Ich habe ihn nicht umgebracht!«

Mehr hatte sie nicht mitbekommen, weil Appelt die Tür zugeknallt hatte. Als sie wieder in der Redaktion war, hatte sie mit einer intensiven Recherche nach dem Mann begonnen, der das Messer gefertigt hatte. Es war wirklich kein Allerweltsgegenstand, selbst auf dem Foto schimmerte der Stahl der Klinge in unregelmäßigem Wellenmuster wie von einem Ölfilm überzogen. Der ovale Griff schien aus Elfenbein zu sein, und das hatte sie stutzig werden lassen, genauso wie das Zeichen, das zwischen Klinge und Schaft eingeritzt war.

Lea stöhnte ungeduldig. Zwei Stunden hatte es sie gekostet, über die Gilde den Messermacher ausfindig zu machen, dann hatte sie ihn endlich telefonisch erreicht. Er reagierte sehr hilfsbereit, als er hörte, wer sie war und was sie wollte. Die Polizei sei bereits auf dem Weg zu ihm, um zu erfahren, wer der Besitzer des Messers war, offenbarte er. Wie elektrisiert war sie aus ihrem Stuhl hochgefahren und hatte sich ins Auto gesetzt. Er wohnte im Schwarzwald nahe Freudenstadt, eine Stunde von Baden-Baden entfernt. Vielleicht schaffte sie es, bevor die Polizei bei ihm war und ihm womöglich wegen laufender Ermittlungen einen Maulkorb verhängte. Eine Stunde, aber die zog sich endlos hin!

Links lag jetzt der Mummelsee, mit Hotel und Touristenjahrmarkt, rechts tat sich ein großartiger Ausblick über die Berggipfel und den Rhein hinweg bis nach Frankreich auf. Hinten im Dunst konnte man das Straßburger Münster erkennen. Die Kolonne bremste noch weiter ab, das war die Gelegenheit zum Überholen! Lea trat aufs Gas.

Auf der weiten Hochebene am Schliffkopf erreichte sie die nächste Schlange und zwang sich, ruhig zu bleiben. Retzlaffs Satzfetzen auf der Polizeidienststelle fielen ihr wieder ein. Was hatte er bloß zugeben wollen? Es war offenbar am Sonntagmittag etwas geschehen, in das er verwickelt gewesen war. Etwas Ernstes, wenn man ihn deswegen wieder zur Dienststelle geholt hatte.

Der Mörder konnte er nicht sein, das war sicher. Als er mit seinen Freunden in die Kantine ging, hatte Sonnefeld noch gelebt. Andi konnte das bezeugen, wenn er jemals auftauchte! Trotzdem wollte Retzlaff etwas zugeben. Nur was? Hatte er etwas eingefädelt, das zum Tod seines Arbeitgebers geführt hatte? Kannte er den Mörder? Unvorstellbar, nein, die eiskalte Vorbereitung eines Mordes traute sie ihm nicht zu.

Nun, vielleicht würde die Herkunft des Messers alles aufklären. Lea schielte auf den Zettel mit der abenteuerlichen Wegbeschreibung. An der abgebrannten Kirche musste sie rechts abbiegen und über eine Brücke fahren. Dann sollte sie ihren Wagen den Berg hoch steuern und im Wald an einer vom Blitz getroffenen Eiche die Abzweigung zum Hof nehmen.

Sie fand die Einfahrt tatsächlich ohne Mühe, fuhr durch ein Zauntor, das der Ponderosa Ranch zur Ehre gereicht hätte, und sah im Hof des Anwesens einen schmalen Mann mit ausgeblichenen Jeans und rot kariertem Holzfällerhemd, struppigem Bart und wirren Haaren auf einem großen Findling sitzen. Ein Einsiedler, der mit sich und der Welt im Reinen war, das war ihr erster Gedanke.

»Sind Sie Jockl Greiß, der Messermacher?«

»Der bin ich!« Sein Händedruck war kräftig, sein Blick gerade und intelligent. »Sie haben es noch vor der Polizei geschafft«, begrüßte er sie freundlich.

Das war gut. Sofort begann sie, in ihrem Rucksack nach dem

Foto zu kramen. Doch ihr Gesprächspartner machte eine beschwichtigende Handbewegung. »Sehen Sie sich doch erst einmal um.«

Lea ließ ihre Hand sinken und folgte seiner Aufforderung. Die zwei Gebäude des Anwesens waren gepflegt, die große Hoffläche sauber geharkt, am eingezäunten Gemüsegarten pickten ein paar Hühner. Das Anwesen war von einer weiten Lichtung umgeben. Dahinter stand der Wald wie eine natürliche Mauer, auf einer Seite erhoben sich Hügel, auf der anderen Seite fiel das Gelände sanft in ein bewaldetes Tal ab, in dem ganz unten ein Bach murmelte. Die Sonne schien angenehm warm, ein leichter Wind ging, eine Amsel sang auf dem Dach. Es roch nach Sommer, nach frisch gemähtem Gras, Heu und harzigen Tannen.

Völlig überraschend überfiel Lea der wilde Wunsch, einfach hier zu bleiben, Ruhe zu finden, diese stille Einsamkeit zu genießen, die Freiheit und die Weite. Dies war ein Platz, an dem man Kreativität ausleben konnte, Kunstwerke schaffen, ja, auch Romane schreiben. Sie beneidete den Mann.

»Sie leben meinen Traum«, gestand sie ihm mit wehmütigem Lächeln. Zweifel stiegen in ihr auf, ob sie vor zwei Jahren nicht zu kurz gesprungen war, als sie Baden-Baden als neue Heimat gewählt hatte. Andererseits – sie hatte sich ja bis vor Kurzem niemals eingestanden, dass sie seit ihrer Kindheit ein Problem mit Enge und Nähe mit sich herumschleppte. Das war ja erst in letzter Zeit ein paar Mal aufgeblitzt.

Sie schloss ihre Gedanken wieder weg und konzentrierte sich auf ihre Aufgabe.

»Das Messer ...«, begann sie.

»Kommen Sie ins Haus.« Greiß drehte sich um und stapfte voran. In der altmodischen Küche hingen matt glänzende Kupferschüsseln und -töpfe über dem Herd. Hier wurde bestimmt gern und gut gekocht. Lea konnte nicht widerstehen, auf dem großen alten Sofa an der Wand Platz zu nehmen und ihrem Gastgeber beim Kaffeekochen zuzusehen. Eine ganze Weile füllte wohltuende Stille den Raum. Nur Holz knackte, und eine Uhr tickte irgendwo im Haus.

Sie legte das Foto auf den Bauerntisch, und Greiß betrachtete es kurz, den Kaffeebecher in der Hand. »Eines meiner Lieblingsmesser«, sagte er. »Ich habe über acht Monate daran gearbeitet. Immer wieder musste ich es aus der Hand legen und war unzufrieden, weil irgendetwas fehlte. Ich kam einfach nicht drauf, was es war. Kennen Sie das Gefühl? Man weiß, dass etwas nicht passt, aber man kann es nicht greifen? Alles sah okay aus: Man kann es auf dem Foto nicht gut erkennen, aber der Damaststahl schimmerte ganz besonders schön. Und der Schaft lag genau richtig in der Hand. Aber es fehlte etwas. Ich wollte nicht, dass jemand es sah, bevor es wirklich fertig war.«

Lea dachte an ihre unvollendeten Romanentwürfe. Sie hatte immer Angst, jemand könnte ihre Versuche entdecken, bevor die Sätze richtig ausgefeilt waren. Sie hatte sich schon einmal ertappt, wie sie eine Diskette hinter einer Küchenschublade verstecken wollte, weil sie zwar den Inhalt nicht vergessen wollte, sich aber für die noch nicht gelungene Ausführung schämte.

Greiß drehte das Foto zum Fenster ins Licht. »An einem Samstagabend beim Holzmachen wusste ich plötzlich, was mich gestört hatte. Hier und hier« – er tippte auf das Foto – »habe ich gefeilt, maximal einen halben Millimeter, und dann war es fertig.«

Lea kam aus dem Staunen nicht heraus. Bislang hatte sie Messer als langweilige Fabrikware, Gebrauchsgegenstände eben, angesehen. Aber so, wie dieser Mann ihr Entstehen schilderte, waren seine Exemplare so etwas wie Kunstwerke.

Offenbar erriet er ihre Gedanken. »Ich war früher Bildhauer«, sagte er und lächelte scheu. »Aber der Kunstbetrieb und diese Galerien und vor allem die Galeristen – das war nichts für mich. Ich bin ein Naturbursche, bin schon immer einer gewesen. Ich brauche das hier. Vor zwanzig Jahren habe ich umgesattelt und mit den Messern angefangen. Erst kamen nur untaugliche Versuche heraus, aber ich wusste, dass es genau das war, was ich machen wollte, und dass ich es schaffen würde.«

Lea spürte einen Stich in der Magengrube. Dieser Mann sprach genau das aus, was sie gerade durchmachte. Sie vergaß, weswegen sie eigentlich hier war. Sie wollte nur noch wissen, wie er es geschafft hatte. Was war das Geheimnis, einen Traum auszuleben und dabei auch Erfolg zu haben?

»Man braucht Geduld. Normalerweise benötige ich vierzig bis sechzig Arbeitsstunden für ein Messer, nicht am Stück, ich brauche

Pausen dazwischen, weil ich nach ein paar Stunden einfach leer bin, ausgebrannt. Ich gehe dann auf die Jagd oder auf Messen. In zwanzig Jahren habe ich gerade mal dreihundertfünfzig Messer verkauft. Nicht gerade viel, was?«

»Dann haben Sie bestimmt eine lange Warteliste mit Aufträgen.«

»Ich mache keine Auftragsarbeiten.«

»Aber wenn jemand kommt und sagt, er möchte einen bestimmten Griff, aus Perlmutt oder Elfenbein, so wie der hier.«

Greiß grinste. »Das ist Mammut.«

Lea verschlug es die Sprache. Das hatte sie noch nie gehört.

Er grinste noch breiter. »Ich weiß, was Sie jetzt sagen wollen. Aber Mammuts sind nicht geschützt, die sind ja längst ausgestorben. Kanadische Indianer handeln damit.« Dann wurde er wieder ernst.

»Um auf Ihre Frage zurückzukommen: Ich verkaufe auch nicht an jeden. Ich sehe mir meine Kunden genau an. Es wäre mir unerträglich, wenn jemand eines von meinen Messern als Waffe benutzen würde, um einem anderen zu schaden. Ich habe schon manche weggeschickt. Aber den hier, den nicht. Dem hätte ich niemals zugetraut, dass er …«

Greiß stockte. Stumm drehte er das Foto in den Händen und sah aus dem Fenster hinaus auf die Wiesen und in die Bäume.

»Sie wissen also, wer der Besitzer dieses Messers ist?«

»Klar. Netter Kerl. Normalerweise sind meine Kunden betucht, Sammler halt. Die sammeln Uhren von Patek Philippe, Schreibgeräte von Parker und eben handgefertigte Messer. Die Sachen heben sie in Vitrinen auf oder im Tresor. Ein Messer von mir kostet zwei- bis dreitausend Euro. Ein Haufen Geld, jedenfalls für Normalsterbliche wie diesen Kunden hier. Der hat mir gestanden, dass er drei Jahre darauf gespart hat. Er hatte meine Arbeit bei seinem Chef gesehen und sofort gewusst, dass er auch so etwas haben wollte. Drei Jahre! Mann! Der war so glücklich! Der hat das in die Hand genommen wie einen Schatz. Ich kann einfach nicht glauben, dass er damit … ich meine, dass er überhaupt … nein.«

Lea zerriss es bald vor Spannung. »Wer? Der Name!«

Greiß trank einen Schluck Kaffee. Dann machte er eine bedauernde Geste. »Es geht nicht, Frau Weidenbach. Ich verstehe, dass Sie ihn wissen wollen. Aber ich gebe die Namen meiner Kunden nicht heraus. Niemals.«

VIERZEHN

Maximilian Gottlieb hätte am liebsten auf dem Standstreifen angehalten und sich die Schläfen massiert. Die Kopfschmerzen nahmen immer mehr zu. Entspannungsübungen halfen. Normalerweise. Aber nicht auf der Autobahn, auch wenn sie gerade wieder einmal im Stau standen, diesmal bei Bruchsal, kurz vor Karlsruhe.

Lukas Decker plapperte aufgeregt neben ihm. Gottlieb gab schon lange keine Antworten mehr, und nun begann der junge Kollege, per Funk und Handy neue Gesprächspartner zu suchen. Zugegeben, sie waren in Sachen Andreas Fiebig ein Stück weitergekommen. Aber ob es ihnen helfen würde, den Mann zu finden, bezweifelte Gottlieb. Das wäre zu einfach. Einfache Ermittlungen gab es nicht in einem Mordfall.

Es hatte ihm vorhin imponiert, wie hartnäckig Lukas seine vermeintliche Schnapsidee verfolgt hatte, dass sie in Fiebigs ehemaliger Schule siebenundzwanzig Jahre nach dessen Weggang noch etwas finden würden. Aber sie hatten Glück gehabt. Die Sekretärin des Direktors konnte sich an den Namen erinnern, weil er mit dem Skandal in Verbindung stand, den sie damals ganz zu Beginn ihrer Laufbahn erlebt hatte. Bereitwillig hatte sie nachgekramt, ihr Gedächtnis aufgefrischt und sogar noch einen Lehrerkollegen von früher gefunden, der zwar schon pensioniert aber bestens im Bilde war.

So viel stand nun also fest: Fiebig und ein Abiturient waren zusammen erwischt worden. Damals gab es den Paragrafen hundertfünfundsiebzig noch, homosexuelle Handlungen mit unter Achtzehnjährigen wurden bestraft. Fiebig ging freiwillig, der Abiturient flog von der Schule; leider kannte niemand seinen Aufenthaltsort. Aber sie hatten seinen Namen. Horst Blank. Lukas war überzeugt, dass es zwischen den beiden immer noch eine Verbindung gab. Das war natürlich vollkommen aus der Luft gegriffen, und Gottlieb fand, auch nur ein Gedanke in diese Richtung war reine Zeitverschwendung. Aber Lukas ließ sich nicht beirren. Nun versuchte er vom Beifahrersitz aus, die Ermittlungen in Gang zu setzen.

Gottlieb musste schmunzeln. Irgendwie erinnerte ihn Decker

daran, wie übereifrig er selbst als Berufsanfänger gewesen war. Am liebsten hätte der junge Kollege eine bundesweite Fahndung nach diesem Blank ausgeschrieben. Und er hatte nicht mit der Wimper gezuckt, als er sich vorhin am Autotelefon eine gehörige Standpauke von Oberstaatsanwalt Pahlke zum Thema Realitätssinn und Verhältnismäßigkeit anhören musste.

Aber nun musste Gottlieb ihn wieder auf den Boden der Tatsachen holen. Decker wurde im Team gebraucht, und das Team saß in Baden-Baden und wartete dringend auf ihre Rückkehr.

Die Kollegen waren mit Retzlaff bislang nicht weitergekommen, wie sie telefonisch mitgeteilt hatten. Er hatte zwar zugegeben, dass er am Sonntag um die Mittagszeit tatsächlich mit Sauerbrey ein Bier getrunken und die Pferdebox für eine Zeit lang unbeaufsichtigt gelassen hatte. Aber er hatte natürlich recht, wenn er sagte, das könne mit dem Mord nicht direkt zu tun haben. Spätestens nach ihrer Rückkehr zur Dienststelle würde Gottlieb ihn wohl gehen lassen müssen.

Decker wurde neben ihm immer aufgeregter. »Dann soll die Streife ihn eben nach Baden-Baden bringen, Herrschaftszeiten noch einmal. Das kann doch nicht so schwer sein!«, schimpfte er.

Gottlieb warf ihm einen fragenden Blick zu, und Decker rollte mit den Augen. »Unmöglich, Max. Die Kollegen aus Freudenstadt haben diesen Messermacher endlich erreicht, um ihn nach dem Käufer des Messers zu befragen. Sie haben ihm das Foto gezeigt, das wir ihnen geschickt haben. Aber er sagt, er müsse das Messer im Original sehen, um eine gesicherte Zeugenaussage zu machen. Immerhin würde er vielleicht einen Menschen des Mordes beschuldigen müssen, dem er eine solche Tat niemals zutrauen würde. Komplizierter Kerl. So weit, so gut. Aber stell dir vor, daraufhin sind die Kollegen erst einmal zurück nach Freudenstadt gefahren und haben uns ein Protokoll gefaxt.«

Decker stieß die Luft aus. »Denen habe ich aber Beine gemacht. Das Messer ist von der Auswertung zurück und liegt auf deinem Schreibtisch. Dieser Jockl Greiß dürfte zur gleichen Zeit eintreffen wie wir, dann kannst du es ihm gleich zeigen. Ich wette, er sagt, es habe Fiebig gehört. Ich spüre das.«

*

Ratlos fuhr Lea durch das Waldstück zurück zur Hauptstraße. Wer war denn nun der ominöse Besitzer des Messers? Jemand, der wenig Geld besaß, und dem ein Mord nicht zuzutrauen war, hatte der Messermacher gesagt. Das war nicht viel. Sie konnte sich überhaupt nicht vorstellen, wen er gemeint haben könnte. Hatte der Messermacher ihr versteckte Andeutungen gemacht, die sie nur nicht richtig gedeutet hatte? Spielte es überhaupt eine Rolle, wem das Messer gehörte?

Bevor sie die verbrannte Kirche erreichte, riss das Handy sie aus ihren Gedanken. Sie hielt auf dem Waldweg. Frau Campenhausen war am anderen Ende und berichtete aufgeregt, dass Anna Fröhlichs Schwester spurlos verschwunden war.

»Ich vermute stark, dass ihr Ehemann sie auf dem Gewissen hat«, raunte Miss Marple zum Schluss.

Lea lachte ungläubig. »Frau Campenhausen! Das wären zwei Morde in einer Familie. Ich glaube, das ist einer zu viel! Wir reden heute Abend in Ruhe darüber.«

Doch als sie aufgelegt hatte, überfielen sie Zweifel. Frau Campenhausen war nicht gerade leichtfertig. Etwas musste an der Geschichte dran sein. Wenn jemand etwas darüber wissen konnte, dann die Schwester. Vielleicht hatte sie deshalb so abweisend reagiert? Was ging hinter der Familienfassade vor? Lea suchte sich Anna Fröhlichs Handynummer aus den Unterlagen und berichtete ihr, was sie gerade gehört hatte.

Die Frau reagierte bitter. »Lassen Sie mich mit Lilly in Ruhe.«

»Aber es könnte ihr etwas zugestoßen sein!«

»Ach was. Der passiert schon nichts. Erkundigen Sie sich, wo sie ihre Ferienhäuser hat, die sie von meinem Geld gekauft hat. Ibiza? Mallorca? Florida? Da werden Sie sie finden. Ich kenne doch meine Schwester! Sie hat mir erst letzte Woche eine unverschämte Droh-Mail geschickt. Das waren eindeutig ihr Stil und ihre Mail-Adresse. Sie lebt, glauben Sie mir das!«

»Lillys direkte Nachbarn berichten, sie hätten sie seit Monaten nicht mehr gesehen.«

»Nachbarn! Was wissen die schon. Die kann sonst wo stecken und Partys feiern. Sie kennen Lilly nicht!«

Was war nur passiert, dass dieser Frau ihre Schwester dermaßen gleichgültig war? Lea war schockiert, musste aber wohl akzeptieren, dass sie es auf diesem Weg nicht herausfinden würde. Die beiden Schwestern stammten aus Staufen. Der Ort lag kurz hinter Freiburg, gar nicht mehr weit von hier, eine Stunde maximal.

»Wo finde ich Ihr Hotel?«, fragte sie deshalb.

»Warum? Wollen Sie hinter uns herschnüffeln? Neue Fotos schießen? Meinen Leuten alte Familienbilder abschwatzen und veröffentlichen? Würde sich ja schön machen auf Ihrer Titelseite. Ein Foto von der Hochzeit vielleicht? Oder von der Beerdigung meines Vaters?«

»Sie können sich darauf verlassen, Frau Fröhlich, dass ich nicht …«

»Ach, hören Sie auf. Ich finde es unmöglich, dass Sie zwei Tage nach der Ermordung meines Mannes in meinem Betrieb herumschnüffeln. Fragen Sie doch mich, wenn Sie etwas wissen wollen. Ich helfe Ihnen. Das habe ich Ihnen doch schon gesagt. Warum wollen Sie nach Staufen? Sonny ist hier ermordet worden. Der Mörder läuft hier frei herum. Wer denkt eigentlich an mich? Mein Mann ist tot. Statt trauern zu dürfen, weiß ich nicht, wo mir der Kopf steht. Und jetzt kommen Sie und behaupten, Lilly sei verschwunden. Was glauben Sie, Frau Weidenbach, wie viel ich aushalten kann? Ich bin nicht so stark, wie es nach außen erscheint.«

Lea hörte Anna Fröhlich am anderen Ende schniefen und beendete das Gespräch voller Mitleid. Aber sie wollte nicht aufgeben, wo sie schon in der Nähe war. Es konnte doch nicht so schwer sein, das Hotel zu finden.

Sie fuhr los, Richtung Freiburg. Als sie rechts der Autobahn den Kaiserstuhl liegen sah, schlug ihr unwillkürlich das Herz höher: Baden war bestimmt eines der schönsten Fleckchen Deutschlands.

Dann war sie da, vor den Toren von Staufen. Sie stellte den Wagen unter Bäumen an einem kleinen Fluss ab und lief an der traditionsreichen Fabrikanlage der Hausbrennerei Schladerer vorbei durch die malerische Altstadt zum historischen Rathaus mit der Touristeninformation. Es herrschte eine heitere Stimmung in der Stadt, die Nachmittagssonne schien warm, geschäftiges Treiben lud zu einem ausgiebigen Bummel ein. Ein andermal, nicht jetzt.

Eine halbe Stunde später war sie am Ziel. Trotz der guten Beschreibung hatte sie sich verfahren. Das Hotel lag weit außerhalb der Stadt, versteckt in einer Mulde zwischen sanften, mit Wein bepflanzten Hügeln. Weitläufige Koppeln rahmten das Gelände ein, im Hintergrund erhoben sich die mächtigen Anhöhen des Südschwarzwalds.

Langsam ließ sie den Mini auf den mit Wein bewachsenen Innenhof der romantischen Hotelanlage rollen und blieb etwas abseits stehen. Gäste kamen und fuhren ab, manche schleppten Weinkisten ins Auto, assistiert von Angestellten in fantasievollen Trachten. Freundliche Mienen, entspanntes Winken. Auf der Terrasse wurde Kuchen serviert. Eine Atmosphäre, in der man sich sofort wohl fühlte. Lea bekam starke Zweifel, ob sie hier etwas erreichen konnte. Das Personal sah nicht so aus, als würde es mit indiskretem Klatsch und Tratsch über die Besitzer dienen.

Trotzdem wollte sie nichts unversucht lassen. Sie sprach eine junge Bedienung an, die sie zur Rezeption schickte. Dort holte man die stellvertretende Empfangsdame. Sie zog eine eisige Miene, als Lea sich vorstellte.

»Frau Fröhlich hat gerade angerufen. Sie möchten sich bitte an sie wenden, hat sie gesagt.«

Hier kam sie also nicht weiter. Aber so schnell wollte Lea nicht aufgeben. Auf dem Weg hierher hatte sie an einer kleinen asphaltierten Abzweigung einen Wegweiser zum Rothhof gesehen, das war doch einen weiteren Versuch wert.

Das Gestüt war größer, als sie erwartet hatte. Stallungen, Koppeln, Abfohlhäuser, Reitwege, Wasserbecken, riesige Strohballenlager, Pferdetransporter – alles sah betagt aus. Hier musste dringend investiert werden. Sie hörte dumpfes Stampfen und leises Klirren aus den Ställen. Ein paar Hunde jagten sich gegenseitig. Schwalben segelten mit spitzen Schreien in die Ställe und schossen wieder heraus.

Lea sprach zwei junge Mädchen an, aber beide kicherten erst, dann sahen sie sie zweifelnd an und vertrösteten sie darauf, dass Anna Fröhlich sicherlich bald zurück sei und ihr Auskunft geben würde. Sie jedenfalls hätten keine Zeit. Das Gleiche hörte sie von einem Pferdepfleger, ein anderer tat so, als sei er taub oder verstünde kein Deutsch. Alle schienen sehr beschäftigt und in Eile, als müsste jeder von ihnen die Arbeit für zwei verrichten.

Ein letzter, allerletzter Versuch! Dieser Mann sah älter aus, erfahren, kompetent. Der Futtermeister des Gestüts, wie sich bald herausstellte. Diesmal bot Lea einfach nur ihre Hilfe an, als der Mann einen schweren Sack auf eine Schubkarre hieven wollte. Er ließ sie schweigend gewähren und schickte sie zumindest nicht gleich weg, als sie sich an seine Fersen heftete. Vorsorglich hielt sie erst einmal ihren Mund, auch wenn ihr die Zeit davonflog. Schon gleich drei Uhr. Wenn sie nicht bald Informationen bekam, würde sie mit leeren Händen in die Redaktion zurückkehren. Sie hatte Angst, dass Reinthaler so enttäuscht und ärgerlich sein würde, dass er sie noch am selben Abend zu einer Reportage über den Musikverein Lichtental schicken würde.

Der Mann öffnete die erste Box und holte das Pferd heraus. Er führte es durch den Stall in einen Auslauf und band es dort fest. Dann begann er, das Pferd zu striegeln.

»Sie können mit dem Ausmisten anfangen«, meinte er schließlich und grinste in sich hinein.

Ertappt! Lea wusste nicht, was sie tun sollte. Sollte sie wirklich mit der Mistgabel die Pferdeäpfel herausholen? Sie hatte es bei Retzlaff und Anna Fröhlich schon beobachtet, sodass sie es bestimmt konnte. Aber das war eigentlich nicht das, was sie wirklich wollte!

Der Mann grinste noch breiter. »Schon gut. Ich bin Tobias Roth, der frühere Besitzer vom Rothhof.« Er streckte ihr die Hand hin. »Sie sind bestimmt von der Presse, oder? Ich habe schon gestern mit jemandem gerechnet, der hier auftaucht und Fragen stellt.«

Lea merkte, wie sie rot wurde, dann stellte sie sich vor.

»Hat mir gefallen, dass Sie mit angepackt haben«, erwiderte Roth. »Sagen Sie mir erst einmal, wie das alles passiert ist! Wir haben ja nur das bisschen aus der Zeitung erfahren. Und Anna will ich nicht am Telefon fragen.«

Lea schilderte ihm, was sie offiziell wusste. Roth hörte aufmerksam zu und striegelte dabei das Pferd weiter.

»Die Polizei tappt also im Dunkeln«, stellte er schließlich fest. »Armes Mädchen. Ich kenne Anna, seit sie so klein war.« Er machte eine Handbewegung zu den Knien. »Sie kam fast täglich hierher und saß bei den Pferden an der Koppel oder im Stall. War ihr zweites Zuhause. Sie hat es nicht leicht gehabt. Als ihre Mutter bei Lillys Geburt starb, hat Anna so gut es ging zu helfen versucht. Später hat Vera sie unterstützt, bis Lilly im Kindergarten war. Danach musste Anna sich wieder um alles allein kümmern, meine Güte, da war sie dreizehn! Sie hat es immer gern getan. Ich habe noch nie einen so hilfsbereiten Menschen gesehen. Sie will nichts dafür, nur Dankbarkeit. Da ist sie allerdings eigen.« Er schüttelte den Kopf. »Aber das gehört nicht hierher.«

»Diese Tante hat Lilly allein das Haus vererbt. Warum eigentlich?«, fragte Lea und war froh, dass Frau Campenhausen ihr vorhin dieses Detail durchgegeben hatte.

»Nach der Sache mit dem Hund war ihr Verhältnis zu Anna nicht mehr so wie vorher.«

Der Ton, mit dem er das sagte, ließ Lea aufhorchen.

»Mit dem Hund?«, bohrte sie nach.

Seine Bewegungen wurden energischer, als würde er sich über etwas ärgern.

»Das tut nichts zur Sache. Wie gesagt, Anna hat es schwer gehabt. Aber zu Pferden ist sie immer gut gewesen. Die waren ihre wahren Freunde. Deshalb ist es für mich auch nicht schlimm gewesen, mein Gestüt an sie zu verkaufen. Ich habe einfach kein Glück gehabt. Wenigstens habe ich nicht vom Hof wegziehen müssen und kann mich auch weiterhin um meine Tiere und die neuen Vollblüter dort hinten in den neuen Stallungen kümmern. Ich bin Anna sehr dankbar, und das weiß sie auch. Ich würde alles für sie tun.«

Er führte das Pferd im Kreis und redete mehr zu sich selbst. »Wie soll das jetzt weitergehen, ohne Sonny? Das kann sie nicht allein bewältigen, Hotel und Gestüt – das geht nicht. Hoffentlich muss sie das Gestüt nicht verkaufen. Ging ja schon lange nicht mehr so, wie sie es erhofft hatten. Rother Wind, der sollte die Rettung bringen. Aber jetzt? Wissen Sie, ob sie ihn am Sonntag laufen lässt? Bleibt sie überhaupt so lange in Baden-Baden? Sie muss sich doch um die Beerdigung kümmern und alles.«

»Rother Wind soll starten. Allerdings ist nicht sicher, ob Andi Fiebig ihn reitet.«

Roth blieb stehen und zupfte nachdenklich an seiner Nase. »Schlecht. Andi, das ist ein prima Kerl. Er und Rother Wind, die sind aufeinander eingespielt. Ein tolles Team. Er war damals hier, als Rother Wind geboren wurde. Sonny, Anna und er sahen damals das Fohlen und wussten sofort, das wird die große Hoffnung des Stalls!«

»Waren Sonny und Andi dicke Freunde?«

»Andi war Sonnys Trauzeuge. Später kam er jedes Jahr nach Weihnachten hierher, für drei, vier Wochen, manchmal auch zwischendurch, soweit es seine Termine zuließen. Ist ja ein begnadeter Rennjockey. Ich glaube, die beiden waren richtig gut und eng miteinander befreundet, ja.«

»Würden Sie Andi für den Mörder halten?«

»Niemals. Der geht doch jedem Streit aus dem Weg. Sobald es dicke Luft gibt, ist er verschwunden.«

Lea war erleichtert, Fips hatte sich also nicht geändert. Sie hatte ihn richtig eingeschätzt. »So war er früher schon. Und Sonnefeld? Wie war der?«

Roth tätschelte den Kopf seines Pferdes. »Der sprichwörtliche Pferdemensch: Er wusste alles über die Tiere, von der Reittechnik bis zur Ernährung, von der wissenschaftlichen Pferdekunde bis zur Sattelkammer. Als Anna ihn einstellte, habe ich sie sehr bewundert für ihr Gespür, einen so kompetenten Menschen für das Gestüt gefunden zu haben. Die Übergabe war für mich dadurch erheblich leichter.«

»Hatte er Feinde?«

»Sonny? Der war immer gut gelaunt. Sein Leben waren die Pferde. Er hat nie jemandem etwas zuleide getan. Ich kann mir einfach nicht vorstellen, wer das gewesen sein könnte.«

»Jemand vom Gestüt vielleicht? Oder vom Hotel?«

»Unmöglich. Sonntags ist am meisten los, mittags und abends. Da kann niemand freinehmen. Es fehlten ja schon Sonny und Anna, mehr Leute können hier nicht entbehrt werden. Wir sind zurzeit etwas knapp mit dem Personal, wenn Sie verstehen. Erst letzten Monat sind vier gegangen, weil das Gehalt nicht rechtzeitig kam. Die Polizei aus Freiburg hat auch schon nachgeforscht, selbst drüben im Hotel: Niemand hat an dem Tag gefehlt.«

»Sonnefeld war am Sonntag sehr nervös und hatte mit einigen Leuten Streit.«

»Mir ist auch aufgefallen, dass er in letzter Zeit unruhig war. Aber ich habe es darauf geschoben, dass er mit der Gestütsarbeit vielleicht nicht ausgefüllt war. Wissen Sie, wir haben von Januar bis

Mai Hochsaison. Da kommen die Fohlen, in mancher Nacht zwei. Da ist viel los. Aber den Rest des Jahres ist es doch ziemlich langweilig. Sonny war jemand, der ständig eine Herausforderung brauchte. Buchhaltung war nichts für ihn. Das Hotelfach auch nicht. Er fuhr so oft es ging in den Rennstall nach Köln und zu den Rennen, aber er wollte natürlich auch Anna nicht zu lange allein lassen. Ich persönlich habe mir insgeheim oft gedacht, dass Sonny der geborene Renntrainer wäre. Aber er hat sich nun mal für das Gestüt und für Anna entschieden.«

»Eine glückliche Ehe?«

Roth schmunzelte. »Ich glaube schon. Anna wurde gebraucht und geliebt. Sie konnte sich zusammen mit ihm ihren Herzenswunsch mit dem Gestüt erfüllen. Und Rother Wind sollte der Grundstock sein, auch finanziell wieder aus der Krise zu kommen, in die Manfreds Tod und sein Testament sie gebracht hatten. Die beiden waren wie Seelenverwandte. Das ist mehr, als manche andere Ehe bietet. Anna war jedenfalls bis Sonntagmorgen, als sie von hier wegfuhr, glücklich, gelöst und zufrieden.«

Lea horchte auf. »Was war mit dem Testament?«

Roth zögerte. »Manfred hätte es eigentlich wissen müssen. Hätte sich, als seine Eltern starben, ja selbst beinahe mit seiner Schwester Vera überworfen wegen des Erbteils. Jetzt machte er denselben Fehler: Lilly und Anna erbten den Besitz zu gleichen Teilen. Natürlich wollte Lilly ihren Teil ausbezahlt haben, Anna konnte das Geld dafür nicht aufbringen und musste Hypotheken aufnehmen. Das hätte Manfred voraussehen und anders aufteilen müssen, finde ich. Stattdessen hat er zusätzlich für Lilly eine monatliche Apanage verfügt. Anna sollte sie aus den monatlichen Gewinnen abzweigen, die die Betriebe angeblich abwarfen. Aber das taten sie schon lange nicht mehr. Manfred hat ja immer die Augen davor verschlossen. Er lebte zuletzt mehr in der glanzvollen Vergangenheit der Fröhlichs als in der rauen Wirklichkeit. Was erzähle ich Ihnen das. Das kommt aber morgen nicht in die Zeitung.«

Tobias Roth band das Pferd fest, nahm eine Schubkarre und stapfte in den Stall. Lea folgte ihm. Er warf ihr einen ungeduldigen Seitenblick zu. Sie merkte genau, dass es für ihn genug war.

»Was war mit Lilly? Wie war das Verhältnis der Schwestern zueinander?«

Roth stützte sich auf die Mistgabel und schien angestrengt zu überlegen, was er ihr sagen sollte. Seine Augen irrten über die Boxen, das Dach des Stalls, zum Boden. »Ich weiß nicht, was das mit dem Mordfall zu tun haben könnte«, würgte er schließlich heraus.

»Sie wohnt in Baden-Baden. Sie hat bestimmt von dem Mord erfahren und meldet sich trotzdem nicht bei ihrer Schwester. Das finde ich merkwürdig! Was für ein Mensch ist Lilly nur?«

Roths Augenbrauen zogen sich zusammen, seine Lippen wurden dünn. Dann drehte er sich um und stocherte mit kräftigen Bewegungen im Stroh. »Als wenn sie Anna nicht schon genug gepiesackt hätte. Dieses verwöhnte Luder. Alles hat sie von Anna bekommen, aber nie war es genug. Den Hintern hätte Manfred ihr versohlen sollen, schon als sie ein kleines Kind war. Aber er sah ja immer nur seinen Engel in ihr. Das Ebenbild ihrer Mutter. Lilly hat jeden um den Finger gewickelt. Ganz gezielt. Ohne Herz.«

Roth schnaufte ärgerlich. Lea brauchte ihn nicht dazu zu ermuntern, es schien ihm gut zu tun, sich den Ärger von der Seele zu reden: »Ich habe es selbst erlebt. Hab sie nicht auf den Ponywagen gelassen, weil ein Rad nicht ganz rund drehte und ich Angst hatte, es würde sich lösen. Da hat die kleine Madame die Luft angehalten bis sie blau anlief und umkippte. Da war sie zehn. Meine Güte! Zehn! Wegen einer Fahrt im Ponywagen. Können Sie sich vorstellen, wie alles nach ihrer Pfeife tanzte? Anna hat sich rührend um sie gekümmert, hat immer wieder zurückgesteckt, damit Lilly alles bekam, was sie wollte. Anna hat geschuftet für zwei, damit Lilly ein süßes Leben führen konnte.«

Roth hörte auf zu arbeiten und sah grimmig zur Decke, unter der sich zwei Schwalben jagten. »Oder das mit Annas Hochzeit. Da fiel Lilly während der Trauung um. Notarzt. Krankenwagen. Hospital. Die Feier war verdorben. Und am nächsten Tag, als ich sie im Krankenhaus besuchte, saß sie halb nackt im Bett, aß Pralinen und machte Scherze, während sich Anna Arme und Beine ausriss, damit es der kleinen Schwester gut ging. Und jetzt kümmert sie sich nicht um Anna? Teufel auch!«

Roth wandte sich wieder seiner Arbeit zu. An seinen heftigen Bewegungen sah Lea ihm an, wie sehr er sich ärgerte. Dann drehte er sich um. Seine Augen sprühten vor Zorn. »Kein Wort in der Zeitung. Das ist mir jetzt so rausgerutscht, weil es mich ärgert. Tut mir leid.«

»Nur noch eines: Vielleicht meldet sich Lilly auch nicht, weil sie verschwunden ist. Können Sie sich vorstellen, wohin sie gehen würde, wenn ihre Ehe gescheitert wäre?«

»Na, hierher bestimmt nicht. Wie meinen Sie das überhaupt? Sie hat doch Veras Villa geerbt, soll sie doch dort bleiben. Anna hat ihre Tante zum Schluss zu sich geholt und sie zehn Monate lang gepflegt, hat sich persönlich Tag und Nacht um sie gekümmert, während Lilly in Freiburg ihre vom Vater finanzierte Galerie für zeitgenössische Kunst an die Wand fuhr. Und ausgerechnet Lilly bekam die Villa, war Alleinerbin. Das war ungerecht!«

Roth kratzte sich aufgeregt am Kopf. »Ehe gescheitert, sagen Sie? Kein Wunder. War ja völlig überstürzt gewesen, diese Heirat, reiner Trotz nach dem Streit. Reiner Trotz! Schickt ihrem Vater eine Vermählungskarte, ohne Vorwarnung, ohne Antrittsbesuch, einfach so. Manfred hat sich schrecklich darüber aufgeregt. Drei Monate später war er tot. Hatte ein schwaches Herz gehabt, aber das hat Lilly ja nie interessiert. Die hat immer nur genommen. Selbst als Manfred tot war. Zehntausend im Monat, sie wusste doch, dass der Betrieb das nicht abwirft. Trotzdem wollte sie es haben, hat mit Klage gedroht, wenn nicht pünktlich überwiesen wird. Ohne einen Funken Rücksicht auf Anna, die schon Pferde verkaufen musste. Und jetzt lässt sie sie im Stich? Lilly! Meine Güte noch mal! Es wird Zeit, dass ihr jemand den Marsch bläst.«

FÜNFZEHN

Zurück in Baden-Baden, fiel Gottlieb ein, dass er vergessen hatte, den Kollegen die Order zu geben, sich heute in der Direktion in Rastatt zu treffen statt in dem beengten Dienstposten. Zum ersten Mal kam ihm der Gedanke, dass das Präsidium vielleicht recht haben könnte, auf einen endgültigen Umzug zu drängen. Jedes Büro war belegt, sogar in der Teeküche standen Kollegen und tauschten Ermittlungsergebnisse aus. Es war drückend heiß, zudem war die Luft zum Schneiden dick, als würde es bald ein Gewitter geben. Hochsommer im Talkessel der Stadt bedeutete unangenehme, klebrige Schwüle. Gepaart mit zu vielen Menschen auf zu engem Raum wurde eine explosive Mischung daraus. Überall sah er gereizte Gesichter, hörte unterdrückte Flüche.

Andererseits war er froh, schnell einen Sprung quer über die Straße machen und sich mit Essen, Zigaretten und Cola für Lukas versorgen zu können. Außerdem – Mord war doch eine Ausnahme, normalerweise ging es auf der Dienststelle gemütlicher zu.

Mit Wonne biss er in seinen Hamburger und schob das schlechte Gewissen weg. Eigentlich hatte er heute nichts essen wollen. Vielleicht wurde es ja übermorgen tatsächlich etwas mit der Einladung von Lea Weidenbach, da wollte er eine gute Figur machen. Andererseits – den ganzen Tag hungern, das war ungesund und zerrte an den Nerven. Außerdem hatte er ja nur einen BigMac gewählt. Fünfhundert Kalorien, fünfundzwanzig Gramm Fett. Es gab Schlimmeres.

Retzlaff saß noch im Besprechungsraum und wartete, was nun mit ihm geschah. Gottlieb trommelte die Leute in seinem Büro zusammen, obwohl es dort nicht genügend Sitzmöglichkeiten gab, und informierte die Truppe über das Doping-Geständnis der Sauerbreys. Achim Freiberg von der Kriminaltechnik und Martin Endres von der Spurensicherung waren wie elektrisiert.

»Ja, ja, ich habe Fingerabdrücke mitgebracht«, beruhigte Gottlieb sie.

Hanno Appelt zog einen großen, gefalteten Zettel aus seinen

Unterlagen und breitete ihn auf Gottliebs Schreibtisch aus. »Ich muss mein Zeitdiagramm berichtigen, Moment, bitte«, sagte er und begann zu radieren, zu streichen und zu schreiben.

Die Kollegen sahen verstohlen auf die Uhr und unterdrückten ein Gähnen, Lukas fächelte sich Luft zu, Freiberg spielte mit seinem Handy. Gottlieb machte trotzdem eine lobende Geste. Sie brauchten solch einen Schulmeister, der minutiös Raster zeichnete und nach noch so winzigen Ungenauigkeiten fahndete. Appelt beugte sich tiefer, runzelte die Stirn, dann schob er seine Brille in die Stirn.

»Wie lange hat Sauerbrey Retzlaff mittags von der Box weggeholt? Eine halbe Stunde?«, fragte er.

Gottlieb nickte. »Ungefähr.«

»Dann war Retzlaff nicht am Platz, als Sonnefeld und Hausmann kamen, um die Strategie für das Rennen zu besprechen. Sich von den Boxen zu entfernen und die Tiere nicht zu sichern ist strengstens verboten. Jetzt verstehe ich, warum Hausmann so herumdruckste. Gebt mir zwei Minuten.« Eilig verließ er den Raum.

Gottlieb wandte sich an Freiberg. »Wie lange dauert es noch, bis der Abdruck auf dem Messer ausgewertet ist?«

Freiberg wurde rot, als sei es sein Fehler. »Ich habe die Kollegen von der LPD vorhin angerufen und gesagt, wie dringend es ist. Vor morgen Mittag ist nichts drin.«

»Drei Tage für einen Fingerabdruck! Nicht zu fassen!«

»Aber wenn alles erst eingespeist ist, geht es schneller. Vielleicht haben wir einen passenden Verdächtigen im Computer.«

Die Tür flog auf. Appelt hatte rote Wangen. »Hausmann meint, Sonnefeld habe Retzlaff gleich nach dem Rennen kündigen wollen.«

»Das könnte ein Motiv sein. Und das sagt er erst jetzt?«

Appelt wurde rot. »Vielleicht meine Schuld. Ich habe ihn nicht ordnungsgemäß befragt.«

»Wir können nicht ausschließen, dass Sonnefeld schon tot war, als Retzlaff von seinen Freunden abgeholt wurde. Retzlaff hatte möglicherweise ein Motiv. Hanno und Sonja, ihr nehmt ihn euch wieder vor. Wenn es sein muss, die ganze Nacht. Ich informiere Pahlke. Der deckt das.«

Sonja meldete sich. Er konnte es ihr einfach nicht abgewöhnen.

»Ist Retzlaff jetzt unser Verdächtiger? Was ist mit Fiebig? Geben wir trotzdem eine Fahndung nach ihm heraus?«

»Schon geschehen. Noch müssen wir jede Spur verfolgen, Sonja, wirklich jede. Ich überprüfe nachher selbst Anna Fröhlich noch einmal, obwohl mir ihre Aussage schlüssig erscheint. Wenn sie von der Affäre ihres Mannes mit Eva Hausmann wusste, hätte auch sie ein Motiv. Zurück zu Fiebig. Er hat kein Alibi und ist auf der Flucht. Das macht ihn verdächtig. Bis jetzt wissen wir nur, dass er hochkant vom Gymnasium geflogen ist, weil er eine homosexuelle Affäre mit einem Mitschüler hatte, einem Horst Blank.«

»Das ist doch bestimmt zwanzig Jahre her, oder?«

»Siebenundzwanzig. Blank ist der einzige Name, den wir haben. Die Kollegen in Köln haben nichts über Freunde oder Angehörige herausbekommen, und wir haben die Leute von Mainaue ohne jeden Erfolg vernommen. Niemand kennt einen neueren Namen oder aktuellen Lover oder einen Hinweis auf einen anderen möglichen Unterschlupf. Die beiden haben vielleicht Kontakt zueinander. Ein ehemaliger Schulkamerad hat sich gemeldet und mitgeteilt, er habe Fiebig vor zwei Wochen in Würzburg gesehen. Wo und wann genau, weiß ich noch nicht. Die Kollegen vor Ort sind dran.«

Das Telefon klingelte. Gottlieb nahm ab, dann schloss er die Sitzung. Der Messermacher war eingetroffen.

*

Marie-Luise Campenhausen besah sich äußerst kritisch in ihrem Badezimmerspiegel. Ja, da waren diese Fältchen an den Augen, aber die sah man eigentlich nur deutlich, wenn sie lächelte. Ihre Haut war trocken, vor allem der verknitterte Hals sah schlimm aus, da halfen auch die sündhaft teuren Masken aus der Parfümerie nichts mehr. Aber wozu gab es schließlich Blusenkragen, Tücher und Schleifen, die diesen Makel überspielen konnten. Ihre Lippen hatten ebenfalls an Fülle und Feuchtigkeit verloren, sodass sie öfter ihren Lippenstift kontrollieren musste, damit er sich nicht in dem feinen Geäst der hauchdünnen Risse festsetzte und verschmierte. Ihre Zähne – klein, aber tadellos. Die meisten waren noch echt, darauf konnte sie stolz sein. Sie brauchte auf der Straße immer noch keine Brille, und ihre blauen Augen sahen klug und neugierig aus wie eh und je. Für über siebzig ganz passabel. Trotzdem zitterten ihre Hände leicht, als sie die Ringe anlegte. Gleich würde sie einer weitaus gnadenloseren Musterung unterzogen, und das Ergebnis würde garantiert nicht so wohlwollend ausfallen wie ihr eigenes Urteil.

Da! Das Taxi hupte. Schnell bückte sie sich und stellte Mienchen ihr Schüsselchen hin. Die Katze würdigte das Fressen keines Blickes, sondern stolzierte zum verbotenen Sessel. Ein beleidigter Blick zurück, ein kleiner Sprung, dann streckte sie sich genüsslich aus und sah ihr Frauchen herausfordernd an. Marie-Luise machte eine letzte scheuchende Handbewegung, dann gab sie auf. Es gab Wichtigeres als den aussichtlosen Kampf mit diesem Tier.

»Zur Beautyklinik Vogesenblick, bitte!«, befahl sie dem Fahrer und vermied es, seinen Blick zu erwidern. Abschätzende Mienen würde sie gleich zur Genüge ernten. Im Wagen war es stickig, als habe das Taxi seit Stunden in der Sonne gestanden. Marie-Luise drehte das Fenster ein Stück herunter und fächelte sich Luft zu. Der Fahrer jagte viel zu schnell die enge Friedhofstraße hoch, über den Markgrafenplatz und die Vincentistraße mit ihren Schlaglöchern wieder hinunter. In der Rotenbachtalstraße mussten sie an einer Baustellenampel warten.

»Fünfzig Meter teeren die neu«, lachte der Fahrer. »Ein Witz, oder? Und was ist mit dem Rest der Stadt?«

Marie-Luise blickte sehnsüchtig nach links auf das ehemalige Gartenschaugelände. Wann war sie dort das letzte Mal spazieren gegangen? Manchmal bereute sie es, ihren Führerschein an ihrem siebzigsten Geburtstag abgegeben zu haben, nur weil sie kurz zuvor beim Einparken zwei Blechschäden verursacht hatte. Eine Kurzschlussreaktion, deswegen gleich das Auto zu verkaufen. Blechschaden! Ihr ganzes Leben war sie unfallfrei gefahren, seit Willi sie mit diesem mondänen Mercedes abgeholt und noch am selben Tag ans Steuer gelassen hatte. Sie lächelte leise. Diesen Mercedes gab es immer noch. Ihr Lieblingsneffe pflegte ihn jetzt und kam sie damit jedes Jahr besuchen, wenn er Mitte Juli um seinen Geburtstag herum für ein paar Tage in Baden-Baden war und am Oldtimertreffen teilnahm.

Ach, Autofahren war doch gleichbedeutend mit einem gehörigen Stück Unabhängigkeit. Wie hatte sie das nur so vorschnell aufgeben können, nur weil sie einmal einen schlechten Tag gehabt hatte. Manchmal stand sie sich mit ihren Prinzipien selbst im Weg! Wie angenehm wäre es jetzt gewesen, selbst in die Leopoldstraße zu chauffieren.

Da waren sie schon. Der Wagen hielt an einem schweren Eingangstor. Der Taxifahrer meldete sich über eine Sprechanlage an, und das Tor bewegte sich langsam und lautlos zur Seite. Eine riesige Auffahrt führte zu dem burgähnlichen Bau mit einer breiten, geschwungenen Freitreppe. Auf alte oder gehbehinderte Patienten war man hier offensichtlich nicht eingerichtet. Aber vielleicht gab es noch einen bequemeren Eingang von der Tiefgarage aus, auf die ein dezentes Schild hinwies.

Marie-Luise bat den Fahrer zu warten. Zwanzig Euro für jede angefangene halbe Stunde verlangte dieser Halsabschneider dafür. Immer noch besser, als später womöglich diesen unheimlichen Dr. Ritter um ein neues Taxi bitten zu müssen oder an der Rezeption auf eines zu warten.

Sie rückte ihren hellen Sommerhut zurecht, dann kletterte sie die Stufen hoch. Die Eingangshalle war imponierend, wie in einem der riesigen Luxushotels, in denen Willi so gern mit ihr abgestiegen war. In der Mitte stand ein großer Tresen, einer Rezeption nicht unähnlich. Prüfende Blicke tasteten über ihre geschichtsträchtige Haut, das Lächeln in dem glatten Gesicht der Empfangsdame wurde eine Spur professioneller. Marie-Luise seufzte innerlich. Sie kam sich vor wie ein hoffnungsloser Fall. Vielleicht hätte sie diesen Teil des Krimis besser ihrer hübschen Mieterin überlassen sollen. Saß ihre Bluse richtig? Und war der Lippenstift noch an Ort und Stelle?

Mit einer ungewohnten Portion Unsicherheit stakste Marie-Luise in den ihr zugewiesenen Saal und setzte sich gleich neben die Tür, von wo sie die Halle gut überblicken konnte. Ihr gegenüber am Fenster saß eine Frau mit ihrer vielleicht fünfzehnjährigen Tochter. Die beiden sahen nicht auf oder erwiderten ihren Gruß.

»Hier, schau mal, Mami, so will ich das haben«, sagte das Mädchen leise und zeigte auf ein Foto in einem Hochglanzprospekt. »Körpermodellierung« stand auf der Titelseite, und Marie-Luise beugte sich ein bisschen vor. Das hatte sie doch bestimmt missverstanden? Die beiden wollten eine Behandlung? Warum? Die Mutter sah aus wie die Besitzerin einer Kosmetikfirma mit angeschlossenem Fitnessstudio, der Teenager hatte noch nicht einmal einen Pickel, von der knabenhaft schmalen Traumfigur ganz zu schweigen. Beide vertieften sich in die Seiten. Die Mutter fuhr mit rot lackierten Fingernägeln Konturen nach. »Den fände ich besser für dich.«

Ihre Tochter machte eine gleichgültige Handbewegung, dann nestelte sie an einem kleinen Gerät herum, setzte sich winzige Ohrhörer ein und begann, im Takt der geräuschlosen Musik zu nicken.

Die Mutter blickte auf und zwinkerte Marie-Luise freundlich zu. »Ihr Geburtstagsgeschenk. Sie ist ja flach wie ein Brett, die Ärmste.«

Marie-Luise war sprachlos. Die Mutter schenkte diesem jungen Mädchen einen neuen Busen aus dem Katalog? Am liebsten hätte sie der Frau ihre Meinung gesagt, aber das ging nicht. Sie konnte sich doch nicht einmischen. Das war unhöflich. Andererseits – war es nicht noch viel ungehöriger, zu einem solchen Vorhaben zu schweigen und zu lächeln? Aber ob dezente Vorhaltungen etwas bewirken würden? Wenn man genau hinsah – die Lippen der Mutter waren viel zu voll und prall, das Gesicht fast unbeweglich starr. Sicherlich eine Stammkundin des Hauses.

Marie-Luise griff sich einen der Prospekte, kam aber nicht mehr dazu, ihn aufzuschlagen, denn die distinguierte Empfangsdame holte sie nach draußen und führte sie zu einer einladenden Sitzgruppe. Dr. Ritter sei auf Fortbildung und erst Donnerstag wieder zurück, erklärte die Dame ihr und lächelte dabei nett und erstaunlich natürlich.

»Was haben Sie sich überhaupt vorgestellt?«, wollte sie wissen.

Marie-Luise hatte ja geahnt, dass solche Fragen kommen würden. Fettpölsterchen hatte sie nicht. Und ihre Falten waren ehrbar erworben, die brauchte die Frau gar nicht so anzustarren, als seien sie ein ekelhaftes Verbrechen, das ausgemerzt gehörte. Ja, was wollte sie überhaupt?

»Das würde ich gern mit Dr. Ritter persönlich besprechen«, gab sie so kühl zurück, wie sie nur konnte.

»Ich kann Ihnen einen Termin für Montag anbieten, wenn Ihnen das recht wäre?«

»Montag? Das würde ich mir gern überlegen«, erwiderte sie, um Zeit zu gewinnen. Wie kam sie nur zum eigentlichen Thema? Sie konnte ja schlecht verraten, welchen Verdacht sie hatte.

Der jungen Frau fror das Lächeln ein, während sie mit ihren Augen und ihren Gedanken längst weiterwanderte. Marie-Luise ärgerte sich jedes Mal über eine solche Reaktion jüngerer Menschen gegenüber ihrer Generation. Als würde die Frau sie nicht ganz ernst nehmen. Fehlte nur noch, dass sie sie mit »wir« ansprach.

»Dann würde ich gern mit Schwester Karina reden«, sagte sie.

Das leere Gesicht der Frau nahm plötzlich einen Anflug von Ausdruck an. »Schwester Karina? Sind Sie sicher?«

»Sie hat mich eingeladen«, flunkerte Marie-Luise.

»Ist das vielleicht schon ein Weilchen her?«

Oh, oh, das hörte sich gefährlich nach Glatteis an. »Gar nicht mal«, versuchte sie es trotzdem.

»Karina ist schon seit Mai nicht mehr bei uns.«

Marie-Luise schluckte. Ja, ja, Lügen hatten kurze Beine, das hatte schon ihre Mutter immer gepredigt. Wie recht sie gehabt hatte! Aber Moment mal, hatte die Frau gerade Mai gesagt? War Lilly Ritter nicht auch seit Mai verschwunden?

»Seit Mai? Das kann doch gar nicht sein. Es kommt mir vor, als hätten wir uns erst vor ein paar Tagen verabredet. Das ist ja merkwürdig. Sind Sie ganz sicher? Ich bringe doch sonst nie etwas durcheinander.«

Die Frau lächelte nachsichtig, dann stand sie auf und verschwand in einem Raum hinter der Empfangstheke. Ein paar Augenblicke später kam sie mit einem Bogen Papier zurück. Sie trug nun eine schmale Lesebrille an einer langen goldenen Kette. »Dreizehnter Mai. Ein Freitag. Sie hatte Wochenenddienst und kam nicht. Hat uns einfach sitzen lassen, ohne uns Bescheid zu geben oder wenigstens rechtzeitig den Dienst zu tauschen. Ich kann mich ganz genau erinnern.«

»Ein Unfall?«

»Keine Ahnung. Ich habe sie seither nicht mehr gesehen.«

»Das gibt es doch gar nicht! Menschen können doch nicht einfach so über Nacht verschwinden! Haben Sie sie nicht suchen lassen?«

Die Frau sah zu Boden und wirkte plötzlich unsicher.

»Ich will wirklich nicht aufdringlich sein, Frau …?« Die Dame trug zwar ein Schildchen an der Kostümjacke, aber die Schrift war zu klein für Marie-Luises Augen.

»Schuster.«

»Ja. Ich möchte Ihnen auch nicht die Zeit stehlen, aber es interessiert mich, was mit Schwester Karina passiert ist. Sie wissen wirklich nicht, wo sie jetzt ist? Das arme Ding. Sie war doch so nett.« Marie-Luise klopfte sich innerlich auf die Schulter. Ganz glatt waren ihr diese Worte über die Lippen gekommen. Als Hilfsdetektivin brauchte man eben manchmal kleine Tricks, wenn man etwas herausbekommen wollte. Ihre kleine Schauspieleinlage schien Wirkung zu zeigen.

Die Frau beugte sich vor und legte ihre kühle Hand auf Marie-Luises Arm. Offenbar war sie froh, ihr Herz ausschütten zu können, denn es sprudelte nur so aus ihr heraus.

»Uns hat sie nichts gesagt. Aber fragen Sie den Chef! Der hat sich auch um ihre Sachen gekümmert, ihre Kleider mitgenommen und das Zimmer gekündigt. Angeblich musste sie sich ganz überraschend um seine Frau kümmern, die krank geworden war. Aber das konnte doch gar nicht sein. Frau Ritter war so eifersüchtig auf Karina. Die hätte jede von uns lieber um sich haben wollen als ausgerechnet sie!«

Das war spannend. Marie-Luise wollte, dass die Frau weiterredete. Aufmunternd tätschelte sie deren Hand. »Meine Güte! Fanden Sie das alles nicht höchst merkwürdig?«

»Ich? Wieso? Für mich war das klar: Der Chef hat die Affäre mit Karina elegant beendet und es ihr erspart, vor uns anderen Spießruten laufen zu müssen. Karina war nicht besonders beliebt, muss ich gestehen.«

Im Hintergrund begann ein Telefon zu klingeln. Die Frau schreckte hoch und wurde wieder kühle Empfangsdame. »Vielleicht hätte ich Ihnen das gar nicht erzählen sollen. Ich muss wieder an die Arbeit. Montag elf Uhr, soll ich den Termin nun eintragen?«

Sie stand auf, und Marie-Luise musste sich allergrößte Mühe geben, vor Aufregung nicht zum Ausgang zu rennen, sondern ihre Schritte zu mäßigen. Das musste Frau Weidenbach erfahren! Dr.

Ritter hatte gleich zwei Frauen zum selben Zeitpunkt verschwinden lassen, und sie, Marie-Luise Campenhausen, war ihm auf die Schliche gekommen.

*

Als Lea Baden-Baden erreichte, war sie müde von der Fahrt und von den Gedanken, die sich wie ein Karussell in ihr drehten. Schwarze Wolken hingen über der Stadt, die Luft war jetzt am Spätnachmittag aufgeladen, jeden Augenblick konnte ein Gewitter niedergehen.

Am liebsten wäre sie eine Runde gejoggt, aber nach einem Blick zum Himmel entschied sie, sich in das Café an der Trinkhalle zu verziehen und sich eine Stunde Auszeit zu gönnen. Drinnen war es angenehm kühl und ruhig, denn noch drängten sich die Rennbahngäste, Touristen und Einheimischen draußen im Freien an den Tischen und Bänken vor dem Kurhaus und auf den begehrten idyllischen Freiplätzen vor dem Café. Sie verkroch sich in die schweren Lederpolster in der Leseecke. Das war genau der richtige Ort zum Nachdenken. Sie war gern hier. Die Bedienung brachte einen Milchkaffee und sah sie mit einer Mischung aus Frage und Neugier an. Wahrscheinlich stand ihr das Wort Mord quer über die Stirn geschrieben.

Diese unerfreuliche Familiengeschichte hatte sie nicht weitergebracht, und sie hatte nur vage Andeutungen über den Eigentümer der Tatwaffe erfahren. Also von vorn. Hatte Frau Campenhausen mit ihrem Hinweis auf Doping am Ende doch recht? Angenommen, Rother Wind war tatsächlich manipuliert worden, dann war das noch immer kein Grund, ausgerechnet den sieglosen Besitzer umzubringen.

Lea blätterte ihre Notizen durch, die sie sich bei ihrer Internetrecherche gemacht hatte. Viel hatte sie nicht. Doping war im Pferdesport offenbar gar nicht so selten. Von hundert getesteten Pferden waren allein in Deutschland durchschnittlich 1,4 gedopt. Meistens wurden Kokain, Epo oder Anabolika gegeben, um die Pferde schneller zu machen. Ebenso lukrativ war es allerdings, Top-Pferde mit Valium oder Chlorpromazin-Tabletten zu dämpfen, also die Favoriten auszuschalten und dann auf Tiere zu setzen, auf die sonst kein Mensch einen Cent wetten würde. Das gab beste Quoten, und es war ein Geschäft ohne großes Risiko.

Wer aber verabreichte den Pferden die Mittel? In den Berichten, die sie gefunden hatte, war meistens das Pferdepersonal in die Sache verwickelt, hatte also gegen Geld Tabletten ins Futter gemischt.

Retzlaff? Nein, nein, nein. Retzlaff war Sonnefeld treu ergeben. Außerdem hätte sich Manipulation für ihn nicht ausgezahlt, weil das Gestüt und damit sein Arbeitsplatz von einem Sieg Rother Winds abhingen.

Ach, vielleicht brachte sie die Doping-Fährte keinen Schritt weiter. Vielleicht hatte das eine mit dem anderen gar nichts zu tun. Was dann? Dann musste sie wieder von vorn anfangen: Wer hatte Zugang zur Box, wer war gegen sechs Uhr dort gewesen?

Was war mit diesem Hausmann, der den Toten gefunden hatte? Er hätte die Möglichkeit zum Mord gehabt, und seine Anwesenheit wäre im Boxendorf nicht aufgefallen. Vielleicht hatte die Polizei etwas übersehen, als sie ihn überprüft hatte? Vielleicht, vielleicht!

Lea zahlte und ging unzufrieden zurück zur Redaktion. Auf ihrem Weg durch das quirlige Kurparkmeeting kam ihr die Sache mit dem Messer wieder in den Sinn. Greiß hatte gesagt, der Besitzer habe jahrelang darauf gespart. Das klang ganz und gar nicht nach einem erfolgreichen Renntrainer wie Hausmann. Aber spielte es überhaupt eine Rolle, wem das Messer gehört hatte? Andi hatte es auf den Fenstersims gelegt. Der Mörder hatte doch nur zufällig vorbeikommen und zugreifen brauchen. Leas Gewissen meldete sich. Sie hätte Gottlieb längst von ihrem Gespräch mit Fiebig berichten müssen – trotz ihres Versprechens.

Nur am Rande bekam sie mit, dass sich die Sonne wieder durch die Wolkenwand gekämpft hatte. Das Gewitter würde ausbleiben, aber die fast unerträgliche Schwüle blieb im Tal hängen. Der Geruch nach gegrilltem Fleisch waberte über die Fläche vor dem Spielcasino. Geselligkeit, Stimmengewirr, Lachen, kaum ein freier Platz an den Biertischen und Bänken. Lea ging schneller. Diese Art von Festlichkeiten war nichts für sie. Das waren ihr eindeutig zu viele Menschen, zu viel Enge, zu wenig Raum zum Atmen.

In der Redaktion übernahm sie von einem beglückten Kollegen

den Spätdienst. Während sie auf die letzten Meldungen des Tages wartete, wählte sie Gottliebs Nummer, aber er hatte sein Handy ausgeschaltet. Das bedeutete, dass er auf der Dienststelle war. Sie versuchte es dort, doch man weigerte sich, sie zu ihm durchzustellen. Er sei in einer Vernehmung, hieß es. Wenigstens bekam sie über Umwege heraus, dass es Retzlaff war, den man immer noch in der Mangel hatte. Er war schon den ganzen Tag dort! Oberstaatsanwalt Pahlke war gerade dazugekommen, hörte sie außerdem. Das sah nicht gut aus. Dann war damit zu rechnen, dass noch in der Nacht Haftbefehl erlassen würde. Umso wichtiger war es, dass sie Gottlieb informierte! Aber die Zentrale stellte sie einfach nicht durch. Sie versuchte es bis Mitternacht, dann gab sie auf.

SECHZEHN

»Chef, ich habe etwas gefunden«, meldete sich Lukas.

Gottlieb hob den Daumen. »Dann komm gleich mit ins Besprechungszimmer. Wir frühstücken erst einmal.« Er hatte am Leopoldsplatz frische Brezeln gekauft. Damit konnte dieser Mittwoch doch nur ein guter, erfolgreicher Tag werden! »Hanno, Sonja, kleine Frühbesprechung. Wir brauchen nur noch Kaffee«, rief er den Gang entlang.

Hanno Appelt taumelte aus seinem Büro, das er seit dem Abend nicht verlassen hatte. Er war unrasiert und sah grau aus. Erst hatten sie pausenlos Retzlaff vernommen, der für die Zeit vor seinem Kantinengang kein Alibi hatte, dafür aber ein Motiv, und so hatten sie noch in der Nacht wegen dringenden Tatverdachts einen Haftbefehl für ihn beantragt und bekommen und ihn morgens um drei in die U-Haft überstellt. Jetzt mussten die Protokolle geschrieben werden.

Aber komisch, niemand war mit dem Ergebnis zufrieden. Retzlaff – das war irgendwie zu einfach. Alle hatten auf Fiebig getippt.

Lukas kam auf den Gang und machte Dehnübungen. Sonja erschien frisch und lächelnd aus den Waschräumen, mit einer Kanne Wasser in der Hand.

»Max, Frau Weidenbach vom Badischen Morgen muss die halbe Nacht versucht haben, dich zu erreichen«, sagte sie.

Gottlieb durchfuhr es heiß, als er ihren Namen hörte. Er sah auf die Uhr. Halb sieben. Zu früh, um zurückzurufen.

»Egal«, sagte er, mehr zu sich selbst. »Wir müssen sowieso eine Pressekonferenz geben. Elf Uhr, Sonja, erledigst du das bitte?«

Still versammelten sie sich um den verschrammten Tisch im Besprechungszimmer, dessen hellgrüne Wandfarbe Gottlieb heute mächtig auf die Nerven ging. Er hatte kaum geschlafen, war nach der Vernehmung Retzlaffs irgendwann über den Tatortfotos eingenickt und gleich wieder hochgeschreckt wie aus einem Traum, in dem die Verfolger immer näher rücken und man selbst auf der Stelle tritt.

Wenn sie erst einmal etwas im Magen hatten, würde es wieder gehen.

»Fangen wir mit Retzlaff an«, begann er.

Hanno Appelt rieb sich die Augen. »Um acht kommt Pahlke, wir wollen den Mann noch einmal gemeinsam vernehmen. Aber ich fürchte, es kommt nichts Neues dabei heraus. ›Ich war es nicht, ich war es nicht …‹ Ich kann es nicht mehr hören. Er bleibt dabei, dass er nach dem Cool Down das Pferd in die Box geführt und ihm Wasser gegeben hat, dann seien schon seine Kumpels erschienen, um ihn mitzunehmen. Ihm sei sein Messer sehr viel wert gewesen und er habe es nicht offen mit sich herumtragen wollen. Deshalb habe er es schnell unter den Strohballen auf der Schubkarre geschoben. Ich sage euch: Lügen, Lügen, Lügen. Wir haben wirklich alles versucht, aber er bleibt bei dieser Version. Die Fingerabdrücke auf dem Messer stammen garantiert von Retzlaff, darauf wette ich. Im Laufe des Vormittags kriegen wir das Ergebnis. Endlich!«

»Lukas, was ist mit dir? Was hast du gefunden? Eine neue Spur von Fiebig?«, machte Gottlieb weiter.

Deckers Gesicht erhellte sich. »Wie ich vermutet hatte. Es gibt einen Horst Blank in der Umgebung von Würzburg, auf halber Strecke Richtung Schwarzach. Er betreibt einen riesigen Fitnesspark, die Healthclub-Arena, mit Cardiotraining, Kraftraum, Spinningmarathons, Saunalandschaft, Squash-Halle, Sonnenbank, Ernährungsberatung und – jetzt haltet euch fest – einem elektrischen Trainingspferd. Für wen wohl? Ratet mal! Die Kollegen aus Würzburg haben herausgefunden, dass Andreas Fiebig, wenn auch unregelmäßig, dort verkehrt. Erst letzte Woche sei er da gewesen. Für mehr brauchen sie einen Durchsuchungs- oder gleich einen Haftbefehl. Aber jetzt, wo wir Retzlaff haben, wird das schwierig.«

Gottlieb massierte seine Schläfen. Diese ständigen Kopfschmerzen schnürten ihm jeden klaren Gedanken ab. »Kurz zu Anna Fröhlich. Die Überprüfung ihres Alibis ergab nichts Neues. Die Rezeption vom Dorint ist sich sicher, dass sie zur fraglichen Zeit im Haus war. Ich habe mich heute Nacht nach Retzlaffs Verhaftung mit den Tatortfotos beschäftigt. Ich habe das Gefühl, sie sind wichtig, aber ich bin leider nicht weitergekommen. Ich weiß nicht, was ich übersehen habe oder nach was ich suchen soll. Sonja, sieh du bitte noch einmal drüber. Dir fällt doch immer etwas auf, irgendetwas, das nicht mit den bisherigen Zeugenaussagen übereinstimmt. Hanno, vielleicht kannst du die Bilder zusammen mit Sonja durchgehen.«

Der Pedant und die Frau mit dem sechsten Sinn – wenn es etwas auf den Fotos zu entdecken gab, dann würden die beiden es finden. Wieder presste er seine Hände an den klopfenden Schädel. »Hanno, ich möchte Carlo Hausmanns Aussage sehen. Können wir ihn wirklich aus dem Kreis der Verdächtigen ausschließen?«

»Wenn wir die Ergebnisse der Fingerabdrücke haben«, antwortete Appelt.

Sonja kramte in ihrer Handtasche und schob wortlos eine Packung Kopfschmerztabletten über den Tisch. Gottlieb hätte sie dafür am liebsten umarmt.

»Wer hat sich gestern um die fehlende Zeit in Sonnefelds Tagesablauf gekümmert?«

Sonja hob die Hand. »Viel habe ich nicht. Sonnefeld hat sich um halb zwölf ein Taxi kommen und sich in die Leopoldstraße fahren lassen. An der Abzweigung, an der es zum Krippenhof geht, ist er ausgestiegen und hat gemeint, er würde den Rest zu Fuß laufen. Der Concierge im Hotel berichtet, Sonnefeld sei aufgeregt gewesen, als er zurückkam. Er habe sogar Theater gemacht, nur weil das Zimmermädchen nicht sämtliche Handtücher ausgetauscht hatte, obwohl gar nicht alle benutzt waren.«

Gottlieb lehnte sich zurück und biss endlich in die Brezel. Außen war sie herrlich knusprig und salzig, innen weich und sogar noch ein bisschen warm. Herrlich! Noch besser würde sie natürlich mit Butter schmecken, aber es zählte jedes Gramm, wenigstens bis morgen Abend.

»Sonnefeld war ein kauziger Mensch«, stellte er fest. »Ich höre immer nur, mit wem er am Sonntag Streit gehabt hat. Aber trotzdem schildern ihn alle als die gute Laune in Person. Wieso war er so gereizt? Er musste doch geglaubt haben, dass dies ein großartiger Tag für ihn werden würde. Er rechnete damit, dass sein Pferd eine ansehnliche Summe gewinnen würde. Seine Frau würde gleich nachkommen. Er hatte ein Tête-à-Tête gehabt. Der Zimmerservice berichtet von netten Scherzchen, die er machte, als der Champagner kam. Dann hatte er diese ominöse Verabredung, und danach ist die Stimmung im Keller, und zwar nicht erst nach dem

Rennen. Warum? Wo ist er gewesen? Was gibt es da oben in der Leopoldstraße? Weiß das jemand?«

Lukas hob den Kopf. »Da ist nichts Besonderes. Das ist bis auf eine Schönheits- und eine Rehaklinik ein reines Wohngebiet. Sehr ruhige Lage, gut zum Laufen. Sollen wir alles abklappern? Es stand finanziell nicht gut um das Gestüt. Vielleicht hat er einen Geldgeber besucht, der ihm jedoch einen Korb gegeben hat?«

»Wenn jemand mit Banken und Geldgebern verhandelte, dann war das Anna Fröhlich«, sagte Sonja. »Sie hat mir gesagt, dass tatsächlich ein solches Gespräch ansteht, aber erst nächste Woche. Deshalb hatten sie so verzweifelt auf den Sieg gehofft. Sie hofft ja immer noch, jetzt eben auf einen Sieg im Großen Preis, obwohl das in Fachkreisen als aussichtslos gewertet wird.« Sonja stockte, dann fuhr sie fort: »Sie reagiert komisch, wenn die Sprache auf Fiebig kommt. Mal hält sie ihn für den Mörder, dann wiederum wünscht sie sich inständig, dass er Sonntag auftauchen und Rother Wind reiten wird. Max, du hast doch auch mit ihr geredet. Was hältst du davon? Das ist doch nicht normal!«

Gottlieb schnaubte. »Was ist in einem Mordfall schon normal. Mir hat sie Fiebig gleich am Sonntagabend als mutmaßlichen Täter genannt, aber am Montag wurde sie ganz ungeduldig, weil er nicht zur Arbeit erschienen war.«

Sonja stand auf und stellte ihm ein Glas Wasser für die Tabletten hin. »Es ist nur ein Gefühl, aber vielleicht ist Sonnefelds Termin am Sonntagmittag für uns gar nicht relevant. Der Mord geschah erst Stunden später, und wir haben den Täter bereits. Retzlaff wird schon noch gestehen«, meinte sie.

Aber so ganz sicher schien sie nicht zu sein. Niemand im Raum war das.

*

Gegen Ende der Nacht war Lea doch eingeduselt und wieder von diesem schrecklichen Alptraum heimgesucht worden, der sie oft gequält, seit einem Jahr aber in Ruhe gelassen hatte. Als hätte er in diesem Jahr Kraft gesammelt, war er über ihr zusammengeschlagen wie eine große, alles verschlingende Welle, die ihr die Luft abschnürte und sie hilflos wie ein Baby in Todesangst versetzte.

Schweißbedeckt war sie aufgewacht und hatte eine Zeit lang gebraucht, um sich wieder zu beruhigen. Wenn sie nur wüsste, warum dieser Traum sie wieder heimsuchte. Sie hatte nie ein traumatisches Erlebnis mit Wasser gehabt, im Gegenteil, sie hatte die Urlaube auf Fehmarn geliebt.

Ihr Traum vom Ertrinken hatte ihr in den letzten Jahren so sehr zugesetzt, dass sie sich mit regelmäßigen Tauchkursen dagegen gewappnet und sich eingeredet hatte, auch Sky-Boxen und Joggen könnten ihr dagegen helfen. Eigentlich hatte sie gedacht, nein gehofft, sie wäre ihn ein für alle Mal los. Aber jetzt war der Schrecken zurückgekehrt.

Immer noch mitgenommen, schlüpfte Lea in ihre Joggingsachen, hörte dabei mit einem Ohr dem Polizeifunk zu und machte ihre Dehnübungen. Es war sechs Uhr. Eine Stunde um die Klosterwiesen in der Lichtentaler Allee war jetzt genau das Richtige. Sonntagmorgen war sie zum letzten Mal dort gelaufen. War das wirklich erst drei Tage her?

Es war nur ein Katzensprung von ihrer Wohnung aus, und als sie die noch taufeuchte Rasenfläche sah, das erste Licht, das über den Merkur kletterte, und das zarte, dann kräftiger werdende Gold, das sich auf die Blätter der mächtigen Linden entlang der Wiesen legte, stieg ein unbeschreibliches Glücksgefühl in ihr auf. Gleichmäßig atmend trabte sie los und konzentrierte sich auf den Weg.

Wieder meldete sich ihr Gewissen. Eigentlich musste sie Gottlieb einweihen. Nur so konnte sie Retzlaffs Festnahme verhindern. Sie glaubte Andi. Seine Aussage entlastete Retzlaff. Andererseits würde sie Andi ans Messer liefern, wenn sie Gottlieb von dem Gespräch in der Rastanlage berichtete.

Was für ein Dilemma! Sie konnte Retzlaff doch nicht – vielleicht tagelang – unschuldig in Untersuchungshaft schmoren lassen! Sie wollte aber auch Andi nicht verraten.

Wie nur konnte sie beiden gleichzeitig helfen? Wieder versuchte sie, sich auf den Weg und ihren Atem zu konzentrieren. So war es schon besser. Doch die friedliche Stimmung in der Allee war vorüber. Die Sonne stand höher am Himmel, schon wurde es stechend, und die Wiesen und Wege füllten sich mit bellenden, hechelnden und schnüffelnden frei laufenden Hunden. Vorbei die

Hoffnung auf einen Geistesblitz. Zeit, Schluss zu machen. Lea drehte um und begann bereits im Treppenhaus mit ihren Dehnübungen.

Eine Stunde später saß sie bei Frau Campenhausen und konnte kaum glauben, was ihr die alte Dame bei einer zweiten Tasse Kaffee berichtete.

»Ja, Sie haben richtig gehört. Ich war gestern in der Höhle des Löwen, in Dr. Ritters Klinik«, wiederholte Frau Campenhausen noch einmal mit schief gelegtem Kopf. »Plastische und ästhetische Chirurgie, also wirklich! Da bin ich an meine Grenzen gestoßen. Die junge Frau an der Rezeption hat mich von allen Seiten gemustert und wollte mir einen Termin für nächsten Montag geben. Dabei möchte ich doch nicht einen Tag jünger sein.«

Lea kicherte, als sie sich die Situation vorstellte. »Fettpölsterchen? In einer Stunde abgesaugt. Falten um die Augen? Weg damit. Busen zu klein? Po zu groß? Alles kein Problem. Aber ausgerechnet Sie? Frau Campenhausen! Etwas Absurderes habe ich ja noch nie gehört.«

Frau Campenhausen stimmte in ihr Lachen ein. Dann berichtete sie Lea von Schwester Karinas Verschwinden.

»Sie wird gekündigt haben. Die Fluktuation im Gesundheitswesen ist groß«, antwortete Lea skeptisch.

Doch Frau Campenhausen blieb dabei: »Seine Ehefrau Lilly ist verschwunden, nach einem Streit wegen einer Schwester Karina, und zwar am zwölften Mai. Jetzt frage ich nach Schwester Karina, und was sagt man mir? Sie ist ebenfalls verschwunden. Seit dem dreizehnten Mai. Einen Tag später! Von heute auf morgen. Ohne Adieu. Angeblich, um Lilly zu pflegen, dabei war sie deren größte Konkurrentin. Noch nicht mal ihre Kleidung hatte sie mitgenommen.«

Lea horchte auf. »Haben ihre Angehörigen nicht nachgeforscht?«

»Sie war wohl alleinstehend.«

»Und ihre Kolleginnen?«

»Das ist es ja! Ritter sagte ihnen, sie sollten sich keine Sorgen machen und hat später ihre Sachen aus der Schwesternwohnung geholt. Genau wie bei seiner Frau. Na? Was sagen Sie jetzt? Das ist doch alles sehr unheimlich, oder?«

Das fand Lea auch.

Kaum war sie in der Redaktion, rief sie in der Klinik an, machte es dringend, verwies auf ihren Pressestatus und bekam schon für den nächsten Morgen einen Termin bei Dr. Ritter, immerhin. Dann meldete sich Sonja Schöller von der Kripo und kündigte für elf Uhr eine Pressekonferenz an. Lea ließ nicht locker, bis die Schöller ihr verriet, dass man Retzlaffs Verhaftung bekannt geben wollte. Sie musste der Beamtin versprechen, es bis zur Konferenz für sich zu behalten.

Lea biss sich auf die Lippen. Am liebsten hätte sie der Frau durchs Telefon zugerufen, dass es Retzlaff nicht gewesen sein konnte, weil jemand anderer sich noch um zehn vor sechs mit Sonny getroffen hatte, zu einem Zeitpunkt also, als Retzlaff ein bombensicheres Alibi besaß. Aber noch immer hoffte sie, dass sie es schaffen konnte, den wahren Mörder rechtzeitig zu finden, ohne Andi ins Spiel zu bringen.

Eher mit dem Mut der Verzweiflung beschloss sie, die Zeit bis zur Pressekonferenz für einen Abstecher auf der Rennbahn zu nutzen. Sie wusste nicht genau, wie sie weitermachen sollte, und sich umzuhören war allemal besser, als am Schreibtisch zu sitzen und die Uhr anzustarren. Vielleicht fand sie jemanden, der ihr weiterhelfen konnte, vielleicht gab es etwas Neues. Zum Beispiel über Carlo Hausmann, den sie immer noch nicht von ihrer Liste der Verdächtigen streichen wollte.

Da sie den Mann nicht gleich finden konnte, hörte sie sich als Erstes in der Kantine um und wurde relativ schnell fündig. Das Lokal war in Sachen Klatsch ergiebiger als »Bild« und »Bunte« zusammen. Carlo Hausmann, so viel stand nach kurzer Zeit fest, war ein guter und erfolgreicher Trainer, den außer der Arbeit mit den Pferden nicht viel interessierte. Er war Jahrgang 1969, seine Frau Eva war elf Jahre jünger als er, blond, schlank, süß. Alle männlichen Gäste in der Kantine, die Lea befragte, schwärmten von ihr.

Blond, jung, schlank, süß? Und Sonnefeld in der Nähe? Konnte es sein, dass sie hier auf ein Mordmotiv gestoßen war? Mord aus Eifersucht? Aber warum hatte die Polizei ihn dann noch nicht gestellt? Diese Informationen und Schlussfolgerungen lagen doch auf der Hand, und die Polizei war ja nicht dumm.

Von Weitem sah sie Anna Fröhlich den Weg zur Kantine einschlagen, ungewöhnlich langsam und mit gesenktem Kopf. Die arme Frau! Ihr Mann war tot, ihr Jockey und Freund verschwunden, ihr bester Arbeiter verhaftet, und der wahre Mörder lief immer noch unerkannt herum.

Lea gab ihr ein Zeichen. Anna Fröhlich schleppte sich heran und ließ sich auf einen der Plastikstühle fallen. Sie machte eine müde Handbewegung.

»Wo ist Udo?«, fragte sie leise.

Lea schluckte. Zum Glück brauchte sie nichts zu antworten, denn Anna Fröhlich rutschte in den Stuhl, so weit es eben ging, und flüsterte, eher zu sich selbst: »Ich kann nicht mehr!« Sie sah müde aus, mit roten Augen und neuen scharfen Falten neben den Mundwinkeln. »Ich brauche Udo. Ich kann so nicht weitermachen. Ich will nach Hause. Ich muss die Beerdigung vorbereiten und im Hotel nach dem Rechten sehen. Stattdessen stehe ich hier im Stall und fahre den Mist weg.«

»Kann das nicht jemand anders machen?«

Anna kräuselte die Lippen. »Wer denn? Carlo kann keinen Mann abstellen, der ist selbst knapp mit Personal. Jemanden einstellen? Wie lange? Wie teuer? Wie zuverlässig? Rother Wind ist nicht irgendein Pferd. Aus Staufen kann ich niemanden entbehren. Ich habe ja gedacht, Udo ist in einer Stunde wieder da. Jetzt ist er schon seit gestern Mittag weg. Und bei der Polizei gibt mir niemand Auskunft, wie lange das noch dauert. Wissen Sie, was da los ist? Wofür brauchen die Udo so lange?«

Lea sah verzweifelt in den Himmel. Aber außer ein paar Wolken war dort nichts. Kein Ratschlag, kein rettender Gedanke. Energisch räusperte sie sich. »Wollen Sie Gottliebs Handynummer? Dann können Sie ihn selbst fragen.«

Anna sah sie flehentlich an. »Wissen Sie denn gar nichts? Sie sind doch von der Zeitung.«

Lea wich ihrem Blick aus. Ihr brach der Schweiß aus. Das war nicht gerecht. Warum sollte ausgerechnet sie der Frau sagen, dass die Polizei Retzlaff für den Mörder hielt? Offiziell wusste sie doch gar nichts von seiner Verhaftung. Konnte sie nicht einfach kneifen, die Unschuldige spielen, einen Termin vorschützen?

»Ich … äh … also, in einer Stunde gibt es eine Pressekonferenz, dann weiß ich mehr«, sagte sie schließlich.

Anna bestellte sich eine Tasse Kaffee. Sie sah etwas verloren aus.

Ihre wunderbaren Haare hatte sie heute zusammengebunden. Sie waren stumpf. Alles an ihr zeigte, dass es ihr schlecht ging. Seit Sonntag musste sie funktionieren, hatte keine Zeit gehabt, ihre Trauer zuzulassen. Lea konnte sich gut vorstellen, was in ihr vorging. Leere, unterdrückte Tränen, Vorwürfe, weil sie vorzeitig ins Hotel gefahren war, Verzweiflung, weil sie hier nicht wegkam, Hilflosigkeit, weil sie gar keine Gelegenheit hatte, wenigstens die Beerdigung ihres Mannes von hier aus vorzubereiten. Das Warten auf die Nachricht, dass die Polizei den Mörder gefasst hatte und damit endlich, endlich die quälende Frage nach dem Wer und vielleicht nach dem Warum ein Ende hatte. Dazu die finanziellen Sorgen und allmählich wohl auch immer drängender die Frage, ob es überhaupt noch Sinn machte, das Pferd hier stehen zu lassen, wo sie doch in Staufen gebraucht wurde und es mehr als fraglich war, ob Andi Fiebig überhaupt rechtzeitig auftauchte, um Rother Wind zum Sieg zu reiten.

Der Kaffee kam. Anna trank mit weißen Lippen. »Was mache ich nur?«, flüsterte sie noch einmal.

Lea reichte über den Tisch und streichelte Annas Arm. Er war kalt.

»Ich rufe Sie nach der Pressekonferenz an. Bestimmt hat die Polizei den Mörder gefasst. Und dann können Sie nach Hause«, sagte sie und merkte selbst, was für einen Unsinn sie da redete. Noch eine Minute, dann musste sie wirklich los.

Anna rührte in ihrem Kaffee. »Fiebig ist also gefasst?«

»Nein, nein! Es war nicht Andi!«

Anna verzog den Mund. Sie glaubte Lea nicht, das sah man deutlich. »Und wer sonst? Doch nicht etwa Udo!«

Lea nahm allen Mut zusammen. »Was ist eigentlich mit Hausmann?«

»Carlo? Lachhaft! Was für eine abwegige Idee.«

»Er hatte die Gelegenheit dazu, schließlich war er allein, als er Ihren Mann gefunden hat. Da konnte er genauso gut, bevor er Hilfe holte …«

»Aber warum denn? Gelegenheit hatte Fiebig auch. Und der ist geflohen. Wenn das kein Geständnis ist!«

»Es gibt eigentlich gar nicht so viele Motive für einen Mord, Frau Fröhlich. Habgier, Rache, Eifersucht …«

Anna schüttelte den Kopf. »Rache könnte auf Fiebig auch zutreffen, nach Sonnys Vorwürfen.«

»Wenn es Andi aber nicht gewesen ist, wer hätte dann ein Motiv gehabt? Eifersucht zum Beispiel?«

»Frau Weidenbach, worauf wollen Sie hinaus? Ich verstehe Sie nicht!« Anna Fröhlich sah verblüfft aus. »Wer sollte denn eifersüchtig gewesen sein? Auf wen? Warum?«

Lea krümmte sich innerlich. Sie konnte dieser ahnungslosen Frau doch nicht ins Gesicht sagen, dass sich ihr gerade der Verdacht aufgedrängt hatte, ihr toter Mann habe ein Verhältnis mit Hausmanns Frau gehabt. Diese Vermutung war auf den ersten Blick aus der Luft gegriffen, nur ein Bauchgefühl ohne Beweise, aber es war auch nicht ganz von der Hand zu weisen. Lea musste es ansprechen, wenn sie Gewissheit haben wollte. Sie gab sich einen Ruck.

»Könnte es sein, Frau Fröhlich, dass Ihr Mann und Hausmanns Frau …«

»Eva? Und Sonny? Das ist ungeheuerlich, Frau Weidenbach! Wollen Sie Sonny in den Schmutz ziehen? Das ist widerlich. Geschmacklos. Sonny war ein …« Sie sah in den Himmel und blinzelte eine Träne weg. »Sonny war eben Sonny. Er war charmant, das stimmt. Aber er war treu. Hundertprozentig. Wagen Sie nicht, etwas anderes zu denken!«

Damit stand sie auf, legte zwei Euro neben ihre Kaffeetasse und stapfte mit eckigen Bewegungen davon. Lea sah ihr nach und kam sich unsäglich gemein vor.

SIEBZEHN

Der Besprechungsraum im Polizeiposten Stadtmitte war überfüllt. Lea ärgerte sich, dass sie so spät dran war, aber sie hatte keinen Parkplatz gefunden. Ihr Stuhl war besetzt, der neue Kollege von Hit 1 saß dort, und das war auch gut so. Es war ihr schon ein paar Mal peinlich gewesen, wenn Kriminalhauptkommissar Gottlieb den Platz in der ersten Reihe extra für sie freigehalten hatte. Die Kollegen hatten sie dann komisch angesehen, als würde sie mit der Polizei kungeln, und das ging gegen die Ehre. Wohl oder übel blieb sie nun hinten an der Tür stehen.

Gottlieb saß mit säuerlicher Miene am Tisch, Lukas Decker neben ihm hatte einen Stapel Fotos vor sich. Eine Suchmeldung, durchfuhr es Lea spontan. Jetzt würde sie ein Fahndungsfoto von Andi veröffentlichen müssen! Dann beruhigte sie sich. Sie wusste doch, dass Retzlaffs Verhaftung bekannt gegeben werden sollte. Bestimmt waren es Fotos von ihm oder von dem Messer. Höchste Zeit, Gottlieb von ihrem Treffen zu unterrichten!

Oberstaatsanwalt Winfried Pahlke betrat den Saal, ein paar Zettel in der Hand. Seine Haare wurden immer schütterer, fiel Lea auf. Sein rundes Kindergesicht wirkte unzufrieden. Warum das? Was war hier los? Das waren nicht gerade Mienen, die die Aufklärung eines Mordfalls versprachen.

»Nun redet schon«, hätte sie am liebsten in den Saal gerufen. Stattdessen kramte sie ihren Notizblock aus dem Rucksack.

Ungewohnt ausschweifend begann Pahlke, von schwierigen und langwierigen Ermittlungen zu berichten. Dann merkte er an, dass man immer noch nach einem Zeugen suche, mit dem sich Sonnefeld offenbar am Sonntagmittag am Schlossberg getroffen hatte.

Lea klopfte ungeduldig mit dem Kugelschreiber auf den Block. Das hatte doch alles nichts mit Retzlaffs Verhaftung zu tun!

Gottliebs Blick traf den ihren. Ihr Magen hüpfte. Gleichklang der Gedanken. Auch er würde am liebsten sofort zum Wesentlichen kommen, das sah sie ihm an. Sie versuchte, ihm ein Zeichen zu machen, dass sie ihn anschließend sprechen musste. Er hob fragend die Augenbrauen, verstand sie nicht. Schließlich führte sie ihre Hand ans Ohr und spreizte Daumen und kleinen Finger ab. Es ging nicht anders, sie würde ihn einfach anrufen. Er nickte unmerklich. Der Kollege vor ihr drehte sich zu ihr um, aber sie tat schnell so, als schöbe sie sich die Haare hinters Ohr.

Endlich kam Pahlke zur Sache, und es gab überraschende Neuigkeiten. Sie hatten Retzlaff vor einer halben Stunde gehen lassen, nachdem sie die Auswertung der Fingerabdrücke bekommen hatten, die auf dem Steg zwischen Klinge und Griff sichergestellt worden waren. Es waren nicht Retzlaffs Spuren. Auch alle anderen Personen aus Sonnefelds Umfeld habe man ausschließen können, bis auf eine Ausnahme. Pahlke hob den Kopf und reckte sich.

»Wir brauchen Ihre Mithilfe: Einer der Zeugen ist flüchtig. Wir müssen ihn dringend im Zusammenhang mit dem Mord sprechen. Es handelt sich um den Jockey Andreas Fiebig, zuletzt wohnhaft in Köln. Ich möchte klarstellen, dass es keinen Haftbefehl gegen ihn gibt. Kollege Decker hier wird Ihnen ein aktuelles Foto des Mannes aushändigen. Zeugen, die seinen Aufenthaltsort kennen, können sich an jede Polizeidienststelle wenden, auch anonym. Es gibt Hinweise aus seinem nahen Umfeld, die darauf schließen lassen, dass er sich im Großraum Würzburg aufhalten könnte, wo er aufgewachsen ist.«

Der Kollege der Konkurrenzzeitung hob die Hand. »Was bedeutet das, Sie hätten einen Hinweis aus dem nahen Umfeld bekommen?«

»Nun, er hat sich am Tag seiner Flucht auf der Autobahnraststätte Baden-Baden mit einer alten Schulfreundin getroffen, und das hat uns aufhorchen lassen.«

Lea merkte, wie sie rot wurde. Pahlke sah zu ihr. Einige Kollegen drehten sich um.

»Ich möchte betonen, dass dies nur Vermutungen sind. Die besagte Schulfreundin gilt nicht als seine Komplizin«, schnarrte Pahlke weiter.

Das wurde ja immer schlimmer! Sie wurde vorgeführt wie ein Tanzbär, und sie konnte sich nicht wehren.

»Wieso guckt der so. Meint der dich?«, wisperte der Kollege von Radio Regenbogen ihr zu.

Lea schüttelte energisch den Kopf. »Quatsch!«, sagte sie, lauter als beabsichtigt. Immer mehr Köpfe drehten sich zu ihr um.

Nicht auszudenken, wenn noch mehr Kollegen diesen Schluss zögen und womöglich darüber berichteten. Sie hatte nichts, aber auch gar nichts gesagt oder getan, was auf Andis Spur führen konnte, ganz im Gegenteil. Sie biss sich auf die Lippen, aber dann ging ihr auf, dass Schweigen alles noch schlimmer machen würde.

»Ich habe Andi Fiebig am Sonntag zum ersten Mal seit der Schulzeit gesehen«, sagte sie laut. »Gar nichts hat er mir gesagt. Nur dass er unschuldig ist. Das ist alles. Mehr gibt es darüber nicht zu berichten. Oberstaatsanwalt Pahlke will nur provozieren, weil die Polizei bei der Suche nach dem Mörder nicht weiterkommt. Das ist nicht fair. Ich habe nichts damit zu tun, und ich glaube außerdem auf keinen Fall, dass Andi Fiebig der Mörder ist.«

Die Ersten klappten ihre Blöcke zu, verstauten ihre Mikrofone. Murmelnd drängten sie nach vorn, nahmen die Fotos in Empfang und schoben sich dem Ausgang zu, ohne Lea anzusehen. Journalisten blieben lieber als Beobachter im Hintergrund. Jetzt waren sie verunsichert, weil eine von ihnen plötzlich im Mittelpunkt des Geschehens stand. Lea konnte es ihnen nachfühlen.

»Was ist mit dem Trainer, Carlo Hausmann?«, rief sie nach vorn zum Podium. »Warum haben Sie den nicht verhaftet? Der hat auch kein Alibi. Er hat die Leiche gefunden. Und er hatte ein Motiv.«

Gottlieb stand langsam auf und hob die Hände. »Bedauere, Frau Weidenbach. Die Fingerabdrücke. Es sind nicht seine. Vielleicht ist auch Fiebig nicht der Mörder. Aber das können wir erst ausschließen, wenn wir seine Abdrücke genommen haben. Deshalb wäre es gut, wenn er sich melden würde.«

Pahlke warf ihm einen bösen Blick zu. »Die Staatsanwaltschaft ist in diesem Fall für die Presseauskunft zuständig«, sagte er schneidend. »Daran wollen wir uns doch bitte alle halten. Das war's für den Moment, danke.«

Gottlieb zwinkerte Lea zu. Er hatte ihre Geste vorhin offenbar verstanden. Sie würden sich gleich telefonisch verabreden und sich dann irgendwo, weit weg von der Öffentlichkeit, unter vier Augen treffen.

*

Die Säle im Café König waren menschenleer. Draußen auf der Terrasse waren natürlich fast alle zierlichen Eisenstühle besetzt, denn gerade in der Mittagshitze waren die Schattenplätze beliebt. Aber im Innern herrschte gähnende Leere. Genau das, was sie gesucht hatten. Gefolgt von den etwas erbosten Blicken der Bedienung verzogen sich Lea und Gottlieb an den letzten Tisch im hinteren Saal.

Lustvoll griff Gottlieb zur Speisekarte. Lea hörte seinen Magen rumpeln. Seine Augen weiteten sich, als sie die Tagesangebote für den Mittagstisch überflogen.

»Nur Kaffee bitte, schwarz«, sagte er dann aber und klappte die Karte energisch zu.

Lea schloss sich an. Schweigend warteten sie auf ihre Bestellung. Ohne sich abgesprochen zu haben, wollten sie ihre Unterhaltung auf keinen Fall in der Nähe fremder Ohren beginnen.

Vorn beim Eingang neben dem Verkaufsraum ging langsam die Tür auf. Frau Campenhausen erschien, adrett in einem hellen Kostüm, mit ihrer feinen gestreiften Seidenbluse und einem sommerlichen Hütchen auf dem Kopf. Sie trug Lippenstift und sah höchst unternehmungslustig und liebenswert aus. Lea sackte in sich zusammen und drehte sich halb weg. Sie mochte ihre Vermieterin ja sehr, aber dies war ein denkbar unpassender Moment.

Auch Gottlieb, dessen Augen ihrem Blick gefolgt waren, rutschte auf seinem Stühlchen hin und her und räusperte sich unbehaglich. Frau Campenhausen sah jedoch gar nicht in ihre Richtung. Sie hatte einen Tisch am Fenster im Visier und steuerte ihn zielstrebig an, setzte sich, stand wieder auf und wählte ein anderes Tischchen. Wieder ging die Tür auf, und Frau Campenhausen strahlte. Ein älterer Herr im Sommeranzug eilte auf sie zu, verbeugte sich, nahm ihre Hand und deutete einen Handkuss an, dann zauberte er hinter seinem Rücken eine Rose hervor und überreichte sie formvollendet.

Lea kicherte leise. Frau Campenhausen hatte einen Verehrer! »Wie süß«, entfuhr es ihr.

Gottlieb sagte nichts, sondern sah sie lächelnd an. Seine braunen Augen wurden hell, bernsteinfarben, und Lea entdeckte kleine goldene Sprenkel in ihnen. Ihr wurde warm, und es fiel ihr schwer, sich loszureißen.

Der Kaffee kam, und der Augenblick war vorbei.

»Fangen Sie an«, sagte Gottfried. »Ich wollte Sie heute sowieso zu Fiebig befragen.«

»Aber es bleibt unter uns?«

»Einverstanden.«

Sie berichtete ihm von ihrem Treffen mit Andi, von den Fingerabdrücken, dem tatsächlich fehlenden Alibi, seinem Streit kurz vor achtzehn Uhr und auch, dass sie ihn nicht für den Mörder hielt. Gottlieb nickte ab und an, allerdings machte er ein skeptisches Gesicht, als sie ihn bat, die unglücklichen Indizien nicht gegen Andi zu verwenden, sondern die Informationen zu seinen Gunsten auszulegen.

»Hört sich ganz danach an, dass er es gewesen ist und dass er Sie missbraucht hat, um einen Vorsprung herauszuschinden«, sagte er. »Nicht sehr überzeugend. Wir können gar nichts ausschließen, solange er sich nicht endlich stellt und uns für eine grundlegende Befragung zur Verfügung steht. Da fällt mir ein: Sagt Ihnen der Name Horst Blank etwas?«

Lea blieb die Luft weg. Es war ihr schwer genug gefallen, das Versprechen zu brechen, das sie Andi am Montag gegeben hatte. Jetzt über die uralte Geschichte zu reden, das war zu viel verlangt. Das hatte gar nichts mit dem Mord zu tun! Wenn Andi erfuhr, dass dieser Name kursierte, würde er doch denken, sie hätte sogar das ausgeplaudert.

Hilflos hob sie die Schultern. Gottlieb musterte sie scharf, und sie spürte, wie ihr das Blut heiß in die Wangen stieg. Es fiel ihr schwer, Gottlieb zu belügen, aber es musste sein. Sie schüttelte wortlos den Kopf. Er wartete trotzdem, und es wurde die unbehaglichste und längste Minute ihres Lebens. Die Vergangenheit hatte nichts zu bedeuten. Es war richtig, Gottlieb nichts davon zu sagen, redete sie sich ein.

Doch dann schob sie die Bedenken zur Seite. Entweder sie vertraute Gottlieb, dann konnte sie ihm wirklich alles sagen, oder sie vertraute ihm nicht, dann hatte sie schon viel zu viel verraten. Außerdem konnten diese Vorkommnisse sogar untermauern, dass Andi früher schon ein vollkommen defensiver Mensch gewesen war. War nicht gerade sein Verschwinden ein Indiz dafür, dass er sich selbst nach all den Jahren nicht geändert hatte? Außerdem wusste Gottlieb sowieso etwas, denn woher sonst kannte er den Namen?

Also holte sie tief Luft und erzählte ihm von ihrem Erlebnis in der Schule. Als sie fertig war, staunte sie, um wie viel kleiner und leichter diese Episode plötzlich aussah.

Gottlieb beobachtete sie mit einem undefinierbaren Gesichtsausdruck, dann lächelte er zaghaft. »Danke für Ihr Vertrauen«, murmelte er. »Sie könnten recht haben, das wird uns nicht viel weiterhelfen. Das meiste haben wir ja schon selbst herausgefunden.«

Dann runzelte er die Stirn und murmelte: »Ich fasse zusammen. Fiebig hat Sonnefeld angeblich um kurz vor sechs verlassen, und da lebte der Mann noch. Warum ist er bei dem Pferd geblieben? Versorgt hat er es nicht, jedenfalls haben weder die Spurensicherer noch die Rechtsmediziner Hinweise darauf gefunden. Warum ist er in der engen Box geblieben? Kann er noch eine Verabredung gehabt haben? Hat Fiebig etwas in der Richtung fallen lassen?«

Lea suchte den Caféhaussaal nach einem Mauseloch ab und merkte, wie sie rot wurde.

»Er wollte sich mit mir treffen«, nuschelte sie schließlich.

»Und das sagen Sie erst jetzt?«

»Na ja, ich war ja nicht rechtzeitig dort. Sie selbst hatten mir doch einen Saft spendiert, und dann, dann war es schon zu spät.«

»Frau Weidenbach!«

»Ich mache mir schon genug Vorwürfe. Immer wieder sage ich mir, dass er noch leben könnte, wenn ich pünktlich gewesen wäre.«

Gottlieb berührte ihren Arm. Seine Hand war warm, und die Geste tröstete sie. »Ist doch nicht Ihre Schuld! Wenn Sie von Vorwürfen reden, dann machen Sie sie mir. Sie wollten doch unbedingt los, und ich habe Sie aufgehalten. Dann wäre ich ja mindestens genauso schuld. Das gäbe eine schöne Schlagzeile, was?«

Gegen ihren Willen musste sie in sein leises Lachen einstimmen. »Trotzdem. Es wäre mir wohler, wenn ich wüsste, dass ich es nicht hätte verhindern können, selbst wenn ich pünktlich gewesen wäre.«

Er nickte verständnisvoll, und sie zwinkerte ein paar Mal, um dieses Staubkorn aus dem Auge zu bekommen. Er könnte ja meinen, sie würde mit den Tränen kämpfen. Doch nicht in der Öffentlichkeit! Und schon gar nicht vor Gottlieb!

Seine Hände fuhren an die Brusttasche, und Lea schob ihm den Aschenbecher hin. Erleichtert ließ er das Feuerzeug klicken und nahm einen tiefen Zug. »Wenn der Fall aufgeklärt ist, höre ich auf, ich schwöre es«, sagte er.

Da hatte Lea so ihre Zweifel, sagte aber nichts. Aufhören war schwer und langwierig. Jetzt war es schon so lange her, aber allein das Anzünden einer Zigarette rief immer noch lustvolle Erinnerungen in ihr wach. Sie schnupperte wehmütig, einmal, dann noch einmal. Etwas war anders. Der Rauch war gar nicht mehr angenehm, er war beißend und, ja, es gab kein anderes Wort dafür: Er stank.

Sie rückte ein Stück weg und fragte: »Könnte es Hausmann gewesen sein?«

Er schüttelte den Kopf. »Auf den ersten Blick vielleicht. Seine Frau hatte tatsächlich eine Liaison mit Sonnefeld gehabt, das haben Sie vorhin mit Motiv gemeint, nicht wahr? Sie waren am Tattag morgens zusammen, wie sie uns gestanden hat. Aber erstens war es schon länger nur ein sporadisches Geplänkel gewesen, zweitens haben sie Sonntag beidseitig Schluss gemacht, und drittens hat Hausmann von alledem überhaupt nichts mitbekommen. Er ist aus allen Wolken gefallen, als ich die Möglichkeit nur angedeutet habe.«

»Und wenn er doch irgendwie Wind davon bekommen hatte?«

Wieder schüttelte Gottlieb den Kopf. »Wir haben Zeugen, die schwören, er und seine Frau seien kurz nach sechs Uhr noch bei ihnen vorn auf dem Rennplatz gestanden, bei der letzten Siegerehrung des Tages. Es gibt Fotos, die das beweisen. Man läuft von dort gut zehn Minuten bis nach hinten zur Box. Er kann es also nicht gewesen sein. Angenommen, ich glaube Ihrer beziehungsweise Fiebigs Version. Dann hätte also Fiebig das Messer aufgehoben, es aber nicht benutzt. Der wahre Täter trifft auf Sonnefeld, es kommt zum Streit, der Täter sieht das Messer auf dem Fenstersims, nimmt es und sticht zu. Eine Tat im Affekt. Er realisiert, was er da getan hat, bekommt Angst und wischt das Messer ab, bevor er flüchtet. Dasselbe hätte aber auch Fiebig tun können, und damit sind wir wieder am Anfang. Wir können nichts hundertprozentig ausschließen.«

Angestrengt sah Lea zum Fenster hin, zu dem Pärchen an dem kleinen Tisch. Die beiden schienen ein wichtiges Thema zu haben. Frau Campenhausen machte ein ernstes Gesicht.

Die Geschichte von den verschwundenen Frauen kam Lea wieder in den Sinn. Konnte das etwas mit dem Mordfall zu tun haben? Oder war dies nur eine Verkettung von Zufällen?

»Kann eigentlich jemand einfach so verschwinden, von heute auf morgen, ohne Spuren?«

Gottlieb verstand sie falsch. »Niemals. Wir kriegen ihn, Frau Weidenbach.«

Lea schüttelte den Kopf. »Ich habe nicht Fips gemeint. Angenommen, ein Ehepaar hat einen wüsten Streit, dann gibt es einen lauten Schlag, und plötzlich ist alles still, und dann ist die Ehefrau verschwunden und der Mann tut so, als sei nichts geschehen.«

Gottlieb sah sie ratlos an. »Worauf wollen Sie hinaus?«

»Es hat vielleicht gar nichts mit Sonnefelds Ermordung zu tun. Ich würde nur gern wissen, was dann passiert. Greift die Polizei ein?«

»Gibt es eine Anzeige?«

»Nein.«

»Eine Leiche?«

»Bis jetzt noch nicht. Aber es hat auch noch niemand danach gefragt oder gesucht.«

»Zeugen oder Hinweise auf eine Straftat?«

»Auch nicht. Offiziell heißt es, die Frau sei weggegangen.«

»Hm. Wenn eine Frau über achtzehn die Koffer packt und die Tür zuknallt, dann geschieht in der Regel gar nichts. Jeder Volljährige kann in unserem Land seinen Aufenthaltsort frei bestimmen. Die Polizei wird einen Teufel tun und für den Ehemann den neuen Aufenthaltsort ermitteln, zumal wenn er, wie Sie andeuten, auch noch gewalttätig ist. Wenn jemand – ohne etwas auf dem Kerbholz zu haben wohlgemerkt – verschwinden will, dann darf er oder sie das. Dieser Witz vom Zigarettenholen ist eigentlich keiner. Ich habe erst kürzlich die Statistiken durchgesehen.«

Gottlieb tastete nachdenklich nach einer neuen Zigarette, schob sie aber wieder in die Schachtel zurück. »Vermisst gemeldet werden jedes Jahr um die tausend Frauen, bundesweit. Ein Viertel von ihnen taucht nie mehr auf. Aber das sind nur die Frauen, deren Angehörige zur Polizei gehen und die somit in unsere Statistik gelangen. Die Dunkelziffer ist höher.«

»Und wenn die Frau nach diesem Streit und dem Knall niemals mehr auftaucht? Monatelang nicht?«

»Was soll das? Sie wissen doch etwas. Sagen Sie es mir. Noch ein Mord? Dann bitte deutlicher: Wer? Wo? Wann?«

Lea schüttelte verlegen den Kopf. Bei Tageslicht betrachtet waren das alles doch nur unbewiesene Vermutungen und Gerüchte. Und dann auch noch eine verschwundene Krankenschwester. Das wäre dann Mord Nummer drei, das glaubte ihr doch kein Mensch! Sie hielt besser ihren Mund, sonst machte sie sich ja vollkommen lächerlich.

»Was wissen Sie?«, bohrte Gottlieb nach.

Wieder schüttelte sie den Kopf, diesmal noch energischer. Morgen hatte sie den Termin bei diesem Dr. Ritter. Wenn ihr dann etwas nicht geheuer vorkam, konnte sie immer noch zur Polizei gehen. Anna Fröhlich hatte ja ebenfalls kategorisch ausgeschlossen, dass ihrer Schwester etwas zugestoßen sein könnte. Sie hatte doch noch vor Kurzem eine E-Mail von ihr erhalten. Hirngespinste! Ihre eifrige Hilfsdetektivin hatte sie schon angesteckt.

Wieder sah Lea zu dem Paar am Fenster. Heute Abend würde sie ihre Vermieterin von dem Fall abziehen. Wahrscheinlich gab es ohnehin keinen Fall. Wenn Hausmann auch ausschied, dann war für sie nichts weiter zu tun. Dann gab es eben nichts, das Andis Unschuld beweisen konnte.

Andi sollte auftauchen, verdammt noch mal. Er sollte mit der Polizei zusammenarbeiten. Gottlieb konnte man vertrauen. Er würde alles tun, um den wahren Mörder hinter Gitter zu bringen. Selbst jetzt, nach ihrer komischen Andeutung, saß er gespannt vor ihr, bereit, jederzeit in eine andere Richtung zu ermitteln. Er war ein guter Polizist.

Noch immer starrte er sie erwartungsvoll an, so lange jedenfalls, bis sie den nicht vorhandenen Fall Lilly Ritter vom Tisch wischte. »Es gibt nichts. War nur so eine Frage.«

Da sackte er zusammen und sah zur Uhr. Sein Magen knurrte unüberhörbar. Er blickte an sich herunter und grinste.

»Ich hoffe, es passt Ihnen morgen auch wirklich. Sonst gibt es einen neuen Todesfall in der Stadt, einen Hungertoten.«

Das Essen! Himmel! Das hätte sie fast vergessen. Wie peinlich. Sie versuchte, sich nichts anmerken zu lassen.

»Klar passt mir das. Abgemacht ist abgemacht.«

»Oder wollen wir es verschieben, bis der Fall geklärt ist? Wir können das gern tun!«

»Nein, nein, Wettschulden sind Ehrenschulden! Es bleibt dabei!«

Gottlieb strahlte, und auch Lea begann, sich auf den privaten Abend mit ihm zu freuen.

»Sollte Fiebig auftauchen, muss ich aber absagen«, gab er noch zu bedenken.

Dazu lächelte sie einfach nur. Das würde erst Sonntag der Fall sein, aber das erzählte sie ihm lieber nicht.

Um möglichst unauffällig zu zahlen, wählten sie den Ausgang durch das Ladengeschäft. Frau Campenhausen saß mit dem Rücken zu ihnen und bemerkte sie nicht.

Niemand hatte sie gesehen, stellte Lea erleichtert fest. Dieser kleine Informationsaustausch würde unter ihnen beiden bleiben. Und vielleicht hatte sie Andi mit diesem Gespräch sogar indirekt helfen können.

In der Redaktion bemühte sie sich, ihren Artikel über die Suche nach ihm möglichst neutral zu formulieren. Sie stellte noch einen Bericht über seine beruflichen Erfolge dazu, um ihr Unbehagen zu besänftigen. Mehr konnte sie fürs Erste nicht tun, zumal sein Handy weiter abgeschaltet war.

Frau Campenhausen rief an und lud sie für den Abend zu Dampfnudeln ein, nicht ganz Leas Geschmack, aber ihre Vermieterin deutete an, dass es Neuigkeiten gab. Und schon war es wieder da, dieses Gefühl, dass an der Sache Ritter etwas nicht mit rechten Dingen zugehen könnte. Es hatte vielleicht nichts mit dem Mord auf der Rennbahn zu tun, aber zwei verschwundene Frauen konnte sie doch nicht einfach ignorieren.

Um sich auf das morgige Treffen mit Ritter vorzubereiten, ließ sie sich aus dem Archiv heraussuchen, was der Badische Morgen über ihn und die Klinik veröffentlicht hatte, außerdem suchte sie sich im Internet die Seiten der Beautyklinik heraus. Leider gab es keine brauchbaren Fotos von dem Mann. Der Zeitungskollege, ein freier Mitarbeiter, hatte bei der Eröffnung der Klinik im Mai 2003 ein eher unscharfes Foto geschossen, noch dazu stand Ritter im Hintergrund. Aber sie konnte erkennen, dass er groß und schlank war und helle Haare hatte. Seine Ehefrau im Vordergrund war ein zierliches Persönchen in einem schmalen, lachsfarbenen Chanel-Kostüm und mit einer blonden Lockenmähne.

Gespannt blätterte Lea weiter. Das Anwesen hatte über drei Jahre lang leer gestanden, bevor Ritter es kaufte und in eine Klinik umwandelte. Der letzte Immobilienhändler hatte es mit viereinhalb Millionen Euro veranschlagt. Der Umbau hatte noch einmal über eine Million Euro verschlungen, das stand in dem Artikel über die Eröffnung. Dazu die neueste medizinische Technik – Lea pfiff leise. So viel Geld gab keine Bank ohne Sicherheiten.

Lea bedauerte, dass sie, was Zahlen anbelangte, eine Niete war. Sie brauchte eigentlich einen Experten, der ihr ausrechnete, wie viel die Ritters monatlich aufbringen mussten, um solche Kredite abzubezahlen. Hatte Frau Campenhausen nicht berichtet, Ritter habe vier große Autos besessen? Das klang nicht nach jemandem, der sich wegen des Geldes irgendwelche Gedanken machte. Lilly Fröhlich hatte neben Veras Villa und deren Vermögen die Hälfte des gesamten Besitzes in Staufen bekommen. Es war eigentlich genug da, warum dieser ruinöse Kleinkrieg mit der eigenen Schwester?

Lea versuchte, eine Bekannte im Notariat anzuzapfen. Es dauerte eine kleine Ewigkeit, bis die Frau zurückrief. »Über Privatleute kann und darf ich eigentlich keine Auskunft geben«, flüsterte sie, »schon gar nicht über deren ungewöhnliche Ehe- und Erbverträge oder über die etwas einseitigen Besitzverhältnisse einer Klinik.«

»Heißt das, Sie dürfen mir nicht sagen, dass die Klinik seiner Frau gehört?«

»Genau. Das darf ich Ihnen nicht sagen.«

Lea freute sich. »Super, danke«, flüsterte sie zurück und legte auf. So war das also! Die Klinik gehörte Lilly Ritter. Ob die Formulierungen »ungewöhnliche Ehe- und Erbverträge« und »einseitige Besitzverhältnisse« wohl bedeuteten, dass Ritter nichts erbte, wenn seine Frau starb oder, genauer gesagt, wenn ihre Leiche gefunden wurde? Hatte er sie deshalb ermordet und die Leiche verschwinden lassen? Brachte sie sich womöglich selbst in Gefahr, wenn sie morgen bei ihm herumstocherte?

Noch auf der Heimfahrt bebten Leas Nerven. Sollte Frau Campenhausen recht behalten?

*

Marie-Luise Campenhausen setzte in aller Gemütsruhe Mehl, Milch, Zucker und Hefe zu einem Vorteig an und deutete dabei mit dem Kopf auf den Krimi von Dick Francis, den Lea ihr zurückgebracht hatte, weil er nicht weitergeholfen hatte. »Ich bleibe dabei: Der Mörder ist, wie in dem Buch, jemand, der Grund und Gelegenheit gehabt hatte, das Pferd zu dopen.«

»Aber dazu braucht man jemanden, der dem Pferd nahe kommen kann. Retzlaff schließe ich eigentlich aus. Der erscheint mir loyal«, erwiderte Lea und öffnete die Flasche Wein, die Frau Campenhausen ihr hingestellt hatte. Ein 2004er Scherzinger Batzenberg, ein Chardonnay aus dem Markgräfler Land. Lea sah sich das Etikett genauer an, während sie langsam den Korken zog. »Frau Campenhausen, eine Spätlese!«

»Aber ganz trocken. Passt hervorragend zu unseren Dampfnudeln, Sie werden sehen.«

Lea schenkte zwei Gläser ein. Der Wein leuchtete in hellem Gold mit grünen Reflexen. Sie schnupperte andächtig.

»Riechen Sie Ananas und Grapefruit?«, fragte Frau Campenhausen.

»Jetzt, wo Sie es sagen.«

Genüsslich kostete sie und schloss dabei die Augen, um intensiver schmecken zu können, so wie sie es einmal auf einem Weinseminar gelernt hatte. Ein typischer, leicht buttriger Chardonnay. Aber so sehr sie sich bemühte, konnte sie keine weiteren Details identifizieren. Sie wusste nur, dass sie ihn mochte, und das sagte sie auch.

Ihre Gastgeberin freute sich: »Hier, im Weinführer steht: Im Geschmack wirkt er trotz seiner Dichte sehr herzhaft und lebendig. Im Abgang hat er einen schönen Nachhall – wie von Aprikosen. Stimmt genau, nicht wahr? Ja, der junge Heinemann versteht etwas vom Weinmachen.«

Dann widmete sich die alte Dame wieder ihrem Teig, fügte ihm den Rest Milch und Zucker, Butter, ein Ei, etwas Salz und geriebene Zitronenschale hinzu und knetete ihn, bis sie ganz rot im Gesicht war. Mienchen kam angeschlichen und drängte sich zwischen ihre Beine, aber Frau Campenhausen tat so, als bemerke sie nichts.

»Dieser kleine Teufel hat heute Nacht tatsächlich das Bett mit mir geteilt, obwohl das streng verboten ist. Ich habe es erst heute Morgen gemerkt. Ich rede nicht mehr mit ihr. Ich beachte sie einfach nicht, nein, das tue ich nicht«, schimpfte sie lächelnd und gab dem Tier dabei einen kleinen, liebevollen Stups. Dann drehte sie sich zu Lea um.

»Man kann auch einen Giftpfeil für das Doping nehmen, dann braucht man gar nicht nahe an das Tier heran.«

Lea lachte. Jetzt ging Miss Marple zu weit. »Wer sollte denn im Führring ins Handtäschchen greifen und einen Pfeil abschießen. Also wirklich!«

»Na ja, ich gebe es zu, das ist sehr weit hergeholt. Das findet Herr von Termühlen übrigens auch. Er meint, wir müssten ganz anders an den Mordfall herangehen.«

Sie schwieg bedeutungsvoll.

»Herr von Termühlen?«, fragte Lea deshalb brav und bemühte sich, ernst zu bleiben.

Frau Campenhausen wurde rot wie ein Backfisch. »Der Nachbar der Ritters. Er hat mir heute Mittag sehr interessante Details verraten. Lilly Ritter muss eine ganz schrecklich verzogene junge Frau gewesen sein, wenn selbst Herr von Termühlen den Kopf schüttelt.«

Sie trank einen weiteren Schluck und spitzte anerkennend den Mund. »Zuerst war Lilly Ritter richtig nett, hat mit Herrn von Termühlen Schwätzchen gehalten, mit ihm gescherzt, ihn vorgewarnt, wenn ein Fest anstand, hat manchmal seine Einladungen zum Tee angenommen. Aber niemals hat sie nur mit einem Wort erwähnt, dass sie ein Schwimmbad bauen wollte, direkt an seine Grundstücksgrenze. Und so bekam er plötzlich, ohne Vorankündigung, einen Bescheid von der Stadt mit dem Bauantrag. Da hätte ich mich auch geärgert, zumal die geplante Stützmauer die Trauerweide auf seiner Seite in Mitleidenschaft gezogen hätte. Sie hätte gefällt werden müssen. Dabei war das der Lieblingsplatz seiner verstorbenen Frau gewesen, mit einer Bank darunter und einem gepflasterten Plätzchen.«

Frau Campenhausen nahm noch einen Schluck, dann knetete sie den Teig erneut und formte kleine Bällchen, die sie auf ein bemehltes Brett setzte und mit einem Küchentuch abdeckte.

»Hat Lilly sich durchgesetzt?«, fragte Lea. Sie dachte an ähnlich egoistische Anwandlungen, von denen Tobias Roth ihr auf dem Rothhof berichtet hatte.

Frau Campenhausen schüttelte den Kopf. »Herr von Termühlen hat Einspruch eingelegt und eigentlich gedacht, nun würde seine Nachbarin ihm ihr Vorhaben persönlich erklären. Aber nichts da. Sie kam zwar zu ihm, aber sie hat seine Argumente gar nicht angehört, sondern hat geschrien, ihn beschimpft und so getan, als würde sie gleich ohnmächtig. Er hat trotzdem nicht zugestimmt, und sie haben das Schwimmbad dann zur Seite der anderen Nachbarin, Frau Berger, verschoben. Lilly Ritter hat sich seitdem immer umgedreht, wenn sie ihn im Garten gesehen hat. Sie hat kein Wort mehr mit ihm gewechselt, hat rücksichtslos Musik angedreht, wenn er auf der Terrasse saß und Zeitung las oder eingenickt war, hat beim Gießen den Sprinkler auf seine Rosen und Tomaten einstellen lassen und hat die auf ihr Grundstück ragenden Zweige seines alten Walnussbaums mitten im Sommer abschneiden lassen und nicht versiegelt. Der Baum ist eingegangen.«

Die alte Dame schüttelte den Kopf. »Wenn Sie Herrn von Termühlen kennen würden, wüssten Sie, dass ein solches Benehmen ihm gegenüber unangemessen ist. Nun, dies ist jedenfalls der Grund gewesen, weshalb er ein wenig erleichtert war, als der Spuk im Frühjahr aufhörte und die Frau nicht mehr da war. Jetzt, nachdem ich ihm von dem Mord berichtet habe, macht er sich natürlich Vorwürfe, dass er auf ihr plötzliches Verschwinden nicht reagiert hat.«

»Wir haben keinen Mord, Frau Campenhausen. Uns fehlt die Leiche.«

Die alte Dame hob ihr Glas. Ihre Augen sprühten vor Unternehmungslust. Sie machte sich am Herd zu schaffen und erhitzte Milch, Butter und Zucker, dann setzte sie die aufgegangenen Bälle in den Topf, dicht an dicht, und legte den Deckel auf.

»Herr von Termühlen sieht das anders. Jetzt, wo er alles weiß, kann er sich daran erinnern, dass die Eheleute oft Streit gehabt hatten. Er würde der Polizei gern als Zeuge zur Verfügung stehen. Herr Gottlieb wäre doch auch für diesen Fall verantwortlich, oder? Ich habe gleich von ihm erzählt. So ein netter Mann! Wissen Sie jetzt, was Sie morgen für ihn kochen?«

Lea schüttelte den Kopf. »Vielleicht wird gar nichts aus dem Besuch. Solange wir den Mörder nicht haben, haben wir doch gar keine Zeit!«

»Und dann noch der Mord an Lilly Ritter und die verschwundene Schwester Karina, ja, da haben Sie beide alle Hände voll zu tun.«

»Frau Campenhausen, es gibt keinen Mord an Lilly Ritter. Nur zwei Frauen, die offenbar zufällig zur gleichen Zeit nichts mehr mit Ritter zu tun haben wollten. Erwachsene dürfen gehen, wohin sie wollen, dies ist ein freies Land, das sagt auch die Polizei.«

Frau Campenhausen stemmte die Hände in die Hüfte. »Ist das wahr? Man kann einfach so verschwinden, und niemand sucht nach einem, nur weil man alt genug ist? Und gegen Dr. Ritter wird gar nicht ermittelt? Oh, hören Sie das?«

Sie eilte zurück zum Herd und schaltete die Temperatur herunter. »In zwanzig Minuten können wir essen. Jetzt nur noch die Weinsauce.« Sie setzte einen Topf mit Wasser auf und stellte Wein, Zucker, Eier und Zitronensaft bereit, aber sie ließ sich nicht von dem Thema abbringen. »Ich bleibe dabei, Frau Weidenbach. Ritters Frau hat nicht einfach so ihre Koffer gepackt und ist ausgezogen. Und selbst wenn. Dann ist doch das Verschwinden einer zweiten Frau aus Ritters Umfeld zur selben Zeit unter denselben mysteriösen Umständen unheimlich. Also, ich beneide Sie morgen nicht um Ihre Begegnung mit diesem zwielichtigen Kerl. Wenn Sie sich bis zur Mittagszeit nicht bei mir gemeldet haben, rufe ich die Polizei, das schwöre ich!«

ACHTZEHN

Luft! Luft! Lea kämpfte um ihr Leben. Wenn sie nicht gleich auftauchen und Luft holen konnte, würde sie sterben. Sie hatte alle Reserven verbraucht, aber das Wasser war stärker. Gedankenfetzen schossen ihr durch den Kopf. Tauchlehrgang. Ruhig sein. Locker lassen. Du schaffst es. Traum. Du träumst.

Nein, sie träumte nicht! Sie fühlte ganz genau, wie ihr Kopf nach unten gezogen wurde, wie ihre Haare sich in den Sand des Meeresbodens wühlten. Ein Fisch zog vorbei und öffnete und schloss sein Maul. Sie verstand ihn nicht. Warum hörte sie ihn nicht? Was war das für ein Klingeln? Dieses Klingeln. Es kam ihr bekannt vor. Es passte nicht ins Meer.

Mit einem Ruck schoss sie hoch. Sie hörte noch ihr letztes Stöhnen, dann sog sie gierig Luft ein. Ihr Herz raste. Sie war nass geschwitzt und fror. Luft. Atmen. Ruhig. Ein und aus. Ein und aus. Das Klingeln! Ihr Handy! Neben dem Bett!

»Ja?« Immer noch bekam sie kaum Luft, doch dann war ihr Alptraum schlagartig wie weggeblasen.

»Vielen Dank, Lea, das hast du ganz toll gemacht!« Es war Andis Stimme, und sie zischte heiser vor Wut.

Sie stand auf, das Handy am Ohr, vollkommen verwirrt.

»Fips? Gott sei Dank! Wo bist du? Ich warte schon ewig …«

»Lass den Scheiß. Das habe ich doch nur dir zu verdanken.«

»W-was?« Lea verstand gar nichts. Sie hatte auch keine Zeit nachzudenken, denn schon traf sie der nächste Satz.

»Sie haben mich verhaftet. Und ich frage mich, woher sie wohl wussten, dass sie mich bei Horst finden. Das können sie nur von dir haben. Und dafür wollte ich mich bedanken. Das hast du prima hingekriegt. Wie hoch ist eigentlich die Belohnung?«

»Fips, hör auf. Ich habe keine Ahnung, wovon du redest. Ich habe niemandem etwas … oh Gott. Ich wusste doch selbst nicht, wo … Fips, bist du noch dran?«

Schweigen.

»Hör zu, das tut mir leid. Ich habe nichts gesagt. Ich wusste doch gar nicht, wo du bist. Also kann ich auch nichts …«

»Puh, Lea, wenn du wüsstest, wie jämmerlich du dich anhörst!«

»Wo bist du? In Baden-Baden?«

»Wo sonst?«

»Du brauchst einen Anwalt.«

»Mitten in der Nacht, ja, danke.«

Mit einem Schlag sah Lea klar. »Du sagst außer deinen Personalien nichts, hörst du? Ich besorge dir morgen früh einen guten Verteidiger. Ich kenne einige. Du sagst auf keinen Fall, dass du …« Sie biss sich auf die Lippen. »Bis du allein?«

»Natürlich nicht.«

»Okay. Wie gesagt. Halt die Klappe. Ich versuche, jemanden zu finden. Ich kümmere mich um dich. Hast du mich verstanden?«

»Nicht nötig, Lea. Ich brauche deine Hilfe nicht. Hab sie nie gebraucht. Lass mich einfach nur in Ruhe. Ich habe Sonny nicht umgebracht, aber sie glauben mir nicht. Du hast mir ja auch nicht geglaubt, oder? Na ja, was habe ich von dir schon erwarten können. Ich wollte dir nur sagen, dass ich dich verachte. Ich will nichts mehr mit dir zu tun haben. Du bist einfach nur gotterbärmlich widerlich.«

Dann war die Verbindung unterbrochen.

Lea setzte sich auf die Bettkante und musste sich am Kopfteil festhalten. Alles drehte sich, als habe ihr jemand mit einem großen Hammer auf den Kopf geschlagen. Das konnte doch nicht wahr sein! Andi Fiebig war kein Mörder. Und sie keine Verräterin.

Verzweifelt wählte sie die Nummer der Kriminalpolizei, doch dann hörte sie auf. Was sollte sie sagen? Dass sie Andi Fiebig nicht für den Mörder hielt, wusste Gottlieb. Was gab es noch? Niemand würde Fiebig ihretwegen laufen lassen. Wenn sie erst seinen Fingerabdruck mit dem auf dem Messer verglichen hatten, war der Fall für die Polizei doch gelöst, und auch Gottlieb waren die Hände gebunden.

Es war vier Uhr morgens. Um diese Zeit konnte sie keinen Rechtsanwalt aus dem Bett klingeln. Aber gleich am frühen Morgen würde sie einen guten, soliden aus ihrer Liste heraussuchen, keinen, der mit Polizei und Gericht auf Konfrontation ging, sondern einen, der Wert auf saubere Arbeit legte. Einen, dessen Wort selbst in einer solchen Situation Gewicht hatte, und der nicht auf die Uhr sah, wenn es darum ging, einen Mandanten aus einer Mordanklage herauszupauken.

Und sie? Sie musste den wahren Mörder finden! Jetzt erst recht!

Nichts hielt sie mehr im Bett. Sie zog sich an, ging zum Computer und sah noch einmal die Fotos durch, die sie am Tattag geschossen hatte. Zuerst die Bilder, die sie an der Pferdebox aufgenommen hatte, dann die, auf denen sie die Umstehenden abgelichtet hatte. Aber so sehr sie auch auf die Bilder starrte, ihr fiel nichts dazu ein.

Also klickte sie zurück zum Anfang, zu den Szenen am Führring. Alle schienen so heiter zu sein. Anna Fröhlich und Christian Sonnefeld Hand in Hand, Andi Fiebig in Profihaltung zwischen ihnen, ein Foto vom wütenden Sauerbrey und dem arroganten Lächeln Sonnefelds, Carlo Hausmann bei Patricia Sauerbrey und deren Pferd, das er so selbstvergessen anstarrte, als gäbe es nur dieses Tier auf der Welt. Dann die Szene, in der Sonnefeld Andi Fiebig auf Rother Wind half. Eine vertraute Geste, aus der tiefe Freundschaft sprach. Und hier, der Moment, in dem das Pferd scheute.

Sie vergrößerte den Ausschnitt. Was war das nur für ein Stück Metall am Bildrand? Stahlrohr? In dem Krimi von Dick Francis hatte man Pferde mit einer fast unhörbaren Hundepfeife verrückt gemacht. Hatte das blitzende Teil eine ähnliche Bedeutung? Oder war es nebensächlich?

Sie betrachtete die umstehenden Zuschauer. Erst dieses bewundernde Interesse in ihren Mienen, dann das Erschrecken. Der gut aussehende, hochgewachsene blonde Mann in direkter Nähe des Metallstücks erschrak nicht nur wie die anderen, er sah zudem regelrecht entsetzt aus.

Lea versuchte, sich an die Szene zu erinnern. Aber sie konnte sich anstrengen, wie sie wollte – da war nichts.

Fünf Uhr. Diese Nacht nahm kein Ende. Hatte Retzlaff nicht gesagt, dass die Morgenarbeit mit den Pferden um diese Uhrzeit begann? Sie beschloss, zur Rennbahn zu fahren und ihm die Bilder zu zeigen. Bestimmt konnte er sich noch an den Vorfall im Führring erinnern. Er war ja unmittelbar dabei gewesen. Und wenn sie Glück hatte, wusste er auch, was es mit diesem Metallteil auf sich hatte.

Sie war versucht, die Verabredung mit Dr. Ritter abzusagen.

Brachte es überhaupt etwas, in dieser unappetitlichen Familiengeschichte herumzustochern? Anna Fröhlich hatte bestimmt recht: Ihre Schwester Lilly feierte wahrscheinlich auf irgendeiner Finca heiße Partys und bereitete die Scheidung von Dr. Ritter vor. Sie würde sich schrecklich blamieren, wenn sie sich nach Lillys Verbleib erkundigte. Aber wenigstens das gleichzeitige Verschwinden dieser Schwester Karina wollte sie erklärt bekommen.

Sie nahm ihre Joggingsachen mit, denn wenn sie so früh unterwegs war, konnte sie nach dem Gespräch mit Retzlaff auch gleich draußen am Rhein eine halbe Stunde laufen gehen.

Als Lea die Boxen erreichte, war es noch dunkel. Retzlaff kam gerade mit einem Handtuch über der Schulter aus der anderen Richtung geschlendert. Er hatte nur Shorts an. Sein Haar tropfte. Als er sie erblickte, stockte er kurz.

»Ach, Sie sind das! Für einen Augenblick habe ich gedacht, die holen mich schon wieder zum Verhör«, begrüßte er sie.

»Ich muss Sie dringend etwas fragen.«

»Bin gleich da. Ich zieh mir nur was an. Ziemlicher Umstand, mit den Duschräumen da hinten.« Damit verschwand er.

Lea bereitete in der Zwischenzeit den Laptop vor und lud die Fotos hoch.

Doch Retzlaff konnte sich nur erinnern, dass Rother Wind am Ende der Führringrunde urplötzlich erschrocken war und vor irgendetwas panische Angst gehabt hatte.

»So habe ich ihn nur ein einziges Mal erlebt. Lange her«, schloss er.

»Wann?«

»War was Privates, zwischen Anna und Lilly.«

»Ah, der Streit? Tobias Roth hat davon erzählt.«

»Ja dann …«

»Er hat aber keine Einzelheiten genannt.«

»Ja dann …«

»Herr Retzlaff, bitte helfen Sie mir! Andi ist heute Nacht verhaftet worden.«

»Jau.«

Lea holte tief Luft. Dieser wortkarge Mann brachte sie an den Rand der Verzweiflung. »Er war es nicht. Ich will den wahren Mörder finden. Und Sie können mir dabei helfen.«

»Wüsste nicht, wie.«

»Indem Sie versuchen, sich zu erinnern. Und indem Sie endlich einen zusammenhängenden Satz mit mir reden, verdammt noch mal!«

»Hoppla, nu mal langsam.«

Er beugte sich ein zweites Mal über den Laptop, dann zeigte er mit seinem fleischigen Zeigefinger auf das Bild mit der Stahlstange. »Der da, den kenn ich.«

Der große blonde Mann, der auf dem einen Foto besonders erschrocken ausgesehen hatte.

»Und? Wer ist es?«

»Hm. Ich hab ihn schon mal gesehen. Ganz bestimmt. Aber wo? Hm … Nein. Nichts. Tut mir leid, min Deern.«

Lea seufzte. »Aber wenn es Ihnen einfällt …«

»Jau, denn rufe ich Sie an. Will ja auch, dass Andi frei kommt.«

Allmählich war sie mit ihrem Latein am Ende. Zeit aufzutanken. Sie fuhr die paar Meter zur Staustufe. Es war dämmrig geworden, sodass sie auf dem Rheindamm laufen konnte, ohne über Unebenheiten zu stolpern. Im Vorbeitraben warf sie einen kurzen Blick auf die Bank, auf der sie letztes Jahr mit Gottlieb gesessen hatte. Täuschte sie sich, oder war dort jemand, der so aussah wie er? Aber als sie sich noch einmal umdrehte, hatte die Dämmerung die Bank schon verschluckt.

*

Kriminalhauptkommissar Gottlieb dachte, ihm bliebe das Herz stehen, als er die vertraute Gestalt auf dem Damm sah. Hoffentlich erkannte sie ihn nicht und kam zu ihm und stellte unangenehme Fragen! Er konnte und durfte ihr keine Auskunft geben, selbst wenn er es gewollt hätte. Fiebigs nächtlicher Anruf war das Äußerste gewesen. Immerhin war er der mutmaßliche Mörder, egal was Lea Weidenbach dachte. Zwar hatten sie seine Fingerabdrücke noch nicht ausgewertet, aber er hatte ihnen genau das erzählt, was Lea Weidenbach ihm bereits im Café gesagt hatte. Eine dümmere Geschichte hatte er noch nie gehört.

Zugegeben, ein paar Mal in der Nacht hatte Gottlieb Mitleid mit dem Kerl empfunden, aber dann hatte er jedes Mal die Leiche vor sich gesehen und sich die Witwe vorgestellt, und es war vorbei gewesen mit diesen unpassenden Gefühlen.

Um fünf hatte er ihn Appelt und Decker überlassen. Er brauchte frische Luft, und seine Bank an der Staustufe war genau das Richtige, gerade noch in vertretbarer Entfernung zur Dienststelle.

Eigentlich hätte er froh und erleichtert sein sollen, aber er war es nicht. Irgendwie befriedigte ihn das Ergebnis genauso wenig wie gestern Retzlaffs Festnahme. Er konnte sich selbst nicht erklären, warum er zweifelte. Alles passte doch zusammen. War es immer noch zu einfach? Oder sah er jetzt Gespenster? Immerhin hatte er Retzlaff gestern ebenfalls kein Wort geglaubt, und dann war doch alles wahr gewesen. Wiederholte er heute mit Fiebig denselben Fehler? Sah er vielleicht wirklich zu schnell Schwarz und zu ungern Grau oder gar Weiß?

Selten hatte er sich so zerrissen gefühlt wie heute. Nach den Stunden der Vernehmung war sein erstes euphorisches Gefühl verflogen, das sich eingestellt hatte, als man Fiebig gefunden hatte. Jetzt saß er auf seiner Bank, ratlos, planlos. Einen schönen Polizisten gab er ab, verdammt! Was passte ihm denn nicht? Was bohrte da in seinem Innern, außer diesem ewigen Hunger?

Und jetzt noch Lea Weidenbach auf dem Rheindamm! Sie hatte nie einen Hehl daraus gemacht, dass sie Fiebig für unschuldig hielt. Warum hatte sie dem Mann geraten, den Mund zu halten und auf einen Anwalt zu warten? Gab es da etwas, das sie ihm nicht gesagt hatte? Er würde sie heute Abend ganz genau dazu befragen. Der Fall war offiziell geklärt, ihre Verabredung zum Essen konnte also eingehalten werden.

Oder sollte er absagen? Er hatte ein flaues Gefühl im Magen, wenn er daran dachte, einen ganzen Abend privat mit ihr zusammen zu sein, und das auch noch in ihrer Wohnung. Himmel! Musste er Blumen mitbringen? Oder lieber Pralinen? Ziemlich altmodisch. Abwarten. Erst einmal sehen, was der Tag brachte. Und wen die Weidenbach ihm und der Staatsanwaltschaft als Fiebigs Verteidiger auf den Hals schicken würde. Hoffentlich nicht diesen Dr. Weinbrenner, der jeden Fall damit begann, dass er eine Dienstaufsichtsbeschwerde formulierte. Das würde jede Menge unnützen Papierkram bedeuten.

Mit einem leichten Seufzen stand Gottlieb auf und drückte das

Kreuz durch. Nächste Woche würde er mit dem Joggen anfangen, ganz bestimmt. Alles tat ihm weh nach dieser weiteren durchwachten Nacht. Und auch die halbe Stunde hier auf der Bank hatte nicht wirklich gutgetan. Jetzt musste er machen, dass er davonkam, ehe Lea Weidenbach ihn auf ihrem Rückweg entdeckte. Es war mittlerweile so hell geworden, dass er ihr und ihren Fragen nicht mehr würde entkommen können.

*

Die Stephanienstraße war mal wieder verstopft. Ein Müllauto steckte irgendwo weiter vorn fest, und Lea kam in der engen Einbahnstraße weder vor noch zurück. Anfangs hatte sie sich noch die Zeit damit vertrieben, den gestrigen Abend Revue passieren zu lassen. Doch jetzt wollte sie nur noch so schnell wie möglich in die Redaktion. Ungeduldig trommelte sie mit den Fingern auf das Lenkrad und schaltete von einem Radiosender zum anderen. Überall zur selben Zeit Werbung. Entnervt drückte sie den Ausknopf.

Es ging voran, langsam, aber immerhin. Hoffentlich fand sie noch einen Parkplatz. Eigentlich sollte sie ihren kleinen Flitzer wirklich zu Hause stehen lassen. Aber gerade in den letzten Tagen war sie froh gewesen, ihr Auto fahrbereit direkt an der Redaktion stehen zu haben. Außerdem hatte sie ja um zehn Uhr diese Verabredung in der Beautyklinik. Ohne Auto kam sie schwerlich dorthin.

Wenig später saß sie an ihrem Schreibtisch und blätterte in ihrem Karteikasten nach der Telefonnummer eines geeigneten Anwalts. Den ekligen Dr. Weinbrenner würde sie auf keinen Fall nehmen, der würde sich nur auf Andis Kosten profilieren wollen. Aber hier, Markus Ihle, ja, der war gut. Sie hatte ihn ein paar Mal bei Gericht erlebt und einen guten Eindruck von ihm gehabt, obwohl die Protokollführer das Gesicht verzogen, wenn sie ihn sahen. Ihle hatte meist ohne viel Aufhebens und ohne mit dem Staatsanwalt krumme Deals zu verabreden, das Optimale für seine Mandanten herausgeholt, auch wenn Freisprüche natürlich im deutschen Rechtssystem die Ausnahme waren. Lea schüttelte den Kopf, wenn sie an die Diskussionen mit Frau Campenhausen über den einen oder anderen Fall dachte. Ihre Vermieterin hatte anfangs oft auf »unschuldig« plädiert und erst allmählich eingesehen, dass es Freisprüche häufiger in ihren Krimis oder im Fernsehen als vor Gericht gab, weil in Deutschland, anders als im amerikanischen Recht, die Hürden vor einer Anklageerhebung wesentlich höher waren und schon erhebliche Indizien gegen jemanden sprechen mussten, ehe ihm der Prozess gemacht wurde.

Ihle reagierte, wie sie es gehofft hatte. Sie hörte ihn blättern, zögern, dann wurde seine Stimme fest. »Geht klar. Um zehn Uhr kann ich das einschieben.«

»Richten Sie ihm unbedingt aus, dass ich mit seiner Verhaftung nichts zu tun habe. Sie können doch herausbekommen, wie die Polizei auf seinen Aufenthaltsort gekommen ist. Bitte klären Sie ihn auf. Es ist mir wichtig.«

»Ich glaube nicht, dass ich zum jetzigen Zeitpunkt Akteneinsicht bekomme. Aber mir fällt schon etwas ein, Frau Weidenbach. Ich melde mich später wieder.«

NEUNZEHN

Um kurz vor zehn stand die Sonne hoch über der Stadt und bemühte sich nach Kräften, das Tal wieder in einen Dampfkessel zu verwandeln. Aber auf der Anhöhe des Schlossbergs war es noch luftig und angenehm. Die Beautyklinik lag idyllisch auf einem Plateau. Von hier hatte man eine traumhafte Aussicht auf die Altstadt Baden-Badens und das neue Schloss, das Festspielhaus und den Fremersberg. Im ersten oder zweiten Stockwerk hatte man sicherlich einen ebenso großartigen Blick über die Rheinebene bis hin zu den Vogesen im Elsass.

Weiter oben machte die Privatstraße einen Linksbogen und führte um ein Rondell, auf dem ein vierstufiger Brunnen inmitten von Rosen und Lavendelsträuchern plätscherte. Eine Freitreppe führte zum Eingang des roten Sandsteingebäudes hinauf, das Lea gleich wiedererkannte. Es sah wesentlich größer und beeindruckender aus als auf den Archivbildern.

Sie rief sich ins Gedächtnis, was sie bereits recherchiert hatte. Das 1878 erbaute Anwesen beherbergte heute drei moderne Operationsräume im Kellergeschoss und vier Behandlungszimmer. Die meisten Eingriffe wurden ambulant vorgenommen, aber es gab auch zehn große Krankenzimmer, mehrere Aufenthaltsräume, eine Bibliothek und eine Suite. Seit dem Umbau gab es eine großzügige Tiefgarage mit diskretem Direktzugang zur Klinik, und irgendwo weiter hinten schloss sich ein Wirtschaftsgebäude mit moderner Küche, weiteren Garagen und Wohnmöglichkeiten für das Personal an. Ein Besitz, für den man durchaus einen Mord riskieren konnte, dachte Lea, als sie die breiten Stufen hinaufschritt.

Sie stieß die altmodisch verschnörkelte Gittertür auf und blieb staunend in der riesigen Eingangshalle stehen. So denkmalgetreu restauriert das alte Gebäude außen war, so modern und elegant war es innen. Messing und Glas blitzten um die Wette, Marmorböden, große, freie Treppenfluchten, gedämpfte Geräusche. Den größten Teil der Halle nahm ein riesiger Thekenbereich ein. Eine elegante

Frau in einem taillierten, makellos weißen Kostüm empfing sie freundlich, aber unnahbar.

Lea war absichtlich zu früh gekommen. Ihr war eingefallen, dass Anna Fröhlich nebenbei erwähnt hatte, ihr Mann habe seinen Schwager aufsuchen wollen. Vielleicht war dies die Sonntagsverabredung, nach der die Polizei suchte? Nur, wie sollte sie es anstellen, dieser kühlen Verschlusssache hier den Mund zu öffnen? Sie konnte schlecht mit der Tür ins Haus fallen – niemals würde diese Kompetenz in Person bereitwillig ausplaudern, wer hier ein- und ausging. Schon gar nicht, da die Frau wusste, dass sie von der Zeitung war.

»Ich war Sonntag bereits mit Herrn Dr. Ritter verabredet, aber offenbar hatte er unseren Termin doppelt belegt«, begann sie, und hoffte, dass ihre Lüge nicht zu plump war.

Die Frau runzelte die Stirn. »Sonntag? Moment.« Sie blätterte in ihrem dicken Terminbuch und tippte schließlich mit einem goldenen Kugelschreiber auf eine Zeile. »Elf Uhr dreißig?«

Lea machte einen langen Hals, aber sie konnte den Namen nicht entziffern. Er hatte viele Buchstaben, so viel stand fest.

»Genau, halb zwölf. Da ist mir also Herr Sonnefeld dazwischengekommen.« Lea hielt den Atem an. Würde die Frau auf den Namen reagieren?

Doch die Empfangsdame verzog keine Miene.

»Ich melde Sie an«, sagte sie nur und wollte auf eine Telefontaste drücken.

Aber Lea war schneller.

»Moment noch«, rief sie und stellte ihren Rucksack auf die Theke, kramte hektisch im Seitenfach herum, bis endlich, endlich, ihr Lippenstift herausrollte. Ein diskreter Schubs, und er landete auf dem Schreibtisch, direkt neben dem Kalender. Lea stellte sich auf die Zehenspitzen, beugte sich über die Theke und griff nach dem Ausreißer. Dabei strengte sie ihre Augen an. Ja, das konnte Sonnefeld heißen. Das hieß Sonnefeld! Mehr Termine gab es nicht an dem Tag.

Die Frau schlug den Kalender zu, verstaute ihn mit einem bösen Blick in der Schublade, schloss diese ab und erhob sich. »Wenn Sie mir bitte folgen würden!«

Für einen kurzen Augenblick bewunderte Lea die Selbstbeherrschung dieser Frau. Manchmal wünschte sie sich, etwas weniger temperamentvoll und spontan zu sein. Sie konnte die vielen Fettnäpfchen gar nicht zählen, in die sie wegen ihrer Art schon getreten war, ganz zu schweigen von Situationen, die sie mit ihrer Unüberlegtheit schon vermasselt hatte. Diese Schwindelei mit dem Sonntagstermin – die hätte genauso gut zu einem Rauswurf führen können.

Aber sie hatte ja Glück gehabt und genau die Information erhalten, die sie nie im Leben für möglich gehalten hatte. Sonnefeld hatte sich mit seinem Schwager getroffen. Das wusste noch nicht mal die Polizei!

Auf dem Weg über die pompöse Treppe ins erste Obergeschoss schaute sie sich um. Niemand zu sehen. Keine Patienten im Bademantel, keine rennenden Schwestern, nicht einmal dieser typische Krankenhausgeruch lag in der Luft. Alles wie in einem Fünf-Sterne-Hotel. Dicke Teppiche statt Linoleum, riesige Bodenvasen mit überdimensionierten, exotischen Blumensträußen und Hochglanzmagazine auf polierten Cocktailtischen an schwarzen Ledergarnituren.

Sie waren da. Das Klopfen an der Kassettentür schien unhörbar zu sein, vielleicht nur eine Geste. Ihre Begleiterin wartete auf keine Aufforderung, sondern öffnete langsam die dicke Tür und führte Lea in einen Saal mit einer großen Sitzgruppe, großformatigen, zeitgenössischen Kunstwerken an der Wand und einem atemberaubenden Blick über die Stadt und auf die Rückseite des neuen Schlosses, hinter dessen mächtigen Parkmauern uralte Laubbäume standen und einen Hauch von grenzenloser, altertümlicher Romantik verbreiteten. Nicht zu glauben, dass die neuen Besitzer Pläne hatten, genau an diese Stelle, mitten in den Park, Stadtvillen zu bauen.

Dr. Stephan Ritter war hochgewachsen, schlank und blond. Er stand mit dem Rücken zu ihnen am Fenster und telefonierte. Leas Begleiterin hüstelte diskret, und Ritter drehte sich um und machte ein Zeichen, dass Lea sich setzen möge.

Lea erschrak, als sie ihn sah. Er war der Mann auf den Fotos! Der Mann am Führring! Der Mann neben dem aufblitzenden Stahlgegenstand! Zufall? Nein, das war kein Zufall. Erst hatte er am Sonntagmittag einen Termin mit Sonnefeld, dann war er kurz vor dessen Ermordung in unmittelbarer Nähe. Und seine Frau war seit Monaten spurlos verschwunden! Leas Herz begann zu klopfen.

Mit weichen Knien nahm sie in einem Ledersessel Platz, in dem sie so versank, dass sie sich fragte, ob sie sich je wieder mit Anstand daraus würde befreien können.

Hinter ihr schnappte die schwere Tür leise zu.

Ritter machte eine entschuldigende Handbewegung und lächelte, während er mit schräg geneigtem Kopf seinem Telefonpartner zuhörte. Ein Grübchen in seiner Wange wurde sichtbar und unterstrich, wie attraktiv dieser Mann war.

Lea war froh, dass sie Zeit hatte, sich zu sammeln. Gleichzeitig versuchte sie, sich möglichst viele Details ihres Gegenübers einzuprägen. Der perfekte Haarschnitt, die viel zu ebenmäßigen Zähne, die makellose Kleidung – alles, wirklich alles an ihm sah teuer aus. Sie schätzte Ritter auf Mitte bis Ende vierzig. Ein Mann auf dem Höhepunkt seines Lebens, der alles erreicht hatte, dem alles glückte und der alles bekommen hatte, was er wollte.

Endlich beendete er sein Telefonat und eilte auf sie zu. Lea rappelte sich hoch.

»Es tut mir so leid, Gnädigste, aber das war ein wichtiger Patient, ich konnte ihn einfach nicht abwimmeln, auch wenn ich es für eine so interessante Frau wie Sie zu gern getan hätte.« Er garnierte seine Worte mit einem langsamen Blick über ihren Körper. Lea hatte das Gefühl, sie stünde nackt vor ihm.

»Sie sind von der Zeitung? Ich habe gar nicht gewusst, dass Journalistinnen so charmant und attraktiv sein können«, fuhr er fort. »Seit wann arbeiten Sie für den Badischen Morgen? Warum lerne ich Sie erst jetzt kennen?«

Lea begannen sich die Nackenhaare zu sträuben. Am liebsten hätte sie ihm eine bissige Bemerkung um die Ohren geworfen, damit er wieder zur Vernunft kam. Was sollte das?

»Herr Dr. Ritter, ich ...«

»Ach, lassen Sie den Doktor weg, der macht mich alt, finden Sie nicht? Ich habe Sie doch schon irgendwo gesehen? Golfen Sie? Tennis? Segelfliegen?«

Spontan entschied sich Lea, nichts vom Führring zu sagen, sondern schüttelte den Kopf. »Ich sehe Sie heute zum ersten Mal, Herr Ritter.«

»Was für eine Fügung!« Er lächelte sie an. »Und ich hätte schwören mögen ... Ja, das gibt es, nicht wahr, dass man sich einem Menschen gegenüber gleich vertraut fühlt. Ist Ihnen das auch schon einmal so ergangen? Wissen Sie, dass Ihre braunen Haare im Sonnenlicht wie Gold schimmern? So etwas habe ich noch nie gesehen.«

»Ich hätte gern Informationen von Ihnen«, sagte Lea nüchtern und zog ihren Notizblock heraus. »Wir planen eine mehrteilige Serie über die verschiedenen Gesundheitszentren in der Stadt.«

»Na, dann setzen wir uns«, erwiderte Ritter und behielt seinen gierigen Blick bei. Eigentlich hatte Lea damit geliebäugelt, sich auf die Couch zu setzen, die sah irgendwie solider, fester gepolstert aus. Aber angesichts Ritters Anzüglichkeit zog sie es vor, sich wieder in die sichere Sesselburg plumpsen zu lassen.

Ritter legte den Kopf schief und nahm auf dem Ledersofa Platz. Er blickte auf seine teure Armbanduhr. »Wie lange wird das dauern? Wollen wir anschließend essen gehen? Man hält mir im Jardin jederzeit einen Tisch frei.«

Das Jardin de France! Das Sternelokal in der Innenstadt, romantisch im Innenhof des Goldenen Kreuzes gelegen. Sie hatte ein paar Mal draußen gestanden und die verlockende Speisekarte studiert. Zu gern würde sie einmal dort essen, aber sie fand es für ihren Geschmack zu teuer.

Sehr energisch lehnte sie die Versuchung ab und wollte mit ihren Fragen beginnen, da unterbrach Ritter sie erneut.

»Wie groß wird Ihr Bericht werden? Brauchen Sie Fotos? Ich kann Ihnen exzellente Aufnahmen zur Verfügung stellen. Vom besten Fotografen der Stadt gemacht. Sie können allerdings nicht in den OP oder in die Patientenzimmer. Diskretion ist uns heilig.«

»Erst die Grundinformationen, Herr Ritter, und dann alles Weitere.«

»Tüchtig, tüchtig. Sie sind bestimmt der Star der Redaktion, habe ich recht?«

»Wann haben Sie das Haus eröffnet?«

»Im Mai 2003. Ein rauschendes Fest. Ich habe eine Pressemappe über den Tag. Darf ich Ihnen die geben?«

»Später vielleicht. Wie groß ist das Haus, wie viele Patienten? Wie viel Personal?«

»Wir haben zehn Einzelzimmer und eine Suite, dazu Salons, in denen sich die ambulanten Patienten erholen können. Es gibt mit mir fünf Ärzte, und auf jedes Zimmer kommen zwei Schwestern. Es soll unseren Gästen an nichts fehlen. Die Küche müssen Sie erwähnen. Mathias Steiner kocht für uns. Kennen Sie ihn? Müssten Sie, er ist ja stadtbekannt. Wir bekommen viel Lob für unser Essen.«

»Kommen wir zu Ihrem medizinischen Angebot. Haben Sie sich auf etwas Bestimmtes spezialisiert? Brust vergrößern? Fett absaugen? Lippen aufspritzen?«

»Aus Ihrem Mund klingt das so ablehnend. Na, ich kann das sogar verstehen. Sie brauchen meine Hilfe, oder sagen wir Unterstützung, natürlich noch nicht. Aber viele Frauen sind froh, wenn sie sich selbst wieder mit Freude im Spiegel ansehen können, glauben Sie mir das.« Damit hatte er zwar nichts beantwortet, aber er schob ihr einen Stapel Informationsmaterial zu. »Hier finden Sie alles, was Sie benötigen, auch Dankesbriefe, nicht nur von den Patientinnen, sondern auch von deren Partnern.«

»Ein paar Details aus Ihrem Lebenslauf?«

»Jahrgang 1959, Studium und Assistenzarztzeit in Freiburg, dann Leitung einer Station in Offenburg, 2003 der Sprung in die Selbständigkeit.«

»Und dann gleich ein so gigantisches Projekt. Wie lange haben Sie umgebaut?«

»Eineinhalb Jahre. Es hat viel Spaß gemacht, eigene Vorstellungen zu verwirklichen.«

»Können Sie etwas zu den Kosten sagen?«

Ritter verschränkte die Arme und lehnte sich zurück. »Eine Summe möchte ich eigentlich nicht nennen. Es gibt viele Neider in der Branche, und nicht nur dort.«

»Oft wird so ein Mammutprojekt von einer Stiftung oder einem Konsortium getragen …«

»Nein, nein, bei uns nicht. Wir haben nur Eigenkapital genommen. Und Kredite natürlich, aber das brauchen Sie wirklich nicht zu erwähnen. Die Stadtsparkasse war unser Partner.«

»Wer ist uns und wir?«

»Meine Frau und ich. Es ist unser gemeinsames Projekt.«

»Sind Sie beide Eigentümer der Klinik?«

Ritter nickte.

»Ich meine, Sie beide, Sie und Ihre Frau?«
»Warum wollen Sie das so genau wissen?«
»Ich möchte einfach exakt sein.«
Ritter nickte, aber seine Augen nahmen einen wachsamen Ausdruck an. Das Thema wurde ihm unbehaglich, das war deutlich zu spüren. »Ich dachte, Sie schreiben eine Reportage über die Klinik und unser Angebot? Ich kann Sie gern herumführen.«
»Nur noch eines vorweg: Ihr Schwager Christian Sonnefeld ...«
Dr. Ritter stoppte sie mit einer Handbewegung, federte hoch und lief zum Fenster. Dort stand er eine Weile und atmete schwer. Als er sich umdrehte, war er blass geworden. »Sie wollen gar keine Reportage über das Haus schreiben, sondern nur in dem Mordfall herumwühlen. Ich begleite Sie noch zur Tür.«
Verdammt. Das war gründlich schiefgegangen. Wie hatte sie nur so ungeschickt sein können. »Kann ich Ihre Frau sprechen?«, schob sie noch schnell, wenn auch ohne Hoffnung, nach.
Seine Lippen wurden schmal und weiß. »Nein, ich denke nicht.«
Er drückte auf einen Knopf. »Frau Schuster, kommen Sie bitte und begleiten Sie die Presse persönlich hinaus.«
Sie standen sich eine höchst ungemütliche Minute gegenüber. Er hatte die Arme fest verschränkt. Lea drehten sich die Gedanken im Kopf. Sie hatte nur noch ein paar Sekunden, ihn aus der Fassung zu bringen und ihm etwas Unbedachtes zu entlocken. Aber was? Und wie?
Da klopfte es schon, leise, tatsächlich fast unhörbar. Frau Schuster erschien und erfasste die Atmosphäre binnen eines Wimpernschlags. Ihr Lächeln gefror zu einem Eissee, aber sie bewahrte Haltung und glitt vor Lea die Treppe hinunter in Richtung Ausgang. Am Empfangstresen stand ein junges Mädchen in Schwesterntracht. Blonde Locken reichten ihr bis auf die Schultern, sie war zierlich, hielt sich gerade, hatte ein Puppengesicht mit hohen Wangenknochen – eine kleine Schönheit.
»Können wir nicht reden noch einmal über Dienstplan? Bitte sehr! Ausgerechnet Sonntag, bitte! Eine Ausnahme! Ist Geburtstag von meiner Mama.«
»Ludmilla, zum letzten Mal, wir werden nichts ändern. Heute ist Donnerstag. Wie stellst du dir das vor? Darüber haben wir uns letzte Woche schon unterhalten.«

Dem Mädchen standen dicke Tränen in den Augen. »Ich finde aber niemanden, der freiwillig tauscht mit mir. Alle wollen zu Pferderennen, zu Großer Preis. Aber Mama wird siebzig. Großes Fest, mit Brüdern, Schwestern und Onkeln und Tanten …«

»Bitte geh jetzt.«

Das Mädchen schniefte und rannte zum Ausgang.

Die Empfangsdame lächelte steif. »Das wird schon. Wir legen viel Wert auf eine angenehme Arbeitsatmosphäre. Ich werde mit ihren Kolleginnen sprechen.«

Dann wurde ihre Miene kühl und unverbindlich. Es war Zeit zu gehen.

Ludmilla saß etwas abseits auf den seitlichen Stufen der großen Freitreppe und zog hastig an einer Zigarette, während sie sich wachsam umblickte. Lea schnupperte und fühlte sich plötzlich wie befreit. Immer noch nichts! Kein Sehnen, kein Drängen! Es schien wirklich so, als habe sie die Sucht nun auch mental überstanden. Sie setzte sich neben das Mädchen.

»Die Empfangsdame …«

»Frau Schuster? Ja?« Die blauen Augen wurden hoffnungsvoll.

»Sie redet noch einmal mit den Kolleginnen.«

»Ach, das wird nützen nichts. Ich hab gefragt, gebettelt, gefleht. Wieso soll es sie schaffen? Die nicht mögen mich.«

»Wie kommen Sie denn darauf? Es herrscht doch so ein angenehmes Arbeitsklima?«

»Wer das sagt? Frau Schuster? Stimmt nicht. Die sind gemein. Nur weil Chef angeblich bevorzugt mich.«

»Er ist sehr charmant.«

»Alle auf mich sind eifersüchtig. Dabei ist nichts. Aber seit ein paar Monaten …«

Sie zog erneut an der Zigarette und paffte den Qualm aus.

Lea spitzte die Ohren. »Was ist seit ein paar Monaten?«

»Nichts mehr. Das ist es, das sie nehmen mir übel. Seit Monaten er rührt keine mehr an. Nur ich, mich er bevorzugt, sagen sie. Aber stimmt das nicht. Ich arbeite hart. Außerdem habe ich Freund. Ich nicht brauche das. Chef sagt, ich sähe Frau ähnlich, vor allem jetzt, wo sie ist nicht da.«

»Seine Frau? Wieso? Wo ist sie?«

Ludmilla sah hoch. »Weiß nicht. Früher sie kam oft, wir darüber gelacht, weil sie doch nur kam, um zu kontrollieren ihn, aber hatte sie keine Chance. Es gab Frühwarnsystem. Chef wurde nie ertappt, wenn er … na ja … Das eben … Aber nicht mit mir! Niemals. Freund ist eifersüchtig. Wir wollen heiraten. Ich wollte Sonntag ihn Familie vorstellen. Und jetzt ich habe Dienst. Von zwölf Uhr mittags bis zehn Uhr abends. Nicht mal in Kirche kann ich gehen mit. Jemand hat Plan geändert, vorletzte Woche. Und ich weiß nicht, wer.« Sie zog ein Taschentuch aus ihrem Kittel und putzte sich die Nase. »Das ist gemein«, sagte sie.

Lea streichelte ihr tröstend den Arm. »Stimmt. Aber vielleicht findet Frau Schuster eine Lösung. Die sieht mir nicht so aus, als würde sie bei Mobbing mitmachen. Wann fing es denn an? Geht das schon länger?«

»Seit Karina weg ist.«

»Wie meinen Sie das?«

»Wie ich sage. Die war Favoritin. Schwester Karina, eigentlich. Hatte guten Draht zu Chef und tat, als wäre sie Chefin. Sogar im Beisein von Frau. Frau ist böse geworden deshalb. Hat gesagt, wird Nachspiel geben. Dann sie ist weggefahren. Seitdem ich habe sie nicht mehr gesehen, beide nicht mehr. Nächsten Morgen hieß es, hat Karina gekündigt fristlos. Aber Sachen noch waren in Zimmer, und kam Post lange an Adresse von Vogesenblick. Chef hat mitgenommen Post. Nach ein paar Tagen Sachen von Karina waren weg. Ich nicht weiß, ob sie war da, um zu holen. Wenn, dann sie nachts ist gekommen, heimlich. Sonst wir hätten mitgekriegt. Und hätten wir geredet darüber. Aber nichts: Plötzlich Zimmer war leer, dann neue Schwester kam. Seitdem Chef ist vorsichtig. Keine neuen Gerüchte, obwohl einige versuchten.«

»Haben Sie letzten Sonntag Dienst gehabt?«

Ludmilla nickte. »Genau. Zweimal hintereinander, ist nicht fair!«

»Haben Sie mitbekommen, ob der Chef mittags Besuch hatte?«

»Nicht direkt. Aber soll es schrecklich Krach gegeben haben. Mann soll Chef mit Polizei gedroht haben.«

»Wer könnte Genaueres gehört haben?«

»Warum Sie fragen das alles? Sind von Polizei?«

»Nein. Ich suche Lilly Ritter. Sie ist verschwunden. Schon sehr lange.«

»So wie Karina?«

»Ich fürchte, ja.«

Ludmilla biss sich auf die Lippen. Sie nahm noch einen Zug, warf die Zigarette auf eine Stufe, zertrat sie, hob den Stummel auf und steckte ihn in die Tasche ihres Kittels. Dann stand sie auf.

»Schwester Gudi hat von Streit erzählt. Sie weiß mehr. Ich gebe Handynummer. Diese Woche sie hat Urlaub.« Sie schrieb eine Nummer auf Leas Notizblock. »Gudi ist nett. Sie sagen viele Grüße von Ludmilla.« Dann huschte sie zurück ins Gebäude.

Lea sah ihr nach, dann spähte sie nach oben. Im ersten Stock stand jemand am Fenster. Dr. Ritter.

ZWANZIG

Auf dem Weg zurück zum Auto kam Lea die Umgebung plötzlich düster vor. Nur weg hier, war ihr Gedanke. Sogar der Kies knirschte drohend unter ihren Füßen. Sie fuhr zusammen, als ihr Handy zweimal hintereinander durchdringend klingelte, noch bevor sie den Wagen aufschließen konnte. Erst meldete die Lokalredaktion, dass Polizei und Staatsanwaltschaft um zwölf Uhr, also in gut einer Stunde, eine Pressekonferenz im Mordfall Pferderennbahn geben wollten, dann war Rechtsanwalt Ihle am Apparat.

»Können wir uns um eins in der ›Bottega‹ am Augustaplatz treffen?«, fragte er. »Ich habe allerdings nicht viel Zeit. Es gibt einen Weg, die Unschuld Ihres Freundes zu beweisen, und Sie könnten uns dabei nützlich sein.«

Mehr wollte er am Telefon nicht sagen, und eigentlich war Lea das recht, denn nun zählte jede Minute. Als Erstes musste sie diese Schwester Gudi erreichen. Bestimmt konnte die nicht nur Informationen über den Streit zwischen Ritter und Sonnefeld, sondern auch über Schwester Karina liefern. Es gab wohl doch einen Zusammenhang zwischen dem Verschwinden der beiden Frauen. Ritter hatte ganz offensichtlich Angst vor Entdeckung. Warum sonst war er plötzlich im Umgang mit seinen weiblichen Angestellten so zahm geworden?

Lea war hin- und hergerissen, ob sie an Mord, Doppelmord oder an einen harmlosen Zufall glauben sollte, ob es ein Fall für die Polizei oder nur für die Klatschseite war. Aber als sie den Parkplatz der Redaktion erreichte, fiel ihr eine weitere Alternative ein, und sie blieb starr vor Schreck im Auto sitzen. Eine Sache hatte sie noch gar nicht richtig zu Ende gedacht: Sonnefeld war am Sonntag bei Ritter gewesen und hatte sich mit ihm gestritten. Das Wort Polizei war gefallen. Wenige Stunden später war er tot. War Ritter ein dreifacher Mörder?

Sie beeilte sich, an ihren Schreibtisch zu kommen und Frau Campenhausen ein Lebenszeichen zu übermitteln, dann wählte sie mit bebenden Fingern die Nummer von Schwester Gudi, doch es sprang nur deren Mailbox an. Enttäuscht legte Lea auf. Sie wollte ihr Anliegen nicht auf einen Anrufbeantworter sprechen. Was hätte sie auch sagen können? »Guten Tag, hier ist der Badische Morgen, ich glaube, Ihr Chef ist ein Killer?«

Franz Abraham, der Volontär der Redaktion, kam an ihren Arbeitsplatz.

»Wie geht's denn so mit dem Rennbahnmord?«, fragte er betont lässig und begann, sich eine Zigarette zu drehen.

Und schon ärgerte sie sich über ihn. Dieser junge Mann konnte so gut schreiben und fotografieren. Er konnte eindringlich fragen und hatte ein Gespür für Geschichten. Warum nur versuchte er ständig, so verdammt lässig zu sein? Ziegenbart, lange Haare, viel zu weite Hosen, hängende Schultern, schlaffer Händedruck – er wirkte auf sie wie ein pubertierender Jüngling. Oder wurde sie alt? Früher hätte sie sich niemals überlegt, ob und wie Äußerlichkeiten im Beruf förderlich waren, sondern hätte ausschließlich darauf geachtet, wie dieser junge Mann schrieb.

Trotzdem, manchmal ging er ihr gehörig auf die Nerven, wenn er in ihrem Auto rauchte oder sich, wie jetzt, ungefragt auf ihre Schreibtischkante setzte und sich eine Zigarette anzündete.

Sie fuchtelte mit den Händen. Es funktionierte. Er hob die Zigarette in die Luft und rutschte vom Tisch.

»Sorry, Lea, ich will dich nicht ärgern. Ich bin nur so neugierig. Sie haben Fiebig verhaftet? Du kennst den doch von früher. Wieso hat er seinen Boss umgebracht?«

»Sonnefeld war nicht sein Boss, sondern sein bester Freund. Und er hat ihn auch nicht umgebracht.«

»Aber die Polizei ...«

»... ist auf dem Holzweg. Fips ist kein Mörder.«

»Wer dann?«

»Ich habe einen Verdacht. Mehr kann ich noch nicht sagen.«

»Cool!« Franz angelte sich von der Fensterbank einen leeren Blumenuntersetzer und drückte die Zigarette aus. »Dem Mörder auf der Spur! Wirst du der Polizei gleich in der Pressekonferenz einen Tipp geben? Oder liest dein Gottlieb morgen in der Zeitung, wer der Täter ist? Wie spannend! Kann ich mitmachen?«

Lea merkte, wie sie rot wurde. »Das ist nicht ›mein‹ Gottlieb! Und ich weiß auch gar nicht, ob ich überhaupt etwas über meinen

Verdacht schreibe. Dazu ist er noch zu vage. Außerdem werde ich die Polizei informieren, sobald ich etwas Konkretes habe. Ich werde jedenfalls nicht eigenmächtig auf Mörderjagd gehen. Das habe ich versprochen.«

Es schüttelte sie innerlich, wenn sie daran dachte, wie schnell man im Übereifer selbst in Gefahr geraten konnte. Sie mochte sich gar nicht ausmalen, was Ritter mit ihr anstellen würde, wenn er erfuhr, was sie über ihn dachte. Vielleicht hatte Gottlieb im Anschluss an die Konferenz wieder eine Minute Zeit für sie.

Das war leider nicht der Fall. Gottlieb saß lediglich am Rand, die Federführung der Konferenz lag wieder bei Oberstaatsanwalt Winfried Pahlke, und der spulte die Nachricht von der Verhaftung des mutmaßlichen Mörders herunter, als gäbe es nicht den geringsten Zweifel.

Pahlke reagierte entsprechend gereizt, als Lea sich dennoch zu Wort meldete und fragte: »Hat Fiebig die Tat denn schon gestanden?«

»Noch nicht.«

»Hatte er ein Motiv?«

»Sonnefeld hatte dem Verdächtigen in aller Öffentlichkeit Drogenmissbrauch und Foulspiel vorgeworfen, damit war er beruflich ruiniert.«

»Haben Ihre Ermittlungen diese Vorwürfe erhärten können?«

Die Kollegen begannen zu tuscheln und ihr anerkennende Blicke zuzuwerfen. Pahlke hingegen wurde unwirsch. »Frau Weidenbach, wir stehen erst am Anfang unserer Vernehmungen.«

Lea war sein Unmut egal. »Gestern hieß es, Sie würden nach dem Unbekannten suchen, den Sonnefeld am Tattag gegen Mittag aufgesucht hat. Haben Sie diesen Zeugen inzwischen gefunden?«

»Ich denke, das ist mittlerweile irrelevant. Wir konzentrieren uns momentan auf die Person, die mit Sonnefeld unmittelbar vor dessen Tod noch in Kontakt stand, auf den Mörder zum Beispiel, wenn Sie nichts dagegen haben.«

Einige Kollegen lachten.

»Stimmt es, dass Sonnefeld in finanziellen Schwierigkeiten gesteckt hat?«

Gottlieb beugte sich vor. Er wirkte konzentriert und interessiert. Man sah ihm an, dass er sich am liebsten eingemischt und sie beiseite genommen hätte, um zu erfahren, worauf sie hinauswollte.

Doch das ließ Pahlke nicht zu. »Frau Weidenbach, das ist hier nicht der passende Rahmen für Rätselspiele. Wenn Sie andere Erkenntnisse als die Polizei haben oder einen anderen Verdächtigen, dann benachrichtigen Sie uns bitte im Anschluss an diese Konferenz. Ihre Kollegen wollen, glaube ich, die Nachricht von der erfolgreichen Verhaftung möglichst schnell unter ihre Leser und Hörer bringen.«

Es blieb ihr nichts anderes übrig, als sich wieder zu setzen. Und sie tat es, mit einer wütend pochenden Schläfe.

Auf dem Weg hinaus drehte sich Gottlieb kurz zu ihr um. »Ich muss wieder rein, leider«, sagte er. »Aber das mit heute Abend, das klappt jetzt ja, wo der Fall abgeschlossen ist. Wann wäre es Ihnen recht?«

Wie sollte sie sich jetzt um eine Einladung kümmern, wenn sie einem Mörder auf der Spur war? Einem dreifachen vielleicht? Am liebsten hätte sie alles abgesagt. Andererseits – wenn der Kommissar bei ihr am Tisch saß, konnte er ja schlecht weglaufen, sondern musste sich ihre Theorie anhören.

»Oder lassen wir es lieber?« Gottlieb hatte anscheinend gemerkt, wie hin- und hergerissen sie war. Es war richtig nett, wie er ihr diese Brücke für eine elegante Absage baute. Sie brauchte nur zu nicken.

»Nein, nein, natürlich nicht, ich freue mich. Um acht, in Ordnung?«

Er nickte und lächelte und sah mit einem Mal zufrieden, fröhlich, ja, jungenhaft aus. Er schien sich ehrlich zu freuen, und diese Erkenntnis traf Lea wie ein Sonnenstrahl.

Zum Glück waren es nur ein paar Schritte bis zum Augustaplatz. Sie war fast pünktlich. Alle Plätze draußen auf dem Gehweg waren wie üblich belegt. Ihle wartete in der Ecke des kleinen Lokals, mit dem Gesicht zur Fensterfront. Er war klein und hatte einen Spitzbauch, den er in den Verhandlungspausen manchmal liebevoll sein »Hungerödem notleidender Anwälte« nannte, womit er viele Lacher auf seine Seite zog. Lea hatte ihn als gutmütigen, klugen, witzigen Verteidiger kennengelernt. Mehr wusste sie nicht von ihm.

»Ich lade Sie ein«, begrüßte er sie und strich sich mit seiner beringten Hand über die rötlichbraunen Stoppelhaare. »Danke für die Vermittlung des Mandats. Auf der Liste der Pflichtverteidiger stehe ich, glaube ich, auf Nummer zwanzig. Und das ist ein schöner Fall, sehr interessant und sehr vielversprechend.«

Er winkte Enrico, den Besitzer des Lokals, herbei und bestellte ungefragt einen halben Liter Pinot Grigio. Lea ärgerte sich über seine Eigenmächtigkeit.

»Ich muss noch arbeiten«, sagte sie knapp. »Mineralwasser für mich.« Dann deutete sie auf die Vitrine. Es gab mal wieder Rigatoni mit mediterranem Gemüse. »Und eine kleine Portion bitte.« Sie musste an den Abend denken. Du liebe Güte, was sollte sie nur kochen? Das war eine Schnapsidee gewesen!

»Herr Ihle, Sie sagten, Sie könnten Andis Unschuld beweisen?«

»Kommt drauf an. Was wurde in der Pressekonferenz gesagt?«

»Motiv, Alibi, Fingerabdrücke.«

»Ich habe mir zeigen lassen, wie Herr Fiebig das Messer vom Boden aufgehoben hat: mit Daumen, Zeigefinger und Mittelfinger, und zwar auf dem Steg zwischen Klinge und Griff! Hier!«

Er schob Lea das Besteckmesser hin. Sie nahm es gehorsam auf die beschriebene Weise hoch.

»Und nun versuchen Sie, mich umzubringen.«

Sie musste zugeben, dass es unmöglich war.

»Aber warum ist er dann nicht frei?«

»Sie argumentieren, er könne den Griff abgewischt und dabei nur das Mittelteil vergessen haben. Das halte ich für reine Spekulation. Wirklich keinen Wein?«

Lea schüttelte den Kopf.

»Aber es stört Sie nicht …?«

»Nein, nein. Wie kann ich Ihnen helfen?«

»Sie haben doch einen besonders guten Draht zur Polizei, munkelt man.«

Wieder merkte Lea, dass sie einen roten Kopf bekam. »Das stimmt doch gar nicht. Gottlieb hat mich nur vor einem Jahr –«

»Gestern waren Sie zusammen im Café König.«

Lea schwieg betroffen. Wer hatte sie nur gesehen und das gleich herumposaunt? Sie hatte niemanden bemerkt.

»Und Sie treffen sich ab und zu mit ihm am Rhein. Man hat Ihre Autos dort gesehen.«

»Das gibt es doch nicht!«

»Erst heute Morgen.« Der Anwalt grinste anzüglich. »Sagen Sie jetzt nichts von Zufall, bitte!«

»Aber so war es. Ich wusste gar nicht, dass Herr Gottlieb auch ... ich meine, ich war nur joggen ...« Oje, das wurde ja nur noch schlimmer. Alle hatten sie gewarnt, dass Baden-Baden ein Dorf war. Sie hatte es nie glauben wollen. Bis jetzt! Was würde dann erst los sein, wenn Gottlieb heute Abend seinen Wagen vor ihrer Wohnung parkte! Am liebsten hätte sie das Handy genommen und das Essen abgesagt.

»Sie könnten ihn einfach nur mein kleines Experiment wiederholen lassen. Mir hat er gesagt, ich solle mich damit an die Staatsanwaltschaft wenden. Das dauert mir aber zu lange. Sie als Journalistin haben doch einen viel größeren und direkteren Einfluss. Mein Mandant war es nicht. Sonnefeld hat noch gelebt, als er ihn verließ. Es ist unverhältnismäßig, ihn festzuhalten. Das meinen Sie doch auch! So, bringen Sie das in einem Ihrer netten, giftigen Kommentare unter, für die Sie ja bekannt sind, und dann ...«

»Das geht zu weit, Herr Ihle. Wie und was ich schreibe, bestimme immer noch ich selbst.«

»Entschuldigung! Sollte ein Kompliment sein. Ich wollte mich schon lange mal privat mit Ihnen treffen. Wissen Sie eigentlich, dass Sie verdammt gut schreiben können? Mit dieser Meinung stehe ich übrigens nicht allein.«

Lea verkrampfte innerlich. Was für ein Schleimer. Im Gerichtssaal hatte er immer souverän und kompetent gewirkt. Jetzt verstand sie, warum die Protokollführer bei Gericht ihm gegenüber so reserviert reagierten.

»Meint Andi immer noch, ich sei schuld an seiner Entdeckung?«

»Genau das meine ich doch mit guter Beziehung zur Polizei.«

»Aber das ist falsch! Ich wusste ja selbst nicht, wo er ist. Niemals im Leben hätte ich ihn verraten. Bitte sagen Sie Andi das!«

»Ich glaube, dazu ist es zu spät. Er ist enttäuscht von Ihnen. Was ist da eigentlich früher zwischen Ihnen gewesen? Sie müssen ihn sehr verletzt haben.«

Lea brach der Schweiß aus, und sie bekam mit Mühe Luft. Sie

wollte nur noch raus aus dem Lokal. Jetzt lächelte ihr Gegenüber wieder zuckersüß und holte sich eine große, dicke Zigarre aus der Aktentasche. Ohne zu fragen, benetzte er das Ende, schnitt die Spitze ab und zündete sich genüsslich das ekelhaft stinkende Ding an. Zwar protestierte niemand, allerdings rückte man an den Nachbartischen etwas weiter ab. Lea lehnte sich nach hinten und wedelte den Rauch weg.

»Oh, ich hoffe, es stört Sie nicht zu sehr. Dies hier ist ja einer der ganz wenigen Orte in diesem Kaff, an dem Zigarren noch willkommen sind. Sie verzeihen doch, oder?«

Lea kämpfte mit ihrer Abneigung, doch dann siegte die Neugier. »Haben Sie Akteneinsicht nehmen können, Herr Ihle?«

»Nicht wirklich. Aber ich habe den Obduktionsbericht zu Gesicht bekommen. Fragen Sie lieber nicht, wie ich das geschafft habe.« Damit lachte er kurz in sich hinein.

Lea nahm sich zusammen. »Und? Wie ist Sonnefeld gestorben? Wann genau? Und wie wurde der Stoß geführt?«

»He, he, Sie wollen es aber ganz genau wissen! Warum eigentlich?«

Hätte dieser Mensch sich nicht als ein solcher Widerling entpuppt, hätte Lea ihn in ihre Entdeckungen eingeweiht. Aber so ließ sie es lieber bleiben. »Wurde der Stich von unten oder von oben geführt? Wie viele Stiche waren es? Oder war es nur einer?«

Ihle ließ sie nicht aus den Augen und stieß nachdenklich eine Qualmwolke aus. Sie zuckte nicht zurück, hielt aber die Luft an.

»Sehen Sie, das meine ich. Genau das fand ich auch merkwürdig. Woher wissen Sie das? Das können Sie nicht erraten haben. Gottlieb hat Ihnen heimlich Einblick gegeben, nicht wahr? Und jetzt brauchen Sie meine Aussage, um das Ergebnis offiziell zitieren zu können. Also gut: Ein einziger Stich, gezielt, wie von einem Chirurgen. Zufrieden?«

Lea atmete langsam aus und verzichtete auf eine passende Erwiderung auf seine böswillige Unterstellung. Wie ein Chirurg, wie ein Chirurg, hämmerte es in ihrem Kopf. Alles passte zusammen! Ritter war der Täter! Es gab keinen Zweifel mehr. Aber Ihle würde sie das nicht auf die Nase binden. Jetzt würde sie ihren Artikel über Andis Verhaftung schreiben und dann wohl oder übel bis heute Abend warten müssen. Wenn Gottlieb erst vor ihr saß, würde sie ihn bestimmt überzeugen, dass er den Falschen eingesperrt hatte.

*

»You're beautiful, you're beautiful, it's true. I saw your face …« Gut gelaunt summte Maximilian Gottlieb den Ohrwurm im Radio mit. Er stand im Bad, stutzte seinen Vollbart und strich sich die Haare glatt. Dann suchte er die modernste Krawatte heraus, die er besaß. Sie war zwar auch schon sechs Jahre alt, das letzte Hochzeitstagsgeschenk von Klara vor der Scheidung, aber mit der grauen Hose und dem dunkelblauen Sakko sah sie todschick aus. Oder sollte er lieber leger gehen? Bequeme braune Slipper, Cordhose und Poloshirt, darüber die Wildlederjacke? Unschlüssig stand er vor dem Spiegel. Das Sakko machte ihn schlanker, aber in der alten Cordhose fühlte er sich wohler. Wenn er wenigstens wüsste, wie sie eingerichtet war. Elegant? Plüschig? Minimalistisch? Gemütlich zusammengewürfelt wie er?

Er schnitt seinem Spiegelbild eine Grimasse. Was für eine Schnapsidee, diese Einladung anzunehmen und sie dann sogar zweimal selbst ins Spiel zu bringen. Als wenn er es gar nicht erwarten könnte. Dabei hatte Lea Weidenbach nach der Pressekonferenz so ausgesehen, als hätte sie den Abend vollkommen vergessen gehabt. Es hatte ihm leidgetan, die Verabredung überhaupt noch einmal erwähnt zu haben. Es war ihr doch bestimmt längst peinlich und unangenehm.

Und er, er hatte noch nicht einmal ein passendes Gastgeschenk gefunden. Sein Lieblingswein, eine Flasche Spätburgunder S-Klasse vom Weingut Kopp aus dem benachbarten Ebenung war ihm bis vor einer Minute als grandiose Idee vorgekommen. Aber jetzt bekam er Bedenken. Trank Lea Weidenbach überhaupt Wein? Wenn ja, mochte sie dann Rotwein? Und wenn Rotwein, hätte er dann nicht lieber einen ganz außergewöhnlichen, superteuren französischen besorgen sollen?

Jetzt war es zu spät, und seine Nervosität stieg.

Außerdem: Worüber sollten sie reden? Hoffentlich nicht über den Mordfall. Der war für ihn abgeschlossen. Aber ihre Reaktion bei der Pressekonferenz war eindeutig gewesen: Sie glaubte immer noch nicht, dass Fiebig der Mörder war. Und um ganz ehrlich zu sein – in ihm nagte ebenfalls ein kleiner Zweifel. Andererseits sagte er sich immer wieder, dass sie alles gründlich geprüft hatten. Es waren schon Menschen aufgrund weit weniger eindeutiger Beweise und Indizien verurteilt worden.

Warum hatte Lea Weidenbach sich plötzlich so intensiv nach Sonnefelds Mittagsverabredung erkundigt? Pahlke hatte sie zwar gestern erwähnt, aber warum hatte sie sich ausgerechnet dieses Detail gemerkt? Warum hatte sie es gerade jetzt angesprochen? Diese Verabredung hatte doch keine große Bedeutung mehr, denn Sonnefeld war erst gegen Abend ermordet worden, und sie hatten den Mörder.

Wieder betrachtete er seine Kleiderauswahl. Dann entschied er sich für die Kombination. Klara hatte immer ganz besonders gestrahlt, wenn er sich erweichen ließ, im heiligen Privatleben eine Krawatte um seinen Hals zu zurren. Er konnte ja Schlips und Jacke ablegen und die Ärmel hochkrempeln, wenn er sah, dass es zu viel war.

In der Küche rieb er mit dem Geschirrtuch über seine schwarzen Lederschuhe, bis sie funkelten. Ja, so konnte es gehen. Ächzend quetschte er sich in das steife Leder und zog die Schnürsenkel zu. Zack! Oh nein. Bitte nicht. Er hatte keinen Ersatz. Ratlos besah er sich die Hälfte, die er in der Hand hielt, versuchte, den Schuh mit dem Rest des Bandes zu schnüren. Es ging nicht.

Aber die braunen Slipper konnte er unmöglich zu der grauen Hose und dem Sakko anziehen. Also doch die Cordhose. Teufel auch! Das ganze Treffen war doch vollkommen lächerlich und sinnlos.

Ein Polizist und eine Journalistin – das ging doch gar nicht! Er durfte ihr seine Gedanken und Sorgen doch gar nicht anvertrauen, auch wenn er in seinem Kopf schon seit Monaten nichts anderes tat. Würde er ihr Dienstgeheimnisse anvertrauen und sie um Stillschweigen bitten, wäre sie im Konflikt, weil es eigentlich ihre berufliche Pflicht war, diese Informationen zu veröffentlichen. Veröffentlichte sie sie, würde dann wiederum er wegen der Weitergabe von Vertraulichkeiten dienstlich in größte Schwierigkeiten kommen. Nein, eine solche Verbindung war unmöglich, so verlockend sie auch erscheinen mochte. Höchste Zeit, dass er seinen Verstand wieder einschaltete!

Was war er doch für ein sentimentaler Esel! Nie mehr hatte er sich verlieben wollen. Sich nie mehr an eine Frau binden, denn er war alles, nur kein glänzender Gesellschafter. Er liebte seine Ruhe und seine Unabhängigkeit. Er vermisste nichts, nein, wirklich nicht! Heute konnte er einfach nach seinem Geschmack leben, ohne sich zu verbiegen. Er konnte auf seinem Saxophon spielen oder auf der Klarinette üben, er konnte rauchen und Rotwein trinken, so viel er wollte, Sportübertragungen sehen, wandern, spontan Spritztouren ins Elsass unternehmen, ohne dass jemand ihn gängelte oder dass er auf jemanden Rücksicht nehmen musste. Einsamkeit war ihm willkommen, Langeweile kannte er nicht.

Was also sollte er mit einer Frau? Wenn er heute die Wohnung von Lea Weidenbach betrat, würde seine kleine, zufriedene Welt ins Rutschen kommen, ging ihm plötzlich auf. Sie hatten dieselben Interessen und denselben Humor. Diese Frau war klug, energisch, schön, bewundernswert. Er würde sich in ihr verlieren. Er würde alle Grundsätze über den Haufen werfen und sich heillos in einen Abgrund stürzen, der kein unverbindliches Abenteuer sein würde, sondern … ja, was?

Nein. Das ging nicht. Er musste die Notbremse ziehen. Er würde nicht hingehen! Er würde anrufen und sich irgendwie entschuldigen. Sie würde es bestimmt verstehen. Wahrscheinlich hatte sie längst ähnliche Bedenken, wollte aber aus Höflichkeit keinen Rückzieher machen. Ja, eine Absage war das Beste, um heil aus diesem Schlamassel herauszukommen. Ehe er es sich anders überlegen konnte, griff er zum Telefon und wählte ihre Nummer.

EINUNDZWANZIG

Lea stand in der Küche und wusste nicht, wo sie zuerst anfangen sollte. Sie hatte nach ihrem Mittagessen mit Ihle den Artikel über Andis Verhaftung so vorsichtig wie möglich verfasst und gewisse Zweifel durchklingen lassen, dann hatte sie eine Stunde am Telefon verbracht und den letzten Rest des Nachmittags schließlich frustriert freigenommen, denn sie hatte weder Schwester Gudi erreicht noch im Notariat weitere Einzelheiten über den Ehe- und Erbvertrag der Ritters erfahren, und auch mit Anna Fröhlich hatte sie nicht richtig reden können. Sie hatte sie in Staufen erreicht und wollte sie über Andis Verhaftung informieren, aber die Frau hatte sie gleich unterbrochen.

»Die Polizei hat es mir schon heute Morgen gesagt. Ich hätte gern einfach nur meine Ruhe. Ist das zu viel verlangt? Nur heute? Morgen bin ich wieder in Iffezheim. Aber heute möchte ich mit dem Pfarrer reden, ich muss die Todesanzeige aufgeben, Trauerpost verschicken, beim Bestatter den Sarg aussuchen und ihm Sonnys dunklen Anzug bringen. Ich kann einfach nicht mehr.« Ihre Stimme hatte müde und frustriert geklungen und Lea tief getroffen. Sie wollte doch nicht aufdringlich sein. Sie wollte helfen, nicht quälen.

Lea schärfte ihr Lieblingsmesser und begann, die Paprika in feine Streifen zu schneiden. Jetzt konnte sie den Abend kaum erwarten, und das überraschte sie. Natürlich hatte sie sich im Laufe des Tages mehrmals vorgesagt, dass dies ein rein dienstliches Treffen werden würde. Sie würde zwar etwas zum Essen anbieten, aber in erster Linie wollte sie Gottlieb davon überzeugen, Andi Fiebig freizulassen. Je länger sie darüber nachdachte, umso zwingender und logischer wurde ihr Verdacht gegen Ritter.

Allen Vorsätzen zum Trotz musste sie sich allerdings eingestehen, dass sie nervös war wie seit Langem nicht mehr. Es fing schon damit an, dass sie zunächst gar nicht gewusst hatte, was sie kochen sollte. Sie wollte keinen großen Aufwand betreiben. Das hätte zu verpflichtend ausgesehen. Sie löste doch nur eine scherzhafte Wette ein! Etwas Gesundes hatte sie angekündigt. Aber würde Gottlieb das überhaupt mögen? Und was genau sollte das sein? Gedünstetes Gemüse? Nicht unbedingt das Wahre für einen Mann wie ihn. Fisch? Vielleicht war er ungeschickt, und es machte ihn verlegen, wenn er eine Forelle entgräten musste. Also lieber Fleisch? Ausgeschlossen, das schlang er ja jeden Tag in sich hinein. Einfach nur eine Käseplatte?

Schließlich hatte sie sich, weil der grüne Markt am Augustaplatz nach ihrem Mittagessen bereits aufgelöst war, im Obst- und Gemüseladen am Leopoldsplatz inspirieren lassen und sich entschieden, ihren Wok aus dem Keller zu holen. Sie hatte Zuckerschoten, Möhren, Ananas, Shitakepilze, Paprika und Frühlingszwiebeln eingekauft, dazu Zitronengras und ein Stück Ingwer, außerdem eingelegten Schafskäse, Oliven und Cracker, Salat und ein paar Feigen sowie frische Zwetschgen für den Nachtisch.

Dann hatte sie am anderen Ende der Fußgängerzone Nusskäse und französischen Camembert und ein Stück des herrlich lockeren, säuerlichen italienischen Weißbrots gekauft, das von riesigen Laiben abgeschnitten wurde. Anschließend war sie zurückgebummelt, hatte in der Metzgerei kurz vor dem Friedrichsbad zwei Hähnchenbrüste mitgenommen und war endlich zufrieden gewesen. Damit ließ sich doch etwas anfangen! Und unkompliziert war das Essen auch: klein schneiden, braten – fertig.

Jetzt hatte sie ihre Schätze vor sich ausgebreitet und freute sich ehrlich auf den Abend. Sie machte sich nicht oft die Mühe, für sich allein aufwendig zu kochen. In diesem Punkt bewunderte sie Frau Campenhausen. Während sie nach einem passenden Gerät suchte, um den Ingwer zu reiben, beschloss sie, ihre Hilfsdetektivin auf einen Aperitif heraufzubitten. Wenn sie schon all diese Zutaten in mundgerechte Stücke schnippeln musste, konnte sie sich wenigstens dabei die Zeit vertreiben und mit ihr die letzten Neuigkeiten austauschen. Frau Campenhausen war eine kluge Frau, und wenn sie die gleichen Schlüsse über Ritter zog wie sie, dann musste doch auch Kriminalhauptkommissar Gottlieb zum selben Ergebnis kommen. Vielleicht schaffte sie es ja, dass Andi vor Sonntag freigelassen wurde.

Doch Marie-Luise Campenhausen war am Telefon ungewohnt kurz angebunden. »Sie sind es, Kindchen. Nein, wie schade, heute habe ich gar keine Zeit für Sie. Herr von Termühlen hat zwei Karten für die Schiller-Aufführung im Spiegelsaal des Theaters bekommen. Es fängt zwar erst um einundzwanzig Uhr an, aber ich weiß gar nicht, was ich anziehen soll. Ich melde mich später, ich wollte Ihnen ohnehin etwas vorbeibringen, bevor ich gehe.« Damit hatte sie, entgegen ihrer sonstigen Höflichkeit, wieder aufgelegt.

Lächelnd sah Lea auf den Hörer in ihrer Hand. Frau Campenhausen hatte ein Rendezvous! Und wie aufgeregt sie war! Ein kleiner Nadelstich bohrte sich in ihre Herzgegend. Wann hatte sie eigentlich das letzte Mal Schmetterlinge im Bauch gehabt? Das war Lichtjahre her und hatte nicht gut geendet. Nein, sie war doch lieber allein, da war sie vor Verletzungen sicher. Wieder spürte sie diesen winzigen Stich. Ja, doch, sie lebte gern allein! Das Essen mit Gottlieb heute Abend hatte nichts zu bedeuten. Es war rein geschäftlich.

Aber gute Laune machte es schon!

Sie ging zurück in die Küche und legte ihre uralte Lieblings-CD von Phil Collins auf.

Wenig später klingelte das Telefon im Arbeitszimmer. Laut Anzeige im Display war es Gottlieb. Summend hob sie ab.

»Sie dürfen alles, nur nicht absagen«, meldete sie sich statt einer Begrüßung.

Am anderen Ende herrschte Schweigen. Dann ertönte sein warmes Lachen. »In Ordnung, Frau Weidenbach. Ich wollte nur noch einmal nachfragen, ob es nicht zu, zu …«

Sie konnte sich genau vorstellen, wie ihm jetzt der Schweiß ausbrach. Gottlieb rang nach Worten, der arme Kerl.

»Schon gut, ich mache keine Umstände«, beruhigte sie ihn und hörte ihn erleichtert aufatmen. »Bis später dann. Ach – und bitte keine Krawatte!«

Sie stellte die Musik eine Nuance lauter und tanzte einmal durch die Wohnung. Was war denn mit ihr los? Das war ihr das letzte Mal passiert, als sie im ersten Semester Jura gewesen war. »Another day in paradise« erklang. Lauthals sang sie mit und trommelte mit dem Kochlöffel auf den Rand des Woks.

Eine Viertelstunde vor dem verabredeten Termin war alles vorbereitet, und sie konnte sich umziehen. Nur nichts Formelles.

Jeans und T-Shirt, ein bisschen Lippenstift. Fertig. Es blieb Zeit genug, ins Arbeitszimmer zu gehen und es ein letztes Mal bei Schwester Gudi zu versuchen. Diesmal hatte sie Glück.

Die Frau am anderen Ende hörte sich sehr reserviert an. »Ludmilla hat Ihnen meine Telefonnummer gegeben? Davon hat sie mir gar nichts gesagt.«

»Es geht um letzten Sonntag. Hatten Sie da Dienst?«

»Ja. Und nächsten Sonntag auch wieder. Das habe ich nur Ludmilla zu verdanken. Weil die auf ein Fest gehen will, muss ich meinen Urlaub unterbrechen. Als hätte ich nie etwas Privates vor, nur weil ich allein lebe.«

Oh weh, diese Frau hatte sie eindeutig auf dem falschen Fuß erwischt. Lea kramte ihre größte Liebenswürdigkeit hervor. »Das tut mir leid, Schwester Gudi. Und jetzt belästige ich Sie auch noch. Aber ich verspreche, es geht ganz schnell. Sie wollen doch sicherlich mithelfen, dass dieser schreckliche Mordfall aufgeklärt wird.«

»Mord? Was habe ich damit zu tun?«

»Können Sie sich erinnern, dass Ihr Chef, Dr. Ritter, am Sonntag um die Mittagszeit Besuch hatte? Von Herrn Sonnefeld?«

»Ist das nicht der, der auf der Rennbahn ermordet wurde? Ich habe im Radio davon gehört. Von der Zeitung sind Sie, haben Sie gesagt? Ich soll in der Zeitung gegen meinen Chef aussagen?«

Verflixt. Dieses Telefonat lief gehörig aus dem Ruder! »Nein, nein. Nicht gegen Ihren Chef. Da ist noch gar nichts erwiesen. Ich möchte nur …«

»Nichts erwiesen? Hören Sie, ich glaube, ich bin nicht verpflichtet, Ihnen Auskunft zu geben. Noch dazu am Telefon. In meinem Urlaub.«

»Es reicht, wenn Sie mir bestätigen, dass Sonnefeld da war. Ich sage auch niemandem, von wem ich die Information habe.«

Es klingelte.

Lea verfluchte sich im Stillen, dass sie den Standapparat genommen hatte. Die Schnur reichte nicht bis zum Türdrücker. Aber wenn sie jetzt eine Pause machte, war ihre Chance vertan, bevor sie überhaupt eine gehabt hatte.

»Aber wenn Sie nicht darüber schreiben wollen, warum wollen Sie es dann wissen?«

»Es ist eine Recherche über den letzten Tag des Toten. Es ist gar nicht einfach, zuverlässige Zeugen zu finden. Deshalb wäre ich Ihnen ja so dankbar …«

»Vom Badischen Morgen sind Sie?«

»Ja. Ich arbeite schon die ganze Woche an dem Fall …«

»Ich lese im Urlaub keine Zeitung.«

»… und Sie scheinen mir vertrauenswürdig zu sein. Es gibt nicht viele Zeugen, über die man das sagen kann. Sie könnten wirklich helfen. Ich habe einen Aufruf veröffentlicht, dass die Polizei jemanden sucht, der weiß, wo Sonnefeld am Sonntagmittag gewesen ist.«

Es klingelte erneut.

»Ich stell das Telefon laut, weil ich schnell an die Tür muss, ist Ihnen das recht?«

»Aber ich will gar nichts sagen.«

Lea drückte die Lautsprechertaste und rannte zur Tür, drückte den Summer und ließ ihre Wohnungstür einen Spaltbreit offen. Dann rannte sie zurück ins Arbeitszimmer, ließ den Lautsprecher eingeschaltet und zog ihren Schreibblock zu sich.

»Schwester Gudi, Sie brauchen auch nicht viel zu sagen. Nur ja oder nein. War Herr Sonnefeld am Sonntag bei Ihrem Chef?«

Die Stimme ihrer Gesprächspartnerin klang unsicher, als sie antwortete. »Ich weiß nicht, wie der Herr hieß.«

»Haben Sie ihn gesehen? Können Sie ihn beschreiben?«

»Sehr attraktiv, gewellte schwarze Haare, gut gekleidet. Braunes Wildleder, daran kann ich mich erinnern. Er war nicht sonderlich groß und schlank.«

»Das kommt hin. Und was haben Sie von dem Gespräch mitbekommen?«

»Ich lausche nicht an Türen.«

»Aber Ludmilla haben Sie doch wohl erzählt, Sonnefeld hätte mit der Polizei gedroht.«

»Dann wissen Sie ja schon alles. Mehr kann ich Ihnen auch nicht sagen. Guten Abend noch.« Ein leises Klicken, dann herrschte Stille.

»Mist«, murmelte Lea und schlug mit der Faust auf den Tisch. Sie hätte zu gern gehört, warum Sonnefeld die Polizei ins Spiel gebracht hatte. Vielleicht wegen des Verschwindens seiner Schwägerin? Ein Räuspern im Flur brachte sie in die Gegenwart zurück.

Gottlieb! Den hätte sie jetzt fast vergessen.

Er stand da wie jemand, der sich am liebsten in Luft auflösen würde. »Ich wollte wirklich nicht lauschen …«

»Kommen Sie erst einmal herein.«

In der Küche sang Phil Collins »We wait and we wonder«.

Lea nahm ihrem Gast die Weinflasche ab und deutete zum Wohnzimmer. »Wollen Sie dort …? Ich muss schnell in die Küche.«

*

Maximilian Gottlieb war sich noch nie in seinem ganzen Leben so überflüssig und unbeholfen vorgekommen wie in diesem Augenblick. Am liebsten wäre er mit einem Fingerschnippen verschwunden. Er sah auf seine braunen Schuhe, an denen noch Spuren seines frühmorgendlichen Ausflugs an den Rhein klebten. Das Wohnzimmer war so klar und schnörkellos wie in einem Möbelstudio. Die modernen schwarzen Ledermöbel waren nur über einen weißen Teppich zu erreichen. Vom Fenster aus hatte man einen großartigen Blick auf eine Reihe von Gärten, in denen Hibisken, Dahlien und Gladiolen blühten.

Auf Zehenspitzen stelzte er zum nächsten Sessel und ließ sich nieder. Das Polster war kühl und fest. Langsam streckte er seine Füße aus. Ein Bröckchen Lehm löste sich von der Sohle und fiel auf den Teppich. Vorsichtig versuchte er, es unter den Sessel zu kicken, aber das machte die Sache nur noch schlimmer. Der Fleck war jetzt unübersehbar, eingerieben in die saubere, weiße Wolle des Teppichs. Er wollte weg hier! So schnell wie möglich!

»Danke für den Rotwein. Ist das nicht ein Zufall? Unser Begrüßungsschluck ist auch vom Weingut Kopp. Die berühmte 2004er Scheurebe.« Lea Weidenbach war mit zwei Weingläsern und einer geöffneten Flasche hereingekommen und stellte alles auf den niedrigen, staubfreien Glastisch. Dann verschwand sie erneut und kam mit Oliven, eingelegtem Schafskäse und Crackern zurück.

Sie schenkte ein und setzte sie sich ihm gegenüber auf die Couch. Er wusste nicht, was er sagen sollte. Noch dringender als vorhin wollte er fort von hier.

»Ungewohnte Situation«, begann sie und lächelte schief. »Ich jedenfalls fühle mich ziemlich unwohl im Moment.« Dann deutete sie auf das Glas. »Na? Wie finden Sie ihn?«

Allmählich begann sich sein Unbehagen aufzulösen. Er nippte an dem Wein, der in hellem Gold leuchtete und unglaublich fruchtig duftete. »Schwarze Johannisbeere?«, riet er schließlich reichlich unsicher.

Sie sah ihn überrascht an und schien erfreut zu sein. »Und eine kleine Spur Schokolade und Mokkabohnen.« Sie prostete ihm zu und nahm einen Schluck. »Mit dem Cassis-Aroma haben Sie recht, im Nachhall kann man das deutlich schmecken.«

Cassis-Aroma, Nachhall, Mokkabohnen! Oje, eine Expertin. Das Unbehagen kehrte zurück.

Doch da hob sie das Glas und grinste verschmitzt.

»Keine Sorge. Ich gebe zu, ich habe geschummelt. Ich habe vorhin im Weinführer von Natalie Lumpp nachgelesen, um bei Ihnen Eindruck zu schinden.«

Er musste lachen und lehnte sich in dem kühlen Sessel zurück. Vielleicht würde es ja doch ein netter Abend werden. Diese Frau war wirklich witzig, ehrlich und, verdammt noch mal, sie sah in den engen Jeans und dem weißen T-Shirt atemberaubend aus. Und dieses Lächeln brachte ihn einfach zum Schmelzen. Wie hatte er nur solche Bedenken haben können.

»I've forgotten everything«, tönte es aus der Küche.

»Ich mag Phil Collins«, gestand er.

»Ich auch. Er hat mich durch viele schöne, aber auch durch weniger schöne Jahre begleitet. Ich …«

Es klingelte.

»Das wird Frau Campenhausen sein. Sie will nur schnell etwas vorbeibringen.«

»Frau Campenhausen würde ich gern mal wieder Hallo sagen.«

Lea Weidenbach ging nach draußen, dann kam sie mit der zierlichen weißhaarigen Dame zusammen herein. Marie-Luise Campenhausen hatte Bücher in der Hand und strahlte über das ganze Gesicht. »Der Herr Kommissar, Verzeihung, Hauptkommissar natürlich! Wie schön. Ich will auch nicht stören. Ich freue mich ja so für Sie beide!« Sie tat ja gerade so, als hätten sie soeben ihre Verlobung bekannt gegeben!

Gottlieb stand auf und reichte ihr die Hand. »Der Mordfall ist abgeschlossen, und da …«

Frau Campenhausen sah überrascht aus. »Abgeschlossen? Wirklich?« Verwundert sah sie von Gottlieb zu Lea. »So schnell? Hat er sie tatsächlich umgebracht? Und Sonnefeld auch?«

»Noch meint die Polizei, Andi Fiebig sei der Täter«, beeilte sich die Journalistin zu erklären.

»Haben Sie eine andere Theorie?«, fragte Gottlieb eigentlich nur zum Spaß. Er wusste aus einer früheren Begegnung, dass Frau Campenhausen gern Krimis las. Wahrscheinlich hatte sie sich jetzt ein wenig in ihren Geschichten verheddert.

Die alte Dame sah auf ihre goldene Armbanduhr. Überhaupt fiel ihm jetzt erst auf, wie herausgeputzt sie war. Eine weiße Bluse mit einer großen Seidenschleife zum dunkelblauen Kostüm, Perlenkette, Perlenohrringe, ein passender Ring. »Frau Campenhausen. Sie sehen so chic aus. Wen wollen Sie denn heute noch verführen?«, fragte er scherzhaft.

Sie wurde tatsächlich rot. »Also, Herr Gottlieb. Was soll ich dazu sagen. Ich glaube, das war etwas indiskret von Ihnen.«

Die Weidenbach stand hinter ihrer Vermieterin und verbiss sich ein Lachen.

»Aber Andi Fiebig, der war es nicht, junger Mann«, stellte Frau Campenhausen resolut fest und gab ihm einen kleinen Klaps auf den Arm. »Glauben Sie mir das. Sie täuschen sich. Er ist nicht der Mörder.«

Gottlieb schüttelte den Kopf. »Wer soll es denn sonst gewesen sein?«

»Das wird Ihnen Frau Weidenbach erklären. Hier, ich wollte eigentlich nur diese Bücher abgeben. Ich war heute in der Bücherstube in der Kreuzstraße, und mein alter Freund hat sie mir für Sie mitgegeben. Die haben Sie wohl schon vor Längerem bestellt und nicht abgeholt. Kann das sein?«

Lea Weidenbach sah ganz verlegen aus, als sie der alten Dame die Bücher abnahm. Gottlieb konnte die Titel erhaschen: »Das Wort zum Mord« und »Wie man einen verdammt guten Kriminalroman schreibt«.

»Sie schreiben Krimis?«, entfuhr es ihm.

Die Weidenbach sah aus, als wolle sie unter der Fußbodenleiste verschwinden. »Das ist doch nichts. Völlig unwichtig. Wie, was wollte ich …« Sie legte die Bücher auf den Tisch, steckte ihre Hände in die Hosentaschen und zog die Schultern hoch. Am liebsten hätte er sie in den Arm genommen und ihr gesagt, dass sie sich vor ihm doch nicht zu schämen brauchte. Aber das ging ja nicht.

Frau Campenhausen sah ebenfalls betreten drein. »Kindchen, ich glaube, das war ziemlich taktlos. Entschuldigen Sie bitte. Ich habe gedacht, Sie seien stolz auf Ihr Hobby.«

»Es weiß eigentlich niemand davon«, sagte die Weidenbach leise und sah ihn mit brennenden Augen an. »Ich bin noch nicht so weit.«

Er hob die Hände. »Von mir erfährt niemand etwas. Wussten Sie eigentlich, dass ich Saxophon spiele? Was ist Ihr Lieblingslied? Ich spiele es für Sie, wenn wir uns das nächste Mal treffen.«

Frau Campenhausen kicherte. »Ich lasse Sie jetzt allein. Ich glaube, bei mir wird es auch spannend.« Damit schwebte sie zur Tür hinaus.

Gottlieb fasste sich als Erster. »Was soll das mit dem anderen Verdächtigen, Frau Weidenbach? Was haben Sie herausgefunden? Sie haben auf der Pressekonferenz schon eine Andeutung gemacht. Und dann dieses Telefonat vorhin …«

»Gehen wir in die Küche? Da ist es gemütlicher, oder?«

Er nickte erleichtert. »Ganz bestimmt.«

So war es. Auf der Arbeitsplatte waren zahlreiche kleine Teller mit Gemüse- und Fleischstreifen aufgereiht. Wasser kochte, ein Schälchen mit Reis stand griffbereit. Im Spülbecken hing ein großes Sieb mit frisch geputztem Salat. Es war warm, die Sonne ging gerade hinter dem kleinen Küchenbalkon unter, hinter dem sich der Fremersberg auftürmte. Ja, es war gemütlich hier, anders konnte man es nicht sagen. Und Phil Collins war bei »We fly so close« angelangt. Leise summte er mit und setzte sich an den Küchentisch, der liebevoll, aber nicht übertrieben gedeckt war.

Lea Weidenbach schaltete die Herdplatte ein und holte die Weinflasche aus dem Wohnzimmer. »Ich sitze auch am liebsten hier. Drüben bin ich eigentlich nur zum Fernsehen, und das ist höchst selten der Fall. Irgendwie sind die Möbel kalt, nicht wahr? Ich glaube, da habe ich mich verkauft.«

Sie setzte sich ihm gegenüber und zündete eine Kerze an.

Ein Moment, wie er nie vergehen sollte. Gottlieb schloss die Augen, um den Augenblick ganz tief in sich zu speichern. Ihr Parfüm stieg ihm in die Nase. Er hatte es schon fast vergessen gehabt. Eine Spur von Zimt und von frisch geschlagenem Holz im Herbstwald.

»Der Mord«, begann die Journalistin und zerstörte die Stimmung fürs Erste. »Ich habe heute eine sehr wichtige Entdeckung gemacht.«

Und dann begann sie, ihm eine ganz und gar abenteuerliche Geschichte zu erzählen.

ZWEIUNDZWANZIG

Am nächsten Morgen um neun Uhr stand Kriminalhauptkommissar Maximilian Gottlieb zusammen mit Sonja Schöller in der Beautyklinik Vogesenblick und wartete darauf, Dr. Ritter zum Verlauf des Tattages und zu seinem Alibi zu befragen. Im Moment kamen ihm die Theorien von Lea Weidenbach noch reichlich wirr und fantastisch vor.

Trotzdem wollte er den Hinweis verfolgen. Sie war gestern so überzeugend gewesen, dass in ihm zumindest die vorhandenen winzigen Zweifel an der Täterschaft Fiebigs zu einer kleinen Flamme geschürt worden waren. Ganz abgesehen davon, dass es seine Pflicht war, Mitteilungen über eine Straftat nachzugehen.

Wenn er sie richtig verstanden hatte, dann war Sonnefeld am Sonntagvormittag bei Ritter gewesen, und es hatte einen Streit gegeben, in dessen Verlauf Sonnefeld gedroht hatte, die Polizei zu verständigen. Ritter war deswegen noch längst nicht als verdächtig einzustufen, er war nur ein Puzzlesteinchen in der Routine polizeilicher Ermittlungen.

Natürlich würde er ihn bei der Gelegenheit fragen, wo sich seine Ehefrau aufhielt und wo er eine gewisse Schwester Karina finden konnte, aber für mehr reichte es vorerst nicht. Es gab kein konkretes Indiz für ein Verbrechen. Dennoch hatte Gottlieb ein ungutes Gefühl, und es verstärkte sich, als er die protzige Klinik betrat. Er war froh, Sonja mitgenommen zu haben. Sie war genau die Richtige, um sich beim Klinikpersonal liebenswürdig, aber zielstrebig durchzufragen.

Während sie in der monströsen Empfangshalle warteten, bis man den Klinikchef verständigt hatte, machte Sonja allerdings ein skeptisches Gesicht. Er hatte sie am Morgen von den neuen Entwicklungen unterrichtet, sie jedoch nicht überzeugen können. Bei Tageslicht betrachtet sah alles tatsächlich etwas verworren aus, zumal er nicht hatte verraten wollen, aus welcher Quelle seine Informationen stammten.

Er zwang sich, nicht an den gestrigen Abend zu denken. Der

war vollkommen anders verlaufen, als er es sich ausgemalt oder befürchtet hatte. Es war überhaupt nicht romantisch gewesen, sondern eher wie ein nüchternes Arbeitsessen. Er hatte sich kein bisschen verliebt, und Lea Weidenbach schien es ebenso ergangen zu sein.

Trotzdem hatte sich irgendetwas auf der Welt verändert, als er heute Morgen aufgewacht war. Das Licht war heller als sonst gewesen, die Sonne strahlender, seine Laune besser, das Grün der Bäume intensiver. Und als er in den Spiegel gesehen hatte, hatte er bemerkt, dass er über Nacht ein paar Jahre jünger geworden war. Nein, er hatte sich nicht verliebt. Er hatte einfach nur gut gegessen, gut geschlafen und fühlte sich gut. Besser jedenfalls als sonst. Punkt.

Sonja sah ihn von der Seite an. »Was summst du da? Phil Collins?«

Er sah auf seine Schuhspitzen und hüllte sich lieber in Schweigen. Am Ende würde er noch rot werden. Nur das nicht! Sonja hatte ohnehin schon alle Antennen ausgefahren.

Endlich kehrte die kühle Empfangsdame zurück und begleitete sie ins Chefarztzimmer.

Dr. Ritter eilte mit besorgter Miene herbei. »Die Polizei, meine Güte. Habe ich falsch geparkt? Habe ich versehentlich ein anderes Auto angefahren? Ist es nicht merkwürdig, dass einem gleich alle kleinen Verkehrssünden einfallen, wenn die Polizei im Haus ist?«

Gottlieb kam nicht dazu, sich vorzustellen oder Fragen loszuwerden, denn schon hatte Ritter sich Sonja zugewandt, mit einem strahlenden Lächeln, das den Schluss nahelegte, dass er nicht einen echten Zahn im Mund hatte. Dazu waren sie zu makellos.

»Wie unnötig, sich Sünden auszudenken, Verehrteste, wenn die Polizei so eine sündhaft charmante Vertreterin schickt.«

Sonja kicherte albern.

Es wurde Zeit, dass der Mann merkte, dass sie nicht zum Spaß hier waren. »Sie sind Dr. Stephan Ritter? Geboren am zwölften Mai 1959 in Freiburg? Verheiratet mit Lilly Ritter, geborene Fröhlich?«

Ritters Blick wurde wachsam. »Ja? Und? Was wollen Sie von mir?«

»Wir ermitteln im Mordfall Christian Sonnefeld.«

Ritter spannte alle Muskeln an, das konnte man deutlich sehen. »Mein Schwager«, bestätigte er knapp.

»Sie haben sicher gehört, dass er ermordet wurde. Warum haben Sie sich nicht gemeldet? Weder bei uns noch bei Anna Fröhlich, Ihrer Schwägerin?«

»Ich habe Sonnefeld nur ein einziges Mal, bei der Beerdigung meines Schwiegervaters, gesehen. Mit Anna haben wir seit Jahren keinen Kontakt. Ist das verboten?«

Sonja mischte sich ein. »Die Fragen würden wir gern stellen, Herr Dr. Ritter.« Aha, sie war wieder zur Vernunft gekommen.

Ritter deutete zur ausladenden Sitzgruppe. »Bitte, nehmen Sie Platz. Was wollen Sie über meinen Schwager wissen?«

»Wir wollen nichts über Ihren Schwager wissen, sondern über Sie. Wo sind Sie am Sonntag zwischen siebzehn und achtzehn Uhr fünfzehn gewesen?«

»Sonntag? Wahrscheinlich war ich Golf spielen. Lassen Sie mich nachdenken ...«

Sonja sandte Gottlieb einen bedeutungsvollen Blick, doch er schüttelte leicht den Kopf. Er hatte zwar Lea Weidenbachs ausgedrucktes Foto mit Ritter in der Nähe des Führrings in der Tasche. Aber noch wollte er seinen Trumpf nicht ausspielen.

»Denken Sie ruhig nach«, ermunterte er den Chefarzt, der plötzlich grau im Gesicht war. Hatte Lea Weidenbach am Ende recht? War dies der Mörder Sonnefelds? »Oder fangen wir anders an. Sie sagen, Sie haben seit Jahren keinen Kontakt gehabt?«

»Äh – ja?«

»Wirklich seit Jahren nicht?«

»Nun, was soll ich sagen ...«

»Die Wahrheit, Herr Ritter, mehr nicht.« Sonja war in ihrem Element. Prima. Zusammen waren sie wirklich ein gutes Team.

»Haben Sie am Sonntag hier gearbeitet?«

»Nur kleine Visite, wie üblich. Wir haben hier ja keine Schwerkranken.«

»Und danach? Haben Sie jemanden getroffen?«

Ritter drehte sich um und ging zum Fenster. Schweigend stand er dort und regte sich nicht. Sonja wollte etwas sagen, aber Gottlieb hielt sie mit einem Blick zurück.

Schließlich stieß der Mann am Fenster einen tiefen Seufzer aus.

»Schön, es stimmt. Mein Schwager war am Sonntag hier. Um halb zwölf. Aber mit seiner Ermordung habe ich nichts zu tun. Rein gar nichts.«

»Um was ging es bei der Begegnung?«

»Er bat mich, für eine Weile auf die monatlichen Forderungen aus dem Testament meines Schwiegervaters zu verzichten.«

»Wie hoch sind die Zahlungen?«

»Zehntausend.«

»Viel Geld.«

»Richtig. Deshalb konnte ich auch nicht zustimmen. Das Geld wird für die Zinsen gebraucht.«

»Um die finanziellen Einzelheiten kümmern wir uns später. Fahren Sie fort. Gab es Streit zwischen Ihnen?«

»Eigentlich nicht.«

»Kommen Sie, Herr Ritter. Sollen wir die Zeuginnen holen, die Sonntag Dienst hatten? Die haben einen anderen Eindruck gewonnen.«

»Wegen des Geldes haben wir uns nicht gestritten. Ich habe ihm gesagt, dass sein Gaul bestimmt gewinnen wird. Danach könnte er ihn gut verkaufen. Die Sache mit dem Gestüt war doch von vornherein eine hirnverbrannte Idee von Anna gewesen. Wenn sie sich auf das Hotel konzentriert hätte, würde sie jeden Monat einen hübschen Gewinn einfahren, von dem sie ihre Verpflichtungen locker bezahlen könnte. Aber diese Pferde, die reißen ein Loch in ihre Kasse. Dafür kann ich doch nichts. Ich habe nur verlangt, was uns zustand. Fragen Sie Anna doch, woher ihre Geldknappheit kommt. Aber sie soll Ihnen eine ehrliche Antwort geben.«

»Das sollen Sie auch. Noch einmal. Gab es Streit?«

Ritter sah zu Boden. Dann hob er den Kopf. »Ja. Aber das hat nichts mit der Sache hier zu tun. Schon gar nichts mit dem Mord.«

»Diese Einschätzung sollten Sie uns überlassen.«

»Dann sage ich nichts mehr zu diesem Thema. Sollte ich einen Anwalt anrufen?«

»Kommt drauf an. Ich frage Sie noch einmal: Wo waren Sie am späten Sonntagnachmittag?«

»Gut, das kann ich beantworten. Auf der Autobahn. In meinem Wagen.«

»Zeugen?«

Ritter zögerte. »Eine Tankrechnung, wenn Ihnen das etwas nutzt.«

Gottlieb nickte. »Unter Umständen.«

»Ich muss sie aus dem Auto holen.«

»Bitte! Ich begleite Sie.«

»Glauben Sie, dass ich die Flucht ergreife?«

Alle lachten nervös.

*

Lea war sich nicht sicher, ob sie Gottlieb gestern Abend hatte überzeugen können. Fips jedenfalls saß immer noch in Haft. Die Zeit wurde knapp. Sie konnte nicht tagelang warten, bis die Polizei in aller Gründlichkeit ermittelt hatte und Gottlieb endlich zur Pressekonferenz rief, um bekanntzugeben, dass er Ritter verhaftet hatte. Fips musste spätestens am Sonntag frei sein, er musste beim Großen Preis siegen. Nicht zu ertragen, dass er immer noch dachte, sie sei schuld an seiner Festnahme. Sie musste ihn freibekommen.

Sie hatte gestern alles versucht, um Gottlieb von Andis Unschuld zu überzeugen. Sogar den Test mit dem Messer hatte sie ihn machen lassen. Doch er hatte ihr gleich erklärt, dass er das sofort überprüft hatte. Dieser Test sei nicht aussagekräftig, weil man auf dem Griff der Tatwaffe keine brauchbaren Spuren gefunden hatte. »Das bedeutet, dass es sehr wohl Abdrücke auf dem Griff gegeben haben kann, diese aber abgewischt wurden. Es können genauso Fiebigs Spuren gewesen sein«, hatte er sie belehrt.

Dies war das einzige Mal gewesen, dass sie sich fast in die Haare geraten wären. Aber nur fast. Denn alles andere hatte er sich geduldig angehört. Er hatte sich Notizen gemacht, die Fotos auf ihrem Laptop angesehen, sie gebeten, eines davon, das mit Ritter, auszudrucken. Den Rest hatte sie ihm auf CD gebrannt und mitgegeben.

Als er schließlich aufgestanden war, um zu gehen, war sie enttäuscht gewesen, wie schnell der Abend verflogen war. Sie hatten kaum ein persönliches Wort gewechselt. Nur einmal, als ihr fast die Pilze verbrannt waren und er beherzt hinzugesprungen war, um das Malheur geistesgegenwärtig mit seinem Weinglas zu löschen, da hatte sie sich ihm für eine Sekunde sehr nah gefühlt. Sie hatte sein frisches Rasierwasser gerochen, seine Wärme gespürt und war versucht gewesen, sich einfach an ihn zu lehnen. Aber dann hatte sie die Situation schnell gerettet, indem sie ihm ein neues Glas eingeschenkt hatte. Das Essen hatte wunderbar geschmeckt, sogar ihm als Junk-Food-Apostel. Sie hatte sehen können, wie er sich entspannte und dass er sich in ihrer Küche wohl fühlte, ganz anders als zu Beginn des Abends in ihrem Wohnzimmer.

In der Nacht hatte sie geschlafen wie ein Baby, ohne Alpträume, ohne Pausen. Um sechs war sie vollkommen erfrischt und klar aus dem Bett gesprungen und war schnell eine Runde durch die Lichtentaler Allee gelaufen. Sie hatte sich dabei bereits wieder den Kopf zermartert, wie sie Andi noch helfen konnte.

Als sie die Haustür aufschloss, stand Frau Campenhausen in ihrem eleganten Hausmantel am Briefkasten und zog die Zeitung heraus. Die alte Dame strahlte wie noch nie. Zum ersten Mal, seit sie sich kannten, vergaß sie, Lea einen Guten Morgen zu wünschen, sondern platzte gleich heraus:

»Ist das nicht ein wundervoller Tag heute, Kindchen? So hell und klar! Und hören Sie nur, die Vögel! Was für ein Jubilieren!«

Sie lachte und sah dabei aus wie ein junges Mädchen, mit rosigen Wangen und strahlenden, blauen Augen.

Lea amüsierte sich insgeheim. Da musste der neue Verehrer dahinterstecken.

»Hatten Sie einen schönen Abend?«, fragte sie scheinheilig.

»Großartig! Bezaubernd! Ganz reizend! Und ich habe etwas Neues erfahren. Aber nicht hier! Wenn mich hier jemand in diesem Aufzug im Treppenhaus sieht! Kommen Sie doch in einer halben Stunde vorbei, dann können wir schnell zusammen eine Tasse Kaffee trinken.«

Etwas unwillig gab Lea nach. Einerseits interessierte es sie brennend, was es Neues gab, andererseits hatte sie so viel vor!

Frau Campenhausen hatte den Frühstückstisch gedeckt, mit einem großen Blumenstrauß, Käse, Schinken, Tomaten, Honig und Magerquark, von dem sie wusste, dass Lea ihn gern aß. Im Radio dudelte Unterhaltungsmusik von SWR 4, nicht ganz Leas Geschmack, aber sie war leise genug. Lea bezwang ihre innere Unruhe und setzte sich.

»Wie gemütlich das bei Ihnen ist.«

Frau Campenhausen quittierte den Kommentar mit einem reizenden Lächeln. »Es soll Ihnen doch gut gehen. Sie haben bestimmt einen schweren und stressigen Tag vor sich. Haben Sie Herrn Gottlieb gestern überzeugen können? Sieht er sich Dr. Ritter näher an?«

»Er hat sich Notizen gemacht und Fotos mitgenommen. Aber ob er überzeugt ist? Keine Ahnung. Er hat Andi schließlich hinter Gitter gebracht, weil er annimmt, er sei der Täter. Das wirft man nicht leichtfertig um.«

Frau Campenhausen betrachtete sie belustigt. »Kindchen, Sie brauchen ihn doch nicht zu verteidigen, Ihren Kommissar.«

»Das ist nicht mein Kommissar, bitte, Frau Campenhausen. Es war wirklich nur ein Geschäftsessen.«

»Schon gut, schon gut. Ich will Ihnen auf keinen Fall zu nahe treten. Aber Herr Gottlieb ist so ein angenehmer Mann. So stattlich. Und klug. Und amüsant.«

»Frau Campenhausen!«

»Entschuldigen Sie, wo habe ich denn nur meine Manieren gelassen! Aber Sie müssen doch zugeben, dass ich recht habe.«

»Was wollten Sie mir sagen?«

»Ach ja, Dr. von Termühlen hat mir verraten, dass eine füllige Frau mit langen, vollen schwarzen Haaren am Dienstag ebenfalls nach den Ritters gefragt hat, am selben Tag, an dem ich meine Nachforschungen anstellte.« Die Hilfsdetektivin genoss das Wort Nachforschungen ganz offensichtlich und ließ es auf der Zunge zergehen.

»Anna Fröhlich? Was wollte sie dort? Sie hat mir gesagt, sie wolle keinen Kontakt zu Lilly.«

»Ich wusste doch, dass es Sie interessieren könnte. Sie schien wütend gewesen zu sein, sagt Dr. von Termühlen. Sie muss geflucht haben, als sie hörte, dass er Lilly Ritter schon seit Monaten nicht mehr gesehen hat. Geflucht. Können Sie sich das vorstellen? Wenn ich eine Schwester hätte, die niemand mehr seit Monaten …«

»Die beiden waren zerstritten.«

»Aber warum wollte sie sie dann besuchen?«

Darauf wusste Lea auch keine Antwort.

»Dr. von Termühlen hat ihr dann geraten, es in der Beautyklinik zu versuchen. Er wollte ihr den Weg beschreiben, aber da winkte sie nur ab. Das sei das Letzte, was sie jetzt wolle, sagte sie. Ist das nicht merkwürdig?«

Lea nickte. Sie konnte sich auch keinen Reim auf Anna Fröhlichs Verhalten machen.

»Hat sie noch etwas gesagt?«

»Nein, aber ... Vera Fröhlich war ja alleinstehend gewesen. Na ja, und Dr. von Termühlens Frau ist vor zwölf Jahren gestorben. Da hatten die beiden ausgemacht, ein wenig füreinander zu sorgen – rein nachbarschaftlich natürlich. Nicht dass Sie jetzt etwas Schlechtes von Dr. von Termühlen denken. Er ist ein echter Gentleman. Dass es so jemanden überhaupt noch gibt heutzutage!«

Marie-Luise bekam glühende Wangen, und Lea musste sich zusammennehmen, um sie nicht ein wenig aufzuziehen. »Was wollen Sie damit andeuten?«

»Ich bin etwas abgeschweift, entschuldigen Sie. Es geht um den Schlüssel. Dr. von Termühlen ...«

»Hat er auch einen Vornamen?«

»Joseph ... aber so weit sind wir noch nicht. Nicht nach einem einzigen Abend!«

»Was hat Ihr Joseph also?«

»Den Schlüssel. Er hat noch einen Schlüssel zur Villa. Jetzt dachte ich, ich könnte doch ...«

»Frau Campenhausen! Das wäre Hausfriedensbruch!«

»Oder Spurensuche in einem Mordfall!«

»Unterstehen Sie sich. Das ist Sache der Polizei!« Lea bemühte sich, so streng zu blicken, wie sie nur konnte. Schon letztes Jahr hatte Miss Marple einen mutmaßlichen Mörder in ihre Wohnung eingeladen. Und jetzt wollte sie in die Villa einbrechen? Das ging wirklich zu weit. Sie musste dem Treiben ein Ende bereiten.

Widerstrebend nahm Frau Campenhausen Haltung an. »Schon gut. Ich fürchte, mich hat gerade der Jagdeifer übermannt. Natürlich, Sie haben ja so recht, Frau Weidenbach. Außerdem, nach was sollten wir schon suchen. Die Leiche wird dort nicht liegen, oder?«

Fast war Lea versucht, etwas von Testament und Ehevertrag fallen zu lassen, aber sie biss sich auf die Zunge. Sie hatte gestern Abend mit offenen Karten gespielt, und die Polizei würde hoffentlich längst bei Dr. Ritter sein und alles auf den Kopf stellen.

*

Maximilian Gottlieb wippte ungeduldig auf den Zehenspitzen. Dieser Chirurg mit seinem ästhetischen Lächeln ging ihm gewaltig auf die Nerven. Natürlich bewies die Tankrechnung nichts, schon gar nicht, dass er den Nachmittag ohne Zeugen durch Freiburg gebummelt war, wie er behauptete. Die Rechnung war nachmittags um kurz vor vier Uhr in der Rastanlage Baden-Baden ausgestellt worden. Danach konnte Ritter ohne Weiteres zum Rennplatz zurückgekehrt sein und seinen Schwager ermordet haben.

Sonja war in der Zeit, in der er mit Ritter in der Garage bei dessen Porsche Cayenne gewesen war und nach der Quittung gesucht hatte, nicht untätig gewesen. Die elegante Empfangsdame sah bei seiner Rückkehr gar nicht mehr elegant aus, sondern ziemlich aufgelöst.

»Ich möchte mich über Ihre Kollegin beschweren«, fauchte sie Gottlieb an, sobald sie ihn erblickte. »Sie hat mich hintergangen.«

Sonja stand daneben und grinste. »Ich habe nur gesagt, dass Herr Ritter sie bittet, alle Unterlagen über die Eigentumsverhältnisse der Klinik vorzulegen. Das stimmt doch, Herr Doktor, oder? Keine Sorge, sie hat sie nicht ohne Widerstand herausgesucht. Zuerst wollte sie mich mit der Ausrede abspeisen, die Unterlagen befänden sich beim Notar. Aber die Kopien haben mir auch genügt. In denen steht, dass Ihre Frau Lilly die alleinige Eigentümerin der Klinik ist. Dr. Ritter hat noch nicht einmal ein eingetragenes Nießbrauchrecht, Max.«

Ritter sah aus, als würde er gleich platzen. »Ich möchte Ihren Durchsuchungsbeschluss sehen. Ich will mit meinem Anwalt sprechen. Ich verständige die Presse. So können Sie mit einem unbescholtenen Bürger nicht umgehen. Ich habe nichts Unrechtes getan. Wieso wollen Sie überhaupt wissen, wem die Klinik gehört? Was hat das mit dem Mord an meinem Schwager zu tun?«

»Unter Umständen sehr viel. Vielleicht haben wir es nicht nur mit einem einzigen Mord zu tun. Wir würden gern wissen, wo sich

Ihre Frau aufhält und was Sie über den Verbleib einer gewissen Schwester Karina wissen.«

Ritter sah sprachlos von Gottlieb zu Sonja. Man spürte förmlich, wie es in ihm arbeitete und er nach einer Lösung suchte.

»Mord? Sie meinen, ich hätte etwas mit dem Mord zu tun? Oder meine eigene Frau umgebracht? Und Schwester Karina auch noch gleich dazu?« Er lachte trocken. »Das ist doch komplett verrückt.«

»Das werden wir sehen. Sonja, ruf Oberstaatsanwalt Pahlke an. Dr. Ritter, wir werden Sie bitten müssen, uns zur Direktion zu begleiten. Würden Sie uns ein Foto Ihrer Frau und von Schwester Karina geben, oder sollen wir danach suchen? Es ist nur eine Frage von Stunden, bis wir alle Formalitäten haben und loslegen können. Und wenn Sie einen Anwalt wollen – bitte schön.«

Dr. Ritters Blick wurde starr. »Fotos?«, wiederholte er leise. Langsam ließ er seine Schultern sinken. »Sie wollen Lilly und Karina suchen? Fotos von ihnen veröffentlichen? Dann wird sowieso alles herauskommen. Ich habe gehofft, es würde noch eine Weile dauern, und bis dahin könnte Lilly ... Aber kommen Sie in mein Büro. Frau Schuster, keine Gespräche, keine Störung. Dr. Armbruster soll für mich übernehmen. Das wird länger dauern.«

DREIUNDZWANZIG

Zügig fuhr Lea an den gut besetzten Parkplätzen vorbei. Sie hatte gerade noch den richtigen Zeitpunkt erwischt. Gleich war das Rennbahnfrühstück beendet, und dann würde eine Karawane Stoßstange an Stoßstange zurück in die Stadt rollen und die Zufahrten verstopfen. Am Ende des Boxendorfes, am Wendeplatz, parkte sie ihren Mini in der Lücke zwischen dem Pferdeanhänger des Rothhofs und dem älteren Mercedes von Anna Fröhlich, den sie am Gestütsaufkleber am Heckfenster erkannte.

Sie probierte es als Erstes bei Rother Wind. Die Box war offen, aber von dem Pferd keine Spur. Retzlaff war nicht da, auch Anna nicht. Am Himmel braute sich ein Unwetter zusammen. Sollte sie trotzdem warten? Etwas ratlos blieb Lea stehen.

Der Schmied kam langsam herbeigeschlendert, unverwechselbar mit seiner langen Lederschürze und dem Zigarillo im Mund.

»Müssen gleich zurück sein. Ich soll um zehn nach dem Gaul sehen«, klärte er Lea statt einer Begrüßung auf.

»Wo sind sie denn?«

»Morgentraining. Das Tier stand ja lange genug herum.«

»Dann hat Anna also einen Jockey gefunden?«

»Wenigstens für die Morgenarbeit. Geert würde ja gern auch am Sonntag reiten, aber noch steht nichts fest. Anna wartet immer noch mit der Nachmeldung, keiner weiß, auf was. Ein Fehler, ein großer Fehler.«

»Warum?«

»Rother Wind ist drei Tage nicht trainiert worden. Ich an ihrer Stelle würde mir die Startgebühr sparen und nach Hause fahren.«

»Aber sie braucht die Siegprämie.«

»Gegen die Weltkonkurrenz hat sie doch sowieso keine Chance. Aber gar keine. Nicht ohne Fiebig.« Der Schmied klopfte die Asche seines Zigarillos ab. »Eigentlich 'n prima Kerl, der Fiebig. Zur Hölle mit ihm.«

»Er ist unschuldig.«

»Weiß ich. Aber er sitzt in der Falle.«

»Er wird herauskommen.«

»Pah! Die Polizei klärt den Fall niemals auf.«

»Ich glaube, sie sind dem wahren Mörder schon auf der Spur.«

Der Schmied sah sie überrascht an. »Wirklich? Ich dachte, für die ist es Fiebig gewesen und basta. Jemand anderer jetzt? Und wer? Jemand von uns?«

»Nein.«

Dem Mann fiel sein Zigarillo zu Boden, und er bückte sich ächzend danach, hob ihn auf, blies ihn flüchtig ab und steckte ihn wieder zwischen die Zähne. »Wie meinen Sie das? Wer denn sonst? Hier ist kein Fremder durch.«

»Woher wissen Sie das?«

»Es wäre mir aufgefallen, wenn jemand Fremdes herumgeschlichen wäre. Hier waren Sonntag nur Leute, die auch hierhin gehörten.«

»Sie waren am Sonntag hier? Haben Sie das der Polizei gesagt?«

»Genau das.«

»Haben Sie Andi gesehen? Hat Sonnefeld noch gelebt, als Andi von ihm wegging?«

»Fiebig hab ich mit Sonny streiten hören, aber ich weiß nicht, um was es ging. Geht mich auch nichts an. Dann musste ich weiter. Da war nichts Auffälliges. Ich habe auch nicht auf die Uhr gesehen. Es ist hier jedenfalls kein Unbekannter herumgeschlichen. Ah, da kommen sie ja.«

Er ließ den Zigarillo endgültig zu Boden fallen und trat ihn sehr langsam und sehr sorgfältig aus. »Anna hat zwar ihre Macken, aber sie ist ein prima Mädchen. Wie die zupacken kann! Immer zur richtigen Zeit an der richtigen Stelle.«

Anna Fröhlich und Retzlaff gingen links und rechts von Rother Wind, auf dem ein Jockey saß und dem Tier den Hals tätschelte. Er hörte aufmerksam zu, was Anna ihm sagte, und nickte ein paar Mal. Dann hatte die Gruppe Lea erreicht.

Der Jockey stieg vom Pferd. »Schöne Maschine«, sagte er, strich ihm mit einem sehnsüchtigen Blick über die Nüstern und entfernte sich zögernd.

Anna nestelte an einer der vielen Taschen ihrer Arbeitsweste herum. Obwohl es schon jetzt heiß war, trug sie ein buntes Tuch um den Hals. Als sie Lea sah, brachte sie nur ein freudloses Lächeln zustande.

»Irgendwann lerne ich Sie noch ein, Sie sind ja bald öfter hier als ich. Schmied, gut dass du da bist. Rechts vorn. Ich kriege es nicht raus.«

Der Mann begann wortlos, am Huf zu schaben und zu klopfen, und Lea nahm Anna ein Stück beiseite. »Frau Fröhlich, ich muss mit Ihnen über Lilly reden.«

»Da gibt es nichts zu reden, wie oft soll ich das noch sagen? Ich habe andere Sorgen. Die Trauerfeier findet Dienstag statt, und zwar ohne Lilly und bitte auch ohne Presse!« Anna hievte einen Sack aus der Lagerbox und zog ihn an sich. »Udo, gib mir bitte die Schere vom Fensterbrett«, befahl sie, dann schnitt sie den Sack auf und steckte die Schere in die Gesäßtasche ihrer Jeans.

Lea ließ sich nicht ablenken. »Aber Sie haben doch am Dienstag versucht, sie zu erreichen!«

Anna stieß einen überraschten Laut aus. »Woher wissen Sie das? Spionieren Sie mir nach?«

»Ich versuche nur, mir ein Bild zu machen. Aber ich stoße überall auf Ungereimtheiten. Helfen Sie mir. Ich will den Mord an Ihrem Mann aufklären.«

»Aber das ist er schon. Fiebig sitzt endlich in Haft, und ich hoffe, er bleibt dort sein Leben lang.«

»Er war es nicht.«

»Woher wollen Sie das so genau wissen?« Jetzt war Anna Fröhlich ehrlich fassungslos. Der Schmied hörte auf zu arbeiten und sah neugierig hoch.

»Es war jemand anderer. Ganz bestimmt. Ich habe sogar einen Verdacht.«

Anna Fröhlich sah sich um. »Interessant. Da vorn, der Strohballen. Gehen wir dorthin.« Sie setzten sich, und Anna steckte die Schere in die tiefe Seitentasche der Weste, wo sie nicht störte. Dann konzentrierte sie sich auf Lea. »Also?«

»Ich brauche mehr Informationen, Frau Fröhlich, und zwar von Ihnen. Über Lilly, auch wenn es Ihnen schwerfallen sollte, über sie zu reden. Ich glaube nämlich, dass sie nicht freiwillig verschwunden ist.«

»Wollen Sie andeuten, sie wurde entführt?«

»Schlimmer.«

Anna Fröhlich war sichtlich entsetzt. »Sie meinen …«, begann sie langsam.

Lea nickte.

»Das glaub ich nicht. Aber das ist ja …« Anna Fröhlich öffnete den Mund, aber sie brachte keinen weiteren Ton heraus. Sie wurde blass, und Lea bekam Angst, die Frau würde in Ohnmacht fallen. Augenblicklich meldete sich ihr schlechtes Gewissen. Was mutete sie dieser Frau da eigentlich zu? So stark konnte doch kein Mensch sein, um solche Nachrichten zu verkraften. Gerade erst war der Ehemann ermordet worden, und jetzt auch noch eine Todesmeldung über ihre Schwester?

Aber Anna Fröhlich hatte ein Recht darauf, zu wissen, was vielleicht mit ihrer Schwester geschehen war. Lea hätte etwas darum gegeben, wenn jemand anderer diese Nachricht überbracht hätte. Plötzlich bekam sie Skrupel. Noch waren es doch nur Vermutungen. Sie hatten noch keine Leiche und wohl auch noch kein Geständnis, sonst hätte Gottlieb sie bestimmt informiert.

Die Schultern der Frau sackten nach vorn. Lea strich ihr über den Arm.

»Frau Fröhlich, ich weiß gar nicht, wie ich es formulieren soll. Vielleicht stimmt alles gar nicht, aber im Moment sieht es nicht gut aus. Auf jeden Fall kann ich Ihnen sagen, dass die Polizei in diesem Moment bei Ihrem Schwager ist und ihn vernimmt.«

»Stephan Ritter? Jetzt verstehe ich gar nichts mehr. Wieso sind die bei dem? Sie meinen doch nicht, er hat meine Schwester …? Er soll sie … umgebracht haben?« Anna erstarrte. Dann bog sie den Kopf zurück und lachte schallend.

»Das ist der größte Unfug, den ich je gehört habe«, japste sie schließlich, als sie sich wieder einigermaßen gefangen hatte. »Warum sollte er meine Schwester umbringen? Über sie kommt er doch an mein Geld, und nur über sie! Im Vermächtnis meines Vaters steht, dass Lilly ihren Erbteil, wenn sie ihn sich auszahlen lässt, genauso wie die von ihm festgelegten monatlichen Zahlungen nicht verschenken oder vererben darf. Jedenfalls nicht an ihren Ehemann, höchstens an einen leiblichen Nachkommen. Und den hat sie nicht, das hätte sie mir bestimmt unter die Nase gerieben.«

»Aber genau das würde erklären, warum Ihr Schwager Ihre

Schwester verschwinden ließ. Er hat das Geld weiter kassiert. Fast wäre er damit noch für lange Zeit durchgekommen.«

»Quatsch. Das wäre doch entdeckt worden. Sonny wollte ihn treffen. Wir müssen mit den Zahlungen runter, und zwar mit allen Mitteln. Wenigstens eine Zeit lang. Ein Bankrott würde ihnen ja auch nichts nutzen. Sonny meinte, er könnte mit Ritter vielleicht eher reden als mit Lilly, diesem sturen Aas. Klar wundert es mich, dass Lilly sich auch jetzt nicht meldet, aber unüblich ist das nicht. Wahrscheinlich hat sie noch gar nicht mitbekommen, was geschehen ist.«

»Die Nachbarn haben sie seit Monaten nicht mehr gesehen.«

»Das sagten Sie schon. Aber deshalb muss sie doch nicht tot sein. Sie wird eben irgendwo in einer Zweitwohnung Hof halten und es sich gut gehen lassen. Sie hat immer Mahnschreiben geschickt, wenn eine Zahlung auch nur wenige Tage überschritten war, erst vor zwei Wochen noch. Das habe ich doch schon erwähnt.«

»Aber eine andere Nachbarin hat deutlich gehört, wie es im Mai zwischen Ihrem Schwager und Ihrer Schwester einen heftigen Streit gegeben hat. Dann hat sie einen dumpfen Schlag gehört, und seitdem ist Lilly nicht mehr aufgetaucht.«

Anna Fröhlich wurde eine Nuance blasser. »Tatsächlich? Nun …« Sie stand auf, sackte aber wieder auf den Strohballen zurück, als würden ihre Beine sie nicht tragen, sah auf den Boden und vergrub ihr Gesicht in ihren Händen. Eine lange Zeit herrschte Schweigen. Drüben hörte Lea Rother Wind schnauben. Retzlaff sagte etwas, und der Schmied lachte brummend. Ein kräftiger Donnerschlag zerriss die Stille. Im gleichen Augenblick fegte ein kräftiger Windstoß durch die Gasse und wirbelte feinen Sand auf. Das schwarze Wolkengebirge hatte die Sonne erreicht, und es wurde dunkel. Ein Ferienflieger setzte zum Landeanflug auf dem nahe gelegenen Flugplatz an.

Anna rührte sich nicht. Lea legte ihr die Hand auf die Schulter und sagte leise: »Es tut mir leid.« Etwas Besseres fiel ihr nicht ein.

Annas Handy begann zu klingeln. Geistesabwesend tastete sie ihre Weste danach ab und zog es mit der linken Hand aus einer der Taschen. Sie schaltete es ganz nebenbei aus, ohne hinzusehen. Wie versteinert haftete ihr Blick am Boden.

Der Wind verstärkte sich. Retzlaff schaffte Futter, Schubkarre und Mistgabel in die Futterbox, der Schmied richtete sich auf und gab dem Pferd einen kleinen Klaps. Rother Wind hob den Kopf und wieherte und zerrte am Halfter.

Schließlich richtete sich Anna auf. Sie hatte nicht geweint. Was für eine starke Frau.

»Meinen Sie, mein Schwager hat auch Sonny getötet? Weil er ihm vielleicht auf die Schliche gekommen ist?«

Lea nickte vorsichtig. »Möglich.«

Anna Fröhlich sah in den Himmel, aus dem die ersten Blitze zuckten. Sie schloss die Augen und atmete tief ein und aus. »Das klärt vieles«, sagte sie dann, irgendwie erleichtert.

Leas Telefon begann zu klingeln. Auf dem Display erkannte sie, dass es Gottlieb war. Sie stand auf und ging ein Stück weg, ehe sie die Hörertaste drückte.

»Ich kann Anna Fröhlich nicht erreichen. Wissen Sie, wo sie ist?«

»Neben mir.«

»Geben Sie sie mir bitte.«

Lea hielt Anna das Gerät hin und flüsterte Gottliebs Namen. Doch Anna schüttelte den Kopf und vergrub ihr Gesicht wieder in ihren Händen.

»Sie will nicht. Ich habe ihr gerade alles gesagt.«

»Was haben Sie ihr gesagt?«

»Das mit ihrer Schwester und Ritter und dass Ritter wohl auch ihren Mann auf dem Gewissen –«

»Um Gottes willen! Stellen Sie das sofort richtig. Lilly lebt! Schwester Karina lebt! Und Ritter hat für die Tatzeit am Sonntag ein Alibi.«

»Was?«

»Sie haben mich richtig verstanden. Lilly Ritter hat im Mai einen Anfall erlitten und ist ins Koma gefallen. Wachkoma. Ritter hat sie in der fraglichen Nacht zu einem befreundeten Kollegen in eine Spezialklinik bei Offenburg geschafft und lässt sie dort auf seine Kosten von Schwester Karina pflegen. Nicht ganz uneigennützig, wie er zugibt. Sie haben Gütertrennung vereinbart, sich vertraglich gegenseitig als Erben ausgeschlossen, und es gibt eine Patientenverfügung, dass Lilly, sollte sich ihr Zustand verschlechtern, nicht am Leben erhalten werden möchte. Dann bekäme Ritter kein Geld mehr, und dann würde er die Klinik verlieren. Deshalb die Heimlichtuerei, auch mit Schwester Karina.«

»Aber, aber …«, stotterte Lea, unfähig, das Gehörte richtig zu verarbeiten.

»Wir haben es überprüft. Ich habe mit dem zuständigen Chefarzt gesprochen. Lilly Ritter liegt wirklich dort, allerdings ist der Pflegeaufwand derzeit nicht hoch, außerdem hat man Ritter eine Art Freundschaftsdienst angeboten. Ritter hat Schwester Karina zu Stillschweigen verpflichtet und zahlt alles aus eigener Tasche, damit noch nicht einmal die Krankenkasse etwas von ihrem Zustand erfährt. Es geht hier wirklich um viel Geld. Ich habe Lillys Testament und den Ehevertrag eingesehen, wie Sie mir geraten haben.«

»Das gibt es doch gar nicht!« Lea sah zu Anna hinüber, die immer noch verstört auf dem Strohballen kauerte. Alles war falsch? Sie hatte die Frau vollkommen unnötig gequält? Und das alles nur, weil sie so voreilig gewesen war!

»Tut mir leid, Frau Weidenbach. Um ganz ehrlich zu sein, Ihre Theorie klang sehr einleuchtend. Ich habe ja selbst fast daran geglaubt, heute Nacht und auch heute Morgen noch.«

»Aber dann …«

»Ich werde Ihrem Freund Fiebig ausrichten, wie sehr Sie sich für ihn eingesetzt haben. Hätte ja auch etwas dran sein können. Machen Sie sich keine Vorwürfe. Sie haben getan, was Sie konnten.«

»Wo ist Lilly? Frau Fröhlich wird sie bestimmt sehen wollen.«

Anna hob den Kopf, als sie ihren und den Namen ihrer Schwester hörte.

»Haben Sie etwas zum Schreiben? Es ist eine kleine Klinik nahe Offenburg, die sich auf Komafälle spezialisiert hat.« Dann diktierte er Lea die Anschrift und die Wegbeschreibung für Anna Fröhlich. »Ich hoffe, Sie kommt damit klar. Ritter hat es mir so erklärt. Er war übrigens am Tattag mit Lilly auf der Rennbahn. Das blitzende Stück Stahl auf dem Foto gehörte zu ihrem Rollstuhl. Er war sehr überrascht, als ich ihm das Foto zeigte. Er habe sich extra in der zweiten Reihe aufgehalten, damit ihn niemand erkennen könnte, hat er mir gesagt. Und seiner Frau habe er Sonnenbrille und Hut aufgesetzt und sie in eine Decke gehüllt. Er hatte gehofft, die Atmosphäre auf dem Rennplatz und der Anblick von Rother Wind würden ihren Zustand verändern. Es gibt solche Fälle. Aber sie zeigte keinerlei Reaktion. Deshalb hat er sie wieder ins Auto gebracht und ist in die Klinik zurückgefahren. Die Zeit stimmt, Schwester Karina hat am Telefon bestätigt, dass er kurz nach siebzehn Uhr zurück war.«

Lea schüttelte den Kopf. »Unglaublich, was Sie mir da erzählen. Einfach unglaublich.«

»Eigentlich wollte ich es Anna Fröhlich persönlich mitteilen, aber wenn Sie gerade bei ihr sind …«

»Klar, Herr Gottlieb, ich sag es ihr. Ich kann das noch gar nicht fassen. Danke. Danke für die Information. Du lieber Gott, ich habe sie völlig unnötig in Angst und Schrecken versetzt. Aber ich mach das wieder gut! Ich begleite sie zur Klinik!«

Sie legte auf und ging langsam auf Anna zu. Die sah ihr hellwach und neugierig entgegen, und Lea wurde es schwer ums Herz. Wie hatte sie der Frau nur ungeprüft eine derartige Schreckensgeschichte erzählen können!

*

Maximilian Gottlieb öffnete die Tür zu seinem Büro und hatte den Eindruck, gegen eine Wand zu laufen, so stickig war der Raum. Er öffnete ein Fenster, aber es brachte nichts, denn auch draußen stand die Luft. Schweiß lief ihm den Rücken herab und ließ sein Poloshirt an ihm kleben wie Zellophan. Hier war es einfach nicht zum Aushalten! Am liebsten wäre er aus der Haut gefahren. Über der Stadt hatten sich schwarze Wolken zu einem bedrohlichen Gebirge zusammengeschoben. Bestimmt kam das Gewitter bald herunter. Vielleicht wurde es danach erträglicher.

Er quetschte sich zwischen einem komischen, großen, gelblichen Gewächs und der Schreibtischkante durch und bückte sich automatisch, um zu fühlen, ob die Pflanze Wasser brauchte. Die Erde war ganz trocken. Das bedeutete, dass er den langen Weg zum Waschraum ein zweites Mal würde laufen müssen. Nicht jetzt! Später, gegen Feierabend, wenn es sich abgekühlt hatte, dann würde die Pflanze bekommen, was sie brauchte.

Ächzend ließ er sich auf seinen Stuhl fallen und betrachtete missmutig den Stapel Akten und Unterlagen, der sich im Eingangskasten auf der rechten Seite des Schreibtischs türmte. Eigentlich wäre er gern übers Wochenende im Schwarzwald wandern gegangen, aber solange sie kein Geständnis von Fiebig hatten, ging das nicht. Außerdem war ihm doch ein arbeitsreiches Wochenende immer noch lieber als eines, an dem er nicht wusste, wie er die Zeit noch totschlagen konnte.

Sein Magen machte ihm zu schaffen. Er hatte nach dem großartigen Abendessen von gestern aufs Frühstück verzichtet, und das rächte sich jetzt. Hähnchenteile waren bestimmt kalorienärmer als ein Burger. Ob er schnell über die Straße laufen sollte? Eigentlich hatte er sich vorgenommen, sich nach dem Mordfall vernünftiger zu ernähren. Der gestrige Abend hatte schließlich bewiesen, dass leichtes Essen sehr wohl gut schmecken und satt machen konnte!

Wenn die Weidenbach nur nicht so sehr darauf beharren würde, dass Fiebig unschuldig war! Sie hatte ihn damit ja schon fast angesteckt. Dabei gab es doch gar nichts zu rütteln, alles, aber auch alles sprach gegen den Mann. Es gab allerdings immer noch kein Geständnis, obwohl Ihle, dieser Schleimer, sein Bestes versuchte, damit sein Mandant endlich beichtete. Erstaunlich, dass Lea ausgerechnet den ausgesucht hatte. Hatte sie sich von seinem fröhlichen, umgänglichen Äußeren blenden lassen? Gottlieb selbst hatte auch Monate gebraucht, bis er hinter die Fassade dieses Anwalts geblickt hatte. Wenn Lea wüsste, wie oft Ihle ihn anrief und ausplauderte, was sein Mandant gerade dachte, nur um im Gegenzug zum Beispiel einen vorzeitigen Blick in den Obduktionsbericht werfen zu können, den er zwei Wochen später ohnehin bekommen hätte – sie würde einen Antrag auf Ausschluss aus der Anwaltskammer einreichen! Er hatte ihr eigentlich gestern Abend die Augen öffnen wollen, aber dann war sie ihm mit Dr. Ritter zuvorgekommen.

Gottlieb zog die erste Akte aus dem Stapel und gähnte. Er hatte überhaupt keine Lust zu Schreibtischarbeit, und außerdem hatte der Schriftkram Zeit. Ob er nachsehen sollte, wie weit Sonja mit Ritters Protokoll war? Er musste immer noch innerlich den Kopf schütteln über die abenteuerliche Geschichte, die Lea ihm präsentiert hatte. Es hatte alles glaubwürdig und logisch geklungen! Und dann hatte es sich in Luft aufgelöst! Nun, ganz so harmlos war es auch wieder nicht, immerhin hatte sich Ritter etlicher Urkundenfälschungen schuldig gemacht, und das musste an die Staatsanwaltschaft weitergeleitet werden. Vielleicht sollte er Ritter zu diesem Punkt noch einmal selbst vernehmen. Sonja hatte vorhin schon wieder so verdächtig an seinen Lippen gehangen. So kannte er sie gar nicht. Was war nur an dem Kerl dran?

Schwerfällig rappelte er sich hoch und nahm gleich das leere Gießkännchen mit. Auf dem Gang waren alle Fenster geöffnet. Ein heftiger Luftzug ließ eine Tür zuknallen. Draußen begann es zu donnern, und deshalb hatte Sonja wohl sein Klopfen überhört. Sie saß jedenfalls wie ein hypnotisiertes Kaninchen an ihrem Schreibtisch. Ritter beugte sich zu ihr vor und blickte ihr tief in die Augen.

»Ganz eindeutig«, hörte Gottlieb ihn gurren, »meerblau mit einem schmalen grünen Kranz drum herum. So etwas habe ich noch nie gesehen. Die schönsten Augen der Welt.« Ritter konnte es nicht lassen, den Frauenhelden zu spielen. Genau wie Lea es gestern Abend geschildert hatte.

Sonja gluckste. Solche Komplimente bekam sie von Appelt garantiert nicht.

Gottlieb räusperte sich. »Ist das Protokoll fertig? Ich würde mir gern die Passage über die Urkundenfälschungen ansehen.«

Sonja wurde puterrot. »Also, das, ach ja. Darüber wollte ich eine gesonderte Anzeige schreiben.«

Ritter zeigte seine weißen Zähne. »Herr Kriminalhauptkommissar, Ihre charmante Kollegin war so freundlich und hat mich über die Rechtslage in Betreuungsfällen aufgeklärt. Ich werde einen Antrag auf Betreuung meiner Frau stellen, dann erledigt sich das doch mit der Anzeige, oder? Dann kann ich Verträge und Dokumente in ihrem Namen unterschreiben. Lilly hat doch keinen Schaden erlitten.«

»Das hat die Staatsanwaltschaft zu entscheiden.« Heftiger, als er es zunächst vorgehabt hatte, fuhr Gottlieb fort: »Das mit der Betreuung ist außerdem gar nicht sicher. Das Vormundschaftsgericht wird natürlich auch Ihre Schwägerin fragen, ob sie das Amt übernehmen will.«

»Anna? Was hat die damit zu tun?« Ritter verwandelte sich vom Schmusekater in eine angriffslustige Raubkatze. Man konnte förmlich sehen, wie er die Krallen ausfuhr.

»Oh, ich glaube, eine ganze Menge. Immerhin ist sie ihre Schwester. Und wenn sie Lilly erst in ihrer hilflosen Lage gesehen hat, wird sie bestimmt von sich aus die Betreuung beantragen.«

Ritter fuhr auf. Alles Künstliche und Eingebildete fiel von ihm ab. Er war die Panik in Person, seine Augen weiteten sich, seine gebräunte Haut wurde fahl. Sein Körper spannte sich an, als würde er gleich zum Sprung an Gottliebs Hals ansetzen.

»Wie meinen Sie das? Sie haben ihr doch nicht etwa gesagt, wo Lilly ist?«

»Sie ist vermutlich schon auf dem Weg zu ihr.« Gottlieb sah zur Uhr. »Wahrscheinlich ist sie bereits dort.«

»Um Gottes willen«, schrie Ritter auf. Er stürzte auf Gottlieb zu, packte ihn am Revers und schüttelte ihn, außer sich vor Angst. »Lieber Himmel, verhindern Sie das! Anna darf nicht zu Lilly! Sonst gibt es ein Unglück!«

VIERUNDZWANZIG

Die gewaltige Gewitterfront kam von Süden den Rhein heraufgezogen. Sie rasten direkt in die schwarze Wand hinein. Weiter vorn regnete es bereits heftig, gleich würden sie das Unwetter erreichen. Anna fuhr unkonzentriert und viel zu schnell. Ab Bühl war die A5 voll, auf der rechten Seite schoben sich die Lastwagen zu einer unendlichen Perlenschnur zusammen.

Lea klammerte sich an den Sitz und kniff ein paar Mal die Augen zusammen, wenn Anna wieder einmal zu dicht auf einen Wagen auffuhr oder versuchte, rechts zu überholen. Viel war sowieso nicht zu sehen, weil es begonnen hatte, wie aus Eimern zu gießen. Die Scheibenwischer bewältigten die Wassermassen nicht, und eigentlich hätten sie auf einen Parkplatz fahren und den Regenguss abwarten müssen. Aber Anna jagte weiter durch die Wetterfront, unbeirrt davon, dass der Wagen in den Spurrillen gefährlich ins Schlingern geriet.

In aufkommender Panik fragte Lea sich, ob es wirklich eine gute Idee gewesen war, Anna zu ihrer Schwester zu begleiten. Sie hatte es ihr nur aus schlechtem Gewissen vorgeschlagen, und inzwischen bereute sie ihr Angebot zutiefst. Zumindest hätte sie sich selbst ans Steuer setzen sollen! Anna war durch die Nachricht über den Zustand ihrer Schwester viel zu aufgewühlt, um sich auf den Verkehr zu konzentrieren.

Lea hatte schon auf dem Weg zur Autobahn vorsichtig vorgeschlagen, die Plätze zu tauschen, aber Anna hatte davon nichts wissen wollen, im Gegenteil, sie hatte das Lenkrad noch fester gepackt und erst richtig Gas gegeben. Seitdem herrschte Stille im Auto. Lea sandte ein Stoßgebet nach dem anderen in den Himmel, und Anna knirschte mit den Zähnen.

»Wachkoma«, stieß sie aus. »Das hört sich ja schrecklich an. Lilly, unser Zuckerpüppchen, unser Prinzesschen! Wachkoma!« Ihr Tonfall klang allerdings eher nach Wut als nach Mitleid.

»Tobias Roth hat mir gesagt, dass Lilly öfter bewusstlos geworden ist.«

Anna stieß ein trockenes Lachen aus. »Ihre berühmten Anfälle. Ja. Wenn sie etwas nicht bekommen konnte, fiel sie um. Wie auf Bestellung. Sogar meine Hochzeit hat sie mir verdorben. Nie im Leben hätte ich gedacht ... Wachkoma! Da gab es doch letztes Jahr diesen Fall in den USA, nicht wahr? Terri sowieso ...«

»... Schiavo. Ihr Mann hat schließlich gerichtlich durchgesetzt, dass sie nicht länger künstlich am Leben erhalten werden sollte.«

»Richtig. Die Eltern waren strikt dagegen, ihre Tochter sterben zu lassen. Dabei war die Situation hoffnungslos.«

»Es gab zumindest zahllose Therapieversuche, alle erfolglos. Fünfzehn Jahre lang.«

»Mein Gott! Aber dann ging es doch ziemlich schnell, glaube ich.«

»Im Gegenteil. Sie haben ihr die Magensonde entfernt, und dann ist sie dreizehn Tage lang verhungert und verdurstet.«

Anna biss sich auf die Lippen und schwieg.

Lea konnte sich gut vorstellen, was Anna Fröhlich jetzt dachte, und versuchte, sie zu trösten: »Es gibt Fälle von Spontanheilung. Sie sollten mit den Ärzten reden. Es gibt bestimmt Hoffnung. Die Klinik hat einen sehr guten Ruf, hat Herr Gottlieb gesagt.« Anna reagierte nicht, also schwieg Lea ebenfalls und konzentrierte sich wieder darauf, die Fahrt an den Haltegriff geklammert zu überleben.

Mit quietschenden Reifen schnitt Anna Fröhlich einen Lastwagen und erwischte in letzter Sekunde die Ausfahrt nach Offenburg. Immer noch blitzte und donnerte es, der Regen nahm zu. In dieser Gegend musste das Unwetter schon länger toben, denn das Wasser stand bereits zentimeterhoch in den Straßen und floss nicht mehr ab.

Lea dirigierte Anna Fröhlich durch die Stadt, den Anweisungen Gottliebs folgend. Die Klinik lag außerhalb, Richtung Gengenbach, direkt hinter der Kinzig. Es war ein lang gestreckter, neuer Glaspalast, in dem sich die Flusslandschaft und die Höhen des Schwarzwalds vor der dramatischen Kulisse des Gewittersturms spiegelten. Ein großer, noch unbefestigter Parkplatz befand sich vor dem Haus.

Anna parkte genau vor dem Eingang in einer großen Pfütze und kümmerte sich nicht darum, sondern lief in das Gebäude. Lea folgte ihr mit langen Sprüngen, um ihre Schuhe nicht zu ruinieren. Am Empfang wartete Anna ungeduldig auf den Tresen klopfend, bis man Station und Zimmernummer herausgesucht hatte. Sie hörte die Erklärungen nach dem Weg gar nicht zu Ende an, sondern stürmte los. Lea sah noch aus dem Augenwinkel, wie die Frau am Empfang zum Telefonhörer griff, dann beeilte sie sich, Anna einzuholen.

Das Zimmer sollte im dritten Stock liegen. Anna war außer Atem, als sie den letzten Treppenabsatz erreichten, und sie verschwendete keinen Blick auf die Aussicht vom verglasten Flur auf die Silhouette von Offenburg, die Kinzig und die Auenlandschaft, die trotz des Regens atemberaubend war. Hier oben war es unwirklich still, stellte Lea fest. Sie waren die Einzigen, die durch den Gang hasteten. Keine auf und ab wandernden Patienten, keine Besucher, nicht mal Schwestern oder die obligatorischen Wagen mit Medikamentenschalen, Tee und Essenstabletts waren zu sehen. Das Schwesternzimmer vorn an der Treppe war leer gewesen. »Intensivstation, kein Zugang« stand an der Glastür eines Gangs, der nach rechts abging. Der nächste Flur musste es sein.

Die Glastür zur benannten Station war verschlossen. Auf einem Schild neben der Klingel wurden Besucher gebeten, nur einmal zu läuten und dann Geduld zu haben.

Anna stieß einen hektischen Laut aus und ließ den Finger auf der Klingel. Gleichzeitig klopfte sie mit dem Autoschlüssel in der anderen Hand gegen die Glastür.

»Aufmachen!«, rief sie.

Eine ganze Weile tat sich gar nichts.

Irgendwann ließ Anna die Arme sinken, lehnte sich mit dem Rücken gegen die Tür und schloss die Augen. Dann setzte sie sich neben Lea auf einen Stuhl und vergrub ihr Gesicht in den Händen, stand aber wieder auf, um erneut zu klingeln und zu klopfen.

»Was soll das? Warum lassen die mich nicht rein?«, murmelte sie.

Lea fragte sich erneut, warum um alles in der Welt sie mit der Frau mitgefahren war. Sie konnte hier überhaupt nicht helfen. Sie sollte in Baden-Baden sein und Sonnefelds Mörder suchen.

»Na endlich«, seufzte Anna Fröhlich in diesem Augenblick und stand auf. Eine Gruppe in Weiß kam den Gang vom Treppenhaus her auf sie zu, zwei Männer und zwei Frauen. Ihre Namensschilder wiesen sie als Ärzte aus.

Ein dynamischer älterer Herr mit Goldrandbrille und weißem Haarkranz stellte sich als Prof. Dr. Dr. Kellermann vor, zuständiger Chefarzt und bundesweiter Spezialist für die Behandlung von apallischen Syndromen. Zu viel der Überheblichkeit, fand Lea und sah zur Decke. Der sympathische Stationsarzt an seiner Seite zwinkerte ihr zu und grinste leicht.

Man bat sie in ein feudales Büro am Beginn des Ganges neben dem Treppenaufgang. Von hier hatte man eine fantastische Sicht auf die Hügelketten des Schwarzwalds. Kellermann verzog sich hinter seinen übergroßen, mit Papieren übersäten Schreibtisch, der Rest der Gruppe blieb stehen.

Der Empfang hatte die Ärzte informiert, und nun wollten sie wissen, wer die Frau war, die sich auf einmal für ihre Patientin interessierte. Kellermann spielte mit einem goldenen Kugelschreiber, während er Anna Fröhlichs unhöflich knappe Erklärung zur Kenntnis nahm.

»Und wer sind Sie?«, wandte er sich an Lea.

Sie öffnete den Mund, doch Anna war schneller.

»Frau Weidenbach begleitet mich.«

Der Chefarzt hob gleichgültig die Schultern. »Wenn Sie so wollen …«

»Und jetzt will ich zu Lilly. Sofort!«

»Eine Minute noch. Wir möchten Ihnen vorher einige Informationen über den Gesundheitszustand der Patientin geben.«

»Sie liegt im Wachkoma, ich weiß.«

»Es gibt ein paar Dinge, die Sie dazu wissen sollten.«

»Das hat Zeit. Ich will sie sehen!«

»Frau Fröhlich, Ihre Schwester ist schwer krank. Das apallische Syndrom …«

»Später. Ich will sie sehen.«

Lea begann sich zu wundern, wie unberührt Anna zu sein schien. Sie sah auf die Uhr und trommelte mit den Fingern auf die Stuhllehne, als müsse sie dringend einen Zug erwischen, und nicht als bereite sie sich innerlich darauf vor, ihre jüngere Schwester in einem erbärmlichen Zustand anzutreffen.

Auch der Chefarzt war aus dem Konzept gebracht. Er zwinkerte heftig, dann schob er das Kinn vor. »Also gut. Aber Ihre Schwester liegt seit Mai hier. Nach so langer Zeit ist die Chance gering, dass sie … ich meine …«

»Wird sie sterben?«

»Im Moment ist ihr Zustand für ihre Krankheit ungewöhnlich stabil. Sie braucht nur eine Magensonde, ist an einen Tropf mit Flüssigkeit angeschlossen und benötigt ab und zu Sauerstoff. Wenn Sie wollen, können wir die Schläuche gern für eine gewisse Zeit abnehmen und Sie können ihren Rollstuhl in die Cafeteria schieben.«

»Wozu?«

»Ihr Schwager macht das, wenn er sie besuchen kommt. Letzten Sonntag hat er sie sogar zu einem größeren Ausflug mitgenommen.«

»Ich habe davon gehört. Nach Baden-Baden zum Pferderennen. Keine gute Idee. Hat sich Lilly danach verändert?«

Der Professor sah besorgt ins Krankenblatt, das ihm der Stationsarzt hinhielt. »Ich fürchte …«

»Also nicht! Gut. Was noch?«

»Der Zustand Ihrer Schwester ist sehr ernst. Ich möchte Sie darauf vorbereiten …«

»Jetzt lassen Sie mich doch endlich zu ihr!«

Der Professor erhob sich zögernd, mit einer unsicheren Bewegung. Ganz offensichtlich war er es nicht gewohnt, im Wort abgeschnitten und herumkommandiert zu werden. Still ließ man ihnen den Vortritt und begleitete sie den Gang hinab, schloss die Glastür auf und brachte sie zur Tür des Krankenzimmers.

*

Gottlieb packte Ritters Hände, drehte sich blitzschnell weg und bog Ritter dabei den Arm auf den Rücken. Der Arzt stieß einen Schmerzenslaut aus und krümmte sich.

»Das machen Sie nicht noch mal«, blaffte Gottlieb ihn an. »Ich lasse Sie sonst festnehmen wegen Widerstands und Körperverletzung!«

Ritter nickte, stöhnte und hob die freie Hand hoch. »Lassen Sie schon los.«

Gottlieb lockerte den Griff, und Ritter richtete sich auf. Mit schmerzverzerrtem Gesicht massierte er sich das Handgelenk. »Mir sind die Nerven durchgegangen, Herr Gottlieb«, murmelte er als halbe Entschuldigung. »Aber Sie müssen das verhindern. Bitte! Anna darf nicht zu Lilly!«

»Eins nach dem anderen. Jetzt schreiben wir erst einmal das Protokoll.«

»Nein, das geht nicht. Hören Sie, das gibt ein Unglück! Anna hasst Lilly! Wissen Sie, wie ich Lilly kennengelernt habe?«

Gottlieb schüttelte unbehaglich den Kopf. Wollte der Mann jetzt etwa Anna Fröhlich die Schuld am Zustand seiner Frau geben?

Sonja war bei Ritters Attacke aufgesprungen und hatte den Telefonhörer in der Hand, sah ihn jetzt aber fragend an, ohne etwas zu veranlassen. Er machte eine kurze Handbewegung, dass sie sich wieder setzen sollte.

»Das wird alles protokolliert. Sonja, bitte fang an.«

Ritter ließ sich auf einen Stuhl fallen, sprang sofort wieder hoch und hob die Arme. »Bloß kein Protokoll. Dazu ist keine Zeit!«, stammelte er. Dann setzte er sich wieder. Er schluckte trocken und knetete die Hände.

»Lilly kam kurz vor Weihnachten 2000 zu mir in die Klinik. Damals war ich im Klinikum Offenburg in der Unfallchirurgie und habe ihre Erstversorgung vorgenommen, bevor sie zur Neuro und dann zur Psycho weitergereicht wurde.«

»Sie hatte also einen Unfall?«

»Körperverletzung war das, wenn nicht versuchter Mord, begangen von ihrer lieben Schwester Anna.«

Jetzt wurde Gottlieb ärgerlich. »Was wollen Sie Ihrer Schwägerin unterstellen?«

»Wie würden Sie das bezeichnen, wenn jemand mit voller Wucht und voller Absicht mit einer Mistgabel auf Sie einsticht?«

»Wie bitte?« Gottlieb verstand kein Wort. »Wer hat wen angegriffen und verletzt? Und warum? Und wann? Und wo?« Er ärgerte sich über Ritters Gedankensprünge.

Ritter kümmerte der Zwischenruf nicht.

»Am dritten Advent 2000 ist Lilly Fröhlich in meine Station gekommen, noch aus eigener Kraft, aber fast in letzter Minute. Sie hatte zwei Tage in einem Hotelzimmer zugebracht und versucht, die Wunden selbst zu versorgen, ehe sie sich dann doch in ärztliche Obhut begab. Die Mistgabel hatte ihren Oberarm durchbohrt und war ihr durch den Arm hindurch in die Seite gefahren. Sie war schwer verletzt. Sie muss unglaubliche Schmerzen gehabt haben, wollte aber nicht zum Arzt, weil sie ihre Schwester nicht anzeigen wollte.«

»Und so haben Sie sie behandelt, ohne die Polizei zu rufen?«

Ritter winkte ab. »Das tut doch jetzt nichts zur Sache. Anna war es. Anna hat ihr das Ding in den Leib gerammt, nur wegen eines dummen Streits. Lilly hatte gegen Rother Wind die Peitsche gebraucht, um ihn zur Vernunft zu bringen, und schon war ihre große Schwester dermaßen explodiert. Das ist doch nicht normal! Sie ist unberechenbar, aggressiv und gewaltbereit!«

Gottlieb spürte, wie sich ein Adrenalinschub bereit machte, ihn zu überschwemmen. Langsam, langsam! Er brauchte einen kühlen Kopf zum Denken!

»Noch mal: Sie behaupten also, Anna Fröhlich habe ihre Schwester Lilly mit einer Mistgabel tätlich angegriffen? Denken Sie sich das nur aus, um davon abzulenken, was Sie mit Lilly angestellt haben? Grundlos wird sie wohl nicht ins Koma gefallen sein.«

Ritter schüttelte den Kopf. »Lilly hat sich danach nie mehr in Annas Nähe getraut. Selbst als ihr Vater beerdigt wurde, musste ich sie begleiten, solch eine Angst hatte sie. Anna ist nicht so friedfertig, wie sie tut! Lilly hat mir grausige Sachen erzählt, wie ihre Schwester ausrastete, wenn sie meinte, Undank zu ernten, sogar gegenüber Tieren. Das ist eine fixe Idee von ihr!«

Gottlieb blieb skeptisch. »Ihrer Meinung nach hat Anna Fröhlich also ihre Schwester schwer verletzt, nur weil diese ein Pferd gezüchtigt hat?«

»Nicht irgendein Pferd. Ein Fohlen. Rother Wind! Und Rother Wind war wie ihr Kind.«

»Trotzdem. Warum fällt Ihnen das jetzt ein? Das ist doch Jahre her.«

»Weil Sie gerade gesagt haben, dass Anna auf dem Weg zu Lilly ist, verdammt! Kapieren Sie doch endlich! Anna ist zu allem fähig. Sie gehört in Behandlung. Sie dreht völlig durch! Schon als Kind hat sie ihr kleines Kätzchen ertränkt, weil es ihr Kopfkissen verunreinigt hatte. Mit zwölf oder dreizehn hätte sie beinahe ihren Hund getötet, wenn ihre Tante nicht in letzter Minute dazwischengefahren wäre, und das nur, weil er ihr nicht gehorcht hatte –«

»Nicht jedes Kind, das Tiere quält, ist als Erwachsener gemeingefährlich! Ich bitte Sie, Herr Ritter. Jetzt beruhigen Sie sich, und wir schreiben zuerst das Protokoll über Sie und Ihre Ehefrau Lilly.«

»Sie hat nicht nur Tiere misshandelt. Wenn ich Lilly richtig verstanden habe, ist ihre Schwester auch als Jugendliche ein paar Mal gegen Mitschüler tätlich geworden. Und fragen Sie im Hotel und im Gestüt nach, wie viele fristlose Kündigungen sie ausgesprochen hat, weil jemand unter die Kategorie undankbar fiel.«

Gottlieb erinnerte sich, dass Retzlaff mehrfach seine Angst geäußert hatte, entlassen zu werden. Er hatte das für überzogen gehalten. Konnte es möglich sein, dass Anna Fröhlich nicht die gutmütige Mamma war, die er in ihr gesehen hatte? Andererseits war es ihr gutes Recht, unzuverlässigen Angestellten mit Kündigung zu drohen.

Dr. Ritter sprang hoch und tigerte durch den Raum. »Wenn Sie seelenruhig sitzen bleiben und nichts unternehmen, können Sie gleich ein neues Protokoll schreiben, weil Lilly tot sein wird.«

»Sie übertreiben.«

»Eben nicht! Was meinen Sie, was Anna wegen der Zahlungen veranstaltet hat, zu denen sie plötzlich verpflichtet war! Sie hat das ja nie als Schmerzensgeld gesehen, das ihr Vater für ihren Angriff auf Lilly festgesetzt hat, sondern immer nur als Lillys Schikane. Das hat sie gereizt. Und wenn sie meint, gereizt zu werden und noch dazu das Gefühl von Undankbarkeit aufkommt, dann, dann …«

Gottlieb setzte sich auf Sonjas Schreibtischkante. »Sehen Sie es mal aus Annas Warte. Sie haben ihr die Luft abgedreht. Sie ist in extremen Existenznöten wegen der Zahlungen. Also, da hätte ich Ihnen auch mal gedroht, sogar als Polizist.«

»Herr Gottlieb, Sie verstehen es wirklich nicht!« Ritter nahm die Gießkanne, die Gottlieb auf den Schreibtisch gestellt hatte, und warf sie mit aller Wucht gegen die Wand. Mit einem überraschend lauten Knall zerbrach das stabile Kunststoffteil und fiel zu Boden. Draußen auf dem Gang herrschte plötzlich Totenstille.

Sonja nahm den Telefonhörer auf und wählte ganz langsam eine Nummer. Gottlieb saß da wie erstarrt.

Was machte er jetzt mit dem Kerl? Einsperren? Oder ihn ernst nehmen? Der Mann war nicht verrückt, er war auch nicht durchgedreht. Er hatte eine grenzenlose, hilflose Wut abreagiert. Jetzt hockte er auf seinem Stuhl und sah aus, als fürchte er, gleich hingerichtet zu werden. Er hob die Hände und stammelte eine Entschuldigung.

»Was soll ich tun, damit Sie mir glauben?«, flüsterte er schließlich, und es war dieses Flüstern, das Gottlieb umschwenken ließ. Er bedeutete Sonja mit einem Blick, den Telefonhörer wieder aufzulegen, und zog sich einen Stuhl heran, ganz nahe an Ritter.

»Erklären Sie mir, warum Anna Fröhlich ihrer Schwester etwas antun sollte. Ich habe nichts Konkretes in der Hand!«, sagte Gottlieb, während sein Herz zu hämmern begann.

»Der Angriff auf Lilly war vor fünf Jahren. Seitdem haben sich die beiden Schwestern zwar außer bei der Beerdigung des Vaters nicht mehr getroffen, aber es muss sich bei Anna aus ihrer Sicht eine ganze Menge Wut angestaut haben: Erst erbt Lilly ungerechterweise Veras Villa, dann lässt Lilly sich den Erbteil des Vaters auszahlen und fordert ihren monatlichen Unterhalt ein ohne Rücksicht auf Hypotheken – meinen Sie, Anna liebt ihre Schwester dafür? Wäre ich Polizist, dann würde ich ein Treffen der Schwestern nicht verantworten können. Kein guter Polizist würde das. Hören Sie, ich mache Sie haftbar, wenn meiner Frau auch nur ein Haar gekrümmt wird!«

»Max, ich würde etwas unternehmen. Und wenn Anna Fröhlich einfach nur in Begleitung eines Arztes zu ihrer Schwester dürfte«, mischte Sonja sich ein.

Gottlieb stimmte ihr zu. Nach allem, was Ritter gerade gesagt hatte, würde er Lilly Ritter am liebsten unter Polizeischutz stellen. Aber er hatte keine rechtliche Handhabe, Anna Fröhlich daran zu hindern, ihre kranke Schwester zu besuchen.

»Es liegt nichts vor gegen die Frau!«

Ritter hob den Kopf. »Kann ich sie in Lillys Namen wegen der Mistgabel anzeigen? Oder ist das verjährt? Für mich war das versuchter Mord. Es gibt sogar einen Zeugen dafür, Udo Retzlaff. Wenn der damals nicht dazwischengegangen wäre …«

Gottliebs Nerven begannen zu vibrieren. Herrgott, konnte es tatsächlich sein, dass Lilly Ritter in Gefahr war? Dass er eine Bluttat verhindern könnte, wenn er … ja, was? Selbst wenn er die Offenburger Kollegen ins Krankenhaus schickte, würden sie womöglich zu spät kommen.

Er zog sein Handy aus der Hosentasche. »Wie heißt der zuständige Arzt? Die Telefonnummer?« Er sah auf die Uhr. Anna Fröhlich müsste längst im Krankenzimmer sein. Hoffentlich ging das gut!

Ritter erhob sich halb. »In meinem Kalender. Rufen Sie meine Sekretärin Frau Schuster an! Prof. Dr. Arno Kellermann. Schnell!«

Gottlieb schüttelte den Kopf. Das dauerte zu lange. Er tippte eine Kurzwahlnummer ein. »Lea Weidenbach ist bei ihr«, erklärte er knapp. »Wenn Anna wirklich etwas vorhat, kann nur sie die Katastrophe verhindern.«

FÜNFUNDZWANZIG

Leas Handy begann zu klingeln, als sie vor dem Krankenzimmer standen. Das Display zeigte an, dass Gottlieb versuchte, sie zu erreichen. Sie konnte sich nicht vorstellen, was er wollte. Oder gab es vielleicht eine Chance, dass Andi rechtzeitig frei kam? Bevor sie die Hörertaste drücken konnte, läutete es noch einmal. Sie hatte den schrillsten und aufdringlichsten Ton gewählt, den es gab, damit sie das Handy auch dann noch hörte, wenn es sich irgendwo in den Tiefen des Rucksacks meldete. Jetzt war es ihr peinlich, denn das Klingeln war in dieser Stille entsetzlich laut.

»Keine Handys im Haus, haben Sie die Schilder nicht gesehen?«, zischte eine der Ärztinnen.

»Aber das ist die Polizei …«

»Handys nur außerhalb des Hauses. Schalten Sie es bitte aus. Sofort! Es stört die medizinischen Apparate. Sie können draußen telefonieren. Bitte!«

Zögernd drückte Lea den Ausknopf.

Auch beim Professor begann ein Pager zu summen. Er schüttelte unwillig den Kopf, stellte ihn ab und wandte sich zum Gehen.

»Frau Fröhlich, ich muss einen Anruf beantworten …«

»Natürlich. Bitte sehr. Ich brauche Sie nicht.«

Anna riss die Tür so heftig auf, dass sie mit der Klinke nach hinten gegen die Wand schlug. Obwohl sie am liebsten sofort Gottlieb zurückgerufen hätte, blieb Lea stehen, um einen Blick in das Krankenzimmer zu werfen. Es war ganz anders, als sie es sich vorgestellt hatte, geräumig, aber bis auf einen riesigen Blumenstrauß auf einem quadratischen Resopaltisch war es kahl. Keine Gardinen, keine Bilder, kein Fernseher, keine blinkenden, piependen Apparate, nur ein Besucherstuhl und ein Kruzifix. Das Bett neben der Tür war leer. Die großen Fenster zeigten zum Fluss und zur Auenlandschaft. Immer noch prasselte Regen gegen die Scheiben. Es gab kein anderes Geräusch.

Die Patientin saß in einem Rollstuhl mit Kopfstützen, die Glieder verkrampft. Ihr Kopf wandte sich der Tür zu, durch die die Besucher eintraten, aber es lag kein Erkennen in ihrem leeren Blick. Sie hatte den Mund verzogen, aber es war kein Lächeln, das jemandem gelten sollte.

Neben ihr stand eine gut aussehende, dralle, schwarzhaarige junge Frau im Schwesternkittel. Sie rieb Lilly gerade mit einem Waschlappen den Arm ab. Dann wischte sie ihr sacht über den Mund und entfernte dabei einen Speichelfaden. Lillys Gesichtsausdruck veränderte sich nicht. Neben ihr stand ein Infusionsständer, ein dünner Schlauch führte in ihren Arm, ein weiterer führte aus der Nase und war mit Pflaster an ihrer Wange festgeklebt.

Anna blieb stehen und holte tief Luft. »Lassen Sie mich allein mit ihr«, sagte sie, und es klang wie ein Befehl.

Lea begann zu frösteln. Das war doch keine normale Reaktion, auch wenn die beiden zerstritten waren.

Lea musste angestrengt nach draußen in die Regenlandschaft sehen, sonst hätte sie den Anblick der Kranken nicht ausgehalten. Sie hatte zwar geahnt, was sie in diesem Zimmer erwarten würde, aber die Hilflosigkeit und Leere schnürten ihr die Kehle zu.

Schwester Karina ließ den Waschlappen sinken und sah neugierig von Anna zu Lea. Geistesabwesend strich sie der Kranken dabei über das Gesicht. Lilly lächelte automatisch, aber ihre Augen starrten weiter ins Leere der Decke.

»Würden Sie mich bitte mit ihr allein lassen? Ganz allein!«, befahl Anna. Ihre Stimme klang metallisch, als würde sie nicht mehr zu dieser doch im Grunde weichherzigen Person gehören. Lea konnte sie nicht verstehen. Anna war ihr plötzlich vollkommen fremd. Schock, bestimmt! Anna brauchte Ruhe, um sich auf die neue Situation einzustellen. Es war sicher das Beste, sie für eine Weile mit der Kranken allein zu lassen, damit sie sich an den Anblick der hilflosen, schwer kranken Schwester gewöhnte. Die Ärzte nickten zögernd und machten auch Schwester Karina ein Zeichen zum Rückzug.

Lea war die Erste, die kehrtmachte. Sie lief durch den langen Gang zur Treppe, hinunter in die Eingangshalle und durch die gläserne Drehtür hinaus unter das Vordach, unter dem sie sich rückwärts an die Glaswand presste, um von den schräg peitschenden dicken Regentropfen nicht erreicht zu werden. Endlich tippte sie auf die Kurzwahl für Gottliebs Handy.

Während sie wartete, dass er abhob, malte sie sich aus, er hätte Andi schon freigelassen. Ob Andi ihr glaubte, dass es zum Teil ihr Verdienst war, dass die Polizei auf die Spur des wahren Täters gekommen war?

Dann aber erschrak sie, als sie Gottliebs aufgeregte Stimme hörte, die sich sogar überschlug, während er in abgehackten Sätzen berichtete, was Dr. Ritter ihm gerade offenbart hatte. Mit wachsendem Entsetzen hörte sie ihm zu, ohne auch nur einen Laut von sich zu geben, die freie Hand an den Mund gepresst, wie gelähmt an die Wand gelehnt. Dann, nur eine Minute später, die ihr wie eine Ewigkeit vorkam, zog sie sich den Rucksack wieder auf und rannte mit dem Handy in der Hand durch die Gänge der Klinik. Sie umrundete Rollstühle, Ausgabewagen, Putzmittelcontainer, Patienten, die sich mit Infusionsständern durch die Gänge schleppten, Besucher, die ihr aufgebracht nachsahen, Pflegepersonal, das den Kopf hinter ihr schüttelte. Wo kamen diese Hindernisse nur so plötzlich her?, fragte sie sich verzweifelt.

Aber oben, im dritten Stock, war es so still wie zuvor. Still und leer. Endlich erreichte sie die Glastür zu Lillys Station. Sie war wieder abgeschlossen. Lea klingelte Sturm, aber niemand öffnete. Also rannte sie zum Schwesternzimmer vorn am Fahrstuhl zurück. Es war immer noch leer. Das Chefarztzimmer! Abgeschlossen. Was jetzt? Sie machte kehrt, lief wieder zur Glastür und klopfte mit dem Handy und der bloßen Faust gegen das dicke Glas. Aber es tat sich nichts.

Durch die Scheibe konnte sie am Ende des Flurs die geschlossene Tür zum Krankenzimmer sehen, in dem sich Anna mit Lilly aufhielt. Was ging dort vor sich? Kam sie zu spät? Stimmte es wirklich, dass Lilly in Gefahr war? Würde Anna ihrer kleinen Schwester tatsächlich etwas antun? Lea war verzweifelt. Niemals hätte sie Anna so eingeschätzt. Aber wenn Gottlieb sagte, dass sie schon vor fünf Jahren auf Lilly losgegangen war, dann musste es wahr sein. Dann schwebte die wehrlose Kranke in Lebensgefahr. In höchster Not sah Lea sich um. Sie musste durch diese Glastür kommen, egal wie. Sollte sie die Tür mit einem Stuhl einschlagen?

Dann wiederum beschwor sie sich, Ruhe zu bewahren. Was, wenn es falscher Alarm war? Wenn Ritter sich diese Geschichte nur ausgedacht hatte, um von sich abzulenken? Außerdem: Wie sollte Anna ihrer Schwester schaden können? Schläuche wegreißen? Die Kranke hatte doch nur eine Magensonde und war an einen Tropf angeschlossen, keine akut lebenserhaltenden Geräte. Lilly konnte offenbar Stunden ohne sie verbringen, ohne Schaden zu nehmen.

Das Zimmer selbst war extrem karg eingerichtet gewesen, es lagen auch keine Skalpelle oder andere spitze Gegenstände herum, mit denen Anna Lilly ermorden konnte. Aber sie konnte die Kranke mit einem Kissen ersticken oder mit bloßen Händen erwürgen. Lea wagte nicht, sich das auszumalen, sondern hämmerte an die Tür und schrie, wie noch nie in ihrem Leben. Aber in ihrer Panik kam nur ein Krächzen aus ihrem Mund.

Warum machte denn niemand auf? Gottlieb musste doch längst den Professor alarmiert haben. Warum kam denn niemand zu Hilfe? Wie konnte sie sich nur bemerkbar machen? Sollte sie Gottlieb noch einmal anrufen und um Hilfe bitten? Da fiel ihr etwas ein. Das Handy! Natürlich! Man durfte in der Klinik kein Handy benutzen, auf diese Töne reagierte jeder allergisch! Mit fahrigen Fingern drückte sie auf die Taste mit dem Klingelton. Immer wieder. Das durchdringende Geräusch zerschnitt die Stille der langen Gänge. Es wirkte. Gleich hinter der Glastür flog eine Tür auf. Ein junger Pfleger erschien gestikulierend.

Er öffnete die Tür von innen und rief: »Keine Handys!«

Lea hatte das Telefon schon weggesteckt. Der junge Mann baute sich vor ihr auf, und sie stieß ihn beiseite. Sie wollte losrennen, doch der junge Mann war schneller.

»Nicht mit mir«, rief er und machte eine Körperdrehung und eine kurze Beinbewegung, und schon lag sie auf den Knien. Der linke Knöchel tat so höllisch weh, dass Lea sich am liebsten auf dem Boden gewälzt hätte. Aber das ging nicht. Sie musste zu Lilly und Anna.

Taumelnd kam sie hoch und wäre fast wieder gestürzt, so grauenhaft schnitt ihr der Schmerz durch den Körper bis hinauf unter die Schädeldecke. Aber sie durfte sich nicht darum kümmern.

»Es geht um Leben und Tod«, schrie sie und lief weiter.

Der junge Pfleger sah ihr kopfschüttelnd nach und griff nach seinem Sprechgerät.

Lea sprintete so gut es ging zur Tür. Sie wollte sie schon aufreißen, da hörte sie Anna drinnen reden. Wenn sie mit der Kranken sprach, dann war es bestimmt noch nicht zu spät. Lea stieß die Luft aus und presste ihr Ohr an die Tür, konnte die Worte aber nur undeutlich verstehen, weil ihr das Blut im Kopf rauschte. Leise, ganz leise drückte sie im Zeitlupentempo die Klinke herunter.

»Du verdammtes Miststück«, sagte Anna gerade. Ihre Stimme klang eiskalt. »Alles hast du gekriegt. Nie war es genug. Du hast mir Mama gestohlen, Papa weggenommen, Tante Vera umgarnt. Alles hast du gekriegt, du Aas. Das schönste Leben geführt. Weltreisen, Ferien bei Tante Vera, sogar die Ponykutsche, die ich hätte kriegen sollen! Alles. Alles! Und ich, ich konnte schuften, nur damit es dir gut geht. Und was ist der Dank? Was machst du? Bist hinter Sonny her. Schlägst Rother Wind! Saugst mich aus. Du gottverdammtes Miststück! Undankbares, verlogenes, nichtsnutziges Etwas! Du bist doch genauso undankbar wie Sonny. Ich hätte alles für euch getan, ihr hättet nur Danke sagen müssen. Ist das so schwer? Danke, Anna? Starr mich nicht so an! Jetzt ist es zu spät. Jetzt kriegst du dieselbe Strafe wie er. Genau das hast du verdient, du, du, du …«

»Nein!!«, schrie Lea und stürmte los. Um Gottes willen, sie hatte eine Sekunde zu lange an der Tür gewartet!

Anna stand über Lilly gebeugt, die ihre Schwester immer noch aus halbschräger, verkrampfter Position verständnislos anlächelte. Anna hatte die Schere in der Hand, die sie am Morgen an der Pferdebox benutzt und dann in ihre Westentasche gesteckt hatte. Als sie Lea sah, zögerte sie nicht einen Augenblick, sondern stieß zu und holte wieder aus.

Mit einem Hechtsprung war Lea bei ihr und griff nach der Hand mit der Schere. Die Schmerzen im Knöchel waren vergessen. Ein warmer, durchbohrender Stich fuhr stattdessen in ihre linke Hand. Sie fielen zu Boden, wälzten sich. Anna hielt die Schere fest, Lea versuchte, ihr den Arm auf den Boden zu drücken. Anna machte eine unvermutete Drehung und kam frei. Ehe Lea ihre tosenden Schmerzen abschütteln und ebenfalls aufspringen konnte, war Anna bereits an der Tür. Sie warf die Schere weg und verschwand aus Leas Blickfeld. Nur noch eilige Schritte waren zu hören.

Lea folgte ihr und hätte fast geschrien vor Schmerzen. Die Glastür stand weit auf, Anna musste nach rechts gerannt sein. Lea preschte hinterher. Von links kam eine Gruppe Ärzte und Pfleger angerannt. Sie fuchtelten mit den Armen. Jemand schrie: »Ihre Hand! Bleiben Sie stehen!«, doch Lea jagte weiter, dem Geräusch der sich entfernenden Schritte hinterher. Sie konnte an nichts anderes mehr denken, als dass sie Anna einholen musste. Einholen und festhalten, bis die Polizei kam. Lilly war direkt vor ihren Augen erstochen worden, und sie hätte es verhindern können. Sie musste Anna erwischen, egal zu welchem Preis. Sie ignorierte die Schmerzen im Fuß, das Pochen und Brennen in der Hand. Sie konnte nur noch rennen, rennen, rennen.

Anna durfte nicht entkommen.

Als sie die Eingangshalle erreichte, war sie nur noch wenige Schritte von ihr entfernt. Anna riss einen Zeitschriftenständer um, warf ihr einen Stuhl in den Weg, zog einen leeren Rollstuhl, der neben der Tür stand, hinter sich her und ließ ihn mitten im Eingang liegen. Lea musste springen und ging beim Aufkommen vor Schmerzen in die Knie. Anna hechtete ins Auto und ließ den Motor an. Lea rappelte sich hoch, humpelte hinterher und bekam die Beifahrertür zu fassen, da gab Anna Gas.

Der Wagen machte einen Satz rückwärts. Lea wurde zu Boden geworfen, aber sie hielt den Türgriff fest. Ihr Schultergelenk knirschte grässlich und tat so weh, dass es nicht mehr zum Aushalten war. Doch sie ließ nicht los. Sie wurde ein Stück weit durch den Schlamm mitgeschleift und schrie vor Schmerzen wie noch nie in ihrem Leben. Abrupt blieb der Wagen stehen. Lea ließ den Griff los und wälzte sich in der Pfütze. Die Vollbremsung schien ihr die Schulter endgültig ausgekugelt zu haben. Sie konnte fast nichts mehr sehen, so schossen ihr die Tränen in die Augen. Die Beifahrertür flog auf, und Anna beugte sich über den Sitz zu ihr herunter.

»Einsteigen«, zischte sie mit glühenden Augen.

Lea wurde schlecht vor Angst. Warum war sie der Frau nur gefolgt? Warum sollte sie einsteigen? Wollte die Frau sie entführen? Als Zeugin unschädlich machen? Weg! Nur weg von hier! Aber sie konnte sich nicht bewegen.

Anna ließ den Motor laufen und sprang aus dem Wagen. Sie rannte auf sie zu. Gleich würde sie zustechen. Alles, alles war aus!

Lea versuchte, dem Angriff auszuweichen und zum Auto zu krabbeln. Sie musste die Erste sein, die Türen von innen verriegeln. Weg, nur weg von hier! Doch sie war wie gelähmt und konnte nichts anderes tun, als Anna stumm und flehend anzusehen.

Anna packte sie und riss sie mit sich. Lea schrie auf. Anna war kräftig, viel zu stark für sie. Sie schleifte sie zum Auto, zog sie hoch und gab ihr einen kräftigen Stoß. Lea schlug mit dem Kopf an den Türholm. Sie wollte sich wehren, aber alles drehte sich. Anna drückte und presste sie nach unten auf den Beifahrersitz. Dann holte sie aus.

»Hilfe«, wimmerte Lea. Instinktiv zog sie die Beine an und machte sich klein. Etwas Schweres flog ihr hinterher, ihr Rucksack. Dann knallte die Tür zu.

Ehe Lea reagieren konnte, saß Anna neben ihr am Steuer, drückte das Gaspedal durch und brauste mit quietschenden Reifen vom Parkplatz, in die Kurve, auf die Hauptstraße.

Blut tropfte auf den Sitz. Stöhnend hob Lea den Arm hoch.

»Sie hätten sich nicht einmischen dürfen«, sagte Anna und blickte starr auf die Straße, über die sie mit weit überhöhtem Tempo rasten. Ein Streifenwagen kam ihnen entgegen, mit Blaulicht. Zu spät. »Das war meine Sache.«

»Sie haben sie umgebracht!«

»Hoffentlich. Sie hat es verdient.«

»Sie war vollkommen wehrlos. Das ist entsetzlich!«

»Die? Die tut doch nur so. So war sie immer. Wenn es brenzlig wurde, dann hat sie toter Mann gespielt. Das war das Einzige, was sie konnte. Und damit hat sie immer bekommen, was sie wollte.«

»Das ist nicht gespielt!«

Anna lachte trocken. »Pah. Ich kenne sie besser.«

»Anna, kommen Sie zu sich! Das war Mord! Grausamer, gemeiner, hinterhältiger Mord!«

»Und? Niemand fragt, was sie mit mir gemacht hat! Das ganze Leben lang. Alles hat sie gekriegt. Alles hat sie mir genommen. Zum Schluss hat sie sogar das Gestüt gewollt! Oh nein!«

Anna gab Gas und preschte über eine rote Ampel. Lea kniff die Augen zu und betete. Das war lebensgefährlich! Anna Fröhlich fuhr, als wollte sie mit Vollgas gegen den nächsten Baum oder den nächsten Brückenpfeiler rasen.

Sie war gefangen. Sie war einer unberechenbaren Mörderin ausgeliefert. An etwas anderes konnte sie nicht mehr denken, denn jetzt überschwemmten die Schmerzen sie, und alles um sie herum wurde schwarz.

SECHSUNDZWANZIG

Sie kam auf der Autobahn wieder zu sich. Jetzt war der Schwarzwald auf der rechten Seite, sie fuhren also wieder zurück, Richtung Baden-Baden. Lea versuchte, sich so ruhig wie möglich zu verhalten. Eine falsche Lenkbewegung, und sie landeten an der Leitplanke oder würden in einen anderen Wagen geschleudert. Vorsichtig bewegte sie ihre Schulter und stöhnte leise auf. Ihre linke Hand pochte, Blut rann auf den Boden, auf dem sich schon eine kleine Pfütze gebildet hatte. Lea bekam es mit der Angst zu tun. Sie brauchte einen Arzt! Dringend!

Nur langsam kam die Erinnerung an das zurück, was im Krankenzimmer geschehen war. Hatte sie noch rechtzeitig eingreifen können? Hatte die Schere ihr Ziel verfehlt, als sie sich auf Anna stürzte, oder war Lilly tot? Durch ihre Schuld? Wenn sie doch nur nicht gelauscht hätte, sondern sofort ins Zimmer gepoltert wäre!

Und warum? Warum hatte Anna das getan? Gottlieb hatte ihr gesagt, dass sich in der Frau über viele Jahre eine unermessliche Wut auf die Schwester angestaut hatte. Warum hatte sie sich nicht vor fünf Jahren bei dem Angriff mit der Mistgabel entladen, von dem Gottlieb vorhin geredet hatte? Warum hatte sie heute ein weiteres Mal auf Lilly eingestochen? Mit einer Schere, um Himmels willen!

Lea schloss die Augen. Sie wollte dieses Bild vertreiben, aber sie schaffte es nicht. Wieder sah sie die Szene vor sich. Entsetzlich!

Doch das war noch nicht alles. Anna hatte etwas gerufen. Was war das gewesen? Es war alles so schnell gegangen. Sie hatte nicht nur von Lilly gesprochen. Sie hatte die Mehrzahl benutzt, und sie hatte Sonnefeld erwähnt. Lea konnte sich plötzlich nicht mehr rühren. Lilly habe dieselbe Strafe verdient wie er, hatte Anna gesagt. Dieselbe Strafe – wie Sonnefeld? Um Gottes willen! Anna war es gewesen? Sie hatte ihren Mann umgebracht? Dann hatten sich alle geirrt!

Anna drückte unverdrossen aufs Gas, die Augen geradeaus gerichtet. Ihre Kieferknochen waren zu sehen, so fest hatte sie die

Zähne zusammengepresst. Lea überlegte fieberhaft. Sie konnte sich bei dem Tempo nicht aus dem Auto fallen lassen, sondern nur beten, dass sie unfallfrei das Ziel erreichten, das Anna für sie vorgesehen hatte. Sie musste irgendwie die Blutung stillen, aber womit? So gut wie möglich hielt sie den Arm hoch. Das warme Blut tropfte vom Ellbogen auf die Jeans und lief in den Ärmel ihres weißen T-Shirts.

Anna warf ihr einen Seitenblick zu und zerrte sich dann mit einer Hand das bunte Tuch vom Hals. »Nehmen Sie«, sagte sie und versuchte, das Auto wieder gerade zu steuern.

Lea schlang es sich um die Hand, so fest sie konnte. Es half nicht viel, die pochenden Schmerzen blieben, aber es tat gut, das eigene Blut nicht mehr sehen zu müssen. Am besten, sie rührte sich nicht, dann waren die Qualen im Knöchel und in der Schulter gerade noch auszuhalten. Nur nicht bewegen! Nur nicht nachsehen, ob das Blut schon durch das Tuch gesickert war!

Vorsichtig schielte sie zu Anna hinüber. Die Tachonadel stand auf hundertneunzig! Der Wagen schlingerte auf der nassen Straße, auch ohne dass Anna eine unvorsichtige Lenkbewegung machte.

Nie im Leben hatte sich Lea sehnlicher eine Radarkontrolle herbeigewünscht als in diesem Augenblick. Über ihnen, knapp unterhalb der dicken Wolkendecke, kreiste ein Hubschrauber. Sie konnte nicht erkennen, ob es die Polizei war, so stark trommelte der Regen auf die Straße und gegen die Scheiben. Selbst wenn, sie würde sich gar nicht bemerkbar machen können.

Sie musste an ihr Handy kommen, aber das war im Rucksack im Fußraum. Anna würde es niemals zulassen, dass sie es seelenruhig herausholte. Leas Herz begann zu klopfen. Sie hasste dieses Gefühl der Ohnmacht. Sie wollte handeln! Sie konnte doch nicht einfach wie ein Schaf hier sitzen und abwarten, was passierte!

Millimeter für Millimeter veränderte sie ihre Position und versuchte, mit der gesunden rechten Hand in die Nähe des Rucksacks zu kommen. Zum Glück hatte sie das Telefon vorhin einfach in die Außentasche gestopft. Sie biss sich auf die Lippen, um nicht vor Schmerzen zu schreien. Sie musste das Handy erreichen! Nichts war jetzt wichtiger auf der Welt.

Oder täuschte sie sich? Hatte Anna ihren Mann gar nicht umgebracht? Lea hatte mit eigenen Augen gesehen, wie glücklich sie ihren Mann angelächelt und mit ihm Händchen gehalten hatte, selbst als er seinen Charme an andere Frauen versprühte. Die beiden waren eine feste Einheit gewesen, der etwaige Kapriolen nichts anhaben konnten. Das hatte sie sich nicht eingebildet! Auch die Trauer von Anna war echt gewesen. So etwas konnte niemand spielen!

Andererseits waren da immer diese Kleinigkeiten gewesen, die sie hätten stutzen lassen müssen: dass Anna nie wirklich geweint hatte, zum Beispiel. Oder dass sie sofort und immer wieder den Verdacht auf Andi gelenkt hatte. Dieser unendliche Zorn auf Andi oder, anders ausgedrückt, auf Undankbarkeit im Allgemeinen. Undank war ein zentrales Thema für sie. Immer wieder hatte Anna betont, wie gern sie half, wie dringend sie allerdings auch Dank erwartete und überhaupt kein Verständnis dafür hatte, wenn er ausblieb.

Der eigenen im Koma liegenden Schwester Undankbarkeit vorzuwerfen, war allerdings jenseits jeder Normalität, das war krank. Anna hatte Lilly eine Schere in den Bauch gerammt! Das war eine Tatsache. Da gab es nichts zu grübeln oder zu analysieren oder nach Erklärungen zu suchen. Das konnten später die Gutachter bei Gericht machen.

»Warum?«, entfuhr es Lea. Wieder rutschte sie einen Millimeter Richtung Rucksack und streckte mühsam ihr linkes Bein aus. Unbeabsichtigt entfuhr ihr ein Stöhnen. Hoffentlich war nichts gebrochen!

»Warum? Das kann ich Ihnen sagen!«, fauchte Anna aufgebracht. Sie sah zu Lea hinüber, und der Wagen begann zu schleudern. Mit wilden Bewegungen versuchte sie, das Auto wieder in die Spur zu bringen. Lea rutschte noch etwas tiefer, schloss gottergeben die Augen und machte sich steif, aber der befürchtete Aufprall blieb aus. Als sie die Augen wieder öffnete, brausten sie gerade an der Raststätte Bühl vorbei.

Anna stieß ein trockenes Lachen aus und schlug die Hand gegen die Stirn. »Ich bin verrückt, oder? Fahre Sie zurück nach Iffezheim, damit Sie zu Ihrem Auto kommen, obwohl ich sicher sein kann, dass die Polizei mich dort erwartet. Helfersyndrom. Nicht mehr zu retten!« Sie setzte den Blinker und schlitterte in die Ausfahrt. Die Kurve war doch viel zu eng für diese Geschwindigkeit!

Lea machte die Augen zu. So musste sie wenigstens nicht sehen, wie sie in den Tod rasten. Außerdem tat es gut, weil ihr die Schmerzen aus irgendeinem Grund dadurch etwas erträglicher erschienen. Eine Weile später riss sie die Augen wieder auf, denn Anna bog auf der B500 unvermutet nach links statt nach rechts in Richtung Iffezheim ab. Sie hatten auch längst die Kreuzung nach Iffezheim passiert und waren nun auf Höhe der Staustufe. Anna lenkte den Wagen in die kleine Straße direkt neben dem Rheindamm und gab erneut Gas. Es regnete noch immer, und es herrschte kaum Verkehr. Diese Strecke war bei Radfahrern sehr beliebt. Bei trockenem Wetter hätte Anna mit ihrer rücksichtslosen Fahrweise vielleicht schon ein weiteres Leben auf dem Gewissen gehabt.

»Das ist nicht die Strecke zur Rennbahn!«, schrie Lea. Sie konnte das Handy fühlen, glatt und kühl wie ein Rettungsanker. Nie mehr würde sie es loslassen.

»Ich habe es mir anders überlegt. Vielleicht habe ich eine Chance. Ich brauche Zeit. Ich kann doch das Hotel nicht einfach allein lassen. Nächste Woche haben wir wieder eine Hochzeit. Sonntag ist das Rennen. Das geht doch alles nicht ohne mich. Die lassen mich bestimmt nicht mehr frei, oder?«

Lea war sprachlos.

Die Frau war noch nicht fertig. »So ein Aufstand! Haben Sie vorhin den Hubschrauber gesehen? Der hat uns bestimmt gesucht. Und alles nur, weil Lilly endlich das gekriegt hat, was sie verdient.«

Am Polder in Greffern bremste sie scharf, bog rechts ab, fuhr langsam hinauf auf die Spitze des Damms und blieb auf einem kleinen Parkplatz stehen. Lea kannte den Ort. Der Rhein war sehr tief an dieser Stelle. Eine Rampe führte in den Fluss. Bei schönem Wetter wurden hier Boote zu Wasser gelassen, Schwäne gefüttert, und ein altmodischer Eiswagen wartete auf Kunden. Jetzt, während dieses nicht enden wollenden Regengusses, war der Platz natürlich menschenleer. Wie in einer Loge thronten sie über dem Fluss. Der Regen hatte den Rheinpegel erstaunlich schnell anschwellen lassen. Eine braune Brühe gurgelte und schäumte an ihnen vorbei. Immer noch hingen schwarze Wolken über ihnen, und die Bäume am Ufer beugten sich im Sturm.

Vorsichtig richtete sich Lea auf und hielt das Handy dabei weiterhin krampfhaft fest, mit ausgestrecktem Arm zwischen ihrem Oberschenkel und der Tür, verdeckt vor Annas Augen. Sie hoffte, es unbemerkt bedienen zu können. Gottliebs Nummer lag auf der Kurzwahl eins.

Anna stellte den Motor ab. Sie lehnte sich zurück und legte ihren linken Arm auf den Fensterholm der Fahrertür. Mit einem leisen Klick schnappte die Zentralverriegelung zu. Lea klopfte das Herz bis in den Hals. Mit der freien, wenn auch verbundenen linken Hand versuchte sie, das Fenster nach unten zu kurbeln.

In dem Moment begann ihr Handy zu klingeln.

»Weg damit. Sofort weg damit!«, schrie Anna.

Lea nickte hastig, drückte aber geistesgegenwärtig den Hörerknopf und warf das Handy auf den Boden.

»Hier am Rheinpolder findet uns doch sowieso kein Mensch«, sagte sie betont laut und hoffte nichts sehnlicher, als dass die Verbindung stand, dass wer auch immer sie erreichen wollte jetzt einfach nur seinen Mund hielt und zuhörte. Ein eingeschaltetes Handy konnte man doch anpeilen, oder? Wenn nicht, musste ihre Ortsangabe reichen. Der Regen ließ nach.

Sie hörten einen Hubschrauber über sich, doch einen Moment später drehte er ab. Viel zu schnell. Er hatte sie nicht gesehen.

Anna war mit ihren Gedanken längst woanders. »Sie werden mich einsperren, nicht wahr? Alles ist aus. Helfersyndrom gepaart mit Jähzorn, das geht eben nicht gut.«

Dann schwieg sie.

Lea betete, dass Gottlieb am anderen Ende der Leitung war. Es war doch nur folgerichtig, dass er versuchte, sie zu erreichen, nachdem er sie zu Anna geschickt hatte. Hoffentlich verhielt er sich still, damit Anna nicht merkte, dass das Gerät eingeschaltet war. Jetzt war genau der richtige Moment, ihr ein Geständnis zu entlocken, falls es denn etwas zu gestehen gab. Lea war heilfroh, dass sie sich seit einem Jahr angewöhnt hatte, den Akku des Handys jede Nacht aufzuladen.

»Wahrscheinlich ist Lilly nur verletzt«, begann sie. »Die Ärzte sind sicher sofort bei ihr gewesen. Vielleicht hat sie es überlebt.«

Anna schlug mit der Hand aufs Lenkrad. »Verdammt! Dann geht wieder alles von vorn los. Sie presst mich aus wie eine Zitrone.«

»Lilly ist krank. Sie liegt im Koma. Sie kann nichts mehr tun!«

»Die Zahlungen müssen trotzdem weiterlaufen. Immer weiter und weiter. Unbegrenzt. Bei der ersten Verzögerung hat sich Lilly einen Titel bei Gericht geholt. Ich weiß nicht mehr weiter. Ich kann der Bank die nächsten Raten nicht mehr zahlen. Die Gehälter habe ich schon letzten Monat mit Verspätung angewiesen. Ich habe einfach kein Geld mehr. Haben Sie gesehen, was sie aus der Villa Vera gemacht hat? Edel saniert, Schwimmbad gebaut. Ich möchte nicht wissen, in welchem Luxus sie sonst geschwelgt hat. Und dann die Beautyklinik. Alles von meinem Geld finanziert. Ist ihr doch egal, ob ich pleitegehe. Hauptsache, sie kann in Saus und Braus leben. So war es schon immer. Ich habe geschuftet, und sie ist mit einem Champagnerglas in der Hand durch die Welt getanzt.«

»Aber als Kind war Lilly bestimmt sehr süß, oder?«, versuchte Lea vorsichtig weiterzukommen.

Anna sah sie verblüfft an. »Süß? Sie ist schuld am Tod meiner Mutter. Mama starb bei ihrer Geburt. Ich habe mich trotzdem um sie gekümmert. Ich habe sie gefüttert, gewickelt, spazieren gefahren, in den Schlaf gewiegt, sie herumgetragen, wenn sie schrie, ihre Schmerzen weggestreichelt. Ich war zehn, viel zu jung für so eine Aufgabe. Aber Papa war in der ersten Zeit ohne meine Mutter wie gelähmt. Er hat nie mitbekommen, wie hart es für mich war, für Lilly zu sorgen. Er ist nur einmal dazugekommen, als sie wieder mal nicht aufhören wollte zu schreien. Ich hatte alles versucht, ihr Tee gekocht, sie herumgetragen, sie gestreichelt, ins Bettchen gelegt, wieder rausgeholt. Aber sie schrie und schrie. Da habe ich ihr einen Klaps gegeben. Nur einen kleinen. Aber genau in dem Moment kam mein Vater dazu. Und so kam Tante Vera zu uns.«

Anna versank in brütendes Schweigen. Lea richtete sich im Sitz auf und kämpfte dagegen an, vor Schmerzen erneut ohnmächtig zu werden. Sie musste Fragen stellen. Sie musste Anna am Reden halten. Was würde wohl sonst geschehen? Nicht auszudenken. Los! Fragen! Sie konnte das. Fragen war ihr Beruf!

»Sie haben Ihre Tante sehr geliebt, stimmt's?«, begann sie mit zittriger Stimme und war unzufrieden, sobald dieser jämmerliche Satz gesagt war.

Anna reagierte trotzdem wie gewünscht. Sie nickte. Sie kam zurück in die Wirklichkeit. »Von klein auf. Ich durfte in den Ferien immer zu ihr, und dann haben wir es uns gemütlich gemacht. Das waren glückliche Tage und Wochen. Solche schönen Momente hatte ich zu Hause nur, wenn ich mal zu den Roths aufs Gestüt entwischen konnte. Ansonsten habe ich helfen müssen, wo es nur ging. Falsch, nicht helfen müssen, auch wollen. Ich habe schon immer gern geholfen. In einem Hotelbetrieb gibt es immer etwas zu tun. Aber nicht immer bin ich dafür belohnt worden. Meine Eltern hatten vor lauter Arbeit gar keine Zeit für mich gehabt. Nur wenn ich fleißig mithalf, bemerkten sie mich überhaupt.«

Lea konnte förmlich spüren, wie ihr stummer Mithörer vor Ungeduld platzte. Sie musste schneller zum Punkt kommen. Anna sollte gestehen! Es hatte wieder wie aus Kübeln zu gießen begonnen, und sie kurbelte das Fenster ein Stück nach oben, um nicht völlig nass zu werden.

»Was ist dann geschehen?«

»Tante Vera hat mich von Lilly fern gehalten. Als würde ich ihr etwas antun. Sie hat sich nur um Lilly gekümmert. Ich war Luft für sie. Für alle. Nur die Pferde vom Rothhof, die mochten mich. Die schnaubten, wenn ich kam und sie fütterte und striegelte. Da war ich gern. Aber Vater wollte das nicht. Deshalb kaufte er mir den Hund. Fritzi. Fritzi war toll. So ein wunderbarer Hund! Mein bester Freund. Für ihn habe ich alles getan.«

Annas Miene verfinsterte sich plötzlich. »Aber er war auch nicht besser als jeder Mensch. Er durfte immer bei mir sein, ich gab mein Taschengeld für die Hundeschule und das beste Fressen aus, aber er – er gehorchte einfach nicht! Als ich ihm seinen Undank austrieb, da kam Tante Vera dazwischen. Sie hat mir Fritzi weggenommen und mich aufs Zimmer gesperrt. Ich habe zwei Tage nichts zu essen bekommen. Lilly hat mir noch eine lange Nase gezeigt und sich meine Lieblingsgerichte gewünscht. Der ganze Gang zu meinem Zimmer roch danach, und ich hatte so einen Hunger. Ich hatte doch nichts falsch gemacht. Undankbarkeit gehört doch bestraft.«

Sie legte ihren Kopf aufs Lenkrad und stöhnte leise. Diese Frau, die alles für die anderen gab, drehte wirklich durch, wenn sie meinte, Undankbarkeit zu ernten.

»Und Lilly?«, machte Lea weiter, um Anna zum Weiterreden anzuspornen.

»Ich habe mich immer bemüht, sie zu lieben und für sie zu sorgen. Das ging ja gar nicht anders. Ich habe ja auch Tante Vera geliebt. Bis zum Schluss habe ich sie gepflegt und habe immer gedacht, wenigstens sie wird mir dafür dankbar sein, auch wenn sie es mir nicht zeigen konnte. Tag und Nacht habe ich mich zuletzt um sie gekümmert, während Lilly zum Shoppen nach London und New York flatterte. Aber als Tante Vera starb, bekam Lilly Veras Haus und Vermögen, nicht ich. Nicht einmal erwähnt wurde ich in ihrem Testament.«

»Aber das ist lange her. Und Lillys Zustand …«

»Zustand, Zustand! Von klein auf tyrannisierte sie uns mit ihren Zuständen. Es war so einfach. Jeder ließ sofort alles stehen und liegen, und sie war der ungekrönte Mittelpunkt. Sie erwarten jetzt nicht, dass ich Mitleid mit ihr habe, oder?«

»Aber Lilly ist krank. Man muss ihr helfen.«

»Ich habe ihr immer geholfen. Aber sie, sie hat mich nur ausgenutzt.«

Lea schielte zum Telefon. Die Verbindung stand noch. Sie wünschte, sie hätte telepathische Fähigkeiten. Wie sollte sie weitermachen? Gottlieb wusste es bestimmt. Aber er konnte ihr nicht helfen. Vorsichtig rüttelte sie an der Wagentür und keuchte vor Schmerzen. Es war nichts zu machen. Sie musste warten, bis die Polizei endlich kam und sie befreite. Wenn sie wenigstens wüsste, ob man am anderen Ende etwas verstand bei dem Regen, der auf das Auto trommelte. Und ob es überhaupt Gottlieb war, der angerufen hatte und jetzt auf der anderen Seite mithörte.

*

Maximilian Gottlieb war in heller Aufregung. Er hatte in der Klinik in Offenburg von dem – glücklicherweise nicht gelungenen – Mordversuch an Lilly gehört und erfahren, dass Lea Weidenbach versucht hatte, den Angriff zu verhindern und Anna Fröhlich zu stellen. Lea hatte sich dabei offenbar verletzt, und Anna Fröhlich hatte sie in ihrem Auto entführt. Er machte sich heftige Vorwürfe, dass er die Journalistin in eine so gefährliche Situation manövriert hatte, und sorgte sich unendlich um ihre Sicherheit. Er hatte Straßensperren errichten lassen, den gesuchten Wagen jedoch nicht erwischt. Auch ein Helikopter, der die Suche nach dem Mercedes über der Autobahn und am Rhein entlang unterstützte, hatte bisher nichts Brauchbares entdeckt.

Eher aus Verzweiflung war er schließlich auf das Naheliegende gekommen und hatte Lea Weidenbachs Handynummer gewählt. Zunächst hatte er mit grenzenloser Erleichterung registriert, dass sie abnahm. Doch bevor er etwas hatte sagen können, hatte er sie reden gehört und den Hörer eine Zeit lang gebannt ans Ohr gepresst. Dann hatte er das Telefon an Sonja Schöller weitergereicht, um die Kollegen zu unterrichten und anzuordnen, das Handy zu orten. Alle verfügbaren Streifenwagen waren unterwegs.

Gottlieb wusste bald nicht mehr, wo ihm der Kopf stand. Am liebsten wäre er sofort in seinen Dienstwagen gesprungen und an den Rhein gejagt, um Anna Fröhlichs Auto zu suchen. Irgendwo musste es doch sein, auch wenn der Hubschrauber es noch nicht gefunden hatte! Durch das Telefon wusste er wenigstens, dass Lea lebte, wenn sie auch manchmal merkwürdig stöhnte. Aber er konnte hier nicht weg, so sehr er es auch wollte. Er musste den Einsatz koordinieren, bis sein Stellvertreter Hanno Appelt zur Stelle war. Ihm konnte er das Kommando übertragen. Wo blieb der Mann nur?

Minuten tropften dahin, dann endlich meldete sich Hanno.

»Ich bin noch mal bei den Pferdeboxen«, berichtete er ahnungslos. »Du hast Sonja und mir vorgestern aufgetragen, die Tatortfotos noch einmal anzusehen. Das hat mir keine Ruhe gelassen. Ich habe sie mitgenommen und Retzlaff gezeigt, und jetzt, wo er sie an Ort und Stelle mit der Realität verglich, ist ihm etwas eingefallen. Der Futtertrog! Auf den Fotos ist er gefüllt. Aber er schwört, er war leer, als er die Box verlassen hatte. Kannst du damit etwas anfangen?«

»Komm sofort in die Dienststelle. Wir haben einen Notfall«, blökte Gottlieb ihn an. »Und wehe, du schaltest noch einmal das Handy aus.« Jeder auf der Dienststelle wusste, wie ungern Hanno das Handy mitnahm. Aber er musste sich daran gewöhnen, verdammt noch mal! Er hätte fast den ganzen Einsatz gefährdet, wenn er sich nicht gerade noch rechtzeitig gemeldet hätte.

Erst als er aufgelegt hatte, begann Gottlieb über die Mitteilung von Appelt nachzudenken. Der Futtereimer war erst nicht, dann doch gefüllt gewesen? Das konnte Fiebig getan haben, Sonnefeld ebenso. Eigentlich nicht weiter brisant. Doch dann fiel ihm etwas ein. Atemlos tippte er Hannos Nummer ein.

»Frag Retzlaff, ob er die Boxen ausgemistet hat, bevor er Bier trinken ging. Schnell!«

»Mensch, ich bin schon im Auto. Was soll ich jetzt, herkommen oder weiterfragen?«

»Fragen, verdammt, und zwar schnell!«

Es dauerte fünf endlos lange Minuten, bis Gottlieb die Antwort bekam. Retzlaff hatte vor und nach dem Rennen gar nichts an den Boxen gemacht, außer Wasser nachgefüllt, aber auf den Fotos lag frische Spreu auf dem Boden, und der Futtertrog war gefüllt. Eine Schubkarre stand links von der Boxentür. Sie war bis auf ein Paar säuberlich abgelegte Handschuhe leer. Hatte Retzlaff nicht angegeben, er hätte einen Strohballen auf die Schubkarre gelegt und kurz nach fünf Uhr unter diesen Ballen sein Messer geschoben, damit es niemand finden konnte?

Nun erinnerte sich Gottlieb an den Ausruf seines Kollegen von der Spurensicherung: Nicht einmal einen Pferdeapfel hatte man in der Box gefunden. Das bedeutete, dass sie kurz vor dem Mord gereinigt worden war. Wer hatte das getan?

Hatte Sonnefeld kurz vor seinem Tod den Stall selbst ausgemistet? Retzlaffs Handschuhe passten ihm nicht, und mit bloßen Händen hatte er nicht gearbeitet, das hatte die Rechtsmedizin ausgeschlossen.

Also. Wer war der große Unbekannte, der erst zur Mistgabel und dann zum Messer gegriffen hatte? Der vielleicht mit dem Messer erst noch die Strohballen aufgeschnitten hatte, bevor er zugestochen hatte? Mistgabel. Zustechen! Bilder und Wortfetzen wirbelten in Gottliebs Kopf durcheinander und setzten sich zu einem neuen Bild zusammen. Oh nein! Das war nicht möglich! Oder doch? Oder doch? Aber Anna Fröhlich hatte ein Alibi, das hatte er selbst nachgeprüft. Oder hatte sich der Hotelportier getäuscht?

So schnell er konnte, rannte er ins Nebenzimmer, in dem Sonja die Telefonleitung mit Lea Weidenbach abhörte. Sonja fuchtelte mit dem Arm, als sie ihn sah. Sie hatte rote Flecken im Gesicht. Höchste Alarmstufe. Er riss ihr den Hörer aus der Hand und lauschte aufgeregt.

*

Wieder kamen Lea Annas Worte im Krankenzimmer in den Sinn.

»Und Sonny?«, fragte sie.

Mit einem Ruck war Anna hellwach. Sie warf Lea einen undefinierbaren Blick zu, abschätzend, aber auch voll verhaltener Wut, verschlagen. »Wie bitte?«

Lea wusste selbst nicht so genau, was sie hören wollte. Da war eigentlich nur diese Ahnung. Diese Formulierungen von der gerechten Strafe. Diese merkwürdigen Reaktionen während der letzten Tage. Sie versuchte es mit Flucht nach vorn: »Kommen Sie, Anna. Die Polizei wird gleich hier sein. Es ist vorbei. Geben Sie auf. Gestehen Sie.«

»Aufgeben? Gestehen? Was denn?«

Für einen Augenblick zögerte Lea. Tat sie der Frau Unrecht? »Sie haben Sonny umgebracht. Sie waren es«, warf sie Anna dann doch an den Kopf. »Sie haben sich selbst verraten, vorhin, im Krankenzimmer.«

»Wieso? Was habe ich gesagt?«

»Dass Lilly dieselbe Strafe bekommen sollte wie Sonny.«

Anna schlug die Hände vors Gesicht. Reglos blieb sie so sitzen.

Lea fingerte erneut, wiederum vergeblich, am Türgriff, dann probierte sie, den Verriegelungsknopf hochzuziehen. Auch das ging nicht. Sie wollte hier raus! Musste sie wirklich auf die Polizei warten? Hoffentlich trafen die Beamten bald ein, bevor Anna es sich anders überlegte und womöglich mit ihr zusammen davonbrauste. Mit größter Anstrengung kurbelte sie das Fenster wieder herunter und versuchte, die Tür von außen zu öffnen, egal, wie kalt der Regen war, der ihr entgegenklatschte. Sie bekam den Griff nicht zu fassen. Bei der kleinsten Drehung zuckten Schmerzensfeuer durch ihren Körper.

»Verdammt«, rief sie und ihre Stimme piepste vor Angst. Sie war gefangen.

SIEBENUNDZWANZIG

Langsam, wie eine uralte Schildkröte, schob Anna ihren Kopf nach vorn. »Sie haben recht.« Sie klang erschreckend vernünftig und nüchtern. »Es ist vorbei. Alles ist aus. Ja. Ich war's. Ja, ja, ja! Und ich würde es wieder tun, und wieder und wieder! Jahr um Jahr habe ich alles für ihn getan, damit er mich liebt. Ich habe alle Demütigungen ertragen. Die anderen Frauen. Ich habe es überspielt, dass ich nicht seine Traumfrau war. Ich habe gedacht, ich könnte es mit meiner Liebe und Fürsorge ausgleichen. Und es hat so ausgesehen, als würde es funktionieren. Noch Samstag hat er gesagt, wie sehr er mich liebt. Haben Sie gesehen, wie liebevoll er am Sonntag mit mir umgegangen ist? Ich war so glücklich!«

»Was ist dann geschehen?«

»Es ... es war so – so demütigend!«

Zum ersten Mal sah Lea bei Anna Tränen. Sie liefen ihr in die Mundwinkel, tropften auf die Jeans. Wie ein kleines Kind wischte sie sich mit dem Handrücken um die Nase. Immer unbeherrschter wurde ihr Schluchzen. Ihr Körper bebte, als seien alle Schleusen geöffnet und als erlebe sie alle Erniedrigungen ihres Lebens noch einmal.

Lea beugte sich mühsam vor und kramte in ihrem Rucksack nach Papiertaschentüchern. Gleichzeitig warf sie einen Blick auf das am Boden liegende Handy. Die Verbindung schien immer noch zu stehen.

Mitleid hatte sie nicht mit Anna. Diese Frau hatte ihren Ehemann ermordet, den Verdacht auf andere gelenkt und vor gut einer Stunde ihre eigene Schwester umgebracht. Sie verdiente alles, nur kein Mitleid. Gleich, gleich würde Gottlieb hier sein und die Frau festnehmen. Zweifacher Mord! Das gab lebenslang, genau das hatte sie verdient.

Trotzdem hielt Lea ihr ein Taschentuch hin. Anna ergriff es, blind vor Tränen. Sie lächelte, wenn auch reichlich zittrig.

In Lea kroch Zorn hoch. Zwei Menschen hatte diese Frau auf dem Gewissen. Am liebsten hätte sie alles aus ihr herausgeschüttelt.

»Was ist am Sonntag geschehen? Warum haben Sie Ihren Mann umgebracht?« Lea erschrak, weil sie, ohne es zu wollen, die Sätze regelrecht heraus geschrien hatte.

Anna presste das zerknüllte Taschentuch vor den Mund und starrte noch einmal minutenlang in die vorbeirauschenden braunen Fluten, die mittlerweile sogar dicke Äste mit sich wirbelten.

Dann holte sie tief Luft. »Was soll's. Es ist ohnehin alles aus. Ja, ich habe ihn getötet. Aber ich habe es nicht geplant, das müssen Sie mir glauben! Rother Wind hatte zwar nicht gewonnen, aber ich wusste, er würde nächsten Sonntag siegen. Sonny sah das anders. Er war wütend und enttäuscht. Er war überhaupt in letzter Zeit gereizt gewesen, und ich wusste nicht, warum. Ich wollte nach dem Rennen eigentlich ins Hotel. Ich saß schon im Auto, da bin ich wieder ausgestiegen und zurückgegangen. Sonny hatte mir leidgetan. Ich wollte ihn trösten. Ich wusste, er würde noch einmal nach Rother Wind sehen, deshalb bin ich direkt zu den Boxen gegangen.«

Anna unterbrach sich und sah Lea bittend an. »Haben Sie eine Zigarette für mich? Ich würde jetzt für mein Leben gern eine rauchen.«

»Ich auch. Aber ich hab keine. Wie ging es weiter? Haben Sie Sonny getroffen?«

»Nein. Als ich zur Box kam, war niemand dort. Die Tür stand offen. Das Pferd war drinnen angebunden, war aber überhaupt nicht versorgt worden. Das arme Tier! Zuerst war ich auf Udo wütend, weil er so nachlässig gewesen war, aber dann überlegte ich mir, dass es auch für ihn ein harter Tag gewesen war und er sich eine Auszeit wirklich verdient hatte. Ich konnte einfach nicht anders, ich musste ihm helfen. Ich wusste ja, wenn Sonny gleich käme und Rother Wind und die offene Box sähe, würde er Udo auf der Stelle hochkant hinauswerfen, wie er es nachmittags schon angekündigt hatte. Das wollte ich nicht. Wir brauchten ihn. Außerdem benötigte Rother Wind Futter und stand dazu noch in dreckigem Stroh. Das konnte ich nicht mit ansehen. Da habe ich eben angepackt.«

»Kann das Messer dabei zu Boden gefallen sein?«

Anna überlegte. »Möglich. Ich erinnere mich nicht. Ich habe es erst auf dem Fenstersims gesehen, als ich …« Sie verstummte. Ihre Schultern bebten.

Lea ärgerte sich, dass sie die Frau unterbrochen hatte. »Sie haben also die Box sauber gemacht, bevor Sonny kam?«, fragte sie.

Anna nickte flüchtig und knüllte das Taschentuch zusammen. »Und dem Tier frisches Futter gegeben. Dann habe ich das schmutzige Stroh zum Misthaufen ganz hinten in der Ecke des Geländes gefahren. Das hat zehn Minuten gedauert. Als ich zurückkam, hörte ich Stimmen. Sonny und Fiebig waren bei Rother Wind in der Box. Ich wollte schon rufen, da hörte ich, wie mein Name fiel.«

Anna hörte auf zu reden und starrte mit zusammengepressten Lippen zum Rhein. Ihre Hände krampften sich um das Lenkrad, bis die Knöchel weiß hervortraten. Lea konnte ihre Zähne knirschen hören.

»Die beiden haben über Sie geredet und nicht über Rother Wind?«

Wieder begann Anna zu schluchzen. »Haben Sie noch ein Taschentuch? Danke.« Sie schnäuzte sich kräftig, aber sie hörte nicht auf zu weinen. Undeutlich murmelte sie: »Über mich! So gemein!«

Anna konnte nicht weiterreden. Ihr Mund klappte auf und zu, aber wie bei dem Fisch in Leas Alptraum kam kein Ton heraus.

»Was haben die beiden gesagt?«

Anna schniefte. »Es war so gemein! Es stellte sich heraus, dass Sonny seit Jahren Geld abgezweigt hat. Er hatte von Anfang an nur ein Ziel gehabt: mir mein bisschen Geld abzunehmen und dann mit Fiebig ein Gestüt mit Rennstall zu gründen. Übermutter hat er mich genannt. Ohne das Preisgeld und ein gutes Abschneiden würde er nie aus der langweiligen Ehe mit mir herauskommen können. Er hat Fiebig angebrüllt, weil Rother Wind so schlecht abgeschnitten hatte, dabei sei das Pferd doch als die Grundlage für ihre gemeinsame Existenz vorgesehen gewesen, vom ersten Tag seiner Geburt an!«

Wieder konnte Anna nicht weiterreden. Diesmal sagte Lea nichts, sondern ließ sie weinen und wartete ab. Gegen ihren Willen begann sie allmählich zu verstehen, was Anna zu ihrer Tat getrieben hatte.

»Aber das war doch alles gar nicht wahr!«, schluchzte Anna, »Rother Wind war *unser* Baby! Das hat er doch auch immer gesagt! Das war so niederträchtig! Alles hat er kaputt gemacht. Alles. Ich habe mich noch niemals so gedemütigt gefühlt! Alles, was er je zu mir gesagt hat, war unehrlich gewesen. Lüge. Lüge! Als Fiebig endlich gegangen war, habe ich Sonny zur Rede gestellt. Ich hoffte, er würde alles abstreiten. Ein Missverständnis, irgendetwas, ich hätte alles geglaubt, glauben wollen. Aber er schrie mich an. Ja, er habe mich satt, vom ersten Moment an. Ich sei dick und unattraktiv. Aber nur über mich sei er an die Pferde und das Gestüt gekommen. Nur das sei ihm wichtig gewesen, vom ersten Augenblick an. Er habe immer gehofft, sich abseilen zu können. Deshalb habe er das Geld von den Einnahmen abgezweigt. Können Sie sich das vorstellen? Er hat mich die ganze Zeit betrogen! Noch ein Sieg von Rother Wind, und alle seine Hoffnungen und Sehnsüchte wären in Erfüllung gegangen, das sagte er mir ins Gesicht.«

Sie atmete schwer, wie nach einem Zehntausendmeterlauf. Dann wiederholte sie mit leiser Stimme: »Was hatte ich alles ertragen, nur damit wir eine gute Ehe führten, wie ich meinte. Immer war ich die Verständnisvolle, die Kraftvolle, die Optimistische. Und Fiebig, der durfte auch jederzeit kommen. Ich dachte, sie wären nur harmlose Freunde und Fiebig sei auch mein Freund. Aber jetzt musste ich erfahren, dass sie eine Intrige gegen mich geplant hatten! Sie wollten nur abwarten, bis Rother Wind seinen großen Sieg feierte, dann würden sie weggehen. Sonny hatte das Pferd schon bei der Geburt Fiebig versprochen, er sollte es für einen symbolischen Preis bekommen, als Grundstock für seine Zucht. Und Fiebig wollte im Gegenzug Sonny helfen, den Rennstall aufzubauen. Alles war perfekt. Nur ich störte dabei. Was meinen Sie, wie man sich fühlt, wenn man so etwas hört?«

Anna schlug mit der flachen Hand auf das Lenkrad. Es war eine verzweifelte Geste. Lea wusste nicht, was sie antworten sollte. Mit dem Fuß schob sie das Handy etwas besser in Position, auch wenn selbst diese kleine Veränderung sie wie Feuer durchfuhr. Hörte Gottlieb überhaupt noch etwas? Sie versuchte, das aufkeimende Verständnis für diese Mörderin zu unterdrücken. Es war nicht ganz leicht.

»Ich kann es Ihnen sogar nachfühlen«, gestand sie schließlich leise.

Anna holte gierig Luft, als würde sie sonst ersticken. Dann fuhr sie fort: »Ich konnte nicht mehr klar denken. Plötzlich lag da dieses Messer auf dem Fenstersims, direkt auf Augenhöhe. Ich war so wütend! Ich wollte ihm einen Denkzettel verpassen, wie Lilly damals, als sie Rother Wind geschlagen hatte. Ich nahm das Messer, hob es hoch – da lachte Sonny mich aus. ›Was willst du damit?‹, spottete er. ›Das kannst du doch gar nicht. Du liebst mich doch, du dummes Ding!‹ Da habe ich zugestochen. Einmal. Nur ein einziges Mal, ich schwöre. Es war ein schreckliches Gefühl. Dieses Messer ging durch die Kleidung und sein Fleisch, ohne Widerstand. Einfach so. Ich habe gar keine Gewalt anwenden müssen. Es rutschte einfach in ihn hinein. Und dann, dann fiel er um, immer noch grinsend. Er lächelte sogar noch, als er aufschlug. Ich glaube, er war gleich tot.«

Sie stöhnte und legte die Stirn aufs Lenkrad.

»Und dann? Haben Sie ihn liegenlassen?«

Anna hob den Kopf. Ihre Augen waren kalt, mitleidlos. Sie nickte. »Ich wollte, dass der Verdacht auf Fiebig fiel, denn genau das hat er verdient. Er hat mich genauso betrogen wie alle anderen. Er war schuld! Sonny wäre nie auf die Idee gekommen, wegzugehen, wenn Fiebig nicht so dringend hätte aufhören wollen mit dem Jockeysport. Ja, Fiebig ist an allem schuld! Ich werde dafür sorgen, dass er dafür büßt!«

Sie sah entschlossen aus. »Büßen soll er. Wie oft hat er bei uns gesessen. Damals, als er wegen des Dopings am Ende war, war es meine Idee gewesen, ihm trotz unserer angespannten Lage einen Exklusivvertrag zu geben. Und trotzdem hat er mich hintergangen. In der Hölle soll er schmoren. Er soll in Haft bleiben. Er soll verurteilt werden. Niemand wird erfahren, dass ich es war. Niemand.«

Anna ließ den Wagen an und blickte in den Rückspiegel. Lea war starr vor Angst. Was hatte sie vor? Wollte sie sie beide umbringen? Sie musste aus diesem Auto kommen!

»Bitte, bitte«, flehte sie Anna an. »Ich habe doch nichts getan. Lassen Sie mich raus. Bitte!« Sie wunderte sich, dass sie überhaupt noch fähig war, etwas herauszubringen, aber es war ihre einzige Chance: Sie musste an Annas Mitgefühl appellieren.

»Ich kann doch nichts dafür!«

Anna schüttelte den Kopf und fixierte den Fluss. »Tut mir leid. Sie kommen mit. Es wird keine Mitwisser geben. Für alle anderen wird Fiebig der Mörder sein und es auch für immer bleiben.«

Dann legte sie den ersten Gang ein und gab Vollgas.

Der Mercedes machte einen Riesensatz vorwärts und landete im Wasser. Langsam senkte sich die Kühlerhaube des Wagens in die Fluten. Erste Wellen leckten an der Frontscheibe, dann schwappte Wasser durch das offene Beifahrerfenster.

»Wir müssen hier raus!«, schrie Lea.

Anna schüttelte den Kopf und schloss die Augen. »Es ist alles aus.«

Lea beugte sich über Anna und versuchte, den Schalter für die Verriegelung zu fassen, aber ihre Hände glitten ab. Ihre Ohren dröhnten. Schon füllte das kalte Wasser die Hälfte des Autos. Der Wagen sank schnell. Das Wasser schoss mit aller Gewalt ins Innere. Lea konnte nichts tun. Der Sog war zu groß. Sie musste still sitzen, bis das Auto vollgelaufen war, dann hatte sie vielleicht eine Chance, durch das Fenster zu entkommen, das wusste sie. Bei der DLRG hatten sie so etwas einmal trainiert. Es war lange her, aber sie konnte sich gut erinnern. Doch wie blieb man ruhig, wenn über einem die Wassermassen zusammenschlugen und es stockfinster wurde? Panik schoss in ihr hoch. Das Wasser war eiskalt, es schmeckte widerlich brackig, und sie bekam keine Luft mehr.

Genau das brachte sie zu Verstand. Sie wusste plötzlich, dass sie Zeit hatte. Ihre Lungen waren geübt. Sie hatte Zeit genug, sich aus diesem Gefängnis zu befreien. Das Wasser war ihr Freund. Es machte sie leicht. Sie spürte die Schmerzen kaum noch. Sie konnte es schaffen, aus dem Fenster zu klettern. Sie musste es nur versuchen! Jetzt! Sofort! Keine Sekunde mehr zögern! Egal, was mit Anna wurde. Erst das eigene Leben retten! Die eiserne Regel. Sie musste sie nur befolgen.

Sie ertastete die Umrisse des offenen Fensters, zog die Beine an und kniete sich auf den Sitz. Die Todesangst verlieh ihr Riesenkräfte, ganz anders als in ihrem Traum. Schon war ihr Oberkörper aus dem Wagen. Jetzt musste sie sich drehen. Ihre Hände suchten nach einem Halt, aber da war nichts. Doch, hier unten, am Fensterholm konnte sie sich festhalten und sich abstoßen. Es war ganz leicht. Schon war das rechte Bein draußen.

Da packte jemand das andere Bein und hielt es fest. Wie eine Kralle legte sich Annas Hand um Leas Knöchel. Lea wurde sterbensübel vor Schmerzen. Anna zog sie wieder zurück, hinein in den Tod. Aber Lea wollte nicht sterben. Am liebsten hätte sie gebrüllt, aber das ging nicht.

Ihre Hände fanden das Dach, stützten sich ab. Mit aller Kraft versuchte sie, ihren Fuß frei zu bekommen. Sie drehte ihn, aber Anna hielt ihn fest. Jetzt wurde die Luft knapp. Sie musste dagegen ankämpfen, vor Schmerzen das Bewusstsein zu verlieren. Im Angesicht des unvermeidbaren Todes sah sie plötzlich klar. Sie wusste, was zu tun war. Es war ihre einzige Chance.

Sie gab den Widerstand auf, ließ sich ein Stück weit hineinziehen, steckte das freie Bein wieder ins Wageninnere. Dann trat sie mit aller Wucht zu, mitten hinein in die Richtung, in der sie Annas Gesicht vermutete. Sie hörte sich selbst in ihren mit Wasser gefüllten Ohren wimmern wie ein kleines, verzweifeltes Kind. Ihr Gehirn war von einem einzigen Wort ausgefüllt: NEIN!!!

Noch einmal trat sie zu, aber sie traf etwas Hartes, das Lenkrad vielleicht, dann das Fenster, dann wieder etwas, das nachgab. Der Griff um ihren Knöchel lockerte sich, nicht viel, aber es reichte, um noch einmal sämtliche Kräfte zu mobilisieren. Mit aller Gewalt stemmte sie sich aus dem Fenster, stieß sich ab, begann zu treiben. Sie war frei! Sie musste an die Luft! Nach oben. Nur für einen Atemzug! Aber wo war oben?

Ihr Gesicht schrammte plötzlich über scharfe Steine. Alles war verloren. Sie würde ertrinken, wie sie es seit vielen Jahren träumte. Es war zu spät, sich dagegen zu wehren. Sie musste es zulassen, die Luft aus ihrer Lunge entweichen lassen. Dem Tod nachgeben.

NEIN!

Ein letztes Mal bäumte sich ihr Körper auf, ungesteuert, einfach nur seinem Instinkt folgend. Ihre Arme machten ein paar kräftige Bewegungen. Sie zog sich am Auto ein Stück weiter Richtung Heck, spürte, in welche Richtung es nach oben ragte. Oben! Hoch! Abstoßen. Ein letzter Versuch!

Da! Das Wasser wich zurück. Ihr Kopf war frei. Gierig sog sie die frische, kostbare Luft ein.

Vorsichtig blinzelte sie. Es war hell. Kalt. Und da drüben war das Ufer. Sie wusste nicht, welches. Deutsch? Französisch? Egal. Hauptsache Land. Auf dem Damm rannten Menschen aufgeregt hin und her. Etwas flog auf sie zu und landete drei, vier Meter entfernt auf dem Wasser. Orangefarben tanzte der verlockende Ring auf den Wellen.

Lea merkte, wie ihre Kräfte sie verließen. Der Rettungsring war zu weit entfernt. Sie würde ihn nicht erreichen können. Sie war müde, so müde. Ihre Bewegungen wurden langsamer. Alles war anstrengend. Viel zu anstrengend. Sie brauchte nur aufzuhören zu schwimmen und alles wäre gut und friedlich. Alle Anstrengung würde ein Ende haben. Alles würde gut.

»Lea!«, hörte sie jemanden durch den Wind schreien.

Das war doch Maximilian Gottlieb. Was machte der hier? Und wieso riss er sich die Jacke vom Leib?

Sie hob die Hand, um ihm zu bedeuten, an Land zu bleiben. Das war verrückt. Er durfte sich nicht auch noch in Gefahr bringen. Garantiert konnte er viel schlechter schwimmen als sie, und wenn sie es schon nicht schaffte, würde auch er jämmerlich ertrinken. Das wollte sie nicht. Aber er sah sie nicht. Er sprang. Sie hob den anderen Arm. Wasser schlug über ihrem Kopf zusammen. Langsam sank sie in die angenehme Tiefe. Alles war gut.

Sie sah ein helles Licht, wie am Ende eines langen Tunnels. Kleine Kerzen trieben vor ihr im Wasser in Richtung des großen weißen Lichts. Ihr wurde warm, als läge sie zu Hause in ihrer Badewanne. Sie brauchte nur nachzugeben, sich dem Strom der Zeit zu überlassen, und sie würde gerettet. Alles war gut. Alles war ruhig. Ganz ruhig.

Was war das? Was zerrte da an ihr? Hatte sie sich verhakt?

Nein. Es war nichts. Langsam ließ sie den letzten Rest Luft aus ihren Lungen, so, wie es sein sollte.

Doch etwas behinderte sie. Aufhören, sofort aufhören. Sie strampelte. Sie wollte ihren Traum vom Frieden weiterträumen, aber irgendetwas zog an ihr. In eine Richtung, in die sie nicht wollte. Aber es war schon egal.

Nichts konnte sie mehr von dieser dumpfen Wohligkeit trennen. Dunkelheit und Wärme und Licht – alles waberte in ihr und um sie herum.

Au, das tat weh! Aufhören! Was war hier los? Wieso war sie plötzlich so schwer? Schmerzen überfielen sie von allen Seiten. Ihr Kopf lag plötzlich auf etwas, das hart und kalt wie Stein war. Und wer drückte die Lippen auf ihren Mund und zerquetschte ihren Brustkorb? Und warum? Luft! Luft!

Wie auf dem Kamm einer Welle bekam ihr Bewusstsein kurzfristig die Oberhand. Aufhören! Sie musste zurück ins Wasser. Anna war noch dort, im Auto. Sie musste gerettet werden. Sie musste vor Gericht gebracht werden. Sie durfte nicht so jämmerlich untergehen. Niemand durfte sinnlos und hilflos sterben, auch eine Mörderin nicht. »Anna«, murmelte sie, doch dann tauchte sie zurück in die Dunkelheit.

ACHTUNDZWANZIG

»Go, go, go!«

»Jaaa, du schaffst es.«

»Renn doch, du verdammter Esel!«

Belustigt drehte Lea sich um. Verdammter Esel? Aus dem Mund von Frau Campenhausen? Die vornehme alte Dame stand mit rosa Wangen neben ihr und fuchtelte mit dem Rennprogramm. »Los, nun renn schon!«

Auch Maximilian Gottlieb hatte sich lächelnd umgedreht. Ihre Blicke trafen sich, und seine Augen wurden zu flüssigem Bernstein, in dem sich die Sonne fängt. Leas Herz machte einen kleinen Sprung. So viel war in den letzten beiden Tagen geschehen. Aber sie wollte nicht darüber nachdenken, nicht jetzt, nicht hier.

Rother Wind war auf der Zielgeraden. Andi gab sein Bestes. Er stand in den Steigbügeln, trieb das Pferd allein mit seinen Bewegungen an. Seine Konkurrenten peitschten ihre Pferde längst mit heftigen Schlägen voran, aber Andi und Rother Wind schafften es auch ohne Einsatz der Gerte, sich mit jedem Galoppschritt nach vorn zu schieben. Night Tango lag knapp vor ihnen, davor die beiden Top-Favoriten Westerner und Cherry Mix, Kopf an Kopf. Rother Wind kam von der Außenbahn, unerbittlich, immer näher. Schon war er auf gleicher Höhe wie Night Tango. Cherry Mix fiel zurück. Das war die Chance. Es schien, als würde Rother Wind seine Kräfte verdoppeln, als habe er bis zu diesem Punkt nur einen Spaziergang gemacht. Seine Hufe wirbelten Grassoden auf. Langgestreckt flog er los. Der Boden bebte, die Luft war erfüllt von angestrengtem Schnaufen. Lea konnte die geballte Energie und die Kraft und dieses Beben körperlich spüren. Unwillkürlich hielt sie die Luft an. Dann waren sie vorbei und über der Ziellinie.

Wer hatte gewonnen? Westerner oder Rother Wind? Auch der Sprecher wusste es nicht. Marie-Luise Campenhausen stand wie mitten in der Bewegung eingefroren, die Hände halb erhoben, der Mund geöffnet. Tausend Euro hatte sie auf Rother Wind gesetzt. Sie hatte ihnen vor dem Rennen verraten, dass sie den Gewinn unter allen Großnichten und -neffen aufteilen wollte. Jetzt schien sie sich zu fragen, ob sie noch bei Trost gewesen war.

Gottlieb machte eine winzig kleine Bewegung. Sein Arm streifte Leas. Es durchfuhr sie wie ein elektrischer Schlag. Am liebsten hätte sie diese Bewegung wie unbeabsichtigt erwidert. Doch dann rief sie sich zur Ordnung. Das waren lediglich die Nerven. Die spielten noch verrückt. Kein Wunder, so knapp, wie sie am Freitagnachmittag dem Tod entronnen war.

Sie war erst im Krankenwagen zu sich gekommen, mit einer Sauerstoffmaske auf dem Gesicht, die durchdringenden Martinshörner im Ohr und einem Schlauch im Arm. Den anderen Arm hatte jemand gestreichelt. Sie hatte sich nicht bewegt, sondern schnell wieder die Augen geschlossen. Es hatte gutgetan. Seit ihrer Kindheit hatte sie niemand mehr so liebevoll besorgt gestreichelt.

Als sie die Stadtklinik erreichten, hatte sie sich eigentlich wieder gut gefühlt. Ihre Lebensgeister waren zurückgekehrt. Ihr war kalt, sie wollte nichts lieber, als ihre nassen Kleider herunterreißen, und sie hatte ein unbändiges, irrwitziges Verlangen nach einem Becher heißer Schokolade. Aber erst musste sie diverse Untersuchungen über sich ergehen lassen, bekam Spritzen, ein Krankenhaushemd und eine Wärmedecke.

»Ich will nach Hause«, hatte sie leise gesagt, als Maximilian Gottlieb seinen Kopf ins Zimmer steckte. »Bitte, bringen Sie mich heim. Mir geht es gut. Ich will in mein Bett.«

»Nichts da. Hier werden Sie bestens versorgt.«

»Ich will doch nur schlafen. Bitte!«

»Morgen früh. Ich verspreche Ihnen, ich hole Sie morgen ab, okay?«

Lea wurde immer munterer. »Was ist mit Anna?«

Gottlieb bedauerte. »Wir haben alles versucht. Zu spät.«

»Sie war es. Sie …«

»Schschscht. Ich weiß. Ich mache mir allergrößte Vorwürfe, dass ich dem Hotelportier geglaubt habe, sie sei am Tattag kurz nach siebzehn Uhr im Hotel gewesen. Dabei war es nur ein Rückschluss gewesen, weil sie gegen sieben reklamiert hatte, sie habe bereits vor zwei Stunden Whisky aufs Zimmer bestellt. Das hat er mir erst jetzt gesagt!«

Müde fuhr er sich über das Gesicht. »Aber jetzt haben wir ja dank Ihnen Annas Geständnis. Sonja Schöller hat alles aufgenommen. Andreas Fiebig müsste eigentlich in dieser Minute freigelassen werden. Er kommt später noch vorbei. Das hat er jedenfalls gesagt, als ihm die Kollegen die Nachricht überbrachten.«

»Und Lilly?«

»Sie ist schwer verwundet, wird es aber schaffen. Viel wichtiger noch: Sie kommt wieder zu sich! Ritter ist überglücklich. Paradox: Sie hat als Erstes ausgerechnet Annas Namen geflüstert. Jetzt muss man abwarten, ob sie wach bleibt.«

Dann war Lea eingeschlafen, von einer Minute zur anderen, und war froh gewesen, dass sie sich um nichts kümmern musste.

Maximilian Gottlieb hatte Wort gehalten. Er hatte sie am nächsten Morgen abgeholt und ihr frische Kleidung gebracht, die Frau Campenhausen aus ihrer Wohnung geholt hatte, sie zu seinem Auto geführt und sie nach Hause gefahren. Dort hatte er frische Brötchen, Obst und eine Thermoskanne mit Kaffee ausgepackt, alles in der Küche ausgebreitet und war dann weggegangen. Lea war erleichtert gewesen, wieder allein zu sein. Sie war sofort ins Bett gekrochen und hatte weitergeschlafen, wie gerädert und vollgepumpt mit Schmerzmitteln. Vor allem ihre verbundene Hand hatte ihr zu schaffen gemacht, aber sie würde heilen, hatten die Ärzte ihr versichert. Auch die Schulter musste ein paar Tage ruhig gestellt bleiben. Schon in ein, zwei Wochen würde sie wieder schreiben können. Die bösen Schrammen im Gesicht würden ebenfalls bald verblasst sein. Für den verstauchten Knöchel hatte sie eine Schiene bekommen.

Jetzt, dreißig Stunden später, ging es ihr blendend. Schmerzmittel dämpften das Stechen und Ziehen im Fuß und in der Schulter. Sie hatte hundert Euro auf Fips gesetzt und hielt den Atem an.

Der Rennbahnsprecher verkündete, dass man auf die Auswertung durch das Zielfoto warten müsse. Und dann kam sie, die erlösende Nachricht: Rother Wind hatte den Großen Preis von Baden gewonnen! Da er nach seinem schlechten Abschneiden vor einer Woche als großer Außenseiter gehandelt worden war, war die Wettquote sensationell hoch: fünfhundertachtzig zu zehn.

Lea riss den gesunden Arm hoch. »Ich habe fünftausendachthundert Euro gewonnen. Steuerfrei!«

»Bravo!«, freute sich Gottlieb mit ihr. Er schob sich vor ihnen her und kämpfte ihnen den Weg frei zum Absattelplatz. Dort spritzte Udo Retzlaff gerade Rother Wind ab und hob grüßend den Kopf. »Was ist mit meinem Messer?«, rief er Gottlieb zu.

Der grinste. »Sie kriegen es zurück. Es wird eine Weile dauern, aber ich verbürge mich persönlich dafür, dass Sie es bekommen.«

Andi stand weiter abseits, zusammen mit Dr. Ritter. Sie warteten auf die Siegerehrung und schlugen sich gegenseitig lachend auf die Schultern. Sonderlich sympathisch war ihr alter Schulkamerad ihr im Moment nicht. Immerhin hatte er die Intrige seines Freundes gedeckt oder sogar eine aktive Rolle dabei gespielt, Anna Fröhlich zu hintergehen. Doch Lea unterdrückte den Anflug von negativen Gefühlen. Andi strahlte und winkte heftig.

Als sie bei ihm waren, fiel er Lea um den Hals. »Siehst du, ich habe es geschafft!«, schrie er und machte ein paar Tanzschritte vor Freude.

Dr. Ritter begrüßte währenddessen Frau Campenhausen mit einem Handkuss und bedachte Lea mit einem brennenden Blick. Unwillkürlich nahm sie ihren Rucksack wie ein Baby in den gesunden Arm, um sich vor diesen Augen zu schützen. In dem Moment begann die Siegerehrung. Der Prinz von Baden überreichte die Trophäe und stellte sich dann mit Ritter und Andi den Fotografen.

Lea warf einen bösen Blick zu Ritter hinüber. »Was macht der da? Der spielt sich ja auf, als habe er das Geld gewonnen und das Gestüt geerbt!«, sagte sie halblaut und voller Ärger.

»So ähnlich ist es auch«, bestätigte Gottlieb. »Anna und Sonny sind tot, sodass nach der Verfügung von Vater Fröhlich nun Lilly endgültig Hotel und Gestüt erbt. Ritter hat noch am Freitag ganz offiziell die Betreuung seiner Frau beantragt und wird sie wohl auch erhalten. Wahrscheinlich meint er deshalb, ein Recht zu haben, das Preisgeld in Empfang nehmen zu können. Stilvoll ist das nicht, da stimme ich Ihnen zu.«

»Wie geht es Lilly heute?«

»Erstaunlich gut. Ich habe vorhin mit dem Arzt telefoniert, und er ist voller Hoffnung, dass es aufwärts geht. Die Wunde war nicht lebensbedrohlich. Doch der Schock hat offenbar eine große innerliche Erschütterung bewirkt. Es sieht ganz so aus, als würde sie ihre Umwelt wieder wahrnehmen. Noch ist es natürlich zu früh, von Heilung zu reden. Aber Ritter ist euphorisch.«

»Und wie wird es weitergehen?«

»Soweit ich weiß, hat er Fiebig das Gestüt und Rother Wind zu einem günstigen Preis angeboten. Das Hotel will er zu einem Sanatorium und Rehazentrum umbauen. Die Klinik hier in Baden-Baden will er angeblich aufgeben, um sich mehr um seine Frau kümmern zu können. Aber ob das wahr ist, bezweifle ich. Ich glaube, das hat er nur gesagt, um in der Öffentlichkeit gut dazustehen.«

»Die Villa Vera will er verkaufen«, mischte sich Frau Campenhausen ein. »Das hat er meinem Bekannten, Dr. von Termühlen, heute Vormittag gesagt.« Ihre Augen strahlten allein bei der Erwähnung des magischen Namens, und Lea beneidete die alte Dame um ihr Glück. Lächelnd sah sie ihrer Vermieterin nach, die sich am Wettschalter anstellte, um sich ihren Gewinn auszahlen zu lassen.

Andi kam auf sie zu, mit festem Blick und einem zufriedenen Lächeln um den Mund. Er hatte eine Flasche Wasser in der Hand und zwinkerte Lea zu. »Die erste von vielen Flaschen. Und heute Abend, da gebe ich einen aus. Kennst du eine gute Pizzeria? Ich werde essen und trinken, wie ich es mir seit zwanzig Jahren nicht mehr gegönnt habe.«

Sein Grinsen war ansteckend.

»Aber was ist mit dem nächsten Rennen?«, neckte Lea ihn.

»Es wird keines mehr geben. Ich bin mit Ritter einig. Ich übernehme das Gestüt. Ich werde genau das tun, wovon ich ein Leben lang geträumt habe. Rother Wind wird mein Grundstock sein. Ich werde großartige Pferde züchten. Udo wird mir dabei helfen. Und Carlo wird das Training übernehmen. Er nimmt jetzt alle geeigneten Pferde aus dem Rothhof unter seine Fittiche, nachdem er sich von Sauerbrey getrennt hat.«

»Und Sauerbrey? Was macht der?«

Andi zuckte mit den Schultern. »Der? Der wird in nächster Zeit nirgends mehr einen Fuß auf die Erde bekommen. Was er letzten Sonntag getan hat, hat sich herumgesprochen. Wer kauft denn noch einen Gaul von jemandem wie ihm oder lässt seine Tiere im gleichen Stall trainieren wie er? Ich habe am eigenen Leib erfahren, wie lange es dauert, bis die Szene vergisst. Deshalb hat er auch heute Main-Power aus dem Rennen genommen. Ich habe gehört, dass er das Gestüt eventuell ganz aufgibt. Vielleicht kann ich Nutzen aus der Situation ziehen, wer weiß. Wir wollen uns morgen früh treffen. Möglicherweise macht er mir ein faires Angebot, wenigstens für Main-Favorit und Main-Power. Die beiden hätte ich gern für die Zucht. Sie würden den Bestand optimal ergänzen und könnten ein paar schöne Siege einfahren.«

Lea konnte den Blick nicht von ihrem einst so schüchternen Schulfreund wenden. Ganz gerade stand er vor ihr, lässig in sich ruhend, souverän. Ein Gestütsbesitzer, kein Jockey mehr.

Ehe sie etwas erwidern konnte, kam Marie-Luise Campenhausen zu ihnen, die Handtasche krampfhaft an die Brust gepresst. »Achtundfünfzigtausend Euro in bar!«, keuchte sie. »Herr Gottlieb, ich brauche Polizeischutz!«

Alle lachten, aber ihr war es ernst, das sah Lea ihr an. »Kommen Sie, wir beide schaffen das auch ohne Polizei«, beruhigte sie die alte Dame. Dann blickte sie auf ihren Wettschein. So viel Geld! Sie könnte sich endlich diesen fantastischen, schrecklich altmodischen, aber gemütlichen Lesesessel leisten. Und einen neuen Laptop, auf dem sich ihr Roman bestimmt wie Honig herunterschreiben ließ.

Aber eigentlich, wenn sie ehrlich war, war es Andis Geld. Schließlich hatte er einen großartigen Ritt gezeigt, und er hatte den unglaublichen Mut, nun auch ohne Sonny ganz allein seinen großen Lebenstraum verwirklichen zu wollen. Er brauchte doch wirklich jeden Euro für seinen Start, gerade jetzt!

»Hier«, sagte sie spontan und hielt ihm den Wettschein hin, »nimm. Ich glaube, es gibt heute niemanden, der das Geld mehr verdient hätte als du.«

Andi zögerte, sah sie prüfend an, dann stahl sich ein Lächeln auf sein ausgezehrtes Gesicht. »Danke, Lea! Das vergesse ich dir nie. Das ist so süß von dir! Aber ich bekomme schon genug. Mir stehen fünf Prozent vom Gewinn zu, bei fast einer halben Million kannst du dir das selbst ausrechnen. Dazu kommen noch ein paar nette Prämien. Aber danke! Du hast dich echt nicht verändert in all den Jahren. Eine tolle Frau! Weißt du was? Das nächste Fohlen benenne ich nach dir.«

Lea prustete los. »Die Rothe Lea – nein danke! Lieber nicht!« Kichernd hakte sie sich mit der gesunden Hand bei Frau Campenhausen unter und ging mit ihr langsam hinkend in Richtung Ausgang.

ENDE

Galopprennen Baden-Baden

Weltweit genießen die internationalen Galopprennen von Baden-Baden einen herausragenden Ruf. Dreimal im Jahr werden sie vor den Toren der Stadt auf der Rennbahn in Iffezheim ausgetragen: jeweils zum sechs Tage dauernden Frühjahrsmeeting Ende Mai/Anfang Juni, dann zur ebenfalls sechstägigen Großen Woche Ende August/Anfang September und neuerdings auch beim zweitägigen Sales-and-Racing-Meeting im Oktober.

Während dieser drei Veranstaltungen werden Rennpreise und Prämien von insgesamt rund vier Millionen Euro ausgeschüttet. Auch bei den Wetten liegt Baden-Baden an der Spitze: Am Totalisator summieren sich rund zwanzig Millionen Euro an Einsätzen, von denen fünfzehn Millionen wieder an die Wetter ausbezahlt werden.

Zu den Meetings zieht es nicht nur Pferdesportfans aus nah und fern nach Baden-Baden. Auch prominente Stars und Sternchen aus Unterhaltung, Politik und Adel geben sich, oft mit gewagten Hutkreationen, neben ganz normalen Sterblichen auf der Rennbahn ihr Stelldichein und lassen die Veranstaltungen so zu einer herrlichen Mischung aus elegantem Flair und Volksfest werden.

Bereits ab 1858 wurden auf der Bahn in Iffezheim Galopprennen durchgeführt, initiiert vom damaligen Spielbankpächter Baden-Badens, Edouard Bénazet. Seit 1872 organisiert der Internationale Club diese hochkarätigen Veranstaltungen, bei denen Pferde aus ganz Europa und sogar aus Übersee an den Start gehen.

Die internationalen Galopprennen gelten als bedeutendstes Leistungsbarometer für die Vollblutzucht; der Große Preis von Baden ist das einzige deutsche Rennen, das zur World Series Racing Championship zählt, die »Formel 1« für Rennpferde: Der Gesamtsieger gilt als weltbestes Vollblut. Austragungsorte der World Series Championship sind New York, Chicago, Toronto, Dublin, London, Paris, Dubai, Hongkong, Tokio, Melbourne, Singapur und natürlich Baden-Baden.

Mein besonderer Dank gilt

an erster Stelle meiner Lektorin Stefanie Rahnfeld für ihre geduldige und akribische Suche nach Schwachstellen und für ihre einfühlsamen Verbesserungsvorschläge,

meiner Schwester Helga für ihr jederzeit abrufbares kriminalpolizeiliches Wissen und

dem Pressesprecher der Polizeidirektion Rastatt/Baden-Baden, KHK Dieter Werner, für seine bereitwillige Auskunft über die örtlichen Gegebenheiten, vor allem auch zum Thema Fingerabdrücke.

In Iffezheim haben mir Elvira und Geert ausführliche Informationen über die Welt des Galoppsports und die harte Arbeit von Jockeys gegeben; Conny Brandstätter hat mich in den Alltag einer Renntrainerin eingeführt, und Waldemar Himmel half mir frühzeitig, den geeigneten Tatort zu finden.

In Baden-Baden gilt mein Dank vor vielen anderen auch meinen Freundinnen Claudia, Blanka und Christiane für ihr unterstützendes Networking sowie Axel Himer, der mir Einblicke in die Welt der Schönen und Reichen gewährt und mich mit Jockl Greiß bekannt gemacht hat.

Inge, Gabi und Jutta haben mich mit ihrer großzügigen, spontanen Starthilfe gerührt.

Und last but not least ein ganz herzliches Dankeschön für die unermüdliche und tatkräftige Unterstützung aus meinem Gartenforum.